JOHN SANDFORD

Kalte Rache

Roman

Aus dem Amerikanischen
von Klaus Kamberger

GOLDMANN

Die Originalausgabe erschien 1996 unter dem Titel
»Sudden Prey«
bei G. P. Putnam's Sons, New York

Umwelthinweis:
Alle bedruckten Materialien dieses Taschenbuches
sind chlorfrei und umweltschonend.
Das Papier enthält Recycling-Anteile.

Der Goldmann Verlag
ist ein Unternehmen der Verlagsgruppe Bertelsmann

Deutsche Erstausgabe 7/97

Umschlaggestaltung: Design Team München
Satz: Uhl + Massopust, Aalen
Druck: Elsnerdruck, Berlin
Verlagsnummer: 43708
Redaktion: AB/Alexander Groß
Herstellung: Sebastian Strohmaier
Made in Germany
ISBN 3-442-43708-3

1 3 5 7 9 10 8 6 4 2

Kapitel 1

Süße Kinderstimmen klangen von oben aus den Lautsprechern: *O holy night, the stars are brightly shining, it is the night of the dear Savior's birth…*

Der Mann, der Candy LaChaise womöglich töten würde, stand in der Kälte und beobachtete sie durch die Glastür. Manchmal konnte er nur ihren Kopf sehen, manchmal nicht einmal das. Aber er blieb ihr immer auf der Spur.

Candy bemerkte ihn nicht, während sie von Regal zu Regal ging und in der Damenwäsche stöberte. Sie interessierte sich nicht wirklich für Damenunterwäsche. Weiter hinten im Kaufhaus war die Abteilung für Haushaltsgeräte, und auf die war sie neugierig. Sie blieb stehen, zog ein Bustier heraus, hielt es vor den Körper und neigte den Kopf, wie Frauen es gerne tun, prüfend zur Seite. Dann legte sie das Stück zurück und wandte sich zur Tür um.

Der Mann, der sie vielleicht töten würde, trat einen Schritt zurück außer Sichtweite.

Ein Mini-Van stoppte am Bordstein. Eine rundliche Frau in orangefarbenem Parka sprang heraus und zog die Seitentür auf. Eine Meute dicker Kinder stürmte auf den Gehsteig. Es waren Jungen und Mädchen, alle blond und vielleicht vier, fünf, sieben, acht und neun Jahre alt. Der Van fuhr weiter zum Parkplatz, und die Frau schob die Kinder in Richtung Kaufhaustür.

Der Mann zog eine Flasche aus der Tasche, steckte die Zungenspitze in ihren Hals, legte den Kopf in den Nacken und tat, als ob er einen oder zwei Schlucke nähme. Die Frau deckte die Kinder mit ihrem Körper ab und trieb sie an ihm vorbei in den Laden. Er sah sie nicht mehr, und das war ihm nur recht. Er steckte die kleine Flasche weg und blickte wieder durch die Tür.

Da war sie ja, immer noch bei der Wäsche. Er sah sich um und fluchte über diese Jahreszeit mit ihrem Weihnachtsschmuck, den schmutzigen Haufen gefrorenen Schnees an den Straßenrändern und dem Wind, der ihm durch die Wollhandschuhe schnitt. Er hatte ein schmales Gesicht, war unrasiert, und seine Haut spannte sich wie ein Trommelfell. Das Nikotin hatte seine Zähne gelb gefärbt wie altes Elfenbein. Er zündete sich eine Camel an. Seine Hände zitterten vor Kälte, als er die Zigarette zwischen die Lippen schob. Er atmete aus, und der Wind trug den Rauch und seinen dampfenden Atem fort. Er hatte das Gefühl, daß ihm noch kälter wurde.

Ein öliger Bariton, es war bestimmt nicht Bing Crosby, sang: ...*Let nothing you dismaaay, Remember Christ our Sa-ay-vior was born on Christmas Day*...

Himmel, dachte er, *wenn ich nur diese Musik ausschalten könnte*...

Von seinem Standort aus konnte er das goldene Kuppeldach des State Capitol sehen. Unter dem trüben Dezemberhimmel sah es eher aus, als wäre es aus verwittertem Messing. Scheiß-Minnesota. Er führte die Flasche zum Mund, und diesmal ließ er etwas Wein die Kehle hinunterrinnen. Der herbe Weingeschmack biß ihm in die Zunge, aber Wärme spendete der Alkohol nicht.

Was, zum Teufel, machte sie jetzt?

Sie wanderte bei Sears durch die Markengeräte-Abteilung, ließ sich dabei Zeit und begutachtete die Kühlschränke. Aber sie kaufte nichts. Dann schlenderte sie zur Damenoberbekleidung und sah sich Blusen an. Schließlich ging es wieder zurück zu den Markengeräten, wo sie jetzt das Angebot an Mobiltelefonen verglich.

Wieder ging sie weiter. Diesmal war er selber drinnen, und fast hätte sie ihn bei den ausgestellten Fernsehern entdeckt. Er drückte die Tür auf und trat erneut in den kalten Wind hinaus... Doch sie war schon wieder auf dem Weg zur Damenwäsche. Hatte sie ihn gesehen? Der TV-Verkäufer bestimmt. Ihm waren seine abgewetzte Jacke und die abgetretenen Schuhe aufgefallen, und so hatte er sich neben den Toshibas mit dem Breitbildschirm postiert und ihn wie ein Habicht beäugt. Vielleicht hatte sie...

Da. Sie war auf dem Weg nach draußen.

Candy trat vor die Tür, aber er sah sie nicht an. Er hatte sie zwar im Blickfeld, hielt den Kopf aber unbewegt. Er stand einfach an die Außenwand gelehnt, wippte auf den Absätzen, murmelte etwas in seinen Parka und nahm noch einen Schluck MD 20-20.

Candy nahm ihn nicht wirklich wahr, zumindest nicht zu diesem Zeitpunkt. Beim Verlassen des Kaufhauses drehte sie sich halb zu ihm um, aber ihr Blick ging über ihn hinweg, als stünden da nur eine Mülltonne oder ein Feuerhydrant. Sie ging mit leichten, athletischen Schritten, eine selbstsichere, heitere Frau. Sie war hübsch, in den Dreißigern, und erinnerte an ein Cheerleader-Girl von der High-School, hatte naturblondes Haar, ein rundes Wisconsin-Gesicht und einen glatten Wisconsin-Teint.

Sie hatte den halben Parkplatz überquert, als sie den Chevy-Van entdeckte. Sie steuerte auf ihn zu.

Der Mann, der sie vielleicht töten würde und noch immer an der Tür stand, sagte: »An ihrem eigenen Wagen ist sie einfach vorbeigelaufen.«

Ein republikanischer Abgeordneter in wollenem Brooks-Brothers-Mantel hörte das und eilte in das Kaufhaus. Keine Zeit, mit so einem Straßen-Schizo eine Diskussion anzufangen: Du siehst sie überall und hörst sie ständig etwas in ihre weinbekleckerten Parkas murmeln.

»Sieht so aus, als ginge sie zu dem Van da, Kumpel.«

Candy liebte Countrymusik und Hemdtaschen mit diesen metallverstärkten Ecken. Sie tanzte gern und trank Grain Belt. Sie liebte die Rasthäuser an den Straßen draußen auf dem Land, Pickups und Cowboystiefel, kleine Kinder mit blauen Augen und Revolver. Als sie den Chevy-Van erreichte, zog sie einen großen Schlüsselring aus der Tasche und probierte einen nach dem anderen. Der zwölfte paßte. Sie öffnete die Tür.

Der Van gehörte einem leicht heruntergekommenen Waschmaschinen-Verkäufer bei Sears namens Larry. Larry hatte sie zuletzt neben einer Siebenhundert-Dollar-Kenmore-Waschmaschine mit Geräuschdämmung und automatischer Temperaturkontrolle stehen gesehen, als er gerade sein Namensschild ansteckte. Er hatte sich etwa zehn Minuten verspätet – und sie hatte angefangen, sich entsprechende Sorgen zu machen, während sie in den Blusen und der Unterwäsche stöberte. Hatte er eine Panne mit dem Van? Das brächte sie einigermaßen in Schwierigkeiten...

Doch dann war er atemlos hereingestürzt, das Gesicht rot vor Kälte, und hatte sich gegen die Kenmore gelehnt. Larry war ein gescheiter Kerl, wie sie wußte, und für gescheite Kerle hatte sie nichts übrig. Sie wußte, daß er ein gescheiter Kerl war, weil er einen Aufkleber auf der hinteren Stoßstange hatte, und auf dem stand in großen Buchstaben geschrieben: GEGEN ABTREIBUNG? Und darunter in kleineren Buchstaben: *Dann laß es eben.* Abtreibung war für sie kein Thema für witzige Aufkleber.

Der Mann, der sie vielleicht töten würde, murmelte in seinen Parka: »Sie sitzt jetzt in dem Van und fährt los.«

Was ihm antwortete, war nicht Gottes Stimme. »Ich hab sie.«

War schon eine tolle Sache mit den Parkas. Keiner konnte sehen, wie er ausgerüstet war, mit Mikrophon und Ohrstöpseln. »Sie macht es«, sagte Del. Er stellte die Flasche Mogen David vorsichtig auf den Boden, um nichts zu verschütten. Er würde sie nicht mehr brauchen, aber vielleicht jemand anders.

»Franklin sagt, LaChaise und Cale sind in dem Pizza-Schuppen hinter der Rampe zur Parkebene verschwunden«, sagte die Stimme in seinem Ohr. »Sie sind hinten auf der anderen Seite der Rampe durch ein Loch in der Hecke geschlüpft.«

»Baldowern es noch mal aus, zum letzten Mal. Da werden sie dann den Van abstellen«, sagte Del. »Jetzt muß Davenport los.«

»Franklin hat ihn angerufen. Er ist unterwegs. Bringt Sloan und Sherrill mit.«

»In Ordnung«, sagte Del in neutralem Ton. *Nicht in Ordnung*, dachte er. Vor etwas mehr als vier Monaten hatte Marcy Sherrill eine Kugel abbekommen. Das Projektil hatte eine Arterie verletzt, und sie war fast verblutet, ehe sie im Krankenhaus ankam. Del hatte die Ader so fest abgebunden, daß Sherrill später geblödelt hatte, ihr ginge es ja ganz gut bis auf den Bluterguß in ihrem Bein, wo Del es zusammengequetscht habe.

Sherrill so bald wieder rauszuschicken könnte doch zuviel des Guten sein, dachte Del. Bisweilen demonstrierte Davenport einen gesunden Menschenverstand, der für ein Gehirn ausreichte so groß wie… Del fiel kein passender Vergleich ein. Vielleicht wie das von einer Forelle. Besser: von einem Goldfisch.

»Sie fährt los«, sagte die Stimme.

Der Van des Verkäufers stank nach Zigarrenrauch. Candy rümpfte die Nase, aber lange würde sie ihn nicht aushalten müssen. Sie lenkte den Van vom Parkplatz und prüfte den Benzinstand: halbvoll, mehr als genug. Sie fuhr langsam einen Block weit zur Dale, dann die Dale hinunter bis zur I-94 nach Minneapolis. Georgie und Duane würden in Ham's Pizza warten.

Sie sah auf den Tacho: vierundfünfzig Meilen. Perfekt. Gauner fuhren meistens zu schnell. Dick sagte, Verkehrsvorschriften kümmerten ihn einen Dreck, wie all dieses unwichtige Zeugs. In fünfzig Prozent aller Fälle ging das auch gut, und sie wurden nicht erwischt, aber dann hatte man sie plötzlich am Wickel, weil sie fünfundsechzig gefahren waren, wo man nur fünfundfünfzig durfte. *Den* Fehler wollte sie nicht machen.

Sie versuchte sich zu entspannen, sah in die Rückspiegel. Nichts Ungewöhnliches. Sie zog die P7 aus der Manteltasche, ließ das Magazin herausschnappen, preßte den Daumen gegen die oberste Patrone. Sie konnte ertasten, daß das Magazin voll war.

Dick machte sich immer lustig über diese winzigen Neunmillimeterpatronen, aber sie mochte sie. Die kleine Pistole lag ihr richtig in der Hand, und mit dem Rückstoß kam man gut zurecht. Die P7 hatte dreizehn Schuß. Neun bis zehn trafen, wenn sie sie in sieben Sekunden auf den Deckel einer Campbell-Dose abfeuerte, Entfernung acht Meter. Noch ein paarmal, und sie würde mit allen dreizehn treffen.

Keine schlechte Quote. Natürlich, Suppendosen bewegten sich nicht. Aber bei den beiden Gelegenheiten, als sie dann wirklich schießen mußte, hatte sie keinen größeren Druck gespürt als draußen bei Dicks Dosenballerei aus doppelter Entfernung. Man konnte ja nicht alles vorweg arrangieren, mußte nur die Augen offenhalten, über Kimme und Korn peilen, dem Ziel folgen, und dann gab es die kurze Sekunde, wo man einen Hemdknopf ins Ziel nahm oder einen anderen geeigneten Punkt, dann noch einmal die Waffe um weniger als einen Millimeter anhob und…

Peng. Peng, peng.

Candy wurde ein bißchen heiß bei dem Gedanken.

Danny Kupicek hatte lange schwarze Haare, die ihm daheim von seiner Frau geschnitten wurden. Es fiel ihm über die Augen und die überdimensionale Brille. Er sah damit aus wie ein schusseliger Schuhverkäufer. Das half ihm, wenn er mit den Dopers zu tun hatte: Drogensüchtige fürchteten sich vor Leuten, die allzu smart daherkamen. Sie trauten Schuhverkäufern, Versicherungsagenten und Typen mit McDonald's-Hüten mehr. Danny sah aus wie alle zusammen. Er stoppte den Dodge am Straßenrand, ließ Del einsteigen und fuhr weiter. Dreihundert Meter vor ihnen fuhr der Chevy-Van. Del hielt die Hände über die Heizungsdüse.

»Muß mir für den Winter wohl mal eine neue Arbeitsplatzbeschreibung verschaffen«, sagte Del. »Wo einem ein warmer Wintermantel zusteht.«

»Am besten wirst du Abgeordneter«, sagte Kupicek. Er hatte unterhalb des Kapitols in seinem Wagen gesessen und ein Auge auf Candys Auto gehabt. Dabei hatte er die Politiker kommen und gehen sehen und gemerkt, wie wohlhabend sie anscheinend waren.

»Nee«, sagte Del und schüttelte den Kopf. »So'n Gesetzesmensch möchte ich nie werden.«

»So oder so, auf dem Kopf solltest du jedenfalls etwas haben«, sagte Kupicek. Er hatte eine dicke Kordhose, einen Sweater und darunter ein Hemd mit Button-down-Kragen an, eine blaue Strickmütze und einen offenen Parka. »Die Hälfte des Wärmeverlusts geht über den Kopf.«

»Was meinst du, wofür ich die Kapuze habe?« fragte Del und zeigte auf seine Schultern.

»So was sitzt zu locker«, sagte Kupicek, als wüßte er, wovon er redete. Neun Wagen waren jetzt zwischem ihrem und Candys, als sie auf die I-94 mit ihren drei Fahrbahnen gelangten. »Darunter mußt du eine fest sitzende Wollmütze aufsetzen.«

»Ich scheiß auf Wollmützen. Was ich brauche, ist ein Schreibtischjob. Vielleicht bewerbe ich mich um ein Stipendium.«

Kupicek sah ihn an, seine gelben Zähne und den Zweitage-Stoppelbart. »Dafür bist du kaum der Richtige«, sagte er unverblümt. »Ich dagegen würde mich schon eignen. Auch Sherrill. Sogar Frank. Aber du, du ganz bestimmt nicht.«

»Ihr könnt mich mal alle, du, deine Frau und alle deine kleinen Kinder«, sagte Del. Er griff nach Kupiceks Funkgerät. »Lucas, hörst du mich?«

Davenport meldete sich sofort. »Wir stehen auf dem Parkplatz vom Swann. Wo ist sie?«

»Gerade an der Lexington vorbei«, sagte Del.

»Bleibt ihr auf den Fersen. Wenn sie am Exit 280 rausfährt, sagt mir Bescheid. Sobald sie auf der Ausfahrt ist.«

»Machen wir«, sagte Del.

Kupicek behielt den Van im Auge. »Sie fährt sehr diszipliniert. Ich glaube, wir sind nicht ein einziges Mal nur an die fünfundsechzig herangekommen, seit wir auf der Interstate sind.«

»Sie ist ein Profi«, sagte Del.

»Ich an ihrer Stelle hätte so die Hosen voll, daß ich neunzig drauf hätte. Sicher, vielleicht machen sie es auch gar nicht.«

Georgie LaChaise war eine dunkelhaarige Frau; ihre blauen Augen schauten unter zu langen und zu dicken Brauen hervor. Sie hatte eine fleischige Nase und volle Lippen, die sie an den Seiten herunterzog. Sie fixierte Duane Cale, der ihr am Tisch gegenüber saß und sagte: »Duane, du alter Motherfucker, wenn du abhaust, werde ich dich finden und dir eine Kugel in deinen Scheißarsch verpassen. Das verspreche ich dir.«

Duane beugte sich über die gelbe Resopalplatte. Seine Hände umklammerten einen großen Becher Coke Classic. Er hatte ein unförmiges Gesicht und Haare, die sich nie für eine Farbe entscheiden konnten – man konnte sie für blond halten, andere würden schwören, sie wären braun. Der eine würde seine Apfelbäckchen als charakteristisch ansehen, der andere sein Fuchsgesicht. Er schien sich dauernd zu verwandeln, selbst während man ihn anschaute. Zu Jeans und Stiefeln trug er eine Army-Tarnjacke. Den Kragen hatte er hochgeschlagen. Auf dem Kopf saß eine Baseballmütze der Saints.

»Klar, mach ich's«, sagte er. »Aber ich habe kein gutes Gefühl. Einfach kein gutes Gefühl. Ich meine, bei der Sache da in Rice Lake, da war ich gut.«

»Große Klasse warst du in Rice Lake«, sagte Georgie. Und dabei dachte sie: *Du hattest solche Angst, daß ich dachte, wir müßten dich wegtragen.* »Diesmal mußt du nur fahren, sonst nichts.«

»Okay, und du meinst, es läuft glatt?« fragte Duane und klopfte mit dem Becher auf die Tischplatte. »Du hast es selbst gesagt: Ich war große Klasse. Aber heute habe ich kein gutes Gefühl. No, Sir. Ich meine, ich mache es, wenn du es sagst, aber ich...«

Georgie fiel ihm ins Wort. »Ich sage es«, sagte sie grob und schaute auf die Uhr. »In einer Minute ist Candy hier. Heb deinen Arsch und setz dich ans Steuer, und alles läuft glatt. Du weißt, was du zu tun hast. Du mußt nur zwei Blocks weit fahren. Du wirst große Klasse sein.«

»Na ja, okay...« Sein Adamsapfel hüpfte auf und ab. Duane Cale hatte so viel Angst, daß er sich nicht einmal übergeben konnte, und die Coca-Cola machte da auch keinen Unterschied.

Lucas Davenport pellte sich aus seinem Mantel und dem grauen Island-Sweater. Sloan reichte ihm die kugelsichere Weste, und Lucas schlüpfte hinein. Er schob die Knebelverschlüsse durch die Schlaufen. Alles proper, es sei denn, man fing sich einen Schuß in die Achselhöhle ein. Der ging dann direkt durchs Herz und beide Lungenflügel und trat bei der anderen Achselhöhle wieder aus... Nie zur Seite drehen.

»Scheißkalt draußen«, sagte Sloan. Er war ein schmalbrüstiger Mann, der einem nicht gerade in die Augen sehen konnte. Er hatte heute seine Kaninchenfellmütze auf. »Leben wir hier eigentlich in Scheiß-Rußland? In dieser verschissenen Sowjetunion?«

»Ist keine Sowjetunion mehr«, sagte Lucas. Sie waren auf einem Drugstore-Parkplatz aus dem noch mäßig warmen Auto gestiegen, Lucas, Sloan und Sherrill, um sich die Westen überzuziehen. Beobachtet wurden sie dabei von einem Zivilisten in blauer Jacke, der auf dem Parkplatz herumlungerte, während sein Hund am Bordstein an der Eisschicht schnüffelte.

»Ich weiß«, sagte Sloan. »Jetzt haben wir sie hier.«

Lucas zog sich den Sweater wieder über die Schultern. Dann kam die Jacke an die Reihe. Er war groß, hatte dunkle Haare, einen dunklen Teint und eisblaue Augen. Eine Narbe lief über sein Gesicht, eine lange weiße Schramme, von der Braue abwärts über die Wange. Als sein Kopf durch den Ausschnitt des Sweaters schlüpfte, grinste er seinen alten Freund Sloan an: »Wolltest du mit uns im Dezernat nicht eine Skigruppe bilden?«

»Hey, du solltest mal in der ...«

Das Funkgerät unterbrach ihn. »Lucas?«

Lucas griff nach dem Hörer. »Ja.«

»Ist jetzt auf der Ausfahrt«, sagte Del.

»Verstanden. Hast du es auch mitbekommen, Franklin?«

Franklin meldete sich fröstelnd. »Verstanden. Ich kann LaChaise und Cale sehen. Sitzen noch da. Sieht aus, als würden sie streiten.«

»Bleib in Bewegung«, sagte Lucas.

»Tu ich. Mir ist so verdammt kalt, daß ich Angst davor habe stehenzubleiben.«

»Jetzt ist sie auf der University ...« sagte Del.

»Besser, wir fahren los«, sagte Sherrill. Ihr Gesicht, von einer frechen schwarzen Frisur umrahmt, war von der Kälte gerötet. Sie hatte eine schwarze Lederjacke an, enge Jeans und Turnschuhe und dazu weiße Pelzfäustlinge, die sie im Ausverkauf zum Sonderpreis erstanden hatte. So etwas trug vielleicht ein Mädchen im High-School-Alter, doch sie hatte sich, wie das Jäger auch mit ihren Handschuhen machen, einen Schlitz für den Zeigefinger gemacht, damit sie besser abziehen konnte. »Sie wird sie abholen.«

»Ja«, nickte Lucas. Dann stiegen sie in ihre Limousine. Sloan setzte sich ans Steuer, Sherrill neben ihn, und Lucas machte es sich hinten bequem.

»Sie kommt«, sagte Franklin in das Funksprechgerät.

»Check deine Waffe«, sagte Lucas von hinten zu Sherrill. Er war sich nicht ganz sicher, wie sie sich verhalten würde. Man würde sehen. Er zog seine eigene .45er aus der Jackentasche, dann das

Magazin aus dem Griff, ließ die Patronen aus dem Magazin in die offene Hand schnippen und begann das Ritual des erneuten Ladens. Vor ihm ließ Sherrill die Trommel ihres .357er Revolvers rotieren.

Sloan wendete und fuhr die drei Blocks zur Midland Steel Federal Credit Union. Lucas sah aus dem Fenster auf die Straße und hatte das Gefühl, gleich abzuheben.

Das passierte ihm immer vor einem Kampf: Er sog diesen plötzlichen Schwall aus scharfen Körpergerüchen, Teer- und Nikotinqualm, Juicy Fruit, Gewehröl und nassem Leder genußvoll ein. Wenn dein Kopf immer so arbeiten könnte, dachte er, wenn er immer auf dieser Wahrnehmungsebene operieren könnte, dann wärst du ein Genie. Oder verrückt. Oder beides.

Lucas fiel ein, was ihm vorher schon durch den Kopf gegangen war, griff nach dem Funkgerät und rief die Zentrale.

»Wir brauchen zwei Wagen Verstärkung auf der University«, sagte er. »Wir verfolgen einen gestohlenen Chevy. Eine Streife soll ihn so schnell wie möglich stoppen.«

Er gab seine Identifizierung durch und die Nummer des verfolgten Wagens, und die Zentrale bestätigte es. »Wir haben einen Wagen auf dem Riverside Drive. Den schicken wir gleich hin.«

Candy hielt mit dem Van direkt vor Ham's Pizza. Georgie und Duane kamen heraus, und sie rutschte auf den Beifahrersitz und machte für Georgie die Hintertür auf. Duane setzte sich ans Steuer.

»Alles okay?« fragte Duane.

»Bestens, Duane«, sagte Candy. Sie schenkte ihm ihr Cheerleader-Lächeln.

Duane hing an ihr, auf seine Weise. Sie waren zusammen zur Schule gegangen, Grundschule und High-School. Sie hatten zusammen dieselben Klettergerüste unsicher gemacht, die smarte Candy und der nicht so smarte Duane. Später hatte sie ihm ein paarmal ihre Titten gezeigt – einmal unten am Meyer's Creek beim Nacktbaden mit Dick, als Dick Duane nicht kommen sah, aber Candy schon. Gut, sie war Dicks Frau, aber sie wußte, wie man sich nebenbei seine Loyalitäten sicherte für den Fall, daß man sie mal brauchte.

»Fahr los«, sagte Georgie von hinten. Und zu Candy: »Alles klar?«

»Alles klar.«

»Wird ein starker Auftritt heute«, sagte Georgie.

»Ein ganz toller«, sagte Candy. Zehn Uhr morgens, Zahltag. Die Lohn- und Gehaltsschecks wurden um elf Uhr ausgegeben. Schon eine Minute später kamen die ersten Kunden angeschlichen und würden ihre Schecks zu Bargeld machen wollen. Das wäre dann eine Stunde zu spät.

»Da ist wieder dieser Nigger«, sagte Duane zerstreut.

Ein riesiger Schwarzer war ins Ham's gekommen, bevor Candy vorgefahren war, hatte ein Stück Pizza bestellt und gefragt, ob er mit Essensmarken bezahlen könne. Als das verneint wurde, hatte er zögernd zwei zerknitterte Dollarnoten aus der Tasche gezogen und über die Theke geschoben.

»Essensmarken«, sagte Georgia verächtlich. »Wieder so ein Spinner. Sieh ihn dir an, wie er mit sich selbst redet.«

Franklin schlurfte vorbei und sagte: »Ein Block, fünfzehn Sekunden.«

Duane sagte: »Da drüben ist es.« Seine Stimme hatte dabei wohl etwas gezittert. Georgie und Candy ließen den Schwarzen gehen. Ihr Blick wanderte die Straße hinunter zu dem gelben Backsteingebäude mit dem Plastikschild und der kurzen Vorderveranda.

»Denk dran, was ich dir gesagt habe, Duane. In einer Minute sind wir drinnen«, sagte Georgie. Sie hatte sich vorgebeugt und es ihm leise ins Ohr gesagt, und als Duane versuchte, den Kopf wegzudrehen, packte sie sein Ohrläppchen, krallte ihre Nägel hinein und zog ihn zurück. Duane zuckte zusammen, und sie sagte: »Wenn du abhaust, wird einer von uns dich so lange jagen, bis du tot bist. Wenn du wegfährst, Duane, bist du tot. Stimmt's, Candy?«

»Stimmt«, sagte Candy und sah ihn an. Es war etwas Eisiges in ihrem Blick. Dann schaltete sie wieder zu ihrem Mein-Gott-Duane-ich-würde-es-ja-mit-dir-treiben-aber-ich-muß-Dick-treubleiben-Blick um. »Aber das tut er nicht. Duane ist okay.« Sie tätschelte seinen Oberschenkel.

»Ja, ich tu's«, sagte Duane. Er sah aus wie eine Ratte in der Falle. »Ich meine, ich mach's. Ich hab es in Rice Lake auch gemacht, oder?«

Er stoppte den Van am Bordstein, und Georgie sah ihn an. Dann zogen sich die beiden Frauen Nylonstrümpfe über die Gesichter und holten ihre Pistolen aus den Jackentaschen.

»Gehen wir«, sagte Georgie. Sie stieg aus, Candy gleich hinterher. Georgie fand, daß Candy toll aussah.

»Ich habe das Gefühl, als würde ich heute einen abknallen«, sagte Candy zu Georgie, als sie die vier Stufen zur Eingangstür der Credit Union hochstiegen.

Franklin war noch einen halben Block entfernt, als sie hineingingen, und sagte: »Die beiden Frauen sind drinnen. Haben sich Nylons über die Köpfe gezogen. Es geht los.«

Fünf Sekunden später stoppten Del und Kupicek hinter ihm und bewegten sich dann vorsichtig weiter, bis sie den Chevy von hinten und Cales Kopf sehen konnten. Sie waren vierzig Meter entfernt.

An der anderen Ecke hielt Sloan an und fuhr dann langsam weiter, bis er den Van sehen konnte. »Alles klar?« fragte Lucas. Er öffnete seine Tür.

»Ja.« Sloan nickte. Er sah fast schläfrig aus und gähnte. Die Anspannung.

»Gehen wir«, sagte Lucas. Und ins Funkgerät sagte er: »Los!«

Georgie und Candy stürmten in die Halle, sehr auffällig, sehr laut. Sie schrien durch die Masken, die Pistolen im Anschlag.

»An die Wand«, schrie Georgie als erste. »An die Wand!« Und hinter ihr schwang Candy sich auf den Counter, zielte mit ihrer Kanone auf die Leute und schrie: »An die Wand...«

Vier weibliche Angestellte und ein einsamer Kunde, ein Mann mit schwarzer Skijacke und Sonnenbrille, befanden sich in der Bank. Die Frau, die Candy am nächsten stand, sah aus wie ein Karpfen. Sie machte den Mund auf und zu, auf und zu, und dann hob sie die Hände und schwenkte sie vor dem Gesicht, als könne sie so die Kugeln wegwedeln. Sie hatte einen pinkfarbenen Sweater mit von Hand in einer Reihe quer über die Brust aufgenähten blauen Flachsblüten. Eine andere Frau wirbelte herum und sah im Weggehen über die Schulter zurück. Sie stellte sich an die Rückwand neben einen Aktenschrank. Sie sah Candy nicht an. Eine jüngere Frau, eine Kassiererin, machte einen Satz zurück, schrie auf, hielt sich den Mund zu, wich nach hinten aus, riß dabei ein Telefon vom Tisch, machte wieder einen Satz, erstarrte. Die vierte Frau ging einfach nach hinten, die Arme über Kreuz vor der Brust. Die Hände lagen auf den Schultern.

Georgie ratterte los wie ein Maschinengewehr: »Ruhig, ruhig, alle ganz ruhig bleiben. Kein Wort, Mund zu, Mund zu, bleiben Sie stehen. Alles ruhig stehenbleiben und den Mund halten... Das ist ein Überfall, Mund halten.«

Zehn Sekunden waren sie jetzt drinnen. Candy ließ sich hinter dem Counter wieder auf den Boden herunter, zog einen Kopfkissenbezug aus dem Gürtel und schüttete den Inhalt der Geldschubladen hinein.

»Das ist nicht alles«, übertönte sie Georgies Anweisungen. »Nicht alles. Es muß noch mehr da sein.«

Georgie suchte sich die am besten angezogene Frau aus, die mit den Flachsblüten, zeigte mit dem Finger auf sie und bellte: »Wo ist es, wo ist der Rest?«

»Nein-nein-nein«, sagte die Frau.

Georgie zielte auf den Mann in der Skijacke und sagte: »Wenn Sie es nicht sagen, blase ich dem da sein verdammtes Hirn aus dem Kopf.«

Georgie stand da wie die Cops im Fernsehen: die Pistole in beiden Händen, die Arme ausgestreckt, und zielte auf den Kopf des Jackenmanns. Der Lauf schwankte keinen Millimeter. Die Lady mit den Flachsblüten sah sich nach Hilfe um. Einer mußte ihr jetzt doch sagen, was sie tun sollte. Aber da war niemand. Sie gab auf und sagte: »Im Büro ist eine Kiste.«

Candy packte sie und schob sie grob zu dem kleinen Büro im hinteren Bereich. Die Frau hastete hin und zeigte auf eine Kiste, die unter dem Schreibtisch auf dem Boden stand. Candy schob sie zur Tür zurück, hob die Kiste auf den Schreibtisch und klappte sie auf: gebündelte Scheine, Zehner, Zwanziger, Fünfziger, Hunderter.

»Hab es«, rief sie und schüttete das Geld in den Bezug.

»Raus jetzt«, rief Georgie. »Raus ...«

Candy drehte den Kissenbezug zu und warf ihn sich wie der heilige Nikolaus über die Schulter. Sie rannte um den Counter zur Eingangstür. Der Mann in der Skijacke stand an der Wand neben einem kleinen Kundenschreibtisch. Er hielt die Hände über dem Kopf und hatte ein schiefes Ich-will-auch-ganz-nett-sein-Lächeln im Gesicht. Die Augen hinter der Sonnenbrille waren vor Angst weit aufgerissen.

»Was gibt es da zu lachen?« schrie Candy ihn an. »Lachst du über uns?«

Sein Lächeln wurde noch breiter, aber er wedelte abwehrend mit der Hand: »Nein, nein, ich lache nicht ...«

»Scheiß drauf«, sagt sie und schoß ihm ins Gesicht.

Der Knall hörte sich in der kleinen Kassenhalle an, als wäre eine Bombe explodiert. Die vier Frauen kreischten und warfen sich zu Boden. Der Mann fiel einfach hin. An der Wand hinter seinem Kopf sah man Blutspritzer. Georgie wirbelte herum und sagte: »Los.«

In Sekunden waren sie aus der Tür ...

»Auf geht's«, sagte Del, und Kupicek war erst einmal baff.

Von vorne kam Sloan. Duane sah ihn, und ihm blieb keine Zeit mehr zu überlegen. Der Wagen schoß heran und blieb quietschend fünf Zentimeter vor seiner Stoßstange stehen. So kam er nicht mehr vom Bordstein weg. Mit einem schnellen Blick in den Rückspiegel sah er, wie ihn ein anderer Wagen von hinten einklemmte. In der nächsten Sekunde flog die Beifahrertür auf, und der riesige Pizza-Schwarze stand da und zielte auf Duanes Nase.

»Nicht einmal kratzen darfst du dich«, sagte Franklin mit seiner gewinnendsten Stimme, und so gewinnend war die nicht. »Einfach nur still sitzen.« Er schob den Automatikschalthebel auf Parkposition, drehte den Motor ab, zog den Zündschlüssel heraus und warf ihn auf die Bodenmatte. »Einfach sitzen bleiben.«

Dann kamen noch ein paar, alle zur Beifahrertür. Doch Duane drehte, so sehr ihn Franklins Pistolenmündung fesselte, den Kopf und wollte sehen, was an der Tür der Credit Union passierte.

Den Schuß hatte er wahrgenommen. Er war hier draußen zwar nur gedämpft zu hören gewesen, aber es gab keinen Zweifel.

»Scheiße«, sagte der Schwarze, und dann laut: »Achtung, das war ein Schuß.«

»Raus«, schrie Georgie. Sie lächelte dazu wie ein südamerikanisches Revolutions-Postergirl, die schwarzen Haare zurückgeworfen, und deckte die Innentür ab, während Candy durch die Außentür auf die Veranda stürzte. Georgie war gleich hinter ihr, und da vorne stand auch schon der Van.

Und die Polizei.

Sie hörten sie rufen. Aber Candy konnte kein Wort verstehen. Ihr war klar, daß Georgie hinter ihr zur Waffe griff. Sie selbst spürte, wie ihre Hand den Sack losließ, wie er links von ihr auf den Boden fiel und wie ihre Hand mit der Pistole hochging. Ihr Finger war schon am Abzug, bevor sie die Waffe ganz ausgerichtet hatte. Sie sah den dünnen Mann mit dem platten Gesicht und einer Nase, die so groß sein mochte wie der Durchmesser eines Campbell-Dosendeckels, und ihre Pistole ging hoch und höher...

Lucas hörte den Schuß in der Bank, sprang zur Seite und sah Franklin reflexartig in Deckung gehen. Links von ihm stand Sherrill, die Arme auf Kupiceks Wagendach gestützt, und zielte auf die Eingangstür. Lucas dachte nur: *Hoffentlich sehen sie nicht aus dem Fenster...*

Dann flog die Tür auf, und die beiden Frauen waren auf der Veranda. Sie rissen die Waffen hoch, und er rief: »Nein, nein, nicht.« Er hörte Del schreien, und Candy LaChaise fing an zu schießen, und er sah Sherrills Kanone in ihrer Hand zucken...

Candy sah den Mann mit den gelben Zähnen und das auf sie gerichtete schwarze Loch der Pistolenmündung, und sie sah die schwarzhaarige Frau, und vielleicht, dachte sie – wenn sie genug Zeit hätte –, würde sie... *Zu spät.*

Sie spürte, wie die Kugeln einschlugen, eine nach der anderen, hörte die Knallerei, sah die Mündungsblitze, die Gesichter wie auf Fahndungsplakaten: Sie kamen auf sie zu. Aber sie spürte keinen

Schmerz, nur einen Druck und etwas, das ihr wie Strahlen durch die Brust schoß... Der Zustand hielt nicht an. Neben ihr stürzte Georgie zu Boden. Sie lag mit dem Kopf nach unten, die Füße auf der Veranda, die Stirn auf dem Gehwegpflaster, und sic wartete darauf, daß es hell würde. Das Licht würde kommen, und dahinter...

Sie war tot.

Lucas schrie: »Aufhören, aufhören.« Und fünf Sekunden, nachdem die beiden Frauen aus der Credit Union gestürzt waren, gab es auch keinen Grund mehr, noch weiter auf sie zu schießen.

Plötzlich war es totenstill, und durch den Pulvergeruch sagte jemand: »Gott im Himmel.«

Kapitel 2

Die City Hall von Minneapolis ist ein abweisender Steinklotz, feuchtheiß im Sommer, kalt im Winter, in dem es von Cops, Gaunern, Politikern, Bürokraten, Antragstellern, Reportern, TV-Teams und wütenden Steuerzahlern wimmelt. Drinnen ist für alle das Rauchen verboten.

Und so folgte ihr eben eine Fahne von unerlaubtem Zigarettenrauch, als Rose Marie Roux ihr Chefbüro der Polizeipräsidentin von Minneapolis verließ und durch die düsteren Marmorflure unterwegs zur Mordkommission war. Die oberste Polizeichefin war eine große und in die Breite gehende Frau, und ihr Gesicht wurde vom Druck ihres Jobs und dem Gang der Jahre immer mürrischer. Vor der Tür zur Mordkommission blieb sie stehen, zog noch einmal tief an ihrer Zigarette und blies eine blaue Wolke in die Luft.

Durch die Scheiben konnte sie Davenport sehen. Er stand da, die Hände in den Hosentaschen vergraben. Er trug einen blauen Anzug und ein weißes Hemd mit langem Kragen und einer Krawatte mit Pferdemuster – jede Menge hüpfende Rösser. Er war Deputy Chief und politisch zu seinem Amt gekommen, und das Geschäft, das er nebenbei betrieb und das sich nach neuesten Gerüchten in Größenordnungen von zehn Millionen Dollar bewegte, machte ihn zu einer wichtigen Figur im Spiel. Er sprach gerade mit Sloan und Sherrill.

Sloan war dünn, hatte ein teigiges Gesicht und einen ernsten Blick. Er war ganz in Braun gekleidet – er hätte sich nur gegen die Wand lehnen müssen und wäre nicht mehr zu sehen gewesen. Er kam mit allen gut zurecht und war der Verhörexperte in ihrem Team. Sloan hatte seine Waffe nicht benutzt und war deswegen noch voll im Einsatz.

Sherrill dagegen hatte alle sechs Schüsse aus ihrem Revolver abgegeben. Sie stand noch immer unter Hochspannung, ausgelöst von der Angst und dem Hochgefühl, das einen manchmal nach einer Schießerei überkommt. Roux hatte in den wenigen Jahren Streifendienst, bevor sie dann Jura studierte, ihre Pistole nie gezogen. Sie mochte keine Waffen.

Sie beobachtete die drei, Lucas Davenport und sein Team. Und schüttelte den Kopf: Möglich, daß die Dinge aus dem Ruder liefen. Sie ließ die Zigarette auf den Boden fallen, trat sie aus und schob die Tür auf.

Die drei drehten sich zu ihr um. Sie sah Lucas an und machte eine Kopfbewegung in Richtung Flur. Lucas folgte ihr und schloß die Tür hinter sich. Sloan und Sherrill sollten nichts mitbekommen.

»Es geht um die Anforderung einer uniformierten Einsatzgruppe – wann hatten Sie an die gedacht?« fragte Roux. Ihre Worte hallten durch den Marmorgang, aber niemand hörte sie.

Lucas lehnte sich gegen den kühlen Marmor. Er lächelte sein schnelles Lächeln, das, kaum war es aufgetaucht, auch schon wieder verschwand. Es war ein Lächeln, das ihn hart machte, sogar zu hart: gemein. Er hat es regelrecht eingeübt, dachte Roux. Von Zeit zu Zeit tat er das tatsächlich, und wenn er sich richtig an die Kandare genommen hatte, wirkte er zäh wie Leder. Sie sah, wie sich die Haut über seinem Schädel spannte.

»Hatte nach einem Routine-Einsatz ausgesehen, bei dem nichts schiefgehen konnte«, sagte er mit ruhiger Stimme. Sie wußten beide, worüber sie sprachen.

Sie nickte. »Na ja, es hat geklappt. Wir haben das Tonband aus der Zentrale freigegeben, und damit ist die Luft raus. Aber in der

Star-Tribune werden sie auf der Meinungsseite einigen Quark über herumballernde Zivilpolizisten absondern. Und Fragen stellen, wie sie überhaupt reingekommen sind – also, warum ihr so lange gewartet habt, bis ihr aktiv wurdet. Aber ich glaube ... wirkliche Probleme wird es nicht geben.«

»Wenn wir sie bloß festgenommen hätten, hätten wir eine Menge Zeugenaussagen bekommen, die uns in ein schlechtes Licht gerückt hätten«, sagte Lucas. »Und außerdem wären sie jetzt schon wieder draußen.«

»Ich weiß. Aber so, wie es aussieht ...« Sie seufzte. »Hätten die beiden LaChaises nicht diesen Farris erschossen, hätten wir einigen Ärger mehr.«

»Dieser Farris hat uns schon rausgehauen«, sagte Lucas und setzte noch einmal sein grimmiges Lächeln auf.

»So habe ich das nicht gemeint«, sagte Roux. Sie sah zur Seite. »Wie dem auch sei, ein Glück, daß wir Farris haben.«

»Ja, ein bißchen Kunststoff in den Backenknochen, den Kiefer aufschneiden, ein paar neue Zähne einsetzen, ein Stück Gewebe ans Ohr nähen ...«

»Ich versuche, Sie zu decken«, sagte Roux scharf.

»Hört sich aber an, als hätten Sie ’nen Scheiß für uns übrig«, schnappte Lucas zurück. »Die Leute von der Rice Bank haben sich die Videos aus den Überwachungskameras der Credit Union angesehen. Es gibt keinen Zweifel – die LaChaises waren es beide Male. Sie hatten die gleichen Hosen an, sagten das gleiche, gingen gleich vor. Und Candy LaChaise war es, die damals den Kassierer erschossen hat. Wir warten noch, was sie uns von Ladysmith and Cloquet zu sagen haben, aber es wird das gleiche Muster sein.«

Roux schüttelte den Kopf und sagte: »Ihr habt die harte Methode gewählt, und es wird entsprechend hart, bis alles wieder bereinigt ist.«

»Sie sind rausgekommen, sie haben angefangen, wir haben uns richtig verhalten«, sagte Lucas. »Sie haben zuerst geschossen. Das ist nicht erfunden, kein Cop-Bullshit.«

»Ich kritisiere ja nicht«, sagte Roux. »Ich sage nur, die Zeitungen stellen Fragen.«

»Vielleicht sagen Sie den Zeitungen mal, sie sollen sich selbst ins

Knie ficken«, sagte Lucas. Seine Chefin war eine Politikerin, die schon mal daran gedacht hatte, sich für den Senat nominieren zu lassen. »Das wäre genau der richtige politische Schachzug, so, wie die Dinge liegen.«

Roux zog eine altmodische silberne Zigarettendose aus der Tasche und klappte den Deckel auf. »Ich rede hier nicht über Politik, Lucas. Ich mache mir nur Gedanken über das, was passiert ist.« Sie fummelte in der Dose, bis sie eine Zigarette heraus hatte, und klappte den Deckel wieder zu. »Sie haben das Gefühl, wir... machen ihnen was vor. Als hätten wir selber das Gesetz in die Hand genommen. Wir sind gut dran, weil Farris *tatsächlich* was abgekriegt hat und Sie gerufen haben, sie sollen aufhören. Aber da sind auch noch sechs oder sieben Löcher in Candy LaChaise. Es sieht nicht so aus, als wärt ihr nicht darauf aus gewesen.«

»Das waren wir«, gab Lucas zu.

»... Also könnte die Autopsie noch etwas zutage fördern, das stinkt.«

»Sagen Sie der Gerichtsmedizin, sie soll sich mit ihrem Bericht Zeit lassen«, sagte Lucas. »Sie wissen ja, wie das läuft: In einer Woche oder so kräht kein Hahn mehr danach. Und in ein paar Monaten kommen dann die großen Entscheidungsspiele im Baseball. Dann sind die *das* Thema.«

»Ja, ja. Die Gerichtsmedizin macht mit. Noch.«

»Die LaChaises haben angefangen«, insistierte Lucas. »Und für sie war das Töten nichts als Sport. Candy LaChaise hat Menschen erschossen, um zu sehen, wie sie starben. Scheiß drauf.«

»Ja, ja«, sagte Roux. Sie winkte zum Abschied und machte sich mit hängenden Schultern wieder auf den Weg in ihr Chefbüro. »Schicken Sie alle nach Hause. Morgen geht die Sache vor den Ausschuß.«

»Sind Sie wirklich sauer?« rief Lucas ihr nach.

»Nein. Irgendwie... bedrückt es mich nur. Dieses Jahr hat es zu viele Leichen gegeben«, sagte sie. Sie blieb stehen, zündete das Feuerzeug an und schob sich eine neue Zigarette zwischen die Lippen. Die Spitze glühte im Halbdunkel wie ein Leuchtkäfer. »Zu viele Leute sind umgebracht worden. Daran sollten Sie denken.«

Weather Karkinnen erledigte in ihrem Arbeitszimmer Papierkram, als Lucas heimkam. Sie hörte ihn in die Küche gehen und rief durch den Flur: »Hier, im Arbeitszimmer.«

Einige Augenblicke später lehnte er mit einer Flasche Bier in der Hand in der Tür. »Hallo.«

»Ich habe versucht, dich anzurufen«, sagte sie.

Weather war eine kleine, athletisch gebaute Frau mit breiten Schultern und kurz geschnittenen blonden Haaren. Sie hatte hohe Backenknochen und dunkelblaue Augen, leicht schräg stehend, wie Finnen und Lappen sie haben. Ihre Nase war ein bißchen zu groß und gebogen, als hätte sie mal bei einem Kampf eins draufgekriegt. Genaugenommen keine hübsche Frau, aber auf Parties wirkte sie auf Männer anziehend. »Sie haben im Fernsehen von der Schießerei berichtet.«

»Was haben sie gesagt?« Er öffnete die Flasche und trank einen Schluck.

»Zwei Frauen sind nach einem Bankraub erschossen worden. Sie sagen, die Schießerei wäre eine umstrittene Sache.« Sie wischte sich besorgt die Haare aus der Stirn.

Lucas schüttelte den Kopf. »Um das, was sie im Fernsehen sagen, mußt du dich nicht kümmern.«

Er war wütend.

»Lucas ...«

»Ja?« Er war in der Defensive, und das gefiel ihm nicht.

»Du bist wirklich auf hundertachtzig«, sagte sie. »Was ist passiert?«

»Ach, die Medien wollen uns Feuer unterm Hintern machen. Alle scheinen sich Sorgen darum zu machen, ob es ein fairer Kampf war. Warum sollte er fair sein? Das hier ist kein Spiel, es ist Verbrechensbekämpfung.«

»Hättest du sie festnehmen können? Einsperren? Vor Gericht bringen, in Verbindung mit den anderen Banküberfällen in Wisconsin?«

»Nein.« Er schüttelte den Kopf. »Sie waren jedesmal maskiert und haben jedesmal gestohlene Wagen benutzt. Vor zwei Jahren ist Candy LaChaise mal in River Falls wegen bewaffneten Raubüberfalls verhaftet worden. Der Typ, den sie überfallen hatte, ein

Autohändler, wurde zwei Wochen später, noch vor dem Prozeß, erneut überfallen und erschossen. Es gab keine Zeugen, und sie hatte ein Alibi. Die Cops aus River Falls glauben, ihre eigene Bande habe ihr wieder herausgeholfen.«

»Aber es ist doch nicht euer Job, sie umzulegen«, sagte Weather.

»Hey, mal langsam«, sagte Lucas. »Ich bin da nur aufgetaucht und hatte eine Kanone bei mir. Was danach passiert ist, geht auf deren Konto. Nicht auf meins.«

Sie schüttelte den Kopf, war noch nicht zufrieden. »Ich weiß nicht«, sagte sie. »Was du tust, macht mir angst, aber anders, als dir lieb sein sollte.« Sie verschränkte die Arme und schlang sie um ihren Körper, als wäre ihr kalt. »Ich fürchte mich weniger davor, was dir ein anderer antun könnte, als was du selbst dir antun könntest.«

»Ich habe dir doch gesagt...« Er wurde ärgerlicher.

»Lucas«, fiel sie ihm ins Wort, »ich weiß, wie dein Verstand arbeitet. Im Fernsehen sagen sie, ihr hättet diese Leute seit neun Tagen überwacht. Ich *spüre* es richtig, wie ihr sie in den Überfall hineinmanipuliert habt. Ich weiß nicht, ob *du* das weißt, aber ich weiß es.«

»Quatsch«, blaffte er und ging weg.

»Lucas...«

Er war schon halb den Flur hinunter, mit den adressierten Briefkuverts in der Hand. Sie schrieb gerade Hochzeitseinladungen. Er drehte sich um und kam zurück.

»Mein Gott, tut mir leid, ich bin gar nicht sauer auf dich«, sagte er. »Manchmal... Ich weiß nicht, manchmal verliere ich zu schnell die Geduld.«

Sie stand auf und sagte: »Komm her. Setz dich da in den Sessel.«

Er setzte sich, und sie kletterte auf seinen Schoß. Er konnte immer wieder nur staunen, wie klein sie war, alles an ihr. Ihr kleiner Kopf, ihre kleinen Hände, ihre kleinen Finger.

»Du brauchst etwas, das deinen Blutdruck wieder sinken läßt«, sagte sie.

»Dafür habe ich mir doch schon das Bier geholt«, sagte er.

»Als deine Ärztin sage ich dir, das Bier reicht dazu nicht«, meinte sie und kuschelte sich in seinen Schoß.

»Ja? Was verschreibst du mir denn nun genau...?«

Kapitel 3

›Crazy‹ Ansel Butters wartete, daß der Schub kam, und als er da war, sagte er: »Na also.«

Dexter Lamb lag auf der Couch, ein Arm hing auf den Boden herab. Er musterte die Risse an der pinkfarbenen Stuckdecke, die wie Spinnwebenmuster aussahen, und sagte: »Sagte ich doch, Kumpel.«

Lambs ›Alte‹ war in der Küche und starrte auf die Plastiktischdecke. Langsam und mit gedämpfter Stimme murmelte sie: »Wenn ich nur schon weg wäre... Verdammt, Dexter, wo hast du die Tüte? Ich weiß, du hast eine.«

Ansel hörte sie nicht, hörte nicht das Jammern und Klagen. Ansel schwebte über eine Kokainlandschaft hinweg, die sein Kopf malte – grüne Hügel, hübsche Frauen, rote Mustangs, Labradors – eine wahre Wonne! Sein Kopf lag zur Seite geneigt auf der Schulter, und seine langen Haare fielen hinab wie ein Regenschwall vor einem Fenster. Nach zwanzig Minuten war der Traum vorbei – bis auf das Nachbrennen in seinem Hirn, das erst langsam ausglühen würde.

Doch bis dahin hatte er noch ein paar Minuten, und er murmelte: »Dex, ich muß was mit dir bereden.« Lamb stopfte gerade eine neue Pfeife und hielt inne. Seine Augen waren verschwommen von den zu häufigen Ausflügen und den zu vielen Tagen ohne Schlaf. »Was willste?«

Seine Frau kam in ihrem dünnen Baumwollslip aus der Küche, kratzte sich im Schritt und sagte: »Wo hast du die Tüte hin, Dex?«

»Ich muß jemanden finden«, sagte Ansel dazwischen. »Bringt mir echtes Geld. Für einen Monat Stoff. Und ich brauche eine Bude in der Nähe. Fernsehen, ein paar Betten, so in etwa.«

»Die Bude kann ich dir besorgen«, sagte Lamb. Er zeigte mit dem Daumen auf seine Frau. »Mein Schwager hat ein paar Häuser, ziemlich runtergekommen, aber in einem kannst du wohnen. Mußt dir die Möbel aber selbst kaufen. Ich weiß, wo du ganz billige kriegst.«

»Wäre schon okay so.«

Dex stopfte seine Pfeife fertig, machte das Feuerzeug an und wollte die Pfeife gerade in den Mund stecken, als ihm die Frage einfiel: »Und was ist das für ein Typ, den du suchst?«

»Ein Cop. Ich suche einen Cop.«

Lambs Alte, große schwarze Augen, hohle Wangen, eine weißliche Narbe im Gesicht, kratzte sich noch einmal im Schritt und fragte: »Wie heißt er?«

Butters sah sie an. »Genau das möchte ich gerne wissen.«

Bill Martin kam in seinem umgebauten Ford-Truck von der Upper Peninsula. Die Kotflügel waren durchgerostet, aber der Achtzylindermotor war perfekt hochfrisiert. Er nahm die Landstraßen durch Wisconsin, hielt an einem Rasthaus auf ein Bier und ein paar gekochte Eier, dann wieder an einer Tankstelle, und zwischendurch sprach er mit einem Waffenverkäufer in Ashland.

Draußen auf dem Land war noch alles gefroren. Zwischen den grünen Kiefern und den grauen Stämmen der Eschen lagen schmutzig verkrustete Schneehaufen. Martin hielt mehrmals an, um sich die Beine zu vertreten, von Brücken zu schauen und sich die Spuren im Schnee anzusehen. Er mochte diesen Winter nicht mit seinem vielen Schnee und den Graupelschauern, die alles mit einer fast einen Zentimeter dicken Eisschicht bedeckten. Das viele Eis würde am Morgen den Moorhühnern noch zum Verhängnis werden, nachdem ihre Population sich gerade erst wieder ausgebreitet hatte.

Er suchte nach Spuren von ihnen, fand aber keine. Für Bärenspuren war die Jahreszeit noch zu früh, aber in sechs bis acht Wochen würden sie hier draußen sein mit ihren glänzenden Fellen, voller Kraft und unglaublich schnell. Ein junger männlicher Bär konnte aus dem Stand einem Pferd davonrennen. Nichts putzte einem die Stirnhöhlen besser aus, als auf einen alten, hungrigen Bären zu stoßen, wenn man mit Schneeschuhen unterwegs war und mit nichts anderem bewaffnet als einer Plastikfeldflasche und einer Prise Schnupftabak.

Er fuhr Richtung Süden. Um zwei Uhr nachmittags sah er im hüfthohen gelben Gras, das an einem Bach aus der Schneedecke ragte, einen Kojoten nach etwas kratzen. Vielleicht nach Wühlmäusen. Er hielt an und zog seinen Bausch-and-Lomb-Entfernungsmesser und die AR-15 heraus. Der Lasermesser zeigte 274 Meter an. Die Ballistik würde dreiundzwanzig Zentimeter ausmachen, die seitliche Abweichung bis zu fünf Zentimeter. Er stützte seine Army-Rifle auf den vorderen Kotflügel und zielte ein paar Zentimeter über das Blatt des Kojoten. Die .223er-Kugel traf die Flanke zwar etwas tief. Aber der Kojote sprang mit einem Satz hoch, sackte zusammen und blieb bewegungslos liegen.

»Getroffen«, murmelte Martin und bleckte die Zähne. Ein guter Schuß.

Martin überquerte den St. Croix in Grantsburg, hielt an, um einen Blick auf den Fluß zu werfen – die gefrorene Oberfläche war von den Spuren der Snowmobile gezeichnet –, und fuhr dann zögernd zur I-35 weiter. Die Interstates durchzogen das Land wie störende Narben. Nirgends kam man nah genug heran, um irgend etwas zu sehen. Aber wenn man schnell weiterwollte, hatten sie natürlich ihren Nutzen. Er machte ein letztes Mal an einem Rasthaus an der I-35 kurz vor den Cities halt, wie sie Minneapolis und ihre Zwillingsstadt St. Paul kurz nannten, erledigte einen Anruf und fuhr dann hinein.

Butters wartete an einer Amoco-Tankstelle an der I-94. Neben seinen Füßen stand ein olivgrüner Matchbeutel. Martin stoppte am Straßenrand, und Butters stieg ein und sagte: »Geradeaus und wieder die Auffahrt runter.«

Martin bemerkte die Ampel und fragte: »Wie geht's?«

»Müde«, sagte Butters. Er sah ihn schläfrig aus kleinen Augen an.

»Das warst du letzten Herbst auch schon«, sagte Martin. Martin war damals von einer seiner Verkaufstouren – er handelte mit Waffen – durch Tennessee zurückgekommen und hatte Butters zu einem Jagdausflug auf Eichhörnchen mitgenommen.

»Diesmal bin ich noch müder«, sagte Butters. Er sah nach hinten in den Truck. »Was hast du dabei?«

»Drei alte Pistolen, drei chinesische AK-Semiautomatiks, zwei umgebaute AR-15, einen Bogen, ein paar Dutzend Pfeile und mein Messer«, sagte Martin.

»Den Bogen wirst du wohl nicht brauchen«, sagte Butters trocken.

»Ist aber tröstlich, ihn zu haben«, sagte Martin. Er war ein wuchtiger und muskulöser Mann, einer, der viel draußen war, mit einem dunkel-rötlichen Bart und einem pockennarbigen Gesicht. »Wo ist dieser Typ, den wir treffen wollen?«

»Drüben in Minneapolis. Nicht weit von der City. Beim Metrodome.«

Martin grinste sein dünnes Kojoten-Killer-Grinsen. »Hast du ihn ausgekundschaftet?«

»Ja, habe ich.«

Sie nahmen die I-94 nach Minneapolis, verließen sie an der Ausfahrt zur Fifth Street, kauften in der City eine Pizza und fuhren zurück zur Eleventh Avenue. Butters dirigierte Martin zu einem alleinstehenden einstöckigen Backsteingebäude mit einem Waschsalon im Erdgeschoß und einer Wohnung darüber. Es war ein altes Haus, aber gut erhalten. In den Vierzigern war es vielleicht einmal ein Tante-Emma-Laden gewesen. Hinter den Fenstern der Wohnung war Licht.

»Ihm gehört der Waschsalon«, sagte Butters. »Da oben im ersten Stock ist eine einzige große Wohnung. Er wohnt da mit seinem Mädchen.« Butters sah zu den beleuchteten Fenstern hinauf. »Sie muß zu Hause sein, denn er ist in der Stadt. Er paßt dort auf seine Jungs auf, bis Geschäftsschluß ist. Gestern nacht ist er etwa um zwei nach Hause gekommen und hatte eine Pizza dabei.«

Martin sah auf seine Uhr, eine schwarze Chronosport im Militärlook mit Leuchtziffern. »Haben jetzt eine Stunde gebraucht.« Er musterte das Haus durch das Wagenfenster. Nach oben führte nur eine Tür. »Wo geht es zur Garage, von der du gesprochen hast?«

»Durch die Seiteneinfahrt. Hinten ist eine Feuertreppe, eine zum Runterklappen. Zu hoch, um raufzukommen. Letzte Nacht ist er in die Garage gefahren – er hat eine Fernbedienung für das Tor – und hat hinter sich wieder zugemacht. Eine Minute später ist dann das hintere Licht in der Wohnung angegangen. Es muß also drinnen eine Treppe von der Garage hochführen. Da ist er dann auch wieder runtergekommen, durch die Garage raus und um die Ecke in den Waschsalon. Er war dann im rückwärtigen Teil, hat wahrscheinlich die Münzfächer in den Maschinen geleert.«

Martin nickte. »Hmm. Die Vordertreppe hat er nicht benutzt?«

»Nee. Habe nicht darauf geachtet, weil drinnen etwas hätte ablaufen können.«

»In Ordnung. Wir schnappen ihn uns in der Garage?«

»Ja. Und vielleicht essen wir inzwischen unsere Pizza. Wir brauchen ohnehin nur den Karton. Harp will sicher keine.«

Sie plauderten locker weiter. Sie hatten es bequem in ihrem Pickup und seinem Geruch, einem Gemisch aus Benzin, Rost, Öl und Stroh, in dem die Waffen verpackt waren. Dann fragte Martin, während er sich den Bart mit einem Papiertaschentuch abwischte: »Was hörst du so von Dick?«

»Habe nichts Dickes von Dick gehört«, sagte Butters. Er wartete erst gar nicht ab, ob Martin lachte, weil der das doch nicht tat. Dennoch hatte Butters das Gefühl, daß Martin manchmal für kleine Späßchen zu haben war. »Das letztemal«, sagte er, »als ich mit ihm redete, klang er so, als würde er sich... da draußen absetzen.«

Martin kaute, schluckte und sagte: »Da draußen läuft keine krumme Tour.«

»Nein, da nicht«, bestätigte Butters. Er war genauso weit raus da wie alle anderen. »Aber wenn es soweit kommt, daß wir Cops umlegen müssen, dann muß er selber Boden unter den Füßen haben.«

»Wieso? Hast du dann vor abzuhauen?«

Butters dachte eine Weile nach, lachte fast traurig und schüttelte den Kopf. »Ich glaube, nicht.«

»Ich habe mir überlegt, ob ich rauf nach Alaska gehe und mich in die Wälder schlage«, sagte Martin nach kurzem Schweigen. »Du weißt, als ich diesen Anruf bekam. Aber sie kriegen dich sogar in Alaska. Sie finden deine Spur überall. Ich bin es leid. Ich meine, es ist Zeit, daß wir was unternehmen. Als ich also von Dick hörte, dachte ich mir, ich kann genauso gut herkommen.«

»Ich weiß nichts über das Drumherum«, sagte Butters. »Aber ich schulde Dick etwas. Und jetzt zahle ich es eben ab, weil ich es satt habe.«

Martin sah ihn eine Weile an und sagte: »Wenn du es so satt hast, mußt du ja überhaupt keine Angst vor den Cops haben. Oder vor sonst was.«

Sie kauten wieder schweigend. Dann sagte Butters: »Stimmt.« Und kurz darauf sagte er: »Habe ich dir gesagt, daß mein Hund tot ist?«

»Das kann einen Mann schon so weit bringen, daß er's satt hat«, sagte Martin.

Wenn Daymon Harp arbeitete, pfiff er dazu ein Liedchen wie die Sieben Zwerge. Doch bei seiner Arbeit kam etwas anderes heraus als bei Schneewittchen und ihren kleinen Freunden. Er verkaufte nämlich Kokain und Speed, war dabei halbwegs Großhändler und belieferte ein halbes Dutzend verläßliche Weiterverkäufer in Clubs, Bars und Bowlingbahnen in Minneapolis und einigen ausgewählten Vorstädten.

Harp hatte siebentausend Dollar in der Manteltasche und pfiff ein Menuett aus dem Notenbüchlein für Anna Magdalena Bach, als er aus der Lincoln in die Eleventh abbog. An der Ecke vor seinem Waschsalon stand ein junger Kerl mit hellem Haarschopf, hielt eine Pizzaschachtel in der Hand und sah zu seiner Wohnung hinauf. Die Pizzaschachtel hätte ihn eigentlich darauf bringen können, sich auch nach dem Lieferantenwagen umzuschauen. Das versäumte er aber.

Harp fuhr um die Ecke, drückte den Öffner für sein automatisches Garagentor und sah, wie der junge Kerl ihm nachschaute. Er fuhr hinein, stellte den Motor ab und stieg aus. Der junge Kerl ging, die Pizzaschachtel flach auf der Hand balancierend, über den Gehsteig, und Daymon dachte: *Wenn diese verdammte Schnepfe sich eine Pizza liefern läßt, wo sie doch selbst da ist und sie sich holen könnte…*

Er sah den jungen Kerl auf sich zukommen, während Martin hinter ihm auftauchte und ihm eine Pistole ans Ohr drückte: »Zurück in die Garage.«

Daymon fuhr hoch, faßte sich aber. Er hielt die Hände seitlich ausgestreckt und ging in die Garage zurück. »Ganz ruhig«, sagte er. Er wollte den Typen nicht nervös machen. Er hatte schon mal eine Pistole am Ohr gehabt, und wenn einem das passiert, sieht man besser zu, daß keiner nervös wird. Er versuchte, eine Drohung unterzubringen: »Du weißt, wer ich bin?«

»Daymon Harp, der berühmteste aller Drogen-Dealer«, sagte Martin, und Harp dachte: *Soso.*

Der Junge mit der Pizza kam hinter ihnen her, entdeckte den beleuchteten Knopf zum Schließen der Garage und drückte ihn. Das Tor fuhr herab, und Martin drängte Harp zur hinteren Treppe.

»Da bleibst du stehen«, sagte Martin.

Harp lehnte sich gegen die Wand und spreizte Arme und Hände. »Habe keine Waffe«, sagte er. Er sah Martin von der Seite an. »Ihr seid keine Cops.«

»Da kämen wir aber arg in Verlegenheit, wenn du uns wegen der Kanone anlügen würdest«, sagte Martin. Der Jüngere klopfte ihn ab, entdeckte das Bündel Geldscheine und zog es heraus. »Sieh mal an«, sagte er. »Besten Dank.«

Harp sagte keinen Ton.

»Nun zum Geschäftlichen«, sagte Martin, während Butters das Geld einsteckte. »Wir brauchen ein paar Informationen. Wir tun dir nichts. Nur, wenn du Dummheiten machst. Du machst also am besten mit.«

»Was wollt ihr?« fragte Daymon.

»Nach oben gehen«, sagte Butters in seinem weichen Tennessee-Akzent. Harp musterte ihn aus dem Augenwinkel: Butters hatte unter dem linken inneren Augenwinkel drei dunkelblaue Tränen eintätowiert, und Daymon Harp dachte wieder: *Soso.*

Das Trio stieg die Treppe hoch, und nun stach der Pistolenlauf des Jungen aus dem Süden Daymon ins Kreuz. Der andere zielte auf seine Schläfe. Gespannt blieben sie stehen, als Daymon die Tür aufschloß. Eine Frauenstimme kam aus dem Flur: »Day? Bist du das?«

Butters ließ die beiden stehen und trat auf Zehenspitzen in den Flur. Er war gerade an der Ecke, als die Frau herumkam. Sie schreckte zurück, als Butters sie am Handgelenk packte und ihr die Waffe zeigte. »Klappe halten«, sagte er.

Sie hielt die Klappe.

Fünf Minuten später waren Harp und die Frau mit Klebstreifen an Küchenstühle gefesselt. Die Hände der Frau lagen flach auf ihren Schenkeln. Um Brust und Oberarme waren die Klebstreifen gebunden. Im Mund hatte sie eine Socke, die noch einmal zwei oder drei Schlingen Klebeband an Ort und Stelle hielten. Ihr angstvoller Blick schoß zwischen Harp und dem einen oder anderen Weißen, der in ihr Blickfeld kam, hin und her.

Martin und Butters sahen sich in der Wohnung um. Martin öffnete die Korridortür nach vorn und sah, daß auf dem Treppenabsatz davor ein Stapel Kartons für Haushaltsgeräte im Weg stand. Die Kartons sorgten für eine Art Pufferzone und dienten als eine Alarmanlage für den Fall, daß die Polizei kam, ließen aber, wenn nötig, auch noch genug Platz für einen Fluchtweg.

Butters checkte die beiden Schlafzimmer, fand aber nichts Interessantes außer einer Sammlung Jazzplatten, alte 33er Vinylscheiben.

»Alles sauber«, sagte er, als er wieder nach vorne kam.

Martin setzte sich auf den dritten Stuhl und sagte, Knie an Knie mit Harp: »Leute wie uns kennst du wahrscheinlich. Hast uns in der Kneipe gesehen. Für Schwarze haben wir nicht viel übrig. Wir würden euch zu gern die Kehlen durchschneiden, und das wär's dann. Aber das geht heute nicht, weil wir dich brauchen. Du sollst uns mit einem deiner Freunde bekannt machen.«

»Mit wem?« fragte Daymon Harp.

»Dem Cop, mit dem du gemeinsame Sache machst.«

Harp bemühte sich, ein überraschtes Gesicht zu zeigen. »Es gibt keinen Cop.«

»Wir wissen, die Show mußt du jetzt abziehen, aber wir haben nicht allzuviel Zeit«, sagte Martin. »Um dir also zu zeigen, wie... hmm... ernst wir es meinen...« Er wählte seine Worte sorgfältig und sagte leise: »... werden wir deine Kleine hier aufschlitzen.«

»Motherfucker«, sagte Harp. Aber er sagte es nicht zu Martin. Es war nur ein Ausruf, und Martin nahm ihn auch als solchen. Der Frau traten die Augen aus dem Kopf. Sie rutschte auf ihrem Stuhl hin und her. Martin ließ sie gewähren. Über die Schulter sagte er: »Ansel, sieh mal nach, ob du in der Küche ein Messer findest...«

Draußen auf der Straße vor dem Waschsalon war kein Mensch zu sehen, und das war gut für Butters und Martin. Denn Harp konnte man nicht einfach so zum Reden bringen, und für einen kurzen Augenblick konnte man Jasmine schreien hören, trotz des Knebels in ihrem Mund und trotz der wegen der Winterkälte fest geschlossenen Fenster.

Dick LaChaise wurde nur von einer Wache begleitet, als er das Staatsgefängnis von Michigan verließ. LaChaise hatte mittlerweile vier Jahre von einer neunjährigen Gefängnisstrafe abgesessen und nie an einen riskanten Fluchtversuch gedacht. Bei guter Führung würde er in ein paar Jahren draußen sein. Sie hatten ihm Handschellen und Fußfesseln angelegt, und nun flogen LaChaise und seine Ein-Mann-Eskorte, Wayne O. Sand, bei Anbruch des Abends nach Eau Claire. Acht Tage waren seit der Schießerei in Minneapolis vergangen.

Während des Flugs las Wayne O. Sand *The Last Mammoth* von Margaret Allan, weil er dieses prähistorische Zeug und diese ganzen Wunderwelten liebte. Hätte er damals gelebt, dachte er, wäre er vielleicht ein Stammeshäuptling oder etwas Ähnliches gewesen. Jedenfalls etwas Bedeutendes.

LaChaise las ein Tattoo-Magazin, es hieß *Skin Art*. LaChaise war über und über tätowiert. An beiden Armen prangten Phantasiefiguren aus Comics. Superfrauen mit fußballgroßen Brüsten und Löwenmähnen produzierten sich auf seinen Bodybuilder-Muskeln. Der übrige Schmuck waren Adler, Tiger, Messer und Drachen. Außerdem konnte man vier Namen lesen: rechts Candy und Georgie, links Harley und Davidson.

Die Tätowierungen an den Armen hatte er sich draußen von professionellen Tattoo-Künstlern machen lassen. Die Arbeiten auf seinem Rücken und an den Beinen stammten von Mitgefangenen. Gefängnisarbeit mit Nähnadel und Kugelschreibertinte. Zwar waren die Figuren nicht so gelungen wie die von den Profis, aber LaChaise gefiel ihre Grobschlächtigkeit, weil sie Bosheit und Gewalttätigkeit ausstrahlten. Eine Frage des Geschmacks.

Als die Maschine aufsetzte, legte LaChaise das Magazin weg

und sah Sand an. »Wie wär's mit einem Sprung zu McDonald's? Auf ein paar Big Macs?«

»Laß mich in Ruhe«, sagte Sand, der noch in sein Buch vertieft war. Sand war ein schwammiger Typ, ein kleiner autoritärer Gefängnisbürokrat, der mal nett sein und einen dann wieder fertigmachen konnte, ohne jeden Anlaß. Ihm gefiel die Macht, die er hatte. Er war aber bei weitem nicht der Schlimmste. Nach der Landung führte Sand LaChaise aus dem Flugzeug und kettete ihn hinten an die Sitzhalterung des Leihwagens.

»Was ist nun mit McDonald's?« fragte LaChaise.

Sand überlegte einen Augenblick und sagte dann: »Nö. Ich will im Motel sein, bevor es zu spät wird. Heute abend ist ein Spiel.«

»Hey, Mann, kommen Sie ...«

»Schnauze«, sagte Sand so knapp und beiläufig, wie Gefängniswärter das tun.

Sand brachte LaChaise für die Nacht im Eau Claire County Jail unter. Am nächsten Morgen schob er LaChaise wieder in den Ford und karrte ihn durch die gefrorene Landschaft nach Colfax zum Logan Funeral Home. Auf der Vorderveranda des Beerdigungsinstituts warteten LaChaises Mutter und Sandy Darling, Candys Schwester. Auf der Straße parkte ein Polizeiwagen mit laufendem Motor. Am Steuer saß ein Deputy und las Zeitung.

Amy LaChaise war eine rundliche Frau vom Land mit ölig glänzendem Gesicht und mißtrauisch blickenden schwarzen Augen. Die schwarzen Haare trug sie kurz geschnitten. Auf der Oberlippe wuchs ihr ein dünner Bart. Unter einem blauen Nylonparka trug sie ein schwarzes Kleid mit weißem Kragen. Ein kleines Schleierhütchen aus den dreißiger Jahren zitterte auf ihrem Kopf. Den schwarzen Schleier hatte sie über die Stirn gezogen.

Sandy Darling war das genaue Gegenteil: klein, schlank, mit eckigem Kinn und einem schmalen, wettergegerbten Gesicht. In den Augenwinkeln hatte sie schon Krähenfüße, obwohl sie erst neunundzwanzig war, vier Jahre jünger als ihre Schwester Candy. Wie Candy war sie blond, aber das Haar trug sie kurz. In den Ohren steckten schlichte Zuchtperlen. Und während Candy diesen reinweißen Wisconsin-Teint gehabt hatte, waren Sandys gerötete

Nase und Stirn voller Sommersprossen. Sie trug einen schwarzen Wollmantel über einem langen schwarzen Kleid, dazu dicke schwarze Lederhandschuhe und modisch verzierte schwarze Cowboystiefel mit silbernen Kappen auf den Spitzen. In der Hand hielt sie einen weißen Cowboyhut.

Als der Leihwagen vorfuhr, stieg Amy LaChaise die Stufen zum Gehsteig hinunter. Sandy Darling blieb auf der Veranda und drehte den Cowboyhut in den Händen. Wayne O. Sand öffnete das Schloß an der Kette zum Sitz, stieg aus, stellte sich Amy LaChaise in den Weg und zog die Wagentür für LaChaise auf.

»Das ist meine Ma«, sagte LaChaise beim Aussteigen zu Sand. LaChaise war ein hochgewachsener Mann mit breiten Schultern und tiefliegenden schwarzen Augen, langem Haar und einem Bart, der die hohlen Wangen verdeckte. Seine Finger waren so dick und kräftig wie Hickorystöcke. In einem langen Gewand hätte er wohl den Propheten Jeremias abgeben können.

»Okay«, sagte Sand, und an Amy LaChaise gewandt: »Ich halte Ihnen die Tasche.«

Der Deputy war aus seinem Wagen gestiegen und nickte Sand zu, während Amy LaChaise ihm ihre Handtasche gab. »Alles okay?« fragte er.

»Sicher.« Sand ging zu ihm, um mit ihm zu reden. LaChaise ging nirgendwohin.

Amy LaChaise drückte ihrem Sohn einen trockenen Kuß auf die Wange und sagte: »Sie haben sie niedergeknallt wie räudige Hunde.«

»Ich weiß, Mama«, sagte LaChaise. Er sah an ihr vorbei zu Sandy Darling auf der Veranda und nickte kurz. Zu seiner Mutter sagte er: »Sie haben es mir erzählt.«

»Sie haben sie reingelegt«, sagte Amy. Dazu stieß sie die Nase in die Luft, um ihre Worte zu betonen. »Der gottverdammte Duane Cale hatte etwas damit zu tun, denn er ist jetzt fein raus und quatscht aus, was er nur kann. Er wird alles sagen, was sie wissen wollen. Jede Menge Lügen.«

»Ja, ich weiß«, sagte LaChaise. Seine Mutter machte sich Sorgen, weil Candy ihr aus einigen Überfällen Geld gegeben hatte.

»Was soll ich also tun?« wollte Amy LaChaise wissen. »Sie waren deine Schwester und deine Frau...« Sie klammerte sich an seinen Arm, und ihre Fingernägel gruben sich wie Dornen hinein.

»Ich weiß, Mama«, sagte LaChaise. »Aber im Augenblick kann ich nicht viel machen.« Er hob die Hände und zeigte ihr seine schweren Handschellen.

»Eine feine Sache ist das«, maulte Amy LaChaise. Sie hing noch immer an seinem Arm. »Du läßt es einfach geschehen und machst es dir in deiner Zelle bequem.«

»Komm mit in die Kapelle«, sagte LaChaise mit einem scharfen Unterton in der Stimme. »Ich möchte sie mir ansehen.«

Amy LaChaise trat einen Schritt zurück. »Die Särge sind geschlossen«, sagte sie aufs Geratewohl.

»Die kann man wieder aufmachen«, sagte LaChaise grimmig.

Sandy beobachtete noch immer von der Veranda das unglückliche Wiedersehen, drehte sich schließlich um und ging hinein.

Logan, der Direktor des Beerdigungsinstituts, war ein kleiner Mann mit beginnender Glatze und einem Schnauzbart, der nicht mehr ordentlich, sondern mottenzerfressen aussah. Sein Gesicht war zwar grau, aber er hatte auffallend lebhafte und rosafarbene Hände, die er beim Sprechen rieb. »In einem Fall wie diesem, Mr. LaChaise«, sagte er und betrachtete nervös dessen Handschellen, »übernehmen wir keine Verantwortung für die Folgen.«

»Öffnen Sie die Kisten«, sagte LaChaise.

Logan löste mit besorgter Miene die Deckelklammern und trat zurück. Ein ganzes Stück. LaChaise ging hin und klappte sie auf.

Candy, seine Frau.

Sie hatte mehrere Schüsse in den Leib bekommen, doch die waren jetzt vom Totenhemd verdeckt. Nur eine Kugel hatte fast glatt ihre Nase durchschlagen. Man hatte ihr aus einer Art Kitt eine neue gemacht. Sonst sah sie so süß aus wie an dem Tag, als er sie zum erstenmal im Wal-Mart gesehen hatte. Er sah sie eine ganze Minute lang an und glaubte, auch eine Träne vergossen zu haben. Aber das hatte er nicht.

Georgie sah schlimmer aus. Sie hatte wenigstens drei Treffer ins Gesicht bekommen. Die Leute vom Beerdigungsinstitut hatten daran genäht, geflickt und geschminkt, doch mit Georgies Schädel war sichtlich etwas Schlimmes passiert. Der Körper da im Sarg hatte nicht mehr viel mit der lebendigen Georgie zu tun, sondern wirkte wie eine Plastikpuppe.

Seine Schwester.

Er konnte sich gut an das eine schöne Weihnachtsfest erinnern, an dem sie diesen Christbaum hatten. Er war neun oder zehn gewesen und sie drei oder vier, und jemand hatte sie in einen Strampelanzug gesteckt. »Feetsies«, hatte sie ihn genannt. »Ich ziehe mir meine Feetsies an.« Das mußte jetzt fünfundzwanzig Jahre her sein, und nun lag sie da mit einem Kopf wie ein eiförmiger Football. Wieder wären ihm fast die Tränen gekommen. Wieder passierte es nicht.

Logan, der Direktor mit dem blutlosen Gesicht, räusperte sich und sagte: »Mr. LaChaise?«

LaChaise nickte. »Haben Sie gut gemacht«, knurrte er. »Wo ist der Priester?«

»Er müßte jede Minute hier sein.« Logan nahm sein Lob dankbar mit gespreizten Fingern entgegen.

»Ich möchte hier warten, bis die Feier beginnt«, sagte LaChaise. »Mit meiner Mama will ich nicht mehr als nötig reden.«

»Ich verstehe«, sagte der Direktor. Das tat er wirklich. Er hatte mit der alten Dame zu tun gehabt, seit die Leichen vom Gerichtsmediziner des Hennepin County freigegeben worden waren. »Wir schaffen Candy und Georgie in die Kapelle. Wenn Reverend Pyle eintrifft, komme ich zurück und sage Ihnen Bescheid.«

»Das ist gut«, sagte LaChaise. »Haben Sie hier irgendwo einen Coke-Automaten?«

»Ja, drüben in den Arbeitsräumen haben wir so einen Kasten«, sagte Logan.

»Ick könnte jetzt eine Coke gebrauchen. Gegen Bezahlung.«

»Nein, nein, geht schon in Ordnung...«

LaChaise sah seinen Bewacher an. »Und Sie, Wayne? Ich spendiere Ihnen eine.«

Sand trank pro Tag fünfzehn entkoffeinierte Diet Cokes und bekam Kopfschmerzen, wenn er keine kriegte. Das wußte LaChaise. »Ja«, sagte Sand. »Eine Coke wäre jetzt gut.«

»Dann bereite ich jetzt die Feier vor«, sagte der Direktor. »Der Automat ist da drüben hinter der Tür.«

Er zeigte zur anderen Seite des Saals des Ewigen Friedens, wie die Aufbahrungshalle genannt wurde, auf eine Tür mit der Aufschrift: »Eintritt nur für Personal«.

Hinter der Tür befand sich ein Lagerraum mit Stapeln leerer Lieferkartons für Särge, an die zehn zusammengefalteten grünen Planen für regnerische Begräbnistage, einem Gabelstapler und einer Werkbank. Die Coke-Kühlkiste stand gleich hinter der Tür, ein altmodischer roter Kasten, von oben zu öffnen, mit einem Dutzend Coke-Classic-Büchsen und ein paar weißen Diet-Coke-Dosen, die zehn Zentimeter tief in eiskaltem Wasser standen.

»Ich nehme eine Diet«, sagte Sand und sah hinein. Er achtete auf sein Gewicht. LaChaise griff in die Kiste und holte eine normale und eine Diät-Cola heraus. Als er sich wieder an seinen Bewacher wandte, war Crazy Ansel Butters inzwischen leise hinter den aufgeschichteten Planen hervorgetreten. Er hielt eine .22er Pistole in der Hand, drückte sie gegen Sands Kopf und sagte: »Keine verdammte Bewegung.«

Sand erstarrte. Dann sah er LaChaise an und sagte: »Tut mir nichts, Dick.«

»Gib mir die Schlüssel«, sagte LaChaise.

»Du machst einen Fehler«, sagte Sand. Er rollte mit den Augen, und LaChaise fürchtete, er würde in Ohnmacht fallen.

»Gib ihm die Schlüssel, sonst machst *du* einen Fehler«, sagte Butters. Butters hatte eine Stimme, die klang, als fahre eine scharfe Feile über ein Kupferrohr.

Sand fummelte in seiner Tasche und holte die Schlüssel heraus. LaChaise streckte ihm die Hände entgegen. Als die Handschellen herunter waren, rieb er sich die Gelenke, nahm Sand die Schlüssel ab und öffnete die Fußfesseln. »Ist der Deputy noch draußen bei seinem Wagen?« fragte er Butters.

»War er, als ich reinkam«, sagte Butters. Er zog eine Bulldog .44 aus der Jackentasche und gab sie LaChaise. »Da, deine Knarre.«

»Danke.« LaChaise nahm die Kanone und steckte sie in den Gürtel. »Was fährst du?«

»Bills Truck. Steht um die Ecke.«

»Hat Mama dich gesehen?«

»Scheiße, nein. Keiner hat mich gesehen.«

LaChaise stellte sich ganz nah neben seinen Bewacher, drehte ihn ein wenig zur Seite und sagte: »In Ordnung, Wayne, ich fessele dir jetzt die Hände. Und halt die Klappe fest geschlossen, denn wenn du anfängst, hier rumzubrüllen, bevor wir raus sind, müssen wir wieder zurück und etwas unternehmen.«

»Ich gebe keinen Ton von mir«, sagte Sand. Er zitterte.

»Hast du Angst?« fragte LaChaise.

»Ja, habe ich.«

»Das ist gut. Mach keine Dummheiten«, sagte LaChaise. Er ließ die Handschellen über Sands Gelenken zuschnappen und sagte dann: »Hinlegen.«

Sand legte sich unbeholfen auf den Boden, und Butters trat dazu und wickelte ihm ein halbes dutzendmal Paketklebeband um die Fußgelenke. Als der damit fertig war, nahm LaChaise die Rolle, kniete sich auf Sands Rücken und wickelte ihm das Klebeband dreimal um den Mund. Dann sah er zu Butters hoch und sagte: »Leih mir dein Messer.«

Sand wand sich unter LaChaises Knie, während Butters LaChaise ein schwarzes Schnappmesser reichte.

LaChaise packte eine dicke Strähne von Sands Haar, riß seinen Kopf zurück und sagte: »Hättest mir besser diese Big Macs kaufen sollen.«

Er schlug Sands Kopf zweimal auf den Betonfußboden und sagte: »Du Arschloch.« Dann zog er ihn wieder hoch und drehte ihn zur Seite, bis er Sand in die vorquellenden Augen sehen konnte: »Du weißt, wie man Schweinen die Kehle durchschneidet?«

»Komm, wir müssen«, sagte Butters. »Können hier nicht rumtrödeln.« Sand zappelte und stöhnte durch das Klebeband.

LaChaise ließ einen Moment von ihm ab und amüsierte sich über ihn. Dann schnitt er Sands Kehle von einem Ohr zum anderen durch. Das Blut lief breit über den Betonfußboden, und Sand zuckte. LaChaise drückte mit dem Knie seinen Rücken nieder. Sand hörte auf zu zucken, und das eine Auge, daß man sehen konnte, wurde trübe.

»Wir müssen«, sagte Butters.

»Scheißkerl«, sagte LaChaise. Er ließ Sands Kopf fallen, wischte die Schneide an Sands Jacke ab, klappte das Messer zusammen, stand auf und gab es Butters zurück.

»Kein Spaß, das aufzuwischen«, sagte Butters mit einem Blick auf den leblosen Körper. »Blut auf Beton, das hasse ich.«

»Wir schicken ihnen eine Flasche Lysol«, sagte LaChaise. »Gehn wir.«

»Lysol bringt es nicht«, sagte Butters auf dem Weg zur Tür. »Es gibt nichts, das hilft. Der Fleck bleibt, und er stinkt.«

Sie verließen das Beerdigungsinstitut über die Lieferzufahrt. Butters saß mit seinem spitzen Gesicht und den langen, sandfarbenen Haaren am Steuer, LaChaise auf dem Boden vor den Rücksitzen.

Beim Einbiegen in die Straße hob LaChaise etwas den Kopf und sah über die Rückenlehne durch das Hinterfenster zurück zum Beerdigungsinstitut. Der Wagen des Deputys stand weiter an derselben Stelle. Noch hatte keiner etwas gemerkt, aber wahrscheinlich blieben ihnen nur noch ein paar Minuten.

»Fahren wir zum Wohnwagen?« fragte LaChaise.

»Ja.«

»Schon dagewesen?«

»Ja. Es gibt einen elektrischen Anschluß für die Heizung und die Pumpe, und außerhalb ist auch ein Klo. Für ein, zwei Tage ist es okay dort, bis wir was in den Cities gefunden haben. Martin ist bereits unterwegs und besorgt ein paar Möbel.«

»Habt ihr auch einen Cop gefunden?«

»Haben wir. Haben gestern abend mit so 'nem Typen geredet, Martin und ich. Unser Cop heißt Andy Stadic. Er steckt mit einem Drogendealer namens Harp unter einer Decke. Harp hatte ein paar Fotos von ihm, und jetzt haben wir sie.«

»Nicht übel.« Sie überquerten einen Fluß mit einem gefrorenen Wasserfall. Dann waren sie aus der Stadt. »Wie geht's Martin?«

»Wie immer. Aber dieser Elmore ist ein ganz krummer Hund. Wir haben ihm gesagt, wir brauchen eine Unterkunft, ich und Bill, und wir mußten ihn erst gehörig in die Mangel nehmen, bis er sagte, okay, ihr kriegt den Wohnwagen.«

»Scheiß drauf«, sagte LaChaise. »Wenn er gewußt hätte, daß ich zu ihm unterwegs bin, hätte er sich in die Hosen gemacht.«

»Müssen ein Auge auf Sandy halten«, sagte Butters. LaChaise nickte. »Ja. Sie ist gefährlich. Wir sollten so schnell wie möglich wieder aus dem Wohnwagen raus sein.«

Butters sah ihn von der Seite an. »Haben du und Sandy jemals ...?«

»Nein.« LaChaise grinste. »Hätte aber schon gern.«

»Sie ist ein verdammter Querkopf«, bestätigte Butters.

Butters kurvte durch eine Menge Schleichwege, ohne suchen zu müssen. Er war den Weg schon ein halbes dutzendmal gefahren. Eine Dreiviertelstunde, nachdem sie Sand umgebracht hatten, hatten sie den Wohnwagen erreicht, ohne einem anderen Wagen begegnet zu sein.

»Frei«, sagte LaChaise.

»Jedenfalls nicht geschnappt«, sagte Butters.

»Das reicht auch schon«, sagte LaChaise und rieb sich unbewußt die Handgelenke, wo die Handschellen gedrückt hatten.

Logan, der Direktor des Beerdigungsinstituts, kam wie ein toll gewordener Hund in die Kapelle gejagt, rannte ein paar Klappstühle um, stolperte, stieß fast mit Amy LaChaise zusammen, rüttelte kurz am Türgriff, bis er nachgab, und war wieder vorn zur Tür hinaus.

Sandy warf über die geschlossenen Särge einen Blick auf Amy LaChaise.

»Was, zum Teufel, hat das zu bedeuten?« fragte sie Amy.

»Ich weiß nicht«, sagte Amy, aber ihr fuhr plötzlich ein kalter Schauer über den Rücken.

Keine zehn Sekunden später stürzte der Cop, der vor der Tür geparkt hatte, herein. Er hielt seine Pistole in beiden Händen und richtete sie auf Sandy, dann auf Amy, drehte sich dabei um die eigene Achse. »Bleibt, wo ihr seid. Alle beide.«

»Was ist?« fragte Amy. Sie preßte ihre Handtasche gegen die Brust.

Logan lugte über die Schulter des Deputys. »Mr. LaChaise ist weg.«

Amy kreischte wie eine Krähe, der es gelungen ist, eine Eule zu schlagen, glücklich und zugleich einfach unerträglich. »Gott sei Lob und Dank.«

»Schnauze«, schrie der Deputy und zielte mit der Pistole auf sie. »Wo ist der Gefängniswärter? Wo ist der Gefängniswärter?«

Logan zeigte mit dem Finger nach hinten. »Da drinnen...«

»Was ist los mit ihm?« fragte Sandy.

Der Deputy stürzte durch die hintere Tür hinaus, und Logan sagte: »Na ja, er ist tot. LaChaise hat ihm die Kehle durchgeschnitten.«

Sandy schloß die Augen. »O nein.«

Fünf Minuten später war ein Streifenwagen von der Highway-Patrol da. Nach ihnen trafen noch zwei Deputies vom Sheriffbüro ein. Die Deputies trennten Amy LaChaise und Sandy und wiesen ihnen weit voneinander entfernte Sitzplätze zu.

»Und halten Sie beide den Mund«, sagte einer der Deputies, ein fetter Kerl. Auf seinem Namensschild stand Graf.

LaChaise muß draußen in den Hügeln im Wohnwagen von Elmores Daddy sein, dachte Sandy. Keine Frage. Die ganze Geschichte, daß Martin und Butters eine Unterkunft brauchten – sie war ihr, als Elmore sie ihr erzählt hatte, als das vorgekommen, was sie war: erstunken und erlogen.

Das Problem war nur, daß sie Candys Schwester war und damit LaChaises Schwägerin. Sie war ganz in der Nähe gewesen, als LaChaise einen Mann umgebracht hatte und geflohen war. Und jetzt saß LaChaise da oben in einem Wohnwagen, der ihrem senilen Schwiegervater gehörte.

Sie hatte erlebt, wie die Cops LaChaise ein Mordkomplott angehängt hatten. Mit ihr würden sie das gleiche machen, und das mit einer Menge mehr an Beweisen.

Sandy Darling saß da und zitterte, aber nicht vor Kälte. Sie saß da und suchte nach einem Ausweg.

Der Wohnwagen war ein ausrangierter alter Airstream. In der Schneelandschaft sah er aus wie ein riesiges silbernes Geschoß. Butters und LaChaise erreichten ihn mit ihrem Vierradantrieb durch den knirschenden Schnee und stiegen aus in die Kälte. Butters schloß den Wohnwagen auf. »Bin heute morgen hier gewesen, habe etwas zu essen reingelegt und die Heizung eingeschaltet... Von draußen kann dich keiner sehen, aber laß nachts das Licht aus«, sagte er. »Keine Sorge, Rauch steigt keiner auf. Alles ist elektrisch, und alles funktioniert auch. Ich habe die Pumpe eingeschaltet und den Wasserheizkessel aufgefüllt. Damit bist du versorgt.«

»Hast du gut gemacht, Ansel«, sagte LaChaise.

»Bin ich dir schuldig«, sagte Butters und überging das Lob. »Und da sind Fernseher und Radio. Im Fernseher kriegst du aber nur einen Kanal und im Radio zwei Stationen, alle lokal.«

»Großartig«, sagte LaChaise und sah sich um. Dann trat er nah an Butters heran und fixierte ihn mit seinen tiefschwarzen Augen, die an einen Käfer erinnerten: »Ansel, seit Jahren schuldest du mir nichts mehr, wenn du das je getan hast. Aber eines muß ich ganz sicher wissen.«

Butters sah ihn an und dann aus dem Fenster über der Spüle. »Ja?«

»Bist du hier voll dabei?«

Ansel schaute zu ihm hin und gleich wieder weg. Man konnte Crazy Ansel nur schwer dazu bringen, einen direkt anzuschauen – unter jeder Voraussetzung. »Ja, natürlich. Aber ich habe es satt. Du weißt, was ich meine? Mehr als satt.«

»Du kannst aber nicht einfach durchknallen«, sagte LaChaise.

»Das tue ich nicht, erst, wenn es soweit ist. Aber lange dauert es nicht mehr, bis ich abtrete.«

Er sagte das ganz ruhig.

»Das ist doch Quatsch, Ansel«, sagte LaChaise, aber er sagte es ernst und ohne heftigen Unterton.

»Ich kam von der Interstate«, sagte Butters, »und wollte nach Hause. Die Ausfahrt ist nachts beleuchtet. Da sah ich vor mir auf der Fahrbahn den Schatten einer Eule. Sie ging mit gespreizten Flügeln vor mir auf dem Asphalt nieder, keine drei Meter entfernt. Ich konnte jede Feder erkennen. Wenn das kein Vorzeichen war...«

»Das kann es schon sein, aber ich habe hier etwas zu erledigen«, sagte LaChaise. »Wir haben jetzt alle etwas zu erledigen.«

»Das stimmt«, sagte Butters und nickte. »Und ich will dich auch nicht hängenlassen.«

»Das war es, was ich wissen mußte«, sagte LaChaise.

Kapitel 4

Eine Mitarbeiterin klopfte an Lucas' Bürotür. Sie hieß Anna Marie. Sie steckte den Kopf durch die Tür, kämpfte einen Moment mit ihrem Kaugummi und sagte: »Chief Lester meint, ich soll Ihnen Bescheid sagen. Kennen Sie Dick LaChaise?«

»Dick?«

Ihre Zunge schob den Kaugummi zur Seite. »Dick war verheiratet mit der Frau, die erschossen wurde, und die andere war seine Schwester. Letzte Woche.«

Lucas hielt eine Hand über die Telefonsprechmuschel und sagte: »Und?«

»Also, er ist in Wisconsin ausgerückt und hat einen ermordet. Einen Gefängniswärter. Chief Lester sagt, Sie sollen runterkommen in die Mordkommission.«

»Ich bin in zwei Minuten da«, sagte Lucas.

Ein übergewichtiger Streifenpolizist mit grauem Bürstenhaarschnitt ging durch den Flur, als Lucas aus dem Büro trat. Er faßte Lucas am Ellbogen und sagte: »Der Kerl kommt von der Arbeit und sieht sein Mädchen, wie es mit gepackten Taschen unter der Tür steht.«

»Und?« Der Cop war berüchtigt für seine gemeinen Scherze.

»Der Kerl wundert sich und sagt: ›Was ist los? Was ist passiert?‹ Und das Mädchen sagt: ›Ich verlasse dich.‹ Der Kerl sagt: ›Was habe ich gemacht? Heute morgen war doch alles okay.‹ Das Mädchen: ›Also, ich habe gehört, du bist ein Pädophiler.‹ Und der Kerl sieht sie an und sagt: ›Ein Pädophiler? Ich sage dir, das ist ein mächtig großes Wort im Mund eines zehnjährigen...‹«

»Hau ab, Hampsted«, sagte Lucas und schubste ihn weg. Aber lachen mußte er trotzdem.

»Ja, erzähl es ruhig überall rum...«

Lester unterhielt sich mit dem Lieutenant von der Mordkommission und drehte sich bei Lucas' Eintreten zu ihm um. Er nahm die Füße vom Schreibtisch des Lieutenants und sagte: »Dick LaChaise hat während des Begräbnisses von Candace und Georgia LaChaise einem Gefängniswärter die Kehle durchgeschnitten. Danach ist er untergetaucht. Das ist etwa eine Stunde her.«

»Untergetaucht?« sagte Lucas.

»So hat sich der Sheriff von Dunn County ausgedrückt: untergetaucht.«

»Wie konnte er dem Mann die Kehle durchschneiden? Hat es einen Kampf gegeben?«

»Die Details kenne ich nicht«, sagte Lester. »Da ist etwas gewaltig schiefgelaufen in dem Beerdigungsinstitut. Es ist draußen in Colfax, zehn oder fünfzehn Meilen die I-94 hinunter zwischen Eau Claire und Menomonie. Vielleicht anderthalb Stunden zu fahren.«

»In einem Porsche eine Stunde«, sagte der Lieutenant träge.

»Ich meine, Sie sollten jemanden aus Ihrem Team hinschicken«, sagte Lester.

»Verdammt, das mach ich selbst«, sagte Lucas. »Sitze ohnehin nur auf meinem Hintern rum. Haben wir Unterlagen über LaChaise?«

»Anderson besorgt sie gerade«, sagte Lester. »Jedenfalls meint der Sheriff da drüben, LaChaise könnte auch hierher unterwegs sein. LaChaises Mutter sagt, er sei wegen Candace und Georgia hinter uns her. ›Auge um Auge‹, sagt sie.«

Lucas sah den Lieutenant an. »Kann ich Sloan mitnehmen?«

»Klar. Wenn Sie ihn finden.«

Lucas bekam von Anderson ein halbes Pfund Papier in die Hand gedrückt. Anderson war der Computerexperte in seiner Abteilung. Lucas piepte Sloan an, und als der zurückrief, informierte er ihn über LaChaise.

»Kannst du mit?« fragte Lucas.

»Ich hol mir nur schnell meinen Parka. Wir treffen uns bei dir zu Hause.«

Im Winter benutzte Lucas den Porsche nicht oft. Aber an diesem Tag sah es, wenn es auch bitterkalt und der Himmel grau verhangen war, nicht nach Schnee aus. Die Straße war knochentrocken, was es auch im Winter hin und wieder gab.

»Ich hoffe doch, wir müssen uns beeilen«, sagte Sloan, als sie den Mississippi entlang in nördlicher Richtung fuhren.

»Ja«, sagte Lucas. Kaum waren sie bei Cretin auf der I-94, rief er die Funkzentrale an und bat sie, der Highway-Patrol Bescheid zu sagen, daß sie wegen eines Notfalls unterwegs seien. Um zwölf Uhr waren sie auf der Interstate gewesen, um 12 Uhr 20 fuhren sie über die St.-Croix-Brücke nach Wisconsin. Lucas schaltete das rote Blinklicht hinter der Fensterscheibe ein und trat den Gashebel durch, bis sie auf hundertzwanzig Meilen waren. Dann fuhren sie mit stetigen hundert Meilen weiter.

Die Landschaft sah aus, als sei sie aus Eis gemeißelt. Der Himmel war stahlgrau. Die Hügel hoben ihre runden Buckel, nackte Bäume säumten die Bachläufe. Die Stoppeln auf den Kornfeldern stachen gelb durch den Schnee. Aus den Kaminen der Vorstadthäuser, dann nur noch aus vereinzelten Farmen, ringelte sich grauer Rauch in die Luft.

Sloan ließ die Landschaft ein paar Minuten an sich vorbeiziehen, bevor er sagte: »Zurück fahre dann ich.«

Bill Lock, der Sheriff von Dunn County, war ein hektischer, diensteifriger Mann mit Brille auf der Nase, ein wenig übergewichtig, der mit einem umgehängten weißen Bart in jedem Kaufhaus den heiligen Nikolaus hätte spielen können. Lucas und Sloan trafen ihn zwischen den Särgen im Saal des Ewigen Friedens von Logans Beerdigungsinstitut, wo Logan für die Cops Kaffee und Doughnuts serviert hatte.

»Kommen Sie und sehen Sie es sich an«, sagte Lock. »Wir fänden es auch gut, wenn einer von unseren Leuten ein paar Worte mit Duane Cale reden könnte – er sitzt im Moment drüben bei euch im Gefängnis von Hennepin County. Vielleicht hat er eine Idee, wohin sie getürmt sein könnten.«

»Kein Problem«, sagte Lucas. Er zog eine Visitenkarte aus der Tasche, kritzelte eine Telefonnummer auf die Rückseite und gab sie Lock. »Fragen Sie nach Ted und sagen Sie ihm, ich hätte Ihnen die Nummer gegeben. Sagen Sie ihm, was Sie vorhaben.«

»Geht in Ordnung.« Lock führte sie durch den Aufbahrungsraum, wo die Leichname von Georgie und Candy LaChaise nun noch immer auf ihre Begräbnisfeier warteten. »Wollen Sie sie sich ansehen?« fragte er.

»Nein, danke«, sagte Lucas hastig. »Was also ist passiert?«

»Logan sagt, LaChaise hat darauf bestanden, daß er die Särge öffnet. Sie sind reingegangen, und er hat sie geöffnet. Dann hat LaChaise gefragt, ob es hier einen Coke-Automaten gibt, und Logan sagte ihnen, wo. So ganz nebenbei. Sieht sich die Leichen an, verabschiedet sich von den Toten und fragt nach einer Coke...«

Lock führte sie weiter. Ein paar Deputies standen herum und sahen ihnen zu. Sie gingen in den hinteren Raum zur Coke-Kühlkiste. Sands Leiche lag noch auf dem Boden in einer langsam trocknenden Blutlache. Sand wirkte klein, ein nicht besonders zäher Weißer, dessen Kopf etwas verdreht lag. Das Kinn hatte Kontakt zum Boden, die Nase zeigte nach oben.

»Logan meint, er war gerade für fünf Minuten weg. Als er aus der Kapelle in den Aufbahrungsraum zurückkam, war niemand da. Er sah ins Hinterzimmer und fand das hier vor.«

»LaChaise hat er nicht mehr gesehen?« fragte Lucas.

»Nein, nicht mehr«, sagte Lock und schüttelte den Kopf. »Hat auch keinerlei Geräusche gehört, nichts. Und jetzt kurvt dieser Hundesohn bei uns irgendwo in der Gegend herum.«

»Er ist schon lange weg«, sagte Lucas.

»Ja, aber wir sehen uns trotzdem jedes Haus an«, sagte Lock.

»Jemand muß ihm geholfen haben.« Lucas ging um die Leiche herum, ging in die Hocke und sah sich Sands Hände in den Handschellen an. »Man sieht keine Einschnitte als Hinweis darauf, daß er sich gewehrt hätte. Also hat wahrscheinlich nicht LaChaise die Arbeit gemacht.« Lucas stand auf und machte eine Bewegung, als wasche er sich die Hände. »Wenn LaChaise mit Handschellen und Fußketten gefesselt war, kann er diesen Mann unmöglich ohne einen Kampf überwältigt haben. Es muß noch jemand hiergewesen sein.«

»Es sei denn, er hat mit Sand einen Deal gemacht, damit er ihn freiließ und es aussah, als wäre er geflohen – und dann hat er ihn aufs Kreuz gelegt.«

»Hmm. Was hätte er Sand denn anbieten können? Candy und Georgie waren tot, und damit war seine Geldquelle auch trockengelegt...«

»Wir prüfen in Michigan nach, ob Sand da drüben irgendwelche Probleme hatte. Etwas, womit man ihn erpressen konnte...«

»Niemand hat LaChaise davonlaufen sehen«, stellte Lucas fest.

»Nein. Niemand hat überhaupt etwas gesehen.«

Sloan fiel ihnen ins Wort. »Seine Mutter soll doch gesagt haben, er sei hinter uns her.«

»Das sagt sie«, sagte Lock und nickte. »Und sie könnte damit recht haben. Dick ist nicht ganz dicht.«

»Sie kennen ihn?« fragte Lucas.

»Seit meiner Kindheit«, sagte Lock. »Ich habe im Winter immer am Red Cedar Fallen gestellt. Die LaChaises lebten weiter südlich in einer total heruntergekommenen Farm – Amy LaChaise wohnt da noch immer. Den Kindern bin ich immer wieder begegnet. Georgie und Dick. Ihr alter Herr war ein gemeines Schwein, ein Säufer, der seinen Kindern die Scheiße aus dem Leib prügelte...«

»So fangen meistens die Geschichten von Psychopathen an«, sagte Sloan.

»Ja. Also, ich wäre nicht überrascht, wenn mir jemand erzählt hätte, daß er Georgie auch gebumst hat. Sie wußte schon damals in der Schule zuviel von diesen Sachen.« Lock kratzte sich den Kopf, besann sich wieder und schob seine dünner werdenden Haare zurück. »Der alte Herr ist mal hinter mir hergekommen und hat gesagt, ich hätte den Teil vom Fluß betreten, der ihm gehöre. Dabei hatten sie mit dem Fluß nichts zu tun.«

»Und was ist passiert?« fragte Sloan.

»Teufel auch, ich war siebzehn, hatte den ganzen Sommer bei der Heuernte mitgemacht, im Herbst Zäune gezogen und dann die Fallen gestellt. Ich war voll in Form und er ein fünfzig Jahre alter Trunkenbold. Ich habe ihm den Arsch aufgerissen«, sagte Lock und grinste ihn über Sands Leiche hinweg an.

»Na, bestens«, sagte Sloan.

»Aber nicht für seine Kinder. Denn die mußten mit ihm zusammenleben«, sagte Lock. »Aus dieser ganzen Bande wurde nichts als ein Haufen Wanzen.«

»Gab's noch mehr? Außer Georgie und Dick?« fragte Lucas.

»Noch einen Bruder. Bill. Er ist tot«, sagte Lock. »Ist oben in County M vor acht oder zehn Jahren gegen einen Brückenpfeiler gerast, mitten in der Nacht und sturzbetrunken. Mit einem Hausschwein auf dem Rücksitz. Auch tot.«

»Ein Hausschwein«, sagte Sloan. Er sah Lucas an und fragte sich, ob Lock sie auf den Arm nehmen wollte.

Lock sah ihm das an seinem Gesicht an und grinste entsprechend. »Ja, er stahl dauernd Schweine. Schob sie in seinen Wagen, stellte sie bei Freunden unter. Wenn er fünf oder sechs zusammen hatte, fuhr er sie zum Schlachthof.«

»Schweine«, sagte Sloan und schüttelte traurig den Kopf.

Nach Locks Auskunft waren Amy LaChaise und Candys Schwester Sandy Darling die einzigen gewesen, die zur Trauerfeier erschienen waren. »Sie sitzen beide noch draußen. Sie sagen, sie wissen beide nicht, was, zum Teufel, passiert ist.«

»Sie glauben ihnen?« fragte Sloan.

»Ja, irgendwie schon«, sagte Lock. »Aber Sie reden besser selbst mit ihnen und machen sich ihr eigenes Bild.«

Amy LaChaise hatte einen gemeinen Blick. Sie war maulfaul, und mit ihr zu reden war die reine Zeitverschwendung. Sie gab sich trotzig und jammerte, fuhr sie an und zuckte wieder zurück, als habe man ihr für ihren Trotz eine heruntergehauen.

»Jetzt geht es euch an den Kragen«, triumphierte sie und lugte durch ihren grotesken Hutschleier. »Erst ballert ihr groß herum, killt Leute und denkt, die Scheiße, die ihr macht, stinkt nicht. Aber ihr werdet es schon erleben. Dickie ist hinter euch her.«

Sandy Darling war da ganz anders.

Sie war eine kleine Frau, wirkte aber größer, als sie war. Ihre schwarze Kleidung hatte etwas ungewollt Dramatisches, die schwarzen Stiefel mit den silbernen Spitzen verliehen ihr einen eigentümlich eleganten Country-Look, zäh und sensibel.

Sie sah ihnen direkt und ohne mit der Wimper zu zucken in die Augen. Ihre Stimme klang ruhig, aber traurig.

Sandy hatte Lucas und Sloan ankommen gesehen, hatte gesehen, wie sie sich mit dem Sheriff unterhielten. Der Größere von ihnen machte einen harten Eindruck und trug einen in ihren Augen teuren Anzug, wahrscheinlich einen Schneideranzug. FBI? Er sah jedenfalls aus wie so ein FBI-Agent im Kino. Der andere war dünn und wirkte verschlagen. Er hatte lauter braune Sachen an. Sie gingen nach hinten, kamen ein paar Minuten später wieder heraus und redeten mit Amy LaChaise. Sie konnte Amys triumphierende Stimme hören, verstand aber nicht, was sie sagte.

Zwei Minuten später wandten sie sich von Amy ab und kamen auf sie zu. *Nur mit der Ruhe*, dachte sie, *nur mit der Ruhe.*

»Mrs. Darling?« Der Große hatte blaue Augen, die sie fixierten. Als er lächelte, nur ein kleines höfliches Lächeln, geriet sie fast ins Zittern, so hart war es. Er erinnerte sie an einen Rancher in Montana, den sie einmal kennengelernt hatte, als sie ein paar Reitpferde abzuholen hatte. Sie hatten eine kurze, stürmische Affäre gehabt, an die sie gern zurückdachte.

Der andere, der Verschlagene, lächelte auch und sah dabei aus wie Dagwood, der nette Kumpel aus dem *Blondie*-Comic.

»Ich bin Lucas Davenport aus Minneapolis«, sagte der Große. »Und das hier ist Detective Sloan...«

Bei Lucas' Namen stutzte sie. War das nicht...? »Haben Sie meine Schwester erschossen?« platzte sie heraus.

»Nein.« Der Große schüttelte den Kopf. »Detective Sloan und ich waren zwar mit draußen vor der Credit Union, aber von uns hat keiner gefeuert.«

»Aber Sie haben die Schießerei inszeniert«, sagte sie.

»So sehen wir das nicht«, sagte Lucas.

Sandy ruckte mit dem Kopf, eine Art Nicken: Sie verstand. »Bin ich festgenommen?«

»Weswegen?« fragte der Dünne. Man sah, er war neugierig geworden, zumindest überrascht, und sie spürte, daß er ihr sympathisch wurde.

»Das wollte ich nur wissen. Ich bin zu dieser Beerdigung gekommen, und nun wollen sie mich nirgendwohin gehen lassen. Ich muß sogar fragen, bevor ich auf die Toilette gehe. Und niemand hat mit mir geredet.«

»Das ist so üblich«, sagte der Dünne. »Ich weiß, es ist ermüdend, aber hier handelt es sich um eine ernste Sache. Ein Mann ist ermordet worden.«

Aus dem Mund des Dünnen – Sloan? – klang das so vernünftig. »Wir werden mit dem Sheriff reden«, fuhr er fort, »und ihn fragen, wie lange es noch dauern könnte. Ich denke mir, Sie müssen eine förmliche Aussage machen, aber sicher sind Sie zum Abendessen wieder zu Hause.«

»Falls Sie mit der Sache nichts zu tun haben«, sagt Davenport. Sie saß in einem Sessel, und er ließ sich in einen anderen fallen, der über Eck zu ihrem stand. »Falls Sie etwas mit der Sache hier zu tun haben und wissen, wohin LaChaise sich abgesetzt hat, sagen Sie uns das besser jetzt«, sagte er. »Nehmen Sie sich einen Anwalt, und holen Sie dabei etwas für sich heraus.«

Sie schüttelte den Kopf, und eine Träne rann ihr über die Wange. »Ich weiß nichts und bin nur gekommen, um Candy auf Wiedersehen zu sagen ...«

Drei Dinge gingen ihr währenddessen durch den Kopf. Als Lucas »Sagen Sie es jetzt« sagte, dachte sie ganz tief in ihrem Innern: *O ja, in Ordnung.* Nicht ganz so tief saß so sehr die Angst in ihr fest, daß sie sie kaum aushalten konnte. Und wieder auf einer anderen Ebene dachte sie an Candy, die da keine zehn Meter von ihr entfernt in ihrem Sarg lag. Das hatte ihre Träne ausgelöst.

Lucas sah, wie die Träne hervorquoll, und sah Sloan an. Sloan zog die Stirn über der Nasenwurzel zusammen. »Keine Sorge«, sagte er sanft, beugte sich vor und berührte ihre Hand. »Hören Sie, ich glaube wirklich nicht, daß Sie mit dem hier zu tun hatten. Aber manchmal wissen die Leute mehr, als sie selber glauben. Zum Beispiel: Wären Sie jetzt an Dicks Stelle, wohin würden Sie gehen? Sie kennen ihn, und Sie beide kennen diese Gegend ...«

Sie unterhielten sich noch eine Viertelstunde mit ihr, aber es kam nichts dabei heraus. Mehrfach kamen Sandy die Tränen, aber sie blieb dabei: Sie wußte einfach nichts. Sie betrieb eine Pferderanch, verdammt noch mal, besaß Land, zahlte Steuern, strampelte sich mit ihren Geschäften ab. Über Gesetzlose wußte sie nichts. »Candy und ich ... Sie ist aus dem Haus gezogen, als ich in die neunte Klasse ging, und wir haben sie seitdem nicht mehr oft gesehen. Sie war immer mit Dick unterwegs und hat verrückte Sachen gemacht. Ich habe gefürchtet, daß es sie einmal das Leben kosten würde.«

»Was macht Ihre Familie?« fragte Sloan.

»Mein Vater hat für die Post gearbeitet – hatte einen Bezirk drüben hinter dem Turtle Lake. Jetzt sind sie beide tot.«

»Tut mir leid«, sagte Sloan. »Aber Sie kennen niemanden, zu dem sie jetzt geflohen sein könnten?«

Sie schüttelte den Kopf. »Nein. Ich hatte mit der Bande nichts zu tun. Dazu hatte ich gar keine Zeit – ich habe dauernd gearbeitet.«

»Und wie verrückt ist LaChaise nun?« fragte Lucas. »Seine Mutter sagt, er ist hinter uns her.«

Sandy drehte ihren Cowboyhut in den Händen, als dächte sie nach. »Dick ist... ein merkwürdiger Kerl«, sagte sie schließlich. »Er ist grob, hat aber früher mal gut ausgesehen... jetzt nicht mehr. Er war wild. Auf alle wilden Burschen in der Umgebung hat er Eindruck gemacht. Er soll mit seinem Motorrad tolle Stunts vollführt, sich auf der Straße auf dem Mittelstreifen zum Schlafen gelegt haben. Das hat er tatsächlich mal getan – auf dem Highway 64 vor einer Kneipe. Natürlich sturzbetrunken.«

»Glauben Sie, daß er hinter uns her ist?« fragte Lucas.

»Macht Ihnen das Sorgen?« fragte Sandy neugierig. Der Große machte nicht den Eindruck.

»Ein bißchen«, sagte Lucas. »Weil ich nicht genug über ihn weiß. Und über seine Frau und seine Schwester Entschuldigung, ich weiß natürlich, daß Candy Ihre Schwester war – und über die verrückten Dinge, die sie getan haben.«

Sandy nickte. »Das war ursprünglich Dick«, sagte sie. »Dick ist... er ist wie ein wilder, gemeiner kleiner Junge. Er macht die verrücktesten Dinge, und später tun sie ihm dann leid. Einmal hat er sich betrunken und einen Freund krankenhausreif geschlagen, und als er wieder nüchtern war, hat er sich selbst geschlagen. Er nahm ein zwei Zoll dickes Rohr und schlug es sich ins Gesicht, bis die Leute es ihm wegnahmen und ihn ins Krankenhaus brachten.«

»Mein Gott«, sagte Sloan und sah Lucas beeindruckt an.

»Aber er kann auch nett sein«, sagte Sandy. »Und man kann ihn regelrecht dazu bringen, sich zu schämen. Es sei denn, er ist betrunken. Da ist er dann nicht mehr zu halten.«

»Sie reden dauernd vom Trinken. Hat er viel getrunken?«

»O ja«, nickte Sandy. »Er ist Alkoholiker, keine Frage. Wie die meisten von seinen Freunden. Doch Dick ist keiner, der die ganze Zeit betrunken ist. Eine Zeitlang ist er trocken, und dann geht er wieder auf Sauftour und ist zwei Wochen weg vom Fenster.«

»Jemand hat diesem Gefängniswärter die Kehle durchgeschnitten, als er mit Handschellen gefesselt war und am Boden lag. Können Sie sich vorstellen, daß LaChaise das war?« fragte Lucas.

»Das ist möglich, wenn er gerade in der Stimmung war, den bösen Buben herauszukehren«, sagte Sandy. »Keine Frage. Ich weiß nicht, ob das so richtig rüberkommt – aber wenn ich sage, er konnte ein gemeiner kleiner Junge sein, dann meine ich das auch so. Er kann einen richtigen Koller kriegen, Wutanfälle. Wenn er einen hat, jagt er jedem Angst ein, weil er durchdreht und dabei so stark ist. Und das passiert jetzt gerade mit ihm: Er hat einen Koller.«

»Aber wenn kleine Jungs einen Wutanfall haben, dauert der höchstens fünf Minuten...«

»Also, bei Dick kann er eine Weile anhalten. Eine Woche, ein paar Wochen.«

»Ist er so in den Mord drüben in Michigan hineingeraten? Durch einen Wutanfall?«

»O nein«, sagte sie, »damit hatte er nichts zu tun. Die Cops haben ihn reingelegt.«

Lucas und Sloan schauten gleichzeitig weg, als sie das sagte, und sie lächelte, wenn auch nur schwach. »Sie glauben mir also nicht – aber es war so«, sagte sie. »Ich habe vor Gericht ausgesagt. Es gab da diesen Kerl namens Frank Wyatt, der einen anderen namens Larry Waters umgebracht hat. Laut Anklage hatte Waters Wyatt Dope gestohlen, und Dick soll von dem Zeug etwas gehört haben – was auch stimmen kann, ich weiß nicht. Jedenfalls sagte die Anklage, an dem Abend, als das Dope gestohlen wurde, hätten Dick und Wyatt in Green Bay in einer Kneipe gesessen und darüber beraten, wie sie Waters töten wollten.«

»Das war das Mordkomplott«, sagte Lucas.

»Ja.« Sandy nickte. »Die Anklage hatte einen Informanten, und dem haben sie dann für seine Aussage etwas von seiner Strafe wegen Verstoßes gegen das Betäubungsmittelgesetz erlassen. Er sagte aus, er sei in der Kneipe gewesen, als Wyatt und Dick sich darüber unterhielten. Am Tag darauf hat Wyatt Waters erschossen.«

»Und Sie haben gesagt, Dick war gar nicht in der Kneipe?« fragte Sloan.

»Ich weiß, daß er nicht da war«, sagte Sandy. »Weil er bei mir war. Ich hatte ein Fohlen mit einer gebrochenen Hinterhand, ein Splitterbruch. Wir konnten nichts tun, die Bruchstelle ließ sich nicht fixieren, wir mußten es töten. Ich mag das gar nicht, ich hasse es. Dick und Candy waren in der Stadt, und ich habe es ihnen gegenüber erwähnt. Dick sagte, er wolle sich darum kümmern, und das tat er auch. Das war an dem Abend, als er angeblich in Green Bay war. Ich hatte es mit Tinte auf meinem Steuerkalender notiert. Tatsächlich waren Dick und Candy die ganze Woche da... Aber die Jury hat mir nicht geglaubt. Der Staatsanwalt hat gesagt: ›Sie ist seine Schwägerin, sie lügt einfach für ihn.‹«

»Gut.« Lucas sah Sloan wieder an, und der zuckte mit den Achseln. »Wir wissen«, sagte Lucas, »daß so etwas passiert. Es gibt solche Arschlöcher – Entschuldigung –, die gehen hin und machen das Leben anderer Leute kaputt. Dann schießt du auf ihn, und einigen Cops reicht das.«

»Etwa so, wie Sie das mit Candy und Georgie gemacht haben?« fragte Sandy.

»Wir haben Candy und Georgie nicht reinreiten lassen«, sagte Lucas und schüttelte den Kopf. »Sie sind in die Credit Union gegangen, um sie auszurauben – keiner hat ihnen den Auftrag gegeben oder es ihnen vorgeschlagen. Sie haben es auf eigene Rechnung gemacht, und wir haben sie nur dabei beobachtet.«

Sie sah ihn fest an und nickte. »In Ordnung«, sagte sie. »Wenn ich ein Cop wäre, hätte ich es auch so gemacht.«

Sie redeten noch ein paar Minuten weiter, doch es ergab sich nichts mehr, was ihnen weiterhelfen konnte. Lucas und Sloan verabschiedeten sich vom Sheriff und gingen zu ihrem Wagen.

»Was hältst du von Sandy Darling?« fragte Lucas, als sie den Gehsteig hinuntergingen.

Sloan schüttelte den Kopf. »Ich weiß nicht. Sie ist zäh und kein Dummkopf. Aber sie hatte Angst.«

»Die Cops haben ihr Angst eingejagt«, sagte Lucas. »Sie haben sie ziemlich hart angefaßt.«

»So meine ich es nicht«, sagte Sloan. Lucas warf ihm die Wagenschlüssel zu, und Sloan machte die Fahrertür auf. »Sie hatte Angst, als fürchte sie…«

Sie stiegen ein. Sloan warf den Motor an, überlegte noch einen Moment und fuhr fort: »… als fürchte sie, einen Fehler zu machen. Als erfinde sie eine Geschichte und fürchte, daß sie nicht hält. Wenn sie mit der Sache nichts zu tun hat, braucht sie auch keine Geschichte. Aber ich hatte das Gefühl, sie hat an einer gebastelt.«

Sie fuhren durch die kleine Stadt, und Lucas sah aus dem Fenster und sagte: »Hmm.« Und dann: »Weißt du, irgendwie gefällt sie mir.«

»Das habe ich bemerkt«, sagte Sloan. »Das macht es einem immer besonders schwer, sie festzunehmen.«

Lucas grinste, und Sloan ließ den Wagen die kurvenreiche Straße zur I-94 hinunterrollen.

»Besser, wir passen ein wenig auf sie auf«, sagte Lucas schließlich. »Wir verbreiten mal, daß wir nach jemandem suchen, der Fragen über Cops stellt. Und besorgen uns ein paar Unterlagen über den Kerl und seine Verbindungen. Treiben den einen oder anderen Arsch auf, der ihn kennt.«

»Ich habe bei so etwas nie irgendwelche Reaktionen erlebt«, sagte Sloan. »Ein paar Drohungen, nichts Handfestes.«

»Ein paar kleinere Erfolge habe ich schon gehabt«, sagte Lucas und nickte dazu.

»Das ist der Lohn dafür, daß du all die Jahre durch das Unterholz streifst«, sagte Sloan. »Ich wette, du kannst da einiges erzählen.«

»Aber erst schnalle ich mich mal an«, sagte Lucas.

LaChaise streckte sich auf dem Bett aus. Seit vier Jahren lag er zum erstenmal wieder auf einer weichen Matratze und atmete die Luft der Freiheit. Zumindest des Nicht-gefangen-Seins. Später kochte er Kaffee, strich sich ein paar Erdnußbutter- und Ritz-Cracker-Sandwiches und hörte Radio. Fünf oder sechs Reportagen über seine Flucht und über die Ermordung Sands wurden gebracht. Aufgeregte Provinzreporter, die endlich mal eine echte Story anzubieten hatten. Einer sagte, die Polizei glaube, er sei zu Fuß unterwegs, und man mache deswegen in Colfax einige Hausdurchsuchungen, eine nach der anderen.

Er mußte lächeln: Sie wußten noch immer nicht, wie er ihnen entwischt war.

Draußen pfiff der Wind um den Wohnwagen, und nach einer Weile zog er eine Jacke an und ging draußen ein paar Schritte spazieren. Pinkelte auf dem eingefrorenen Abort, marschierte dann zum Waldrand und sah einem Wasserlauf nach, der sich durch die Landschaft zog. Rotwildspuren, aber nirgends ein Tier zu sehen. Die Kälte kroch ihm in die Kleider, und er ging zum Wohnwagen zurück. Die Sonne war fast untergegangen, eine schwach leuchtende Scheibe, so groß wie eine Aspirinpille, die versuchte, durch die nackten Espenzweige zu dringen.

Er schaltete noch einmal das Radio ein. Die Durchsuchungsaktion in Colfax war vorbei. Der Sheriff von Dunn County sagte Bla-bla-bla und sonst nichts.

Mit Einbruch der Nacht nahm die Erleichterung noch zu. Er hatte das Gefühl, daß die Suchaktion nachlassen würde, daß die Cops nach Hause gingen. Er fand einen Stapel Armeedecken und hängte sie zum Verdunkeln vor die Fenster. Er machte Licht und absolvierte noch einmal eine Runde um den Wohnwagen, um sicherzugehen, daß nirgendwo Licht durchschimmerte. Dann ging er hinein, korrigierte noch einmal den Sitz einer Decke und stieg wieder ins Bett. Er hatte in den Jahren in seiner Zelle vergessen, wie still der Wald war, und konnte für eine Weile nicht einschlafen.

Dann schlief er. Doch als er Reifen im Schnee knirschen hörte, war er sofort wach. Er setzte sich und hob die Bulldog vom Boden. Kurz darauf hörte er Schritte. Jemand rüttelte an der Tür.

»Wer ist da?« fragte er.

Eine Frauenstimme antwortete: »Sandy.«

Sie hatte ihr Gesicht wütend zusammengezogen. »Du Blödmann«, sagte sie. Er sah zu ihr hinunter. Die Pistole zielte auf ihre Brust. In ihrer kalten Wut ignorierte sie es. »Ich will, daß du von hier verschwindest. Und zwar gleich.«

»Komm rein und mach die Tür zu, es wird kalt«, sagte er. Er trat einen Schritt zurück, sah aber noch über ihren Kopf nach draußen. »Du hast keine Cops mitgebracht?«

»Nein, ich habe keine Cops mitgebracht. Aber ich will dich hier raus haben, Dick...«

»Morgen«, sagte er. »Wir gehen nach Mexiko.«

»Im Beerdigungsinstitut hieß es, du willst diese Cops erledigen, die Candy und Georgie umgebracht haben.«

»Ja, also...« Er zuckte mit den Achseln.

»Warum hast du den Wärter umgebracht?« fragte sie.

Seine Augen fuhren hin und her. Sie merkte, wie er nach einem Grund suchte, einer Entschuldigung. »Er war der gemeinste Schweinehund in unserem Trakt. Wenn du wüßtest, was der sich alles geleistet hat...«

»Aber jetzt fahnden sie wegen *Mordes* nach dir.«

Er zuckte mit den Schultern. »Dafür war ich schon im Knast.«

»Aber damit hattest du überhaupt nichts zu tun«, sagte sie.

»Hat bei denen keinen Unterschied gemacht«, sagte er.

»Mein Gott, Dick, es *gibt* aber einen Unterschied...«

»Du hast diesen Kerl nicht gekannt«, sagte LaChaise. »Wenn du wüßtest, was Sand mit meinen Freunden im Knast alles angestellt hat...« Er schüttelte den Kopf. »Du würdest uns das nicht vorwerfen. Kein Mensch sollte so etwas durchmachen.«

Sie wußte, er sprach von Vergewaltigungen. Sie nahm es ihm nicht ab, aber sie wollte auch nicht in ihn dringen. Sie wollte ihm glauben und fürchtete, wenn sie nachfragte, würde sie nur erfahren, daß er log.

»Wie dem auch sei«, sagte sie. »Aber jetzt mußt du weg von hier. Martin hat damit geprahlt, wie gut sein Truck ist: Wenn du morgen verschwindest, kannst du übermorgen in Arizona sein. Du mußt nur durchfahren. Einen Tag später bist du in Mexiko, drüben am Pazifik.«

»Ja, wir überlegen es uns«, sagte LaChaise, aber wieder wich sein Blick ihr aus. »Was haben sie in dem Beerdigungsinstitut alles unternommen?«

»Die Polizei hat uns dort ein paar Stunden festgehalten – zwei Kriminalbeamte aus Minneapolis haben mit uns geredet –, und dann haben sie uns nach Menomonie ins Gerichtsgebäude gebracht. Wir mußten unsere Aussagen unterschreiben, und dann haben sie uns gehen lassen. Beim Abendessen kamen dann noch ein paar Deputies und haben das Haus durchsucht.«

»Hatten sie einen Durchsuchungsbefehl?«

»Nein, aber ich habe sie reingelassen. Ich dachte, das ist das beste«, sagte sie. »Sie haben sich umgesehen und sind wieder gegangen.«

»Was ist mit Elmore?«

»Elmore war zur Arbeit«, sagte Sandy. »Sie haben schon mit ihm geredet.«

»Würde Elmore uns reinreiten?« fragte LaChaise.

»Nein. Er hat genausoviel Angst wie ich«, sagte Sandy, und plötzlich stand ihr wieder die Wut im Gesicht. »Warum hast du das getan, Dick? Wir haben dir nie etwas getan, und jetzt reißt du uns mit rein.«

»Wir brauchten einen Ort zum Untertauchen«, sagte LaChaise zur Verteidigung. »Wir wußten nicht, wie es ablaufen würde. Wenn wir die Cops direkt am Arsch haben, dachten wir, müssen wir etwas haben, wohin wir schnell abhauen konnten. Da habe ich an das hier gedacht.«

»Also, ich will, daß du verschwindest«, sagte Sandy. Ihr Finger stach in seine Richtung. »Wenn du es nicht tust, gehe ich selber zur Polizei. Wenn du es tust, fahre ich hierher und wische alles ab, was du angefaßt hast... Und ich hoffe verdammt, daß du, wenn sie dich schnappen, die Klappe über den Platz hier hältst.«

»Sie werden mich nicht schnappen«, sagte LaChaise. »Ich gehe nicht mehr in den Knast. Wenn sie mich töten, soll es so sein. Aber da rein gehe ich nicht mehr.«

»Aber wenn sie dich kriegen... du weißt, sie schießen auf dich, und du wachst im Krankenhaus wieder auf...«

»Auf keinen Fall würde ich ihnen hierüber etwas sagen«, sagte LaChaise und schüttelte den Kopf. »Niemals.«

»In Ordnung.« Sie sah auf die Uhr. »Ich gehe jetzt besser für den Fall, daß diese Deputies noch einmal vorbeikommen. Aber eines sage ich dir: Einer dieser Minneapolis-Cops war dieser Davenport. Derjenige, der die Einsatzgruppe angeführt hat, die Candy und Georgie erschossen hat.«

»Ich weiß, wer er ist«, sagte LaChaise. »Und?«

»Er ist ein knallharter Bursche«, sagte sie.

»Ich bin auch knallhart«, sagte LaChaise.

Sie nickte. »Ich wollte es dir nur gesagt haben«, sagte sie.

Sandy ging mit gesenktem Kopf zu ihrem Wagen zurück und blieb einen Moment lang darin sitzen, bevor sie den Motor startete. Nun *hatte* sie sich irgendwie schuldig gemacht, dachte sie. Als hart arbeitende und Steuern zahlende republikanische Rancherin sollte sie sich für das, was sie gerade getan hatte, eigentlich selbst ins Gefängnis schicken. Aber das tat sie nicht. Sie würde etwas tun, um dem zu entgehen – der Gedanke an eine Gefängniszelle machte ihr weiche Knie. Wenn Dick anderswo untergeschlüpft wäre, hätte sie ihn reingeritten. Doch das Wohnwagen-Versteck konnte sie unmöglich jemandem erklären, und sie wußte aus LaChaises früherem Prozeß, wozu rachsüchtige Cops fähig waren.

Verdammt. Sie dachte an die Waffen zu Hause im Flurschrank, eine .22er, ein Jagdgewehr, eine Schrotflinte. Sie hatte bis jetzt noch nie an so etwas gedacht, aber sie könnte nach Hause fahren, Elmores Jagdgewehr nehmen, wieder hier herausfahren und…

Dick draußen erwischen.

Peng.

Sie könnte seine Leiche irgendwo draußen in ein Kornfeld legen, und bis zum Frühling würde niemand irgend etwas erfahren. Und wenn die Kojoten ihn fänden, nicht einmal dann. Sie seufzte. So etwas konnte sie nicht. Sie hatte niemals in ihrem Leben jemanden auch nur verletzen wollen. Aber untergehen würde sie nicht. Sie würde um ihr Leben kämpfen.

Weather und Lucas aßen handgemachte Ravioli, die sie sich beim Italiener geholt hatten, und Lucas berichtete ihr von seiner Fahrt nach Colfax. »Erzähl mir das letzte noch mal, das mit dem Auge um Auge.«

Lucas zuckte mit den Achseln. »Wir müssen uns ein bißchen in acht nehmen. Der Kerl rennt nicht lange frei herum, dafür suchen zu viele nach ihm. Aber alle, die bei der Schießerei dabei waren... Ich habe ihnen gesagt, sie sollen die Augen aufhalten.«

»Du meinst, er könnte kommen und euch suchen?« fragte sie.

»Ich glaube, nicht«, sagte Lucas. »Aber ich bin nicht sicher. Könnte sein. Er ist total durchgedreht. Wir müssen ein bißchen aufpassen, das ist alles.«

»Und deswegen hast du deine Kanone da unter deinem Stuhl liegen. Kleine Vorsichtsmaßnahme.«

Lucas ließ seine Gabel voll Nudeln auf halbem Weg in der Luft stehen und sagte: »Tut mir leid. Aber es ist nichts Besonderes – und dauert nur kurze Zeit.«

Kapitel 5

Morgens früh im Black Watch.

Andy Stadic stieß die Tür auf, kam herein und zog die Handschuhe aus. Während er um die Bar und durch die Doppelschwingtür in die Küche ging, knöpfte er die Jacke auf. Dabei sah man seine Waffe – nicht, daß er sie brauchte, sie gehörte einfach dazu.

Stadic war klein, hatte einen runden Kopf mit kurzem Bürstenschnitt und mißtrauischen, leicht hervorstehenden Augen. In der Küche nickte er dem Koch zu, der gerade Zwiebeln für eine Zwanzigpfundladung Fleisch-Burger hackte, ignorierte den mexikanischen Tellerwäscher, kurvte um das Pfannengestell und verschwand durch den anderen Ausgang.

Der Raum dahinter war kühl. Das Licht kam von Neonleuchten an der Decke, und die Einrichtung bestand aus Kartons mit leeren Bierflaschen, Kisten mit Papierhandtüchern und Toilettenrollen, Ketchupdosen und Kartoffelsäcken. Der ganze Raum roch nach feuchtem Papier, Kartoffeln, Zwiebeln und etwas Zigarrenrauch.

Daymon Harp saß auf einem der zwei roten Plastikstühle an einem wackeligen runden Tisch, die Beine ausgestreckt und die

Füße überkreuzt, und kaute Kaugummi. Er hatte eine Bomberjacke und ausgebleichte Levis an und dazu dunkelrote Cowboystiefel mit silbernen Spitzen.

»Was willst du von mir?« fragte Stadic. Er baute sich vor ihm auf, die Hände in den Taschen.

»Wir haben ein Problem.« Harp legte die Beine gerade und schob dann mit einem Fuß einen zweiten Stuhl über den Betonfußboden in Stadics Richtung.

»Von Problemen will ich nichts hören«, sagte Stadic.

»Dagegen kann man nichts machen«, sagte Harp.

»Mann, ich will dich nicht einmal sehen«, sagte Stadic. »Wenn jetzt einer von den Shoo-flies in Zivil, die nicht nur den uniformierten Kollegen auf die Finger schauen, hier hereinspazierte, wäre ich erledigt. Wäre ohne Rückfahrschein auf dem Weg nach Stillwater.«

»Nun komm mir nicht gleich mit dem Knast. Es ging nicht anders. Setz dich hin, verdammt noch mal.«

Stadic drehte den Stuhl, setzte sich rittlings darauf und stützte die Arme auf die Rücklehne. »Was ist?«

»Gestern abend sind zwei Typen in meiner Bude aufgetaucht«, sagte Harp. »Haben mir ihre Kanonen gezeigt und nach deinem Namen gefragt.«

»Nach meinem Namen?«

»Ja. Sie wußten, daß ich mit einem Cop zusammenarbeite, aber deinen Namen kannten sie nicht.«

»Gott im Himmel, Harp...«

»Sie haben gesagt, sie würden Jas alle zehn Sekunden einen Finger abschneiden, bis ich damit herausrückte. Sie meinten es ernst, würden es mir schon zeigen. Würden ihr erst mal zwei Finger absäbeln, damit ich sähe, daß sie die Wahrheit sagten. Und wenn alle zehn Finger weg wären, kämen ihre Augen dran, und dann würden sie ihr den Hals durchschneiden, und danach wäre ich an der Reihe.«

»Du hast ihnen meinen Namen genannt?« fragte Stadic ungläubig mit schriller Stimme.

»Gottverdammt, ja, das habe ich«, sagte Harp. »Sie haben ihr gleich auf einem Küchenbrett einen Zeigefinger abgeschnitten. Sie hatten sie gefesselt und geknebelt, und sie zappelte hilflos herum. Die beiden taten so, als würden sie mal eben ein Huhn schlachten… diese verdammten Schweine. Ich war mit den beiden Ärschen mal im selben Knast. Sie haben unter den Augenwinkeln kleine Tränen eintätowiert, damit jeder weiß, wie viele sie schon umgelegt haben. Der eine Motherfucker hatte drei davon und der mit dem Messer zwei.«

»Du hättest irgendeinen Namen nennen können«, sagte Stadic.

Harp schüttelte den Kopf. »Sie wollten es handfest belegt haben. Einen kleinen Beweis hatte ich.«

Jetzt wurde Stadic sehr still. »Was für einen?«

»Ich habe mal ein paar Fotos gemacht.«

»Du Motherfucker…« Stadic sprang auf, kickte den Stuhl zur Seite und griff nach seiner Pistole. Harp hob die Hände.

»Die Bilder waren von früher, als ich dich noch gar nicht so gut kannte. Und da lag Jas' verdammter Finger, krumm wie ein toter Shrimp. Was, zum Teufel, hätte ich denn tun sollen?«

»Du hättest *versuchen* können zu lügen«, schrie Stadic. Seine Hand, die die Waffe hielt, zuckte.

»Du warst nicht *dabei*«, sagte Harp. »Du *weißt* nicht, wie das ist.«

Stadic schnappte nach Luft, als hätte er gerade einen Berg erklommen, und fragte: »Und was wollten sie mit meinem Namen?«

»Sie brauchen ein paar Informationen von dir.«

»Was für welche?« Er knabberte nervös an seinem Daumennagel, riß ein Stück heraus, spuckte es aus, schmeckte Blut. Das Nagelbett blutete, und er saugte daran. Es schmeckte salzig.

»Sie brauchen Personalunterlagen«, sagte Harp. »Aus dem Polizeipräsidium.«

LaChaise hatte im Gefängnis ganze Tage damit zugebracht, hatte nachgedacht und sich überlegt, was er für den bevorstehenden Krieg alles brauchte. *Wir gegen sie.* Sie müßten von einer Basis aus operieren. Irgendwo auf dem Land. Es gab da eine Reihe Unterstände, die für den Fall von Überschwemmungen unterirdisch an das Abflußsystem angeschlossen waren. Sie lagen rund zwei Meter unter der Erdoberfläche, und es gab auch noch ein paar in den

Fuß des Berges vorgetriebene Bunker. Alle waren mit Honda-Generatoren ausgerüstet, hatten eigene Brunnen und Sickergruben.

Bewaffnung: Infrarotgewehre, um Angreifer fernzuhalten, Hochleistungs-Schnellfeuerwaffen für den Nahkampf. Versteckte Landminen mit Fernzündung. Panzerfäuste. Mit geschlossenen Augen hatte er die Angriffe kommen und die Angreifer wieder auf dem Rückzug gesehen, als sie ins Sperrfeuer gerieten...

Die Angreifer waren ein bißchen verunsichert. Es war eine zusammengewürfelte Truppe aus ATF-Agenten, diesen Spezialisten für die Bekämpfung von Alkohol-, Tabak- und Waffenschmugglern, und Schwarzen aus den Ghettos von Chicago, Indianern und Mexikanern. Besonders sinnvoll schien die Zusammenstellung bisweilen nicht. Also waren es manchmal auch nur ATF-Agenten, ganz in schwarzen Uniformen und maskiert...

Tagträume.

Die Realität sah dann anders aus. Zwei Trucks und ein heruntergekommenes Haus in einer Slumgegend.

LaChaise und Butters waren in Elmores Truck in die Cities unterwegs. Martin fuhr hinterher. Sie hatten beschlossen, in zwei Wagen zu fahren, zumindest erst einmal. Butters und Martin hatten sich Elmore in der Scheune geschnappt, als Sandy gerade ausgeritten war, und ihm die Wagenschlüssel weggenommen.

»Nur über Nacht«, hatte Butters gesagt und sich ganz nah vor ihn gestellt. »Martin hat ein paar Strafmandate auf seinem Wagen. Nichts Ernstes. Aber wenn ihn die Cops checken – wir müssen dann noch einen Ersatz haben. Weiter machen wir nichts mit deinem Truck.«

»Hört mal, Jungs, wir müssen heute noch was transportieren...«, hatte Elmore gestottert. Er hatte Angst vor Martin und Butters. Martin hielt er für irre, für einen überdrehten schwulen Hillbilly, der sich in LaChaise verknallt hatte. Und Butters hatte Glotzaugen wie eine Schildkröte und war einfach voll daneben.

Elmore hatte versucht, aus der Sache herauszukommen, aber Martin hatte eine Hand in Elmores Jackentasche gesteckt, und als Elmore versuchte, sich zu verdrücken, hatte Butters ihn von der anderen Seite zurückgestoßen. Dann hatte Martin die Schlüssel in der Hand gehabt und gesagt: »Du kriegst alles wieder, Kumpel.«

Das Haus war ein schäbiger, einstöckiger Bau, eine halbe, mit Schindeln bedeckte Ruine in einer Seitenstraße. Die Gegend hieß Frogtown. Die Fassade hatte einen Anstrich dringend nötig, und innen würde nur noch ein Abrißunternehmen helfen. Der halbe Keller war feucht, und der Schaltkasten, der über dem naßen Betonfußboden hing, war der Alptraum jedes Feuerwehrmanns. Martin hatte drei Army-Klappbetten hergeschafft, eine zerfledderte Couch, gelb wie Affenscheiße, und zwei dazu passende Sessel und eine Eßecke, alles vom Sperrmüll. Dazu einen brandneuen Sony-Farbfernseher mit 66-Zentimeter-Bildröhre.

»Guter Platz, es sei denn, wir zünden uns das Dach überm Kopf an«, sagte Martin. Das Haus roch nach nassem Gips und Spiegeleiern. »Das Leitungsnetz unten im Keller ist einsame Spitze für so was.«

»Hey, es ist prima hier«, sagte LaChaise und sah sich um.

Kein Abflußsystem, keine Honda-Generatoren. Keine Landminen.

Abends saß Butters mit zurückgelegtem Kopf und geschlossenen Augen in einem der zerschlissenen Sessel. Martin saß mit seinen Bogen im Schneidersitz auf dem Fußboden, schraubte die normalen Spitzen ab und ersetzte sie durch 60 Gramm schwere »Thunderbirds« mit entsprechender Durchschlagskraft. Neben seinem rechten Fuß stand eine Dose Bier. Bisweilen sah er LaChaise mit einem Blick an, der nichts als sexuelle Gier ausdrückte.

»Wir tun es«, sagte LaChaise. Er hatte ein halbvolles Glas Bourbon in der Hand. »Seit Jahren reden wir davon. Reden, reden, reden. Jetzt, nachdem sie Candy und Georgie in Stücke zerlegt haben, tun wir es.«

»Könnte unser Ende sein«, sagte Martin. Im Lichtschein der Lampe war sein Bart kupferrot.

»Könnte«, gab LaChaise zu. Er kratzte sich den Bart und nippte am Bourbon. »Macht das was?«

Martin bastelte eine Minute weiter und sagte dann: »Nee. Mich juckt es. Ich bin bereit.«

»Du könntest nach Norden abhauen, ins Yukon Territory.«

»War ich schon«, sagte Martin. »Die verdammten Kanadier sind nichts als eine Bande Kommunisten. Sogar Alaska ist besser.«

»Oder Mexiko?«

LaChaise nickte und sagte: »Und was ist mit dir, Ansel?«

»Ich will es einfach hinter mich bringen«, sagte Butters.

»Gut, wir werden sehen, wenn es soweit ist...«

»Ich meine, ich will alles hinter mich bringen«, sagte Butters. »Mir reicht es.«

LaChaise nickte wieder. »Für mich ist es bestimmt das Ende. Aber ich schwöre bei Gott, ich nehme einen Haufen von diesen Schweinehunden mit.«

Martin sah ihn unsicher an. Dann nickte er und sah weg. Sie saßen zusammen und arbeiteten, bequem, aber gespannt, wie sie es im Jagdzelt taten, einen Schluck tranken, sich vorstellten, was sie erwartete, sich vom Jagdfieber packen ließen und von der Kameraderie, wenn es losging.

Sie checkten ihre Waffen zum zwanzigsten Mal, luden und entluden die Pistolen, schossen zum Schein auf den Fernseher, genossen den Geruch der Lösungsmittel und des Gewehröls, die Gespräche über alte Zeiten, vergangene Jagdzüge und die Leute, an die sie sich erinnerten und von denen jetzt viele tot waren.

»Wenn ich weiterleben würde«, sagte LaChaise, »würde ich doch nur den Rest meines Lebens in einer Zelle rumsitzen. Außer...«

»Außer was?« fragte Martin und sah hoch.

»Ach, nichts«, sagte LaChaise, aber er dachte: *Mexiko.* Er hatte immer schon vorgehabt, nach Mexiko zu gehen, war aber noch nie da gewesen.

»Es macht mich fertig, daran zu denken«, sagte Butters. Sein Gesicht war vom Alkohol gerötet.

Sandy war außer sich gewesen, als sie von ihrem Ritt zurückkam und Elmore ihr das mit dem Truck erzählte. Sie war in ihren Van gesprungen und hinter ihnen hergefahren, aber sie waren schon zu weit weg gewesen. Sie war bis zum St. Croix gefahren, hatte dann gemerkt, daß es vergeblich war, abgestoppt, gewendet und war zurückgekehrt.

»Was hast du dir dabei gedacht?« schrie sie Elmore an. »Du hättest die Schlüssel verschlucken sollen.«

Am Abend stand Elmore in der Küche und kochte Wildgulasch mit Reis. Sie saß vor dem Fernseher und roch die chemischen Zusatzstoffe des Fertiggerichts. Elmore klapperte mit dem Geschirr und stand dann schließlich hinter ihr in der Tür. Sie tat, als sehe sie sich die Sportsendung an.

»Wir sollten mit den Cops reden«, sagte er.

»Worüber?« Sie sprang aus dem Sessel hoch. Das hatte sie nicht erwartet.

Elmores Stimme bekam ein nervöses Tremolo. »Wenn wir einfach mit drinbleiben, kann nur zweierlei passieren: Wir sind entweder selber tot oder gehen wegen Mordes in den Knast. Eines von beidem.«

»Zu spät«, sagte sie. »Wir sitzen in der Klemme.«

Tränen stiegen ihm in die Augen. Eine rann die Wange herab, und Sandy wußte plötzlich nicht mehr, was sie tun sollte. Sie hatte Elmore in Angst erlebt, wie er sich vor ihr niedergekauert hatte, sie hatte erlebt, wie er jeder Verantwortung ausgewichen war, aber sie hatte ihn nie weinen sehen. »Bist du okay?«

Er wandte ihr das Gesicht zu, und die Tränen rannen noch immer. »Wie ist es dazu gekommen?« fragte er.

Sie überlegte. »Meine Schwester«, sagte sie schließlich. »Es ist alles wegen Candy. Und wegen des Wohnwagens von deinem Dad. Es ist wegen gar nichts ...«

»Wir müssen zur Polizei gehen.«

»Und was sollen wir denen erzählen? Und warum sollten sie uns glauben?«

»Vielleicht tun sie's nicht«, krächzte er. »Aber du hast all die Waffen und das andere Zeug gesehen, das Martin hatte. Wie hauen sie mit dem ganzen Zeug nach Mexiko ab? Wie kommen sie damit über die Grenze? Und wenn es ihnen gelingt, wie kommen sie da unten an Geld? Nein, sie gehen nicht nach Mexiko. Sie drehen irgendein verrücktes Ding.«

»Nein – nein«, sagte sie und schüttelte den Kopf. »Sie sind jedenfalls hier weg. Dick LaChaise macht sich nicht zum Narren.«

»Dick LaChaise ist ein verdammter Irrer«, sagte Elmore.

»Willst du wissen, was passiert? In zwei oder drei Tagen sind wir tot oder im Gefängnis. In zwei oder drei Tagen, Sandy. Nichts mit Pferden, keine Ausritte mehr, keine Einkaufsfahrten mehr, keine Touren in die Cities. Wir landen im Gefängnis. Lebenslänglich.«

Sie sahen einander für einen Moment an. Dann sagte sie fast flüsternd: »Aber wir kommen nicht mehr raus aus der Sache. Wenn wir mit der Polizei reden würden, was könnten wir ihnen denn konkret sagen? Wir wissen nicht einmal, wo Dick steckt. Und von ihrer alten Seed-Bande rennen noch überall Leute herum – sieh dir an, was passiert ist, als dieser Typ gegen Candy aussagen wollte. Er wurde ermordet.«

»Vielleicht kann uns der alte John Shanks einen Tip geben«, sagte Elmore. John Shanks war Strafverteidiger und hatte Candy vertreten. »Mal sehen, ob er einen Deal für uns hinkriegt.«

»Ich weiß nicht, El«, sagte Sandy und schüttelte den Kopf. »Diese Sache ist total außer Kontrolle. Sie sind in dem Wohnwagen. Das läßt sich später nachweisen. Wenn sie da nicht...«

»Den können wir reinigen.«

»Sicher, aber wenn wir uns gegen sie stellen, ziehen sie uns auf alle Fälle mit rein. Wärst du gern mit Butters und Martin zusammen im selben Gefängnis?«

Elmore schluckte. Er war nicht gerade ein tapferer Mann. »Wir müssen aber etwas unternehmen.«

»Ich gehe mal ein Stück die Auffahrt runter«, sagte Sandy. »Und denk mir etwas aus.«

Sandy zog Parka, Wollmütze und Handschuhe an und ging nach draußen. Die Nacht war klirrend kalt und brannte wie Nesseln auf der Haut. Ihr Atem gefror im Wind. Sie ging in der bläulichen Hofbeleuchtung durch den knirschenden Schnee und grübelte. Wenn sie die Dinge nur in den Griff kriegte. Wenn Dick nur wirklich verschwände. Wenn Elmore nur durchhielt...

Elmore.

Sandy hatte Elmore nie geliebt, aber sie hatte einmal sehr an ihm gehangen. Dieses Gefühl hatte sie auch jetzt manchmal noch. Doch häufiger litt sie darunter, daß Elmore sie zweifellos liebte, sie seine Nähe aber kaum noch ertragen konnte.

Sandy war mit Pferden aufgewachsen. Aber besessen hatte sie nie eines, bis sie endlich auf eigenen Füßen stand. Ihr Vater, ein Landbriefträger, hätte die ganze Zustellung am liebsten zu Pferde erledigt – und so waren sie dafür immer an den Wochenenden in den Ställen im County. Fast jedes Wochenende waren sie geritten, von ihrem dritten Lebensjahr an bis zu ihrem achtzehnten, im Frühling, Sommer und Herbst. Candy hatte nicht so viel daran gelegen. Als sie auf die High-School kam, hörte sie mit dem Reiten auf. Sandy hatte nicht aufgehört. Sie würde nie aufhören. Sie liebte die Pferde mehr als ihr Vater das Reiten. Sogar jetzt konnte sie den süßlichen Geruch von Dung und Stroh riechen, der aus dem Stall herüberwehte, obwohl der ein paar hundert Meter entfernt stand... Davon kam sie niemals los. Sie durfte es nicht aufs Spiel setzen.

Sie hatte mit Elmore die High-School besucht, sich aber nie mit ihm verabredet. Nach dem Abschluß war sie nach Eau Claire gegangen und hatte eine Ausbildung zur Krankenschwester gemacht. Zwei Jahre später kehrte sie nach Turtle Lake zurück, bekam einen Job in einem örtlichen Pflegeheim und fing an, für eine Pferderanch zu sparen. Als ihr Vater bei einem Autounfall starb – ein Betrunkener hatte ihn auf dem Gewissen – reichte das Drittel von dem, was die Kinder erbten, für vierhundert Morgen im Osten der Stadt.

Elmore hatte in den Cities als Wachmann gearbeitet und angefangen, ihr den Hof zu machen. Sandy, einsam, wie sie war, hatte es zugelassen. Hatte dabei den Fehler gemacht, ihn auf der Ranch mit anpacken zu lassen. Er war nicht gerade der Hellste und auch nicht der härteste Arbeiter, aber sie brauchte jede Hilfe, solange sie nachts im Pflegeheim arbeitete und tagsüber auf der Ranch. Sie hatte den Fehler gemacht, mit ihm zu schlafen, dem zweiten Mann in ihrem Leben.

Dann war Elmore in seinem Job von einer Treppe gefallen und hatte sich den Rücken verdreht. Die Entschädigung, zweiundzwanzigtausend Dollar, reichte für einen Grundstock an Pferden und einen gebrauchten Ford-Traktor. Und es war sonst niemand da. Außerdem *hing* sie an dem Mann.

Sandy ging oft die Auffahrt hinunter, wenn es in ihrem Leben allzu traurig herging und Elmore ihr zu sehr zur Last wurde. Sie hatte gedacht, die Ranch sei alles, was sie sich im Leben wünschte, und daß sie alles dafür tun wolle, um sie zu bekommen. Als sie sie dann hatte – und als die Zucht anfing, etwas abzuwerfen –, merkte sie, daß sie noch etwas anderes brauchte. Jemand anderen. Auch wenn es nur jemand war, mit dem sie sich von gleich zu gleich unterhalten könnte, der etwas von ihrem Geschäft verstand und so über Pferde dachte wie sie.

Elmore war die emotionale Falle, aus der sie nicht herausfand. Es gab da diesen Mann in Montana. Er war jetzt verheiratet, aber sie dachte immer an ihn. Mit einem wie ihm …

Sie wischte den Gedanken weg. Diesen Mann hatte sie eben nicht.

Sie drehte um, ging im Kreis durch den knirschenden Schnee: das Leben als Gefängnis. Im Norden sah sie das erste Flimmern des Nordlichts, dessen Schimmer sich langsam über den immergrünen Föhren ausbreitete, und sie beschloß, mit jemandem über Dick LaChaise zu reden.

»Aber nicht gleich«, sagte sie zu Elmore, als sie wieder im Haus war. »Ein paar Tage lassen wir es noch laufen. Vielleicht machen sie sich ja davon. Jedenfalls müssen wir uns eine Geschichte ausdenken. Und dann reden wir vielleicht mit John.«

Andy Stadic betrat den Waschsalon und setzte sich. Es roch nach verschüttetem Weichspülmittel, Waschpulver und alter Lauge und dem warmen Dunst der Trockner.

Einmal sah ihn eine Frau an, dann wieder. Er saß nur da, ein gut angezogener Weißer, und hatte nichts zu waschen. Sie fing an, nervös zu werden. Er saß auf einem der harten Klappstühle und las eine zwei Wochen alte Ausgabe von *People*. Die Frau war mit dem Zusammenlegen ihrer trockenen Wäsche fertig, verstaute sie in einem pinkfarbenen Plastikkorb und ging. Er war allein, ging zur Tür, drehte das Offen/Geschlossen-Schild um und schloß ab.

Stadic sah durch das Fenster. Ein blonder Hippie schlenderte vorbei, ein junger Kerl. Er sah wie ein Südstaatler aus – vielleicht der Bursche, der Daymon Harp mit hochgenommen hatte?

Eine Minute später stand ein Weißer mit einem Raubvogelgesicht vor der Tür. Stadic machte auf, der Weiße steckte den Kopf durch die Tür.

»Sind Sie Stadic?«

»Ja.«

»Bleiben Sie sitzen.«

Verdammt. Er hatte ihnen gesagt, daß er sich in keiner Privatwohnung treffen wolle. Er hatte gesagt, Harp würde alles beobachten.

Eine weitere Minute verging, und dann kam ein Mann mit Bart um die Ecke. Er hatte sich einen Farmerhut tief ins Gesicht gezogen. Er ging auch wie ein Farmer, mit schweren Schritten, und er hatte einen Haarschnitt wie ein Farmer, die Ohren frei – und jetzt rot vor Kälte. Der Nacken war ausrasiert. Er nahm sich Zeit, bis er hereinkam. Stadic erkannte die Augen unter der Krempe.

LaChaise.

»Was, zum Teufel, hast du vor?« sagte Stadic. Er wollte gleich in die Offensive gehen.

»Halt die Klappe«, sagte LaChaise. Er hatte einen harten Bariton und fixierte Stadic.

»Mir sagt keiner, ich soll die Klappe halten, auch du nicht.« Stadic stand auf und ging in Angriffsposition.

LaChaise legte eine Hand auf seine Jackentasche. In der Tasche bewegte sich etwas. Er hatte eine Waffe.

»Zieh schon deine Kanone«, sagte LaChaise.

»Wie bitte?« Kaum war die Frage heraus – sie spielte auf Zeitgewinn, ließ ihn unsicher erscheinen –, wußte Stadic, daß sein Vorteil dahin war.

»Mach ruhig Ärger, zieh deine Kanone, mach ernst. Ich hab schon einen Cop fertiggemacht, ich lege dich um wie nichts.«

»Himmel noch mal...«

LaChaise war obenauf, und er wußte es. Er zog die Hand von der Waffe. »Wo sind die Unterlagen?«

»Du mußt irre sein, wenn du glaubst, ich gebe dir solche Sachen.«

»Ich *bin* irre«, sagte LaChaise. Seine Hand wanderte wieder zur Waffe. »Das solltest du wissen. Also, wo sind die Unterlagen?«

»Ich will wissen, was du damit anfangen willst.«

»Wir wollen einer Menge Leute eine Scheißangst machen«, sagte LaChaise. »Wir lassen sie durch die Flammenreifen springen wie im Zirkus. Jetzt hör auf, um den heißen Brei herumzureden. Entweder gibst du sie mir, oder sag, du hast sie nicht. Dann bin ich wieder weg.«

Als sie sich am Telefon verabredet hatten, hatte LaChaise gesagt, wenn er die Papiere nicht mitbringe, sei als nächstes ein Anruf bei seiner Abteilung für interne Angelegenheiten fällig.

Stadic atmete tief aus und schüttelte den Kopf. »Ihnen eine Scheißangst machen? Das ist alles?«

»Das ist alles«, sagte LaChaise. Er log, und Stadic wußte es. Und LaChaise wußte, daß er es wußte, und es war ihm egal. »Gib mir diese gottverdammten Papiere.«

»Mein Gott, LaChaise, was immer *sonst* du haben willst...«

»Bin schon draußen«, sagte LaChaise und ging zur Tür.

»Moment, Moment...«, sagte Stadic. »Ich muß dazu meine Hand in die Tasche stecken.«

LaChaises Hand wanderte wieder zu seiner Pistole, und er nickte. Stadic zog die Papiere aus der Brusttasche und hielt sie ihm mit ausgestrecktem Arm hin. LaChaise nahm sie und steckte sie, ohne sie anzusehen, in die eigene Tasche. »Besser, es sind tatsächlich die, die ich haben wollte«, sagte er und drehte sich zur Tür um.

»Warte«, sagte Stadic. »Ich muß wissen, wie ich euch erreiche.«

»Wir melden uns bei dir«, sagte LaChaise.

»Denk dran«, sagte Stadic. Seine Stimme klang belegt und fordernd. »Ich will euch aus der Stadt haben – oder tot. Schnappen darf euch niemand. Alles, nur das nicht. Wenn sie herausbekommen, was ihr vorhabt, und sie kommen und holen euch... Ich muß die Möglichkeit haben, euch anzurufen.«

»Wir haben kein Telefon«, sagte LaChaise. »Wir besorgen uns so ein Handy.«

»Ruf mich an, sobald ihr eins habt«, sagte Stadic. Er zog eine Karteikarte aus der Tasche, suchte nach einem Stift, fand einen und kritzelte eine Nummer darauf. »Ich habe mein Handy immer bei mir.«

»Ich denke dran«, sagte LaChaise.

»Ich bitte darum«, sagte Stadic.

Dann war LaChaise durch die Tür und um die Ecke verschwunden. Den Hut hatte er wieder tief in die Stirn gezogen. Zwei Minuten später kam Harp durch die Hintertür.

»Ich glaube, sie sind insgesamt zu dritt«, sagte Harp. »Den Jungen habe ich draußen auf der Straße gesehen, dann kam ein Pickup, und dieses Vogelgesicht stieg aus – ein neues Gesicht –, und der Pickup fuhr weiter. Gefahren hat ihn wahrscheinlich der Junge.«

»Hast du die Zulassungsnummer?«

»Ja. Hab ich.«

»Noch wen gesehen? Einen, der aussah wie ein Cop?«

Harp schüttelte den Kopf. »Nur ein paar Kids und eine alte Nutte.«

LaChaise überflog einen Computerausdruck des Sozialversicherungsverzeichnisses des Polizeipräsidiums. Einiges war für ihn das reinste Kauderwelsch, aber in den kleinen Kästchen und Rechtecken standen säuberlich die Namen der Versicherten mit Adressen und Telefonnummern.

»Der Fortschritt der Moderne«, sagte LaChaise.

»Bitte?« Martin drehte ihm das Gesicht zu.

»Ich lese einen Computerausdruck. Außerdem brauche ich ein Handy«, sagte LaChaise. »Mach dich auf den Weg, es erleichtert uns die Sache.«

Er fing an, Namen auf dem Ausdruck einzukringeln.

Kapitel 6

Weather Karkinnen trug einen weißen Frotteemantel und hatte ein dazu passendes Handtuch um den Kopf gewickelt. Eine Vermeer-Gestalt am Hinterfenster in einem Klinkerhaus, in Nachdenken versunken und mit langsamen Bewegungen. Sie war noch feucht vom Bad und summte zur Musik aus einem Glenn-Gould-Album. Sie holte ein Bier aus dem Kühlschrank, riß den Verschluß ab, fand ein Glas und schenkte sich ein. Das Telefon läutete. Sie trat einen Schritt zurück, nahm den Hörer, hielt ihn zwischen Ohr und Schulter und goß weiter ein.

»Ja, er ist da«, sagte sie.

Lucas saß mit geschlossenen Augen in seinem alten Ledersessel. Vor dem inneren Auge setzte er ein Puzzle zusammen – eine taktische Übung, bei der es um einen Raub und eine Verfolgungsjagd per Auto ging.

Früher hatte Lucas strategische Brettspiele entworfen, sie auf Computer übertragen und dann, nachdem er für einige Zeit aus dem Polizeidienst entfernt worden war, eine Firma gegründet, die Computersimulationen von polizeilichen Problemfällen entwickelte.

Der Wechsel war genau zur rechten Zeit gekommen: Seine Trainings-Software kam gut an. Jetzt leitete ein professioneller Manager die Firma, und obwohl Lucas noch die meisten Anteile hielt, war er derzeit meistens mit konzeptioneller Arbeit beschäftigt. Gerade saß er an der Entwicklung einer Software, die dem Data-over-Voice-Verfahren gewidmet sein sollte. Stimme und Datenübertragung wurden dabei praktisch gekoppelt. Das war eine aufregende Sache. Den Operatoren in der Funkzentrale mußte aber erst beigebracht werden, die so digitalisiert eingehenden Notrufe zu sortieren.

Sortieren. Darum drehte es sich, wenn er seine Simulationen programmierte, und der Begriff spukte seit Tagen in seinem Kopf herum wie ein Ohrwurm. Er hatte einen unangenehmen Beigeschmack, und er assoziierte dabei immer *Stornieren*.

»Lucas?«

Er fuhr hoch. Weather stand in der Tür mit einem Glas Dunkelbier in der Hand. Sie braute es selber und ließ es in einer Korbflasche im Flurschrank gären. Die Ausrüstung hatte Lucas ihr mal zum Geburtstag geschenkt.

»Ein Anruf für dich...«

Lucas schüttelte sich wach und erhob sich aus dem Sessel. »Wer ist dran?« fragte er gähnend. Er sah auf das Bier. »Ist das für mich?«

»Ich weiß nicht, wer dran ist. Und hol dir dein eigenes«, sagte sie.

»Wir hören uns ja an wie ein Werbespot.«

»Du warst derjenige, der nach dem Dinner da im Sessel geschnarcht hat«, sagte sie.

»Ich habe nachgedacht«, sagte er. Er nahm den Hörer und überhörte ihren kleinen Schnaufer. »Ja, bitte?«

Der Mann hatte eine ölige Stimme. Wie ein Versicherungsvertreter, der einem Vertrauen verkaufen wollte. »Hier ist Earl. Earl Stupella. Sie wissen Bescheid? Unten im Blue Bull.«

»Ja, Earl. Worum geht's?«

»Sie waren doch bei der Schießerei dabei, vor einer Woche oder so. Stand in der Zeitung. Bei der Credit Union.« Er stellte keine Fragen.

»Ja, und?«

»Heute abend tauchte hier so eine Nutte auf und sagte, sie hat den Mann von einem dieser Mädchen gesehen, der aus dem Gefängnis abgehauen sein und jemanden umgebracht haben soll. Hieß er nicht La Chase oder so?«

Lucas war jetzt sehr aufmerksam. »LaChaise«, sagte er. »So heißt er. Wo hat sie ihn gesehen?«

»In einem Waschsalon an der Eleventh Street. Sie sagt, sie hat gesehen, wie er hineinging und hinter dem Schaufenster mit einem Kerl geredet hat. Dann sei er wieder gegangen.«

»Hmm. Wie heißt die Nutte?« fragte Lucas.

»Sagen Sie nicht, Sie haben es von mir«, sagte Stupella.

»Keine Sorge.«

»Sally O'Donald. Sie wohnt weiter oben in der Nähe des Friedhofs, glaube ich, aber ich weiß es nicht genau.«

»Ich kenne Sally«, sagte Lucas. »Sonst noch was?«

»Nein. Sally hat gesagt, sie wollte mit LaChaise nichts zu tun haben, darum hat sie sich gleich umgedreht und ist weggegangen.«

»Wann war das?«

»Sally war vor ungefähr einer Stunde bei mir«, sagte Stupella. »Gesehen hat sie den Typ heute morgen.«

»Gut gemacht, Earl. Sie kriegen eine lobende Erwähnung.«

»Danke, Kumpel.«

Lucas ließ den Hörer auf die Gabel fallen: LaChaise. Er *war* also hier. Lief draußen frei herum. Lucas stand einen Moment da und starrte auf das Telefon, dann hob er den Hörer wieder ab.

»Mußt du weg?« fragte Weather aus dem Flur.

»Hmm, ja. Ich glaube.« Er drückte eine Zieltaste mit gespeicherter Nummer und hörte das Piepen des Wecktons.

Beim zweiten Läuten meldete sich Del. »Ja?«

»Ich hoffe, ich hab dich nicht im Bett erwischt.«

»Was ist los?« fragte Del.

»Nichts Besonderes. Ich dachte mir nur, wir machen mal eine Spazierfahrt, falls du gerade nichts anderes vorhast.«

»Du meinst, wir setzen uns ins Auto und holen uns Eiskrem? Oder heißt es, komm mit und vergiß deine Kanone nicht?«

»Letzteres«, sagte Lucas und sah dabei Weather an. Sie hatte eine Spur Bierschaum auf der Oberlippe.

»Letzteres, was sonst?« sagte Del. »Ich brauche zehn Minuten.«

Die Seitenstraßen waren nicht mehr als vereiste Fahrrinnen. Die Heizung des Explorer schaffte es kaum. Del, der keine Handschuhe mochte, hatte die Hände unter die Achselhöhlen geschoben.

Das einzig Gute war, daß den Gaunern und Ganoven genauso kalt war wie allen anderen. An Abenden wie diesen geschahen keine Verbrechen außer den dummen Familiendramen, die wahrscheinlich zu jeder Zeit ihren Lauf nahmen.

Das Funkgerät meldete sich, und Del sagte: »Ja?«

»O'Donald ist das dritte Haus links, gleich wenn ihr von der Lake abgebogen seid«, meldete die Zentrale.

»In Ordnung. Wir melden uns wieder.«

Lucas fuhr einmal an dem Haus vorbei. Der Explorer rappelte durch die Rinnen. Hinten, wo üblicherweise die Küche ist, war hinter den Fenstern Licht. Durch ein seitliches kam der blaue Schein eines TV-Geräts. »Das Problem ist«, sagte Lucas, »sie ist fürchterlich reizbar.«

»Und sie hat einen Umfang wie eine Scheißdoppelgarage«, sagte Del. »Vielleicht knallen wir sie erst mal nieder, bevor wir mit ihr reden.«

»Nur eine Fleischwunde, um sie runterzubremsen«, stimmte Lucas zu. »Oder einen Schuß in die Kniescheibe.«

»Das haben wir bei unserem letzten Opfer schon gemacht.«

»Ach ja. Na gut, dann ist das gestorben.« Lucas parkte ein und sagte: »Bring Sie nicht auf hundertachtzig. Ich habe keine Lust, mit ihr im Schwitzkasten durch den Hof zu rollen.«

Sally O'Donald war in mieser Stimmung.

Sie stand, pinkfarben gelockt, hinter der Windfangtür aus Panzerglas. Ihr Gesichtsausdruck war finster, die breiten Lippen waren heruntergezogen, die Fäuste hatte sie in die Hüften gestemmt. Sie trug einen schäbigen Bademantel mit Karomuster und zerfetzte beigefarbene Pantoffeln, die aussahen wie zu Brei gefahrene Kaninchen.

»Was wollt denn ihr Ärsche hier mitten in der Nacht?«

»Keine Sorge, nur ein bißchen reden«, sagte Lucas. Er stand auf der zweiten Stufe der Vorderveranda und schaute zu ihr auf.

»Als ich das letztemal mit diesem verdammten Capslock geredet habe, dachte ich, ich muß ihm die Eier abreißen«, sagte sie. Vom Türschloß hielt sie sich weiterhin fern. Sie starrte über Lucas' Schulter auf Del.

Del schüttelte es, und er sagte: »Sally, machst du jetzt diese gottverdammte Tür auf? Wir frieren uns hier einen ab. Ganz ehrlich, wir wollen nur mit dir reden.«

Nach einer Weile ließ sie sie herein und bat sie ins Fernsehzimmer, das so verqualmt war wie eine Kegelbahn. Sie schob ein Tablett mit dem Abendessen, das sie vor dem Fernseher gefuttert hatte, zur Seite, bot Lucas einen Sessel mit Cordsamtüberzug an, ließ sich im anderen nieder und Del stehen.

»Wir wissen, daß du Dick LaChaise gesehen hast du hast es etwa hundert Leuten erzählt«, sagte Lucas.

»Hundert Leuten ganz bestimmt nicht, genau drei«, sagte sie und blinzelte ihn aus ihren Schweinsäuglein an. »Ich kriege auch raus, wer es war, früher oder später. Und reiße ihm dafür die Eier ab.«

»Himmel, Sally«, sagte Del, »mach mal halblang mit diesen Eiergeschichten.«

»Wir wollen nur wissen, wo du ihn gesehen hast und was du über ihn weißt«, sagte Lucas. »Unser Informant sagt, du hast dich mal mit ihm rumgetrieben.«

»Wer ist das? Euer Informant? Wenn ich mit euch reden soll, will ich dafür auch etwas haben.«

»Du weißt, daß ich es dir nicht sagen kann. Ich könnte die Sitte bitten, daß sie deine Bude mal für ein paar Monate unbehelligt läßt«, sagte Lucas und fügte hinzu: »Falls die Information etwas wert ist.«

Sie nickte und kalkulierte. Zwei Monate Ruhe vor der Sitte waren nicht übel. »In Ordnung«, sagte sie, »ich war mit der Seed-Gang ab und zu zusammen, etwa zehn Jahre. Bis vor – Moment – vier oder fünf Jahren. Sie haben mich am Anfang mit in ihr Geschäft reingezogen und dann in Milwaukee wieder rausgedrückt. Dick war bei den Seeds mit ganz oben, als ich ihn kennenlernte. Er war damals vielleicht fünfundzwanzig. Dann wäre er jetzt etwa vierzig, oder?«

»Achtunddreißig«, sagte Lucas. »Das ist lange her.«

»Ja. Ich erinnere mich deswegen so gut an ihn, weil er dachte, er ist Marlon Brando. Er trug gern diese eckigen Fischermützen mit Schirm, Goldketten und diesen Kram. Ich habe ihn mal erwischt, wie er sich in dieser Bar in Milwaukee in seiner Bierdose spiegelte und sein Lächeln übte.«

»Übte...?«

»Genau.«

»Das hört sich nicht an wie die Geschichte vom großen Anführer«, sagte Lucas.

»O, das war er aber. Vielleicht ein bißchen zu überdreht. Sie wissen, die meisten Seeds waren so was wie... kriminelle Geschäftsleute. Ein bißchen Dope, etwas Porno, ein paar Huren. Schlimm, aber nicht zwangsläufig verrückt. Dick... Sie haben zufällig davon gehört, wie er auf dem Mittelstreifen schlief?«

»Ja, die Geschichte kennen wir«, sagte Lucas.

»Ich war dabei. Er hat es getan. Und er hat da wirklich geschlafen. Einmal habe ich zugeschaut, wie er versuchte, mit seiner Harley einen Eichenstamm hochzufahren...«

Lucas sah Del an, und beide zuckten mit den Schultern. »Er hat diesen Wärter umgebracht, hat ihm ganz kaltblütig die Kehle durchgeschnitten«, sagte Lucas zu Sally. »Hört sich das nach LaChaise an?«

Sie wackelte mit dem Kopf und dachte eine Zeitlang nach. Dann sagte sie »Also, vor zehn Jahren war er so, daß man ihm eben nicht quer kommen durfte. Aber derart kaltblütig...« Sie schnippte mit den Fingern. »Ich weiß nicht.«

»Seine Alte und Georgie LaChaise – die beiden waren bekannt dafür, daß sie Geld klauten und es irgendwelchen verrückten Vereinen weitergaben«, sagte Lucas. »Wenn sie nach einem Raub flohen, mußte er ihnen immer Deckung geben. Wir haben uns gedacht, daß irgendwelche Irren sie auch wieder unterstützt haben.«

»Ich habe seine Frau und seine Schwester nicht gekannt. Aber die Seeds hatten wirklich an einigen Stellen eine Schraube locker. Gerade als ich ging, waren die Schwarzen an der Reihe. Und dann waren die Juden natürlich an allem schuld, die Politiker, die Medien, die Cops, die Feministinnen, das Fernsehen, die Banken, die Versicherungen, die öffentliche Wohlfahrt mit ihren Einkaufsmarken... das ganze Wohlfahrtssystem.«

»Klingt wie Höreranrufe im Radio«, sagte Lucas.

Sie lachte ein häßliches, gurgelndes Lachen, und ihr runder Magen schaukelte auf und ab. Sie zeigte mit dem Finger auf ihn. »Das ist gut.«

»Was hatte er in dem Waschsalon zu suchen?« fragte Del.

»Hat sich mit einem Typ unterhalten«, sagte Sally. »Sie standen sich gegenüber und stritten miteinander – das war, als ich die Straße runterkam und ihn sah. Er hat einen Bart. Als ich ihn kannte, hatte er auch einen Bart, aber auf dem Bild in der Zeitung hatte er keinen.«

»Das war das letzte Bild, das sie von ihm hatten«, sagte Lucas. »Den Bart hat er sich dann in den letzten zwei oder drei Monaten stehen lassen.«

»Wie sah er aus?« fragte Del. Er lehnte an einer Kommode. »Kurz und glatt? Gestutzt?«

»Wie beim Propheten in der Bibel«, sagte sie. »Lang und zerzaust.«

»Und dann?« fragte Lucas. »Nachdem er mit dem Typ gestritten hatte?«

»Ich bin nicht dageblieben. Das würde mir gerade noch fehlen, daß Dick mich sieht und um einen Gefallen bittet, wenn Sie verstehen, was ich meine.«

»Hattest keine Lust, Freikarten zu verteilen?« fragte Del.

»Ich gebe schon mal was gratis«, sagte sie. Sie sah weg. Ihre Lippen bewegten sich noch, aber dann schüttelte sie den Kopf und sagte: »Wenn Dick in der Gegend ist, dann sind es wahrscheinlich ein paar alte Kumpel von ihm auch. Ihr seid doch nicht wirklich hinter ihnen her?«

»Sind wir«, sagte Del.

Sally O'Donald nickte. »Ich habe es gelesen – wie ihr seine Alte und seine Schwester umgenietet habt.«

»Und?« Del nickte dazu.

»Er ist hier, um wieder gleichzuziehen«, sagte O'Donald. »Ich an eurer Stelle würde über die nächste Grenze verschwinden.«

Lucas sah sie an. »Du glaubst, er ist hinter uns Cops her?«

»Davenport, haben Sie nicht zugehört?« fragte sie ungeduldig. »Dick ist total aus dem Häuschen. Sie haben seine Frau und seine Schwester auf dem Gewissen. Er ist hinter Ihnen her, keine Frage. Auge um Auge.«

Sie runzelte plötzlich die Stirn und sagte dann: »Der Typ, mit dem er im Waschsalon geredet hat – ich glaube, das war ein Cop.«

»Wieso?« fragte Lucas.

»Ich kenne ihn nicht, aber er benahm sich so. Wissen Sie, woran man einen Cop immer erkennt? Ich meine, außer eurem Capslock. Der sieht aus wie ein heruntergekommener Säufer... Na ja, dieser Typ wirkte eben so. Wie ein Cop hoch zwei.«

»Würdest du ihn auf einem Karteifoto wiedererkennen?«

Sie zuckte mit den Schultern. »Wahrscheinlich nicht. Ich habe ihn mir nicht richtig angesehen. Ich habe irgendwie an ihm vorbeigeschaut, auf Dick. Es war die Art, wie er dastand, daß ich dachte, er ist ein Cop.«

Del sah auf Lucas hinab und sagte: »Das ist nicht gut.«

»Gar nicht gut.« Lucas ließ den Blick durch das dunkle Haus schweifen, über die rauchgeschwärzten Tapeten, den zerschlissenen Teppichboden, das Katzenklo, und er sagte halb zu sich selbst: »Auge um Auge.«

Kapitel 7

Martin hatte eine Zielscheibe aus Kunststoff dabei, ein sechzig mal sechzig Zentimeter großes Ding mit schwarzen konzentrischen Kreisen um das ›Bull's-eye‹ in der Mitte. Er hatte die Scheibe neben dem Kühlschrank an die Wand genagelt und schoß jetzt seine Pfeile quer durch das Wohnzimmer und hinaus in die Küche. Bei jedem Schuß surrte die Bogensehne wie eine gezupfte Baßsaite, und die Pfeile trafen mit einem dumpfen Plop auf die Scheibe.

Übung macht den Meister, sagte er dazu. Ihm war egal, wohin der Pfeil traf, wenn Ansatz und Ausführung nur stimmten. Doch wie der Zufall wollte, traf er immer ins Bull's-eye.

LaChaise hatte sich eine Gameshow angesehen. Als sie zu Ende war, gähnte er, stand auf und ging ans Fenster. Das Tageslicht war verschwunden. Er sah in die Dämmerung hinaus, ließ dann die Vorhänge herunter und drehte sich um. Er brachte ein Lächeln zustande und sagte: »Satteln wir auf.«

Martin war voll beschäftigt und hörte es wohl nicht. Er zielte, löste den Schuß: Surr. Plop.

Butters hatte mit dem neuen Mobiltelefon gespielt. Sie hatten es einem mit Butters befreundeten Dealer abgekauft, und der hatte es von einem seiner Kunden, einem Jungen mit einer Nase, die nur auf eines scharf war: Kokain.

»Das kannst du zwei Wochen benutzen«, hatte der Dealer versprochen. Butters hatte ihm für das Handy tausend Dollar gegeben, und der Dealer hatte das Geld, ohne zu zählen, in seine Jeans gesteckt. »Die Mutter von dem Jungen ist Maklerin. Sie macht im Moment Ferien auf Barbados und hat ihm gerade genug Geld dagelassen, daß er sich was zu essen kaufen kann. Der Junge sagt, seine Ma hat am Tag fünfzigmal mit dem Apparat telefoniert. Du kannst das Handy also so oft benutzen, wie du willst. Nur nach Rußland oder so würde ich nicht telefonieren.«

Sie hatten es jetzt zweimal benutzt, einmal, um Stadic anzurufen, einmal, um mit einem Gebrauchtwagenhändler zu sprechen.

Als LaChaise »Satteln wir auf« sagte, legte Butters das Handy hin, öffnete den Sack neben seinen Füßen und holte zwei Pistolen heraus. Die eine war eine winzige .380er, die andere eine größere Neun-Millimeter. Bei beiden ließ er die Magazine herausschnappen, holte die Patronen heraus und lud dann wieder. Schließlich holte er einen langen, handgezogenen Schalldämpfer aus dem Sack und schraubte ihn auf die Neunmillimeter. Exzellent. Er schraubte ihn wieder ab, nahm seine Tarnjacke und schob ihn in die Seitentasche.

»Fertig«, sagte er nur. Über Butters' Schläfe und Jochbein lief eine dicke blaue Vene. Sie war hervorgetreten und sah in dem schwachen Licht aus wie eine Narbe.

»Und du?« fragte LaChaise Martin.

Martin spannte gerade wieder den Bogen und zielte. Surr. Plop. »Fertig«, sagte er.

LaChaise schob mit zwei Fingern den Vorhang auseinander und sah noch einmal hinaus. Die Straßenbeleuchtung war eingeschaltet, und es schneite. Es hatte schon mittags zu schneien begonnen, zuerst nur ein paar Flocken, und nach der Wettervorhersage sollte es auch nicht viel mehr werden. Doch jetzt schneite es heftiger. Die nächste Straßenlaterne sah aus wie eine Kerze.

LaChaise drehte sich um, ging zu seinem Sessel und hob drei Blätter Papier auf. Es waren Kopien eines Artikels aus der *Star Tribune*. Die Stelle, auf die es ihm ankam, hatte er angestrichen:

> *Die Beamten Sherrill, Capslock, Franklin und Kupicek sind wegen einer Anhörung vor dem Ausschuß, der ihren Schußwaffengebrauch untersucht, vorübergehend vom Dienst suspendiert. Es handelt sich um eine Routineuntersuchung, die nach jedem dienstlichen Einsatz von Polizeiwaffen fällig wird. Davenport, der stellvertretende Chef der Mordkommission, und der Beamte Sloan hatten ihre Waffen nicht benutzt und versehen weiterhin ihren Dienst.*

Also waren es Sherrill, Capslock, Franklin und Kupicek, die geschossen hatten.

»Was ist?« fragte Martin. Er öffnete die Augen und sah zu LaChaise auf.

»Auge um Auge«, sagte LaChaise.

»Keine Frage«, sagte Martin. Er zog seine Jacke an. »Also, gehn wir.«

Martin fuhr mit dem Truck zu West End Buick-Oldsmobile. Er hatte vorher angerufen, seinen Namen genannt und den Gebrauchtwagenhändler gefragt: »Vor ein paar Tagen habe ich mich schon mal mit Ihnen über einen 91er Pontiac unterhalten, einen schwarzen...«

»Den Firebird?« Die Antwort des Verkäufers klang unsicher, weil er mit niemandem über den Firebird geredet hatte.

»Ja, genau den. Haben Sie ihn noch?«

»Wartet noch auf einen neuen Besitzer«, hatte der Verkäufer gesagt. »Heute abend kommt jemand vorbei und sieht ihn sich an, aber unterschrieben ist noch nichts.«

Martin hatte sich eins gegrinst zu dem ganzen Schwindel. »Ich komme in etwa einer Stunde vorbei.«

»Ich freue mich drauf«, hatte der Verkäufer versichert.

Martin hatte ein Marine-Corps-Kampfmesser bei sich mit zwölf Zentimeter langer Klinge und Blutrinne. Er hatte es für den eigenen Gebrauch über einen Weihnachtsgeschenkversand aus dessen U.S.-Cavalry-Katalog bestellt und trug es in einem Futteral am Gürtel. Das Messer war das einzige ›Geschenk‹, das er in den letzten Jahren bekommen hatte, bis auf die Flasche Jim Beam, die LaChaise ihm in dem Jahr, bevor er ins Gefängnis kam, gegeben hatte.

Martin fiel der Jim Beam ein, als er auf den Buick-Laden zuging. Seinen Wagen hatte er auf der anderen Straßenseite geparkt. Den Lichtschein, der von der anderen Seite durch die Wagenfenster fiel, konnte er zwar noch sehen, aber der Schnee fiel jetzt so dicht, daß er die Leute auf dem Gehsteig dahinter nur noch als Schatten wahrnahm.

Er hatte zehn Minuten. Er schloß die Augen, konzentrierte sich und dachte an die anderen Menschen, die er getötet hatte. Das Töten machte ihm nichts aus. Er tat es einfach. In seiner Kindheit hatte es auf der Farm immer etwas zu töten gegeben. Hühner, Schweine und im Herbst gewöhnlich auch ein Rind. Und dann kam die Jägerei noch dazu: Eichhörnchen, Kaninchen, Waschbären, Tauben, Moorhühner, Rehe, Bären.

Als er seinen ersten Menschen tötete, machte er sich darüber keine großen Gedanken. Der Mann, er hieß Harold Carter, war ein Gläubiger von LaChaise gewesen. Er hatte ihm Geld für die Einrichtung seines Motorradzubehörladens geliehen. Carter hatte LaChaise gedroht, es gerichtlich eintreiben zu lassen. LaChaise wollte ihn aus dem Weg haben.

Martin hatte Carter mit dem Messer auf der Hintertreppe zu seinem eigenen Haus umgebracht, die Leiche zu seinem Truck geschleppt und sie im Wald vergraben. Nichts Besonderes. Ganz bestimmt nicht so schwer, wie ein Schwein zu schlachten. Ein Schwein wußte immer schon, was ihm bevorstand, und wehrte sich. Quiekte und wand sich. Carter war einfach umgefallen.

Sein zweiter Auftrag war nicht schwieriger gewesen als der erste. Der dritte jetzt sollte eigentlich, wenn er es richtig anstellte, der leichteste sein, weil er sich nicht um die Leiche kümmern mußte. Martin schloß die Augen. Hätte er jetzt einschlafen müssen, es wäre ihm gelungen.

LaChaise fuhr Elmores Truck. An der Rosedale Mall ließ er Butters aussteigen. Butters hatte beide Pistolen bei sich, die .380er in der linken Jackentasche und die Neun-Millimeter mit dem bereits aufgeschraubten Schalldämpfer in einem Velcroed-Halfter unter dem Arm.

Er marschierte an einem Geschäft mit TV-Spielen vorbei. Eine hochgewachsene Frau sprach mit dem einzigen Kunden im Laden. Außerdem stand hinter der Theke ein dünner Mann in weißem Hemd und mit beginnender Glatze. Butters fand nebenan eine Telefonzelle und wählte die Nummer des Ladens. Er sah, wie der Mann im weißen Hemd nach dem Hörer griff.

»TV-Spiele, Walt.«

»Hallo, könnte ich bitte Elaine sprechen?«

»Einen Augenblick.«

Der Mann im weißen Hemd rief die große Frau. Sie lächelte, sagte etwas zu dem Kunden und kam zur Theke. Butters hängte ein und sah auf die Uhr.

Zwanzig nach fünf. LaChaise mußte jetzt bei Capslock angekommen sein.

Capslocks Frau war laut ihrer Versicherungsakte Krankenschwester im Ramsey General Hospital. Ihre Schicht war um drei Uhr zu Ende.

LaChaise stoppte neben einer Telefonzelle, zog den Kopf wegen dem Schneegestöber zwischen die Schultern, tippte ihre Nummer – die Versicherungsunterlagen boten alles: Adresse, Arbeitgeber, dienstliche und private Telefonnummer – und wartete, daß sie sich meldete.

Wie Butters hatte auch er zwei Handfeuerwaffen bei sich, allerdings Revolver und keine Automatics. Der Lärm, den sie machten, kümmerte ihn nicht, und deswegen kam für ihn auch kein Schalldämpfer in Frage. Ihm gefiel die Einfachheit der Revolver. Sicherung und Nachladen waren kein Problem, einen Hahn mußte er auch nicht spannen, einfach nur zielen und schießen.

Cheryl Capslock meldete sich nach dem vierten Läuten. »Hallo?«

»Ah, Mrs. Capslock?« LaChaise versuchte, seine Stimme höher klingen zu lassen, jungenhaft und fröhlich. »Ist Del da?«

»Noch nicht. Mit wem spreche ich?«

»Mit Terry – ich arbeite an der Amoco-Tankstelle an der Snelling. Del wollte, ähm, er wollte mir etwas sagen und hat mir die Nummer gegeben. Könnten Sie ihm sagen, daß ich hier zu erreichen bin?«

»Okay, Ihr Name ist Terry?«

»Ja, T-E-R-R-Y, er hat meine Nummer.«

»Ich richte es ihm aus«, sagte Cheryl Capslock.

Martin überquerte die Straße zum Gebrauchtwagenmarkt. Der Firebird stand zwölf Meter vom seitlichen Schaufenster aufgebockt. Er ging zweimal um den Wagen herum, beugte sich dann vor und schaute durch das Seitenfenster.

Nach der zweiten Runde sah er den Verkäufer. Er stand im Licht und zog sich einen Mantel an. Martin holte das Messer aus dem Futteral und schob es in seine rechte Jackentasche. Zehn Sekunden später kam der Verkäufer, die Schultern gegen den Schnee hochgezogen, nach draußen zum Wagen. Den Mantel trug er offen, man sah seine Kunstseidenkrawatte.

»Ein schönes Stück«, sagte er mit einem Kopfnicken zum Wagen.

»Sie sind Mr. Sherrill?« fragte Martin.

»Ja, Mike Sherrill. Sind wir uns nicht schon letzte Woche begegnet?«

»Äh, nein, nicht wirklich... Hören Sie mal, ich kann von hier aus nicht lesen, wieviel Meilen auf dem Tacho stehen.«

Sherrill war Mitte Dreißig, ein früher einmal athletisch gebauter Mann, der jetzt auseinanderging – vom fetten Essen und vom Whiskey. Von den Flügeln seiner zweimal gebrochenen Nase breiteten sich die kleinen geplatzten Gefäße in Netzen aus. Sein einst dichter Blondschopf war etwas ausgedünnt. »Im Augenblick etwa fünfundfünfzigtausend. Ich mache mal den Wagenschlag auf.«

Er schlidderte auf die andere Seite, wischte mit dem Handschuh schnell den Schnee von der Windschutzscheibe und fummelte am Türschloß herum. Martin sah zurück in den Laden. Ein anderer Verkäufer stand kurz hinter der Schaufensterscheibe, sah in das Schneetreiben hinaus und ging wieder.

»Okay, das hätten wir«, sagte Sherrill. Er zog den Schlüssel aus dem Schloß und zog die Tür auf.

Martin machte keine Umstände und wartete nicht länger auf eine bessere Gelegenheit. Er stand seitlich von Sherrill, als dieser die Tür öffnete. Sherill trat zurück, und Martin rückte näher, legte ihm eine Hand auf die Schulter und stach zu, ein brutaler Schnitt wie ein Hieb in den Solarplexus.

Das Messer traf Sherrill direkt unter dem Brustbein und fuhr nach oben in sein Herz.

Sherrill japste einmal, zuckte und ging mit aufgerissenen Augen überrascht, den Blick auf Martin gerichtet, in die Knie. Martin sah zu, wie sein Körper auf den Autositz sank. Er drückte Sherrills Kopf nach unten, fing seine zappelnden Beine und schob sie nach innen. Sherrill lag kopfüber im Wagen, die Beine auf dem Beifahrersitz, den Kopf unterm Lenkrad. Seine Augen standen offen, starrten ihn an. Er wollte etwas sagen. Blut quoll aus seinem Mund.

»Danke«, sagte Martin.

Er drückte den Schließknopf hinunter, schlug die Tür zu und ging. Niemand stand hinter der Schaufensterscheibe und sah ihn weggehen.

Butters wartete, bis der Mann im weißen Hemd einen Kunden hatte und die Frau frei war. Dann betrat er den Laden, die Hand an der Pistole mit dem Schalldämpfer. Hinten neben der Tür zum Lagerraum war ein DirecTV-Gerät ausgestellt. Dorthin ging er, und Elaine Kupicek folgte ihm. Eine nett aussehende Frau, dachte Butters, dafür, daß sie mit einem Cop verheiratet war.

»Kann ich etwas für Sie tun?« Sie hatte einen breiten Mund mit beweglichen Lippen und lange, dünne Finger mit kurzgeschnittenen Nägeln.

»Ich habe eine Bar, unten in St. Paul.«

»Aha.«

»Wenn ich mir dort einen DirecTV-Apparat aufstelle, könnte ich dann zum Beispiel die Green-Bay-Games spielen, auch wenn ich keinen Fernsehanschluß habe?«

»Ja, natürlich. Sie können mit ihm alle Spiele spielen...«

Der Mann im weißen Hemd war mit seinem Kunden zu den ausgestellten Computern gegangen, wo sie sich eingehend über 16-Bit-Soundkarten unter Windows 95 unterhielten.

»Ich habe hier einen Prospekt mit allen Optionen...«

Butters sah sie an und legte die Finger seiner linken Hand auf die Lippen. Sie brach verwirrt mitten im Satz ab, und er zog die .380er aus der Tasche und zielte auf sie.

»Wenn Sie schreien, schieße ich. Das verspreche ich Ihnen.«

»Was...?«

»Nach hinten. Das ist ein Überfall.«

Er schob sie zur Tür. Sie ging rückwärts, bekam den Türknopf in den Griff und öffnete den Mund. Butters sagte im Plauderton: »Aber leise, bitte.«

Sie trat in den Lagerraum und sah an Butters vorbei in den Laden, suchte den Mann im weißen Hemd. Aber Butters schob sie weiter und schloß die Tür hinter sich.

»Tun Sie mir nichts«, sagte sie.

»Ich tue Ihnen nichts. Setzen Sie sich, da drüben... dorthin.«

Sie drehte sich zu dem Stuhl direkt am Arbeitstisch um. Auf dem Tisch stand ein braunes Lunchpaket mit einem Fettfleck im Papier. Es war ihr Lunch, ein Mortadella-Sandwich und eine Orange. Sie ging zum Stuhl und sagte: »Bitte, nicht.«

»Bestimmt nicht«, versprach er in seinem weichen Südstaatenakzent. Sie drehte sich um, um sich zu setzen, und als er ihren Nacken vor sich sah, zog er mit einem Griff die Neun-Millimeter aus dem Velcroed-Halfter, eine oft geübte Bewegung, hielt sie an ihren Hinterkopf und drückte einmal ab.

Elaine Kupicek taumelte nach vorn und ging zu Boden. Butters drehte sich halb zur Tür um, wartete und lauschte. Der Schuß war so laut gewesen wie ein Klatsch in die Hände, begleitet vom Klicken des Schlagbolzens. Das war laut genug, um in einem gewöhnlichen Raum Aufmerksamkeit zu erregen, aber die Tür nach vorn war zu.

Er wartete noch einmal zwei Sekunden und ging dann zur Tür. Elaine Kupicek lag mit dem Gesicht nach unten und hatte alle viere von sich gestreckt. Butters schob die Pistole ins Halfter und die .380er, mit der er sie getäuscht hatte, in die Tasche zurück.

Er öffnete die Tür und sah, daß der Mann im weißen Hemd sich noch immer mit dem Kunden unterhielt. Butters schlenderte locker hinaus, die Hände in den Taschen, trat in den gefliesten Gang vor dem Laden, sah sich nach beiden Seiten um und spazierte dann nach links davon.

LaChaise ging durch den Schnee über die Straße und den Gehsteig zur linken Tür des Doppelhauses. Den .44er hielt er in der rechten Hand. Mit der linken drückte er den Klingelknopf. Er trat einen Schritt zurück, und eine Schneeböe fuhr ihm in die Augen. Im selben Augenblick ging die Tür auf, und er fragte sich nachher, ob der Schnee in seinen Augen daran schuld gewesen war...

Eine Frau öffnete die Innentür und dann zur Hälfte die Windfangtür. Sie war unscheinbar und lächelte verhalten. »Ja?«

»Mrs. Capslock?«

»Ja?«

Sein Revolver schwenkte in ihre Richtung, als auf einmal Del hinter ihr auftauchte: ein Schock, eine plötzliche Bewegung, das Gesicht, dann Dels aufgerissener Mund...

Capslock stieß seine Frau mit Wucht zur Seite. Sie fiel zu Boden, und Capslock schrie etwas. LaChaise hatte seinen Revolver erst halb im Anschlag, als sich ein Schuß löste. Capslock schrie und riß den Arm hoch. LaChaises Revolver ging noch einmal los, und dann sah er Capslocks Waffe, kurz und schwarz. Ihre Mündung war auf LaChaises Augen gerichtet. LaChaise schlug die Windfangtür zu, als Capslock feuerte. Aluminiumsplitter schnitten LaChaise ins Gesicht, während er den Rückzug antrat. Er schoß noch einmal aus seiner Bulldog und sah, wie die Tür zusammenfiel und noch mehr Splitter in seine Richtung flogen.

Die Mündungsblitze blendeten auf die kurze Distanz; erst wenige Schritte, dann einige Meter, aber er war noch immer auf den Beinen, und auch Capslock stand noch. Dann rannte er los, rannte zu seinem Truck. Etwas riß an seiner Jacke, und ein brennender Schmerz bohrte sich in seine Seite...

Del schoß fünfmal. Er schoß die Tür und die Glasscheibe in Stücke. Dann hörte er auf und wandte sich zu Cheryl, entdeckte das Blut an ihrem Hals. Es tropfte neben ihr auf den Boden. Er sah die Wunde. Sie öffnete die Augen und versuchte hochzukommen. Er rollte sie auf die Seite, und sie holte tief und rasselnd Luft.

»Halt durch, halt durch«, schrie er, rannte nach hinten zum Telefon, wählte die 911, brüllte in die Muschel – man sagte ihm später, er habe gebrüllt. In seiner Erinnerung hatte er kühl und ruhig gesprochen, und so hörte er sich das Band an und hörte sich brüllen...

LaChaise blutete.

Er fuhr und betrachtete sich selbst im Rückspiegel seines Trucks. Schnitte von Splittern im Gesicht. Heftige Schmerzen in der Seite. Er drückte mit der Hand dagegen, und als er die Handfläche untersuchte, war sie naß von Blut. »Motherfucker...« knurrte er.

Angst krampfte plötzlich sein Herz zusammen. Würde er sterben? Würde es so zu Ende gehen, mit solchen Schmerzen, im Schnee?

Ein Polizeiwagen fuhr mit heulender Sirene und Blaulicht vorbei, dann noch einer, dann eine Ambulanz. Jemanden getroffen, dachte er mit einem Quentchen Befriedigung. Mein Gott, wie das weh tat…

Der Mann mußte Capslock selbst gewesen sein. Er war schnell mit seiner Waffe, schoß schnell und blindlings. Und was hatte er geschrien? *LaChaise*, hatte er geschrien…

Sie wußten also Bescheid.

LaChaise sah in den Rückspiegel.

Er blutete…

Kapitel 8

Lucas befand sich im Westen von Minneapolis und bog gerade zur Auffahrt zur I-394 ein, als die Funkzentrale sich meldete. »Jemand hat auf Capslocks Frau geschossen«, brüllte der Diensthabende ins Mikrophon, und eine Sekunde später meldete sich Del: »LaChaise hat auf Cheryl geschossen.«

»Was?« Lucas gab Gas. Rechts neben ihm flatterte eine amerikanische Flagge, so groß wie ein Bettuch, in der Dämmerung. »Sag das noch mal.«

»LaChaise hat auf Cheryl geschossen…« Im Hintergrund hörte Lucas einen Wust von Geräuschen: Stimmen, Verkehrslärm, eine Sirene. Del schien völlig außer Atem zu sein und keuchte in sein Funkgerät.

»Wo bist du?« fragte Lucas.

»In der Ambulanz. Wir fahren zum Hennepin.« Jetzt stürzten die Worte nur so aus ihm heraus. »Ich habe ihn gesehen, Mann, LaChaise. Ich habe zurückgeschossen. Ich weiß nicht, ob ich ihn getroffen habe. Er ist weg.«

»Wie geht es Cheryl?«

»Sie ist getroffen, verwundet…« Del brüllte es. Die Worte überschlugen sich. Dann sagte er: »Er hat es auf unsere Frauen abgesehen, unsere Familien. Auge um Auge…«

Weather.

Sie mußte in der Klinik sein, kümmerte sich um ihre operierten

Patienten. Die Angst um sie schnürte Lucas die Kehle zu. Del sagte noch etwas, aber das bekam er gar nicht mit, und dann war Del weg.

Die Zentrale meldete sich. Der Diensthabende bellte: »Wir haben ihn verloren, er hat abgeschaltet.«

»Ich fahre ins Uni-Krankenhaus. Ich will *augenblicklich* Verbindung mit Sherrill, Franklin, Sloan und Kupicek«, sagte Lucas. Er holte ein Handy aus der Ablage unter der Armlehne und tippte die Kurzwahlnummer, unter der er Weather erreichen konnte. Erst meldete sich die Verwaltung und verband weiter. In der Klinik meldete sich die nächste gelangweilte Sekretärin und sagte, Weather sei bei einem Patienten.

»Hier spricht Deputy Chief Lucas Davenport vom Polizeipräsidium von Minneapolis. Es handelt sich um einen Notfall, und ich möchte *sofort* mit ihr verbunden werden«, brüllte Lucas. »HER MIT IHR!«

Dann meldete sich Franklin über die Funkzentrale. Er war in seinem Büro.

»Pack Weib und Kind und fahr irgendwohin, bis wir wissen, was los ist«, sagte Lucas.

»Der Junge ist in der Schule...«

»Pack sie dir einfach«, sagte Lucas. »Hast du Sloan gesehen?«

»Ich glaube, ich habe ihn gerade auf dem Weg zum Klo gesehen...«

»Sag ihm, er soll seine Frau nehmen und mit ihr irgendwohin fahren. Egal, wohin. Verschwindet, bleibt aber in Verbindung mit uns...«

»Du glaubst...«

»*Mach schon*, verdammt noch mal.« Lucas trat das Gaspedal durch, wollte alles aus dem Explorer herausholen.

Weather meldete sich in der Leitung. »Ich bin unterwegs zu dir«, sagte Lucas. In fünfzehn Sekunden hatte er ihr geschildert, was passiert war. »Verlaß die Klinik und halt dich auch von deinem Büro fern«, sagte er. »Sag deiner Sekretärin, wo du bist. Ich fahre vorbei und frage sie dann.«

»Lucas, ich habe zu tun. Ich habe gerade einen Patienten mit einem Hautkarzinom...«

»Scheiß auf die Klinik«, rief er. Seine Stimme war rauh wie ein Reibeisen. »Geh irgendwohin, wo man dich nicht vermutet, und warte dort auf mich. Wenn der Kerl dich in der Klinik erwischt, fängt er sonst noch an, sich deine Patienten vorzunehmen. Ein, zwei Stunden können sie sich schon alle gedulden.«

»Lucas...«

»Ich habe keine Zeit zu plaudern, verdammt noch mal. Tu, was ich dir sage.« Er schnitt einen weißhaarigen Autofahrer in einem roten Chevy Tahoe und sah, wie der Mann wild sein Lenkrad herumriß.

Marcy Sherrill kümmerte sich gerade um die Folgen einer Schlägerei, die in einer Bar nicht weit von der Hennepin ausgebrochen war. Betrunkene College-Studenten hatten mit Barhockern so lange auf einen Schwarzen eingedroschen, bis er sich nicht mehr rührte. Das tat er noch immer nicht, aber ganz tot war er trotzdem nicht. Sherrill meldete sich, und Lucas informierte sie über Del und seine Frau.

»O, mein Gott. Ich gehe zu ihr«, sagte sie.

»Nein, ruf Mike an und sag ihm, er soll einen Spaziergang machen. Er soll sich in ein Restaurant setzen, bis du bei ihm bist. Alle sollen sich an einem Ort aufhalten, wo sie jetzt eigentlich nicht sein sollten, bis wir herausbekommen haben, was abläuft.«

Die Funkzentrale meldete sich: »Del hat LaChaise getroffen – auf dem Gehsteig ist Blut bis zu der Stelle, wo der Truck stand. Alle Krankenhäuser wissen Bescheid, wir überwachen die Notaufnahmen...«

Als nächster war Kupicek in der Leitung. Er und sein Junge waren gerade bei einem Hockeyturnier für Kids. »Ruf deine Frau an, ihr geht alle auf Staatskosten etwas essen und ins Kino«, sagte Lucas. »Bevor du nach Hause gehst, schließ dich mit ihr kurz. Schau immer in den Rückspiegel und laß das Funkgerät eingeschaltet.«

»Wie geht's Dels Frau?« fragte Kupicek.

»Ich weiß nicht. Wir haben jemanden ins Hennepin geschickt.«

»Halt mich auf dem laufenden, Kollege«, sagte Kupicek.

Eine halbe Minute später war die Funkzentrale wieder da und sagte Lucas, er solle auf den Zerhacker umschalten. »Wieso?«

»Mein Gott.« Die Kollegin am Mikrophon hörte sich an, als ob sie weine. So etwas hatte Lucas aus der Zentrale noch nie gehört. »Roseville hat durchgegeben, daß man Dannys Frau erschossen hat. Sie ist tot. Es war in ihrem Laden in der Rosedale Mall.«

Lucas spürte, wie die Wut in ihm hochkochte. Nicht viel, und sie würde überschäumen. »Die Meldung geht nicht über Funk raus. Sagen Sie es niemandem außerhalb der Zentrale... Wann ist es passiert?«

»Der Anruf kam um fünf Uhr siebzehn herein. Aber sie glauben, sie könnte um fünf Uhr zwölf erschossen worden sein.«

»Wann war das bei Del?«

»Etwa fünf Uhr fünfzehn.«

Es mußten also wenigstens zwei sein, die die Anschläge verübten. Wie viele wirklich?

»Wer sagt es Danny?« fragte die Kollegin in der Zentrale.

»Das tue ich«, sagte Lucas. »Weiß Rose Marie Bescheid?«

»Lucy ist auf dem Weg in ihr Büro.«

Lucas rief Kupicek zurück. »Danny, wo steckst du?«

»Kreuzung Hennepin und Lake. Ich suche ein Telefon.«

»Plan ist geändert: Roseville ist bei deiner Frau. Komm zum Notaufnahme-Eingang im Hennepin General. Sofort. Hast du dein Warnlicht dabei?«

»Ja.«

»Schalt es ein und fahr los...«

»Ich habe den Jungen dabei.«

»Bring ihn mit, ist am besten für ihn.«

Als Kupicek abgeschaltet hatte, wandte sich Lucas wieder an die Zentrale. »Nehmen Sie sich Dannys Personalakte vor: Er hat eine Schwester. Sie heißt Louise Amdahl. Sie haben ein sehr enges Verhältnis. Sie soll zum Hennepin General kommen. Schicken Sie ihr einen Wagen und sagen Sie der Streife, sie soll sich beeilen. Dauer-Blaulicht und Sirene.«

Er dachte an Sherrill und Weather, nahm wieder das Telefon, bekam Weather an den Apparat und erzählte ihr, was mit Kupiceks Frau passiert war. »Ich kann nicht kommen. Mach dich unsichtbar. Ich rede keinen Stuß. Weather, ich beschwöre dich bei Gott, verschwinde irgendwohin, wo ich dich erreichen kann. Der Kerl kann im Augenblick schon in deinem Krankenhaus sein.«

»Ich gehe«, sagte sie.

»Paß auf dich auf, bitte, bitte, paß auf dich auf«, sagte er.

Dann hatte er Sherrill in der Leitung. »Hast du Mike erreicht?«

»Nein, Lucas, sie finden ihn nicht.« Sie sprach mit hoher Stimme, hatte Angst. »Er müßte da sein, aber sie können ihn nicht finden. Ich fahre hin.«

»Ich schicke eine Streife.«

»Lucas, du glaubst doch nicht ...?« Ihre Ehe hatte eine Zeitlang auf Eis gelegen.

»Wir wissen nicht, was wir glauben sollen«, sagte Lucas. Sherrill wußte noch nichts von Dannys Frau. Er sagte es ihr auch nicht. »Ich schicke euch zwei Wagen.«

Zur Zentrale sagte er: »Zwei Wagen zu ihr. Sollen sie abholen ...«

Lucas ging nicht vom Gashebel, brauste durch den Stadtverkehr ohne Rücksicht auf grüne, gelbe oder rote Ampeln. Den Explorer zu fahren war, als lenke man einen Heuwagen. Aber er war noch zwei Minuten vor Kupicek da und stoppte eine Wagenlänge hinter Rose Marie Roux. Die Chefin war blaß und brachte kaum ein Wort heraus. »Das ist ...«, sagte sie und schüttelte den Kopf. Sie rannten hinein. Lucas stieß die Türflügel auf.

Am Empfang stand Del. Er war voller Blut und sprach mit einem Arzt im OP-Kittel. »Manchmal bekommt sie nachmittags streßbedingte Kopfschmerzen und nimmt dann Aspirin. Das ist alles. Moment, sie trinkt Diet Coke, aber mit Coffein. Ich weiß nicht, ob sie heute nachmittag Aspirin genommen hat ...«

Er sah Lucas und Rose Marie hereinkommen und ging ihnen entgegen.

»Sie ist schwer verletzt«, sagte er. Daß ihm die Tränen das zerschrammte Gesicht herunterrannen, schien er gar nicht zu merken. Seine Stimme hatte er voll unter Kontrolle. »Aber wenn keine Komplikationen auftreten, schafft sie es.«

»Ach, mein Gott, Del«, sagte Lucas. Er versuchte zu lächeln, verzog dabei aber nur hoffnungslos das Gesicht.

»Was ist passiert?« fragte Del. Er schaute von ihm zu ihr. »Was ist noch passiert?«

»Dannys Frau wurde erschossen. Sie ist tot. Und wir können Mike Sherrill nicht finden.«

»Diese Motherfucker«, krächzte Del.

Dann stürmte Danny Kupicek durch die Tür herein. Hinter sich her zog er einen Jungen im Hockeydress und mit weißen Nike-Turnschuhen, so groß wie Schlachtschiffe, und mit einem blonden Haarschopf, der ihm über die Augen hing. Das Innere eines Krankenhauses schien ihn zu beeindrucken.

»Del«, sagte Kupicek. »Mein Gott, wie geht es Cheryl? Ist sie okay?«

»Danny ...«, sagte Lucas.

Zehn Minuten später hatten sie Mike Sherrill gefunden. Marcy Sherrill kam in dem Augenblick dazu, als die Cops den Firebird umringten, und sie konnte sich rechtzeitig nach vorn drängen, um zu sehen, wie sie die Tür aufmachten. Sie sah ihrem Mann in die offenstehenden Augen. Er lag da, kopfüber, tot.

Sie drehte sich um, und eine Polizistin legte den Arm um sie. Dann gab sie einen Laut, Aufheulen und Krächzen zugleich, von sich und sackte zu Boden.

LaChaise war als erster wieder vor ihrem Haus. Martin hatte von einem Münztelefon aus angerufen, und LaChaise hatte ihn losgeschickt, um Butters zu holen.

»Geht's dir schlecht?« hatte Martin leise und beherrscht gefragt.

»Ich weiß nicht, ich blute jedenfalls«, hatte LaChaise ihm erklärt. »Tut höllisch weh.«

»Kriegst du Luft?«

»Ja. Aber ich atme lieber nicht.«

»Schaffst du es ins Haus?«

»Ich glaube, ja.«

»Geh hinein. Wir sind in einer Viertelstunde da.«

LaChaise war verletzt, aber nicht so schwer, daß er nicht mehr ins Haus kam. Das machte ihm Mut. Abgesehen von dem brennenden Schmerz, der sich lokalisieren ließ, fühlte er sich gar nicht so schlecht. Innerlich schien nichts wirklich Schlimmes passiert zu sein, nichts gesplittert oder so.

Doch als er im Haus war, merkte er, daß er nicht aus eigener

Kraft aus der Jacke kam. Er hob den Arm, und wie Feuer fuhr es ihm die Rippen hinunter. Er ließ sich auf den Wohnzimmerteppich sinken, starrte zur Decke und wartete.

Martin kam als erster herein, Butters gleich hinter ihm. Er schüttelte den Schnee von den Ärmeln.

»Laß mal sehen«, sagte Martin.

»Ihr habt eure Jobs erledigt?« fragte LaChaise.

Martin nickte, und Butters sagte: »Klar. Und du?«

»Erwischt habe ich jedenfalls einen, die Ambulanzen waren unterwegs...«

Während sie redeten, setzten sie ihn auf, und LaChaise erzählte ihnen, wie er geläutet hatte und dann Del hinter seiner Frau aufgetaucht war. »Und der Scheißkerl hat mich erkannt... Vorsichtig, da...«

Sie pellten ihn aus dem Parka, der Weste und dem Flanellhemd, die zunehmend von Blut getränkt waren. Im Unterhemd sah man zwei Löcher. Der Blutfleck, der sie umgab, war so groß wie ein Teller.

»Das schneiden wir besser auf«, murmelte Butters.

»Ja.« Martin zog sein Messer heraus und zerteilte das Jockey-Hemd, als wäre es ein Papiertaschentuch. »Roll dich da hinüber, Dick...«

LaChaise versuchte, auf die linke Seite zu rollen und den Arm zu heben. Er schwitzte heftig und grunzte wieder: »Verdammt, tut das weh.«

Martin und Butters sahen sich die Wunde an. »Sieht nicht allzu schlimm aus«, sagte Butters. »Ich sehe keine Knochen.«

»Ja«, sagte Martin, »aber es gibt ein Einschuß- und ein Austrittsloch...«

»Wie bitte?« sagte LaChaise.

»Du hast Glück gehabt, ein glatter Durchschuß, rein und raus, am Rückgrat vorbei. Vielleicht wurde eine Rippe gestreift, daher der Schmerz. Die Löcher müssen gesäubert werden. Sie sind voller Fusseln und Schmutz von der Jacke.«

»Schafft Sandy her«, sagte LaChaise. »Ruft sie an – nein, fahrt hin und holt sie. Ich weiß nicht, ob sie sonst kommt... Sie kann sich darum kümmern, sie war Krankenschwester.«

Martin sah Butters an und nickte. »Das wäre das beste. Sie hat vielleicht Verbandszeug.«

»Und Pillen«, sagte Butters.

»Holt sie her«, wimmerte LaChaise.

Kapitel 9

Das Sandhurst war eine Hotelpension mit Dauergästen. Es war ein gelber Backsteinbau und lag am westlichen Rand des Geschäftsviertels. Es war um drei Stockwerke höher als alle sonstigen Gebäude in den zwei Blocks rundherum und daher leicht zu überwachen. Die Bewohner waren großenteils tourende Schauspieler, Regisseure, Künstler und Museumsleute, die in der Stadt mit dem Guthrie Theater oder dem Walker Art Center zu tun hatten.

Lucas und Sloan brachten Weather durch eine Gasse, die mit abgemeldeten Autos vollgestellt war, zum Hintereingang. Zwei Mann vom Emergency Response Team waren mit Gewehren und Funkgeräten auf dem Dach postiert.

»Alles, was ich bisher gemacht habe, gerät in ...«, sagte Weather. Lucas hörte nur halb zu, er sah sich nach allen Seiten um, musterte jedes Gesicht in der Gasse. Seine Hand, die die .45er umschloß, steckte in der Tasche. Sloans Frau war schon im Hotel.

»Es dauert nicht lange«, sagte Lucas. »Mehr als ein paar Tage halten sie nicht durch.«

»Wer? Wer hält nicht durch?« wollte Weather wissen und sah zu ihm auf. »Du weißt nicht einmal, wer sie sind, bis auf diesen LaChaise.«

»Wir kommen ihnen schon auf die Spur«, sagte Lucas. »Wir zahlen es ihnen heim, jedem einzelnen.« Wie er es sagte, ließ es keinen Zweifel zu, und Weather wich zurück. Doch Lucas hielt sie am Arm und ging mit ihr auf das Hotel zu.

»Laß meinen Arm los«, sagte sie. »Du tust mir weh.«

»Entschuldigung.« Er ließ los, legte seine Hand um ihre Taille und schob sie weiter.

Beide Hoteleingänge, der vordere und der hintere, führten in die Lobby. Franklin und Tom Black, Marcy Sherrills früherer Partner, saßen hinter einem breiten Rezeptionstisch aus Rosenholz. Ihre Gewehre hatten sie über die Oberschenkel gelegt. Zu sehen waren die Waffen so nicht. Der größte Cop der ganzen Polizeitruppe, er hieß Loring, saß in der Lobby in einem Polstersessel und las in einem Taschenbuch. Er hatte einen perlgrauen Anzug an und eine breite Krawatte und sah aus wie ein Profi-Wrestler, der inzwischen auf schmächtig machte.

Am Vordereingang stand ein Türsteher in Uniform. Als er die Bewegung hinter sich bemerkte, drehte er sich um und sah sie an. Andy Stadic hob eine Hand, und Lucas nickte ihm zu. Dann waren sie um die Ecke und auf dem Weg zu den Aufzügen.

»Du weißt, daß jeder herausbekommen kann, wo wir sind«, sagte Weather.

»Sie kommen aber nicht rein«, sagte Lucas. »Und sie können dich nicht sehen.«

»Du sagtest doch, sie seien Mitglieder der Seeds, und von den Seeds sagt man, sie seien eine Art Bürgerwehr.« Weather stammte aus dem nördlichen Wisconsin und kannte die Seeds. »Was ist, wenn sie draußen mit so einer großen Düngemittelbombe auftauchen?«

»So ein Selbstlaborat aus Ammoniumnitrat, wie wir sagen«, sagte Lucas. »Aber zu diesem Block hat kein Truck Zufahrt. Wir kämmen gerade die Straßen der Stadt durch, auf beiden Seiten.«

»Du kannst es nicht geheimhalten, Lucas«, sagte Weather. »Die Presse wird hier auftauchen, das Fernsehen...«

Lucas schüttelte den Kopf. »Sie werden erfahren, daß du hier bist, aber sie kommen nicht rein. Wenn sie es versuchen, warnen wir sie einmal, und dann sind sie mit ihrem Arsch im Knast. Wir lassen uns nicht vorführen.«

Er fuhr mit ihr ins oberste Geschoß und führte sie in eine kleine Zweizimmersuite mit Wänden, die vom Zigarrenrauch verfärbt waren. Es roch nach Desinfektionsmittel und Deodorant. Weather sah sich um und sagte: »Scheußlich.«

»Zwei, maximal drei Tage«, sagte Lucas. »Ich würde dich ja gern in unser Blockhaus schicken, aber irgendwie wissen sie über uns Bescheid, und ich kann kein Risiko eingehen.«

»Ich will nicht in unser Blockhaus«, sagte sie. »Ich will an meine Arbeit.«

»Natürlich«, sagte Lucas zerstreut. »Ich muß jetzt...«

Zwei Stunden lang war nach den Anschlägen Rose Marie Roux' Büro ein Bienenhaus. Fünfzig Personen zählte sie, die alle enorm wichtig waren oder dafür gehalten wurden, und die meisten wollten vor die Kameras der überregionalen Fernsehanstalten. Der Gouverneur kam vorbei und verlangte Information aus erster Hand. Ein Dutzend Abgeordnete und praktisch alle Stadträte wollten etwas von ihr.

Lucas sah eine halbe Stunde lang zu, wie Sloan Duane Cale verhörte, der aber praktisch nichts wußte.

»Aber wenn Dick hier ist, würde ich mit meinem Arsch lieber aus der Stadt verschwinden«, sagte Cale.

Bei dem Verhör kommt nichts heraus, dachte Lucas. Er verzog sich vor dem Medienrummel und den Cops, die mit ihm über die Sache reden wollten, mit Franklin in sein Büro. Nach einer Weile kam Sloan dazu und fing an zu telefonieren. Nach ihm kam Del herein. Auf seiner Kleidung waren immer noch die Flecken vom Blut seiner Frau.

»Wie geht es Cheryl?« fragte Lucas.

Del schüttelte den Kopf. »Sie ist nicht mehr im OP und schläft noch. Sie liegt jetzt auf der Intensivstation, und sie lassen mich nicht zu ihr. Zumindest bis morgen soll sie dort bleiben.«

»Du solltest dich etwas ausruhen«, sagte Lucas.

»Scheiß drauf. Und was macht ihr?«

»Mit dem einen oder anderen Arsch reden...«

Sie teilten sich die Arbeit und riefen praktisch jeden draußen an, den sie kannten und der ein Telefon hatte. Lucas versuchte es ein halbes dutzendmal bei Sally O'Donald. In den einschlägigen Bars an der Lake Street hinterließ er eine Nachricht für sie.

Etwas mehr als zwei Stunden nach den Anschlägen verkündete Rose Marie Roux: »In zehn Minuten treffen wir uns mit dem Bürgermeister in seinem Büro.«

»Tatsächlich?« fragte Lucas.

»Ja. Mit dem leibhaftigen«, sagte Roux.

Eine Minute später rief Sally an.

»Kannst du herkommen und dir ein paar Fotos angucken?« fragte Lucas. »Wegen des Kerls, von dem du meintest, er war ein Cop.«

»Ich habe keine Erinnerung, wie er aussah«, sagte sie. »Aber wenn Sie wollen, komme ich.«

»Melde dich bei Ed O'Meara in der Personenkartei.«

»Okay – aber hören Sie mal. Ich habe mit meiner Agentin gesprochen...«

»Ihrer was?«

»Meiner Agentin«, sagte Sally O'Donald ein bißchen verlegen. »Sie sagt, sie holt fünftausend Dollar für mich heraus, wenn ich mit *Hard Copy* rede.«

»Herrgott, Sally«, sagte Lucas. »Wenn du mich und Del aufs Kreuz legst...«

»Langsam, langsam«, sagte Sally. »Ich habe nicht vor, irgendwen aufs Kreuz zu legen. Ich will nur eines wissen: Schafft ihr LaChaise von der Straße?«

»Natürlich. Früher oder später.«

»Wenn ich also rede, kann er mir dann nichts mehr tun?«

Lucas zögerte. Dann sagte er: »Sieh mal, ich will ehrlich sein. Wenn du redest und dann für ein paar Tage untertauchst, haben wir ihn inzwischen. Es dauert keine Woche.«

»Das wollte ich nur wissen«, sagte Sally O'Donald.

»Aber du solltest mir Bescheid geben, wenn du jetzt einfach weitermachst«, sagte Lucas. »Wir postieren einen Mann von uns vor deinem Haus – vielleicht auch drinnen –, nur für den Fall, daß LaChaise aufkreuzt.«

»Meine Güte«, sagte sie und schwieg dann einen Moment. »So habt ihr euch das also gedacht... Vielleicht will ich aber nicht. Ich will mich mit Dick nicht anlegen.«

»So oder so. Sag mir Bescheid«, sagte Lucas. Er sah auf die Uhr. Die Sitzung beim Bürgermeister war fällig. »Komm her und sprich mit Ed...«

»Augenblick, Augenblick. Mir ist noch etwas eingefallen, das Sie vielleicht interessiert.«

»Das wäre?«

»Kümmern Sie sich mal darum, wem der Waschsalon gehört.«

»Warum sagst du es mir nicht einfach?« fragte Lucas.

»Soweit ich weiß, gehört er Daymon Harp.« Ein Name. Aber Lucas kannte ihn nicht.

»Wer ist das?«

»Meine Güte, Davenport, Sie sollten mal wieder ein bißchen draußen auf der Straße sein. Er ist ein Dealer. Gut im Geschäft…«

»Ein Seed?«

»Nein, nein, niemals. Er ist schwarz. Ein gutaussehender Schwarzer. Fragen Sie Del. Del kennt ihn.«

»Danke, Sally.«

»Sie reden mit der Sitte?«

»Noch heute abend.«

Er legte auf und wandte sich an Del. »Daymon Harp?«

»Ein Dealer – halbgroße Nummer. Vorsichtig. Ziemlich gerissen. Kam vor ein paar Jahren aus Milwaukee herüber. Warum?«

»Sally O'Donald sagt, ihm gehöre der Waschsalon, in dem sie LaChaise gesehen hat.«

Del runzelte die Stirn und schüttelte den Kopf. »Ich weiß nicht, was das zu bedeuten hat. Harp kann ich mir nicht in einem Boot mit den Seeds vorstellen. Das wäre das letzte, worauf ich käme.«

»Vielleicht sollte man dem doch mal nachgehen…«

Del sah Sloan an. »Kümmerst du dich darum?«

Lucas unterbrach ihn. »Machen wir hier erst mal klar Schiff. Sloan und Franklin bleiben am Telefon. Und wenn ich zurück bin, machen wir uns alle auf den Weg.«

Lucas kam als letzter. An der Sitzung nahmen Rose Marie Roux, der Bürgermeister und einer seiner Stellvertreter teil sowie Frank Lester als Leiter der Ermittlungsabteilung, Barney Kittelson, der Chef der Streifenpolizei, Anita Segundo vom Presseamt und Lucas.

Rose Marie unterhielt sich gerade mit Anita Segundo, als Lucas zur Tür hereinkam. »Wie schlimm sieht es aus?«

»CBS, NBC, ABC, CNN und ein, zwei Lokalsender. Alles hat sich auf den Weg gemacht. *Nightline* bringt heute abend etwas aus dem Umfeld. Sie behandeln die Frage, was LaChaise und seine Leute in der Bürgerwehr zu suchen haben. Seitdem dieses öffentliche Gebäude in Oklahoma in die Luft gegangen ist, ist das ein heißes Eisen.«

»*Sind* sie denn eine Bürgerwehr?« fragte der Bürgermeister. »Wissen die Pressefritzen etwas?«

»Das FBI sagt, LaChaise war eine Randfigur, nicht wirklich dabei«, sagte Lester. »Aber er kannte ein paar Order-Leute, damals in den Achtzigern…«

»Hat die Order nicht diesen Radiomenschen in Denver umgebracht?« fragte der Bürgermeister.

Lester nickte. »Ja. Aber die Feds haben sie kurz darauf ausgeschaltet. LaChaise war ein führender Kopf bei den Seeds, und ein paar Leute von der Bürgerwehr in Michigan hatten mit den Seeds zu tun, als sie noch eine Motorrad-Gang waren. Später haben dann einige Seeds bei der Christian Identity mitgemischt – das ist so eine Dachorganisation für christliche Aktivisten. Und wir wissen, daß LaChaise in seinem Motorradladen auch Neonazi-Zeug vertrieben hat, *The Turner Diaries* und ähnliches. Manche Leute glauben, den Namen ›Seeds‹ hat die Bande von einem Rechtsradikalen, der mal im Radio gesagt hat, es sei zu spät, die Bewegung zu stoppen, denn die ›Saat‹ sei schon überall aufgegangen. Aber das kann auch ein erfundener Blödsinn sein.«

»Dafür brauchen wir Belege«, sagte der Bürgermeister und richtete den Finger auf Roux. »Wenn die sich als Bürgerwehr verstehen, dann müssen wir in dem Zusammenhang auch an Bomben und schwere Waffen denken.«

Rose Marie sah Lucas an, kratzte sich am Kopf und sagte: »Ich halte das…«

Sie stockte, und der Bürgermeister zog die Augenbrauen hoch: »Ja?«

»Ich halte das für nicht sehr wahrscheinlich, Stan. Ich glaube, im Grunde haben wir es mit ein paar dummen Säcken zu tun, mit bewaffneten. Drei Mann, Psychotiker, die vielleicht mal zusammen in einer Motorrad-Gang waren. Und vielleicht am Rande auch mal mit dem Nazi-Zeug herumgemacht haben.«

»Na ja, wahrscheinlich haben Sie recht«, sagte der Bürgermeister. »Aber wenn sie die verdammte First Bank hochgehen lassen, möchte ich nicht gerade mit meinem Pimmel in der Hand dastehen und erklären müssen, warum wir nicht gewußt haben, was passieren würde.«

Rose Marie nickte. »Das ist das eine: Wir brauchen eine gezielte PR-Aktion, sonst gehen wir den Bach hinunter«, sagte sie. »Sonst schmieren sie unsere Cops, und die Reporter jagen nach Zeugen…«

»Der Typ da im Rosedale – der Kollege von Kupiceks Frau in dem TV-Laden – hat schon seine Teilnahme in der *Nightline*-Talkshow zugesagt«, ergänzte Anita Segundo.

Der Bürgermeister war ein bulliger Mann mit olivfarbener Haut und schwarzen Locken, die gerade anfingen, die Stirn etwas freizugeben. Er sah seinen Stellvertreter und dann die Polizeichefin an und sagte: »Rose Marie, nun heißt es, ich und Sie.«

»Klingt wie ein Hit aus den fünfziger Jahren«, sagte sein Stellvertreter. *»Rose Marie, it's you and me.«*

Niemand reagierte.

»Wir stellen noch einmal klar, welche Regel für die Cops gilt, die direkt mit der Presse reden: Laßt euch einen Haufen Geld dafür bezahlen, denn hier arbeitet ihr dann nicht mehr!« sagte der Bürgermeister. »Wir geben viermal pro Tag umfassende Presseverlautbarungen heraus: eine in der Früh, um in die Morgennachrichten zu kommen; eine kurz vor mittag; eine kurz vor fünf und eine um zwanzig Uhr fünfundvierzig, um in den Spätnachrichten vertreten zu sein. Koordinieren Sie das Ganze mit Ihren Ermittlungsbeamten – wir müssen den Reportern bei jeder Pressekonferenz einen Knochen hinwerfen. Muß kein wirklich saftiges Stück sein, aber es muß nach was *schmecken…*«

Der Bürgermeister dozierte noch fünf Minuten weiter darüber, wie man mit der Presse umgehen sollte.

Dann wandte er sich an Lester und Lucas: »Lucas, Sie und Ihre Leute bleiben komplett unsichtbar. Wir wollen keine Schlußfolgerungen in der Richtung provozieren, die Anschläge könnten eine Antwort auf die Schießerei vor der Bank sein.«

»Ich wußte nicht, daß das noch in Frage stand«, sagte Lester.

»Nichts steht in Frage«, sagte der Bürgermeister ärgerlich. »Aber die Medien kauen auf jedem Knochen herum, den sie finden. Denken Sie daran, daß wir es mit einer Unterhaltungsindustrie zu tun haben. *Die Hard*, Oklahoma ... es ist immer und überall dasselbe. Jetzt ist es an uns, wie das Drehbuch ausfällt.« Er klopfte mit den Knöcheln auf den Schreibtisch und sah noch immer Lester und Lucas an. »Wir können sie vorerst nur an der Nase herumführen. Wir müssen diese Kerle einfach erwischen.«

»Für solche dringenden Fälle haben wir einen besonderen Einsatzplan«, sagte Rose Marie, und der Bürgermeister schwenkte in seinem Sessel zu ihr herum. »Wir ermitteln doppelt. Lucas und seine Truppe kommen über die Flügel, und Frank stürmt durch die Mitte. Koordiniert wird alles über Anderson. Er führt täglich Buch über sämtliche Details unserer Arbeit. Keiner verbirgt etwas vor irgendwem.«

»Das funktioniert?« fragte der Bürgermeister.

»Bisher jedenfalls«, sagte Lucas.

»Dann machen wir es so«, sagte der Bürgermeister. »Haben wir einen einzigen Anhaltspunkt, von dem wir ausgehen können? Irgendeinen?«

»Einen vielleicht«, sagte Lucas. Er dachte an den Waschsalon. Da konnte man ansetzen.

Sandy saß am Steuer. Butters saß auf dem Beifahrersitz und lehnte sich gegen das Fenster. Elmore folgte ihnen in Sandys Truck. Elmore hatte nicht vorausfahren wollen, und Butters war damit einverstanden gewesen. Er wollte schließlich Sandy haben und nicht ihren Mann.

»Ich komme nicht mit«, hatte Sandy gesagt.

Butters hatte geantwortet: »Ich habe keine Zeit, mit dir zu streiten, Sandy. Du kommst mit.« Und daß sie es dann auch tat, stand ohnehin fest: Es hätte ihm nichts ausgemacht, ihr die Kanone unter die Nase zu halten. Aber es reichte schon, daß er sie bei sich hatte. Butters hatte etwas Jungenhaftes an sich, der nette Kerl aus dem Süden, aber hinter dieser Fassade war er genauso eiskalt wie Martin. Als sie ihren Mantel holte, war Butters mit ihr gegangen.

»Stehe ich unter Bewachung?« hatte sie gefragt.

»Ich will nur sichergehen«, hatte Butters gesagt. »Ich weiß, daß du nicht mit willst.«

»Sagst du mir, was passiert ist? Wer auf ihn geschossen hat?«

»Nein«, hatte Butters gesagt. Er hatte erzählt, LaChaise sei bei einer Schießerei verletzt worden. Sandy und Elmore hatten das Vieh gefüttert und nicht ferngesehen.

Nachdem klar gewesen war, daß Sandy mitfuhr, hatte Elmore darauf bestanden, auch mitzukommen. Butters war schließlich einverstanden gewesen, weil er keine Zeit mit Diskussionen vergeuden wollte. »Aber du nimmst den Van – Sandy fährt mit mir«, hatte Butters gesagt. »Wir werden für einige Zeit noch beide Trucks benötigen.«

Sie hielten kurz beim Altenheim an, wo Sandy immer noch einsprang, wenn jemand vom Pflegepersonal erkrankt war. Aus einer Erste-Hilfe-Ausrüstung im Heimbüro versorgten sie sich mit Verbandszeug, Nadel und Faden, Rasierklingen und Antiseptika. Eine große Flasche illegal besorgtes Tylenol-3 lag versteckt in der obersten Schreibtischschublade. Es diente der Linderung diverser Alterswehwehchen. Sandy nahm sie heraus. Was sonst noch? Chirurgisches Besteck, ein paar Wegwerfrasierer, Leukoplast. Kochsalzlösung. Im Vorratsraum war sie in Massen gelagert. Sandy nahm fünf Liter mit.

Jede Schwester verfügte über eine persönliche Schublade in den im Büro aufgereihten Aktenschränken. Keine hielt sich damit auf, sie abzuschließen, und so wühlte Sandy in Marie Admonts Lade und fand ein Röhrchen Penicillintabletten. Marie hatte sie bekommen, als eine alte Dame einmal durchgedreht war und sie mit den Fingernägeln zerkratzt hatte. Marie hatte nur ein paar Tabletten genommen. Ein halbes Dutzend lagen noch im Röhrchen. Sandy nahm sie.

Die Fahrt nach St. Paul schien eine Ewigkeit zu dauern, zuerst der lange schmale Streifen, der durch Wisconsin führte, dann die kurvenreiche Straße, die zur Interstate auf der anderen Seite in Minnesota führte. Butters sprach kaum ein Wort während der Fahrt und Sandy noch weniger. Beide hingen den eigenen Gedanken nach.

In den Cities angekommen, verließ Butters die Interstate und kurvte durch die engen, vereisten Straßen von Frogtown. Er stellte den Wagen hinter Martins Truck ab, und sie stiegen aus. Elmore parkte hinter ihnen, lief durch den Schnee auf sie zu und sagte mit blassem Gesicht: »Ich möchte mit Sandy sprechen. Nur eine Minute. Bevor wir hineingehen.«

»Verdammt«, sagte Butters. »Hebt eure Ärsche nach drinnen.«

»Ich werde jetzt mit Elmore reden«, sagte Sandy, und ihre Stimme war so eisig wie die Luft, die sie umgab. »Und zu Dick gehe ich, wenn ich es will.«

»Hör mal...«

»Willst du auf mich schießen, Ansel? Das wäre Dick keine große Hilfe.«

Butters trat einen Schritt zurück, und Sandy ging mit Elmore zwanzig Schritte weiter. »Was ist?«

Elmore zitterte sichtlich.

»Ich habe Radio gehört«, krächzte er. »Sie sind hier aufgekreuzt und haben Angehörige von Cops umgebracht. Im Radio reden sie von nichts anderem, auf jeder Station, die ich kriege. Zwei haben sie umgebracht, und eine Frau schwebt noch in Lebensgefahr. Alle Welt sucht nach ihnen, Sandy.«

Sandy sah ihn an, drehte sich um und sah zu Butters hinüber, der ruhig dastand und auf sie wartete. »O mein Gott«, sagte sie.

»Wir müssen weg hier«, sagte Elmore.

»Gehen wir rein und sehen nach Dick«, sagte Sandy. »Ich schaue, daß wir hier wieder rauskommen. Da hast du recht. Wir müssen mit der Polizei sprechen.«

Sie gingen zusammen die Auffahrt hinauf. Butters hielt sich gerade außer Hörweite. Martin machte die Tür auf.

»Komm rein«, sagte er zu Sandy. Er sah Elmore an und nickte, und Elmore sah weg.

Im Haus gab es eine Couch. Sie stand im Wohnzimmer und war nur noch gut für den Sperrmüll. Martin hatte die Polster auf den Boden geworfen. LaChaise lag auf ihnen mit einem Kissen unter dem Kopf. Martin hatte ihn mit einer Decke zugedeckt, und LaChaise grinste Sandy an, als sie hereinkam.

»Schlimm?« fragte sie.

»Nicht allzu«, sagte LaChaise. »Es ist eher wie... Sie muß gesäubert werden.«

»Laß mal sehen«, sagte Sandy. »Ich brauche Licht.«

Sie zogen die Decke weg, und LaChaise rollte auf die Seite. Der Schmerz hatte etwas nachgelassen, und er hob den Arm, damit sie es besser sah. Gleichzeitig entfernte Butters den Schirm von einer Tischlampe und hielt sie wie eine Taschenlampe über LaChaise.

Sandy sah sich einen Moment lang die Wunde an. Wo die Kugel die Haut durchschlagen hatte, klaffte ein schräges Einschußloch, das in einen bläulich verlaufenden Kanal überging. Zehn Zentimeter unter seiner Brustwarze war seitlich die Austrittstelle, ein rundes Loch. Durch eine aufgerissene Stelle sah man etwas Rippenfleisch hervorschauen. Sandy sah LaChaise an. »Du mußt in ein Krankenhaus«, sagte sie.

»Geht nicht. Du mußt sie versorgen.«

Sie sah sich die Wunde wieder an. Es war möglich. »Es wird weh tun«, sagte sie.

»Braves Mädchen«, sagte LaChaise und dann zu Butters: »Siehst du?«

»Hab es dir geglaubt«, sagte Butters.

»Was ist passiert?« fragte sie. »Wie hast du etwas abgekriegt?«

»Wir haben gestritten. Über die Fahrtkosten«, sagte LaChaise. »Der Kerl schuldete mir ...«

»Hast du ihn getötet?«

»Nein, habe ich nicht«, sagte LaChaise mit einem schwachen Lächeln. »Also, nähst du sie mir jetzt zusammen? Sie tut höllisch weh.«

»Du verlogener Schweinehund«, sagte Sandy ruhig. »Ihr habt die Angehörigen von Cops umgebracht, ich sollte dich ...«

Sie konnte nicht weiterreden, denn Martin versetzte ihr einen Handkantenschlag. Er traf sie wie eine Keule, und sie ging zu Boden. Für einen Augenblick wußte sie nicht, was vor sich ging. Sie war benommen, in ihren Ohren klingelte es, und dann hörte sie LaChaise stöhnen: »Was soll das, was soll das?« Und Elmore hinter ihm sagte: »Gottverdammt ...«

Sie rollte herum und versuchte sich aufzusetzen. Martin beugte sich zu ihr und sagte, nur Zentimeter von ihrem Gesicht entfernt: »Hör mit dem Scheiß auf. Du nähst ihn zusammen, oder ich mach Hackfleisch aus dir.« Auf der anderen Seite stand Butters und lächelte Elmore an. Er wartete fast darauf, daß Elmore etwas unternahm. Aber Elmore schluckte nur und hielt den Mund.

Sandy kam wieder auf die Füße, drehte Martin ohne ein Wort den Rücken zu und sagte zu LaChaise: »Ich habe Pillen mitgebracht. Nimm ein paar, bevor wir anfangen.«

LaChaise sah sie an, dann Martin und grinste. »Dreh ihr lieber nicht den Rücken zu«, sagte er.

LaChaise nahm die Pillen mit einem Schluck Wasser und warf an Sandy vorbei einen Blick auf Elmore. »El, ich sage es nicht gerne, aber du solltest besser wieder zurückfahren. Man hat mich erkannt, und wahrscheinlich kommen die Cops wieder an.«

»Ich dachte, es ist das beste, wenn Sandy heute nacht noch mit zurückkommt«, sagte Elmore.

»Sie bleibt hier«, sagte Martin grob. »Jedenfalls über Nacht. Bis Dick okay ist.«

»Was, zum Teufel, soll ich den Cops denn sagen, wenn sie kommen?« fragte Elmore. »Sie wollen wissen, wo sie ist.«

»Sag ihnen, sie ist einkaufen gegangen. Dann ruf uns auf meinem Handy an. Sie kann in einer Stunde da sein«, sagte LaChaise.

»Sandy ...« Elmore konnte es nicht aussprechen, aber sie wußte, was er dachte.

»Komm, El, laß uns das Zeug aus dem Truck holen«, sagte Sandy. Sie nickte LaChaise zu. »Ich hole meine Sachen und gebe El einen Abschiedskuß.«

»Ich helfe mit«, sagte Butters.

»Du kannst auf der Veranda warten«, sagte Sandy.

Am Truck angekommen, flüsterte Elmore: »Tut mir leid, wie es da drinnen ablief. Ich wollte etwas sagen ...« Er stieß die Stiefelspitze in den Schnee. »Wir müssen weg hier.«

»Ich weiß.« Sie sah zu Butters, der auf der Veranda stand. »Aber ich muß mir den Rücken freimachen. Wenn sie die Angehörigen von Cops umgebracht haben, sind sie so gut wie tot. Morgen bin ich wieder zu Hause, und wir legen uns etwas zurecht.«

»Sandy ...« Er ging auf sie zu, vielleicht, um sie zu küssen. Sie wich nur ein paar Zentimeter zur Seite und gab ihm einen flüchtigen Kuß auf die Wange.

»Fahr schon los. Ich bin okay. Aber warte, bis ich zurück bin, bevor du die Polizei rufst.«

Er wollte nicht gehen, konnte aber auch nicht bleiben. Er trat von einem Fuß auf den anderen, sah zum Himmel, schüttelte den Kopf und fing wieder leise an zu jammern, wie sie es vorher schon erlebt hatte. Er weinte.

»El, El, schon gut«, sagte sie. »Komm, El...«

»O Gott«, sagte er.

»In der Früh bin ich zurück«, sagte sie.

Elmore startete den Truck, und Sandy ging zurück zum Haus. Plötzlich sprang Butters von der Veranda, rannte an ihr vorbei und winkte hinter Elmore her. Elmore kurbelte das Fenster herunter. Butters ging zu ihm, beugte sich über ihn, grinste und sagte: »Wenn du die Cops rufst, schneiden wir ihr den Kopf ab.«

Die Kugel war einfach unter die Haut gedrungen und dann wieder ausgetreten. Doch die Wunde mußte sofort gereinigt werden. Sandy schnitt die Haut vorsichtig mit einer Rasierklinge auf. Frisches Blut sickerte in das Einschußloch, doch sobald sie den ganzen Schußkanal freigelegt hatte, schüttete sie Kochsalzlösung darüber, tränkte dann einen sterilen Mulltupfer damit und säuberte die Wunde. Unten in der Wunde blitzte etwas Weißes auf. Eine Rippe.

»Hat die Rippe bloß gestreift«, sagte sie zu Martin.

»Stimmt«, sagte er und inspizierte die Wunde. Kugelverletzungen interessierten ihn.

Sie wusch sie noch einmal und nähte den Schnitt, den sie mit der Rasierklinge gemacht hatte, mit einem schwarzen Nylonfaden in vielen kleinen Stichen wieder zu. Den Wundbereich bestrich sie mit Antiseptikum. LaChaise schüttelte es ein paarmal, aber er hielt still.

Nach dem Nähen waren Sandys Hände blutverschmiert. Sie ging in die Küche, wusch sie, kehrte zu LaChaise zurück und legte einen dicken Verband an. Sie fixierte ihn mit Mullbinden rund um den Brustkorb und klebte diese zum Schluß mit Leukoplast zu.

Dann setzte LaChaise sich auf.

»Vielleicht solltest du dich besser nicht bewegen«, sagte sie.

Er spürte die Wirkung der Tabletten, lächelte schwach und sagte: »Mann, es tut weniger weh, als ich mich high fühle.«

»Das ist das Codein. Später kommen die Schmerzen dann wieder«, sagte Sandy.

»Damit kann ich leben«, sagte er. Er stellte sich auf seine schwankenden Füße und sah sich seine Bandage an. »Himmel, hast du gut gemacht. Wirklich gut. Bist eine ganz Süße«, sagte er.

Del und Lucas verließen gerade das Gebäude, als Sloan sich ihnen anschloß. »Ich komme mit«, sagte er. »Halte euch den Rücken frei.«

Auf dem Weg zum Waschsalon stritten sie die ganze Zeit über die Anschläge und wie sie darauf reagieren sollten. Del meinte, die Jagd sei eröffnet.

»Wenn wir sie kriegen – Mord ist das dann nicht«, erklärte Del halsstarrig. »Ich würde sie ja nicht einfach abknallen.«

»... Und was käme dabei heraus?« fiel ihm Lucas ins Wort. »Du würdest uns alle mit reinreißen. Wir würden alle in Stillwater landen, hinter Gittern. Keiner würde glauben, daß du allein es warst.«

Del mußte unwillkürlich grinsen. »Zum Teufel, wir haben die halbe Mannschaft draußen. Wird ein richtiges Heimspiel.«

»Lucas hat recht«, wandte Sloan ein. »Du solltest nicht einmal mit uns im Auto sitzen. Wenn du nach den Schüssen auf Cheryl jetzt auf irgendwen ballerst, wird uns die Presse kreuzigen, und vor Gericht sähen wir ganz schlecht aus. Die Politik würde uns kaputtmachen.«

»Was denn? Wem, zum Teufel, sind denn schließlich alle auf den Fersen?« fragte Del. »Was ist mit Cheryl?«

»Das frag lieber nicht«, sagte Lucas. »Die Antwort würde dich nur sauer machen.«

Sie saßen in Lucas' Explorer und rasten mit Lucas am Steuer durch die heruntergekommenen Straßen ins nahe Südend. Im ersten Stock über dem Waschsalon war Licht. Unten im Waschsalon sah man fünf Frauen, allesamt schwarz, hinter den Schaufenstern Wäsche falten, Magazine lesen oder einfach die schmutzigen, pinkfarbenen Wände anstarren.

Lucas hielt in einer Busfahrspur in zwanzig Meter Entfernung an. »Lonnie hat mir gesagt, wenn du die Haupttreppe raufgehst, stehst du oben vor einem Haufen Gerümpel, Pappkartons und so

Zeug, alles übereinandergestapelt«, sagte Del und schaute zum ersten Stock hinauf. »Aber man kommt, wenn auch nicht schnell, zur Tür durch. Es gibt auch noch eine Hintertreppe, die in die Garage führt. Doch das Garagentor ist geschlossen, und da kommt man auch nicht rein.«

»Dann mußt du also hinaufsteigen und jede Menge Krach machen – die Kartons zur Seite schieben und dich zur Tür durchkämpfen«, sagte Sloan zu Del. »Wir warten hier draußen hinter dem Haus. Macht er auf, rufst du uns. Rennt er weg, schnappen wir ihn uns.«

»In Ordnung«, sagte Del, »aber vielleicht setzen wir auch auf das falsche Pferd. Ich kann mir nicht vorstellen, daß Harp etwas zu tun hat mit einer Bande von …« Er brach mitten im Satz ab und zeigte durch die Windschutzscheibe. »Hey – seht mal.«

Eine Frau kam auf sie zu. Sie rutschte mehr auf dem glatten Gehsteig herum, als sie ging, und hielt so etwas wie einen Brötchensack aus weißem Leinen in der Hand. Sie ging unter einer Straßenlaterne durch und trat dann in das hellere Licht, das aus dem Waschsalon fiel.

»Das ist Jas Smith, Daymons Alte«, sagte Del.

»Schnappen wir sie uns«, sagte Lucas. »Vielleicht nimmt sie uns mit rauf.«

»Klar.« Del und Sloan sprangen auf der rechten Seite aus dem Wagen, während Lucas um den Motor des Trucks und auf Jasmine zuging. Sie trug einen Hut mit Krempe und hielt den Kopf wegen des Schnees gebeugt. Sie sah sie erst kommen, als sie schon direkt vor ihr standen.

Sie fuhr hoch und griff sich ans Herz. »Verdammt, Capslock, Sie sollten mich besser warnen.«

»Tut mir leid …«

»Hätte ich eine Waffe oder so in der Hand gehabt, hätte ich vielleicht zur Selbstverteidigung auf Sie geschossen.«

Sie sah Lucas und Sloan ängstlich an, und Del sagte: »Das sind Chief Davenport und Detective Sloan. Wir müssen mit Daymon über etwas reden. Wollen nichts von ihm, nur reden.«

»Warum habt ihr ihn nicht angerufen?«

»Weil wir nicht wollten, daß er dann einfach einhängt«, sagte

Sloan freundlich. »Du hast von all diesen Frauen und Männern der Cops gehört, auf die heute geschossen wurde?«

»Das hat jeder«, sagte sie.

»Meine Frau war eine von ihnen«, sagte Del. »Sie liegt jetzt im Krankenhaus und hat Schmerzen. Du sollst wissen, wie ernst es uns ist – also machst du am besten die Garage auf, und wir gehen hinauf und reden mit Daymon.«

Sie sah erst Del, dann Sloan und Lucas an und sagte: »Er wird mir den Arsch aufreißen, wenn ich das tue. Ich meine, das tut er bestimmt.«

Del sah Lucas an und nickte: bestimmt.

»Was ist mit deiner Hand passiert?« fragte Lucas. Jasmine trug gar keinen weißen Leinensack mit sich herum. Ihre Hand war fachmännisch in eine dicke weiße Bandage gewickelt.

Sie sah an sich herunter. Ihr Mund zitterte. »Papierschneidemaschine«, sagte sie. »Habe mir mit ihr einfach den Finger abgeschnitten.« Sie schluchzte los. »Lag einfach da, und ich wußte, er war ab, und das Blut spritzte heraus …«

»Meine Güte«, sagte Lucas, »das ist ja furchtbar. Hör mal, Daymon muß eine unregistrierte Telefonnummer haben. Stimmt's? Natürlich stimmt es.«

Er nickte, und sie nickte. Er zog ein Handy aus der Tasche.

»Ruf ihn einfach an und sag ihm, wir stehen hier unten vor der Garage. Dann kann er sich noch die Zähne putzen oder was immer, und wir können raufgehen.«

Harp ließ sie heraufkommen, aber froh war er nicht darüber. Seine Wohnung roch nach Marihuana, nicht nach frischem Rauch, sondern nach altem, der sich in Vorhängen und Teppich gefangen hatte – genug, um darauf abzufahren, wenn man seine Erfahrungen hatte und in den Sechzigern aufs College gegangen war. Harp wartete in der Küche auf sie, gegen die Tischkante gelehnt und die Arme vor der Brust verschränkt. Er sah Jasmine an, als habe sie das Ganze verpatzt, und sie sagte: »Sie haben mich auf der Straße abgefangen. Sie wußten, daß du hier oben bist …«

»Das stimmt, Day«, sagte Del. »Wir wären raufgekommen, so oder so.«

»Was wollt ihr?« grummelte Harp.

»Du hast von den Überfällen gehört?«

»War ich nicht«, sagte Harp.

Bei Lucas klingelte es. Harp war ihm ein bißchen zu cool. »Wir wissen, daß du es nicht persönlich warst. Aber vielleicht gibt es da eine Verbindung«, sagte Lucas. »Zwei von denen, die beteiligt sind, haben sich in deinem Waschsalon getroffen. Wir haben eine Zeugin. Wir wollen wissen, warum diese beiden weißen Ärsche durch das halbe Land gefahren kommen, um sich in Daymon Harps Waschsalon zu treffen.«

»Ihr meint, ich habe diesen vorbestraften Wichsern geholfen?« fragte Harp indigniert. »Mit Motherfuckern wie denen habe ich im Bau gesessen. Daymon Harp tut für die nichts, nie und nirgends.«

»Woher weißt du, daß sie vorbestraft sind?« fragte Sloan. »Wir haben kein Wort davon gesagt.«

»Ist alles im Fernsehen gekommen«, sagte Harp. »Es sind Seeds, stimmt's? Ich weiß alles darüber – alles aus dem Fernsehen. Sie haben sogar *Star Trek* ausfallen lassen.«

»Wie heißt dein Freund bei der Polizei?« fragte Lucas.

Harps Augenlid zitterte, ein schnelles Flackern. »Was reden Sie denn da für einen Blödsinn?«

Sie setzten ihn zwanzig Minuten lang unter Druck, aber er rückte nichts heraus. Er wußte nichts, hatte nichts gehört und gesehen. Beim Hinausgehen sagte Lucas zu Jasmine: »Paß auf deine Hand auf.«

Draußen liefen sie zum Truck. Der Wind schob sie vor sich her. »Ich weiß nicht, was er weiß«, sagte Sloan. »Aber ich glaube, er steckt irgendwie mit drin.«

»Ich rede mit dem Rauschgiftdezernat. Wir kriegen ihn«, sagte Lucas. Er sah zurück zu den Wohnungsfenstern im ersten Stock. »Vielleicht ist er schon in vierundzwanzig Stunden dran.«

Del schüttelte den Kopf. »Er kann nicht quatschen. Dafür sind jetzt schon zu viele tot. Wenn es eine Verbindung gibt, wird er alles vertuschen.« Auch er sah zur Wohnung zurück. »Ich gehe jede Wette ein, er blockt alles ab.«

LaChaise hatte Stadic über sein neues Handy angerufen und ihm die Nummer durchgegeben. Stadic war in seinem Büro gewesen, hatte sie aufgeschrieben und den Zettel in seine Brieftasche gesteckt.

Zwei Stunden später war es dann losgegangen. Er hatte LaChaises Nummer angerufen, aber keiner hatte sich gemeldet. Dann war er in das Chaos geraten, das bei der Polizei ausbrach. Schließlich hatten sie ihn in eine Portiersuniform gesteckt und ihn an die Tür von dem Hotel gestellt, in dem sie die Angehörigen versteckten. Keine Zeit, noch einmal anzurufen...

Am Abend des Tages, an dem die Überfälle stattfanden, zeigte die Digitalanzeige an der Bank minus 18 Grad. Es war zehn Uhr nachts. Stadic tauschte seine Uniform gegen Straßenkleidung und rannte zu seinem Auto. Die Grausamkeit der Anschläge hatte ihn verblüfft. Fast in Panik war er den Abend lang hinaus vor die Tür des Sandhurst gelaufen, wieder hinein, hinaus... Und er hatte sich gefragt, ob er abhauen sollte. Geld hatte er fast genug...

Aber nach einigem Nachdenken wurde ihm klar, daß es zu spät war. Angehörige von Cops waren überfallen und getötet worden. Das war schlimmer, als die Cops selbst zu töten. Wenn jemand herausbekam, daß er damit zu tun hatte, gab es keinen Ort auf der Welt, wo er sich hätte verstecken können. Wollte er heil aus der Sache herauskommen, gab es nur eine Lösung: LaChaise und alle seine Freunde durften nicht am Leben bleiben...

Er setzte sich in seinen Wagen, zog sein Handy heraus und wählte seine eigene Nummer zu Hause. Zwei Anrufe auf dem Anrufbeantworter. Der erste war von Daymon Harp und bestand aus drei Worten: »Ruf mich an.« Beim zweiten war gleich wieder aufgelegt worden.

Stadic löschte das Band, hängte ein, fand LaChaises Nummer in der Brieftasche und tippte sie ein. Schon beim ersten Läuten meldete sich jemand.

»Hallo?« Eine männliche Stimme, ein Südstaatler.

»Ich möchte Dick sprechen«, sagte Stadic.

Eine Sekunde später war LaChaise am Apparat. »Ja, bitte?«

»Du sitzt in der Scheiße. Du kannst nicht um die Ecke gehen, ohne gegen einen Cop zu rennen.«

»Damit kommen wir klar. Was wir wissen müssen: Wo sind sie untergebracht? Im Radio hieß es, sie sind alle weggebracht worden.«

»Sie sind im Sandhurst Hotel in Minneapolis«, sagte Stadic. »Sie wohnen abgesondert im Innenbereich. Überall sind Cops verteilt. Auf dem Dach sitzen Scharfschützen. Die Straßen rundherum sind aufgerissen, so daß kein Wagen nah heran kann.«

LaChaise schwieg einen Moment und sagte dann: »Wir denken uns was aus.«

»Nein, das tut ihr nicht. Man kommt einfach nicht hinein. Und wer von euch ist angeschossen? Einen von euch hat es doch erwischt, auf dem Gehsteig vor Capslocks Haus haben sie Blutspuren gefunden.«

»Ich habe einen Kratzer abbekommen«, sagte LaChaise. »Nicht der Rede wert. Wir brauchen noch mehr Informationen über dieses Hotel.«

»Ihr kommt da nicht rein«, wiederholte Stadic. »Aber draußen treiben sich ein paar Leute herum, die euch interessieren könnten – und ich glaube nicht, daß auf sie auch extra aufgepaßt wird.«

»Wer ist das?« fragte LaChaise.

»Kennst du Davenport?« fragte Stadic zurück. Er sah hinaus auf die Straße vor dem Hotel. Hinter der Glastür marschierte ein anderer Cop in Portiersuniform in der Lobby auf und ab. Stadic war erst am nächsten Morgen wieder an der Reihe. »Er führt die Einheit an, die eure Frauen erschossen hat.«

»Wir kennen Davenport. Er steht auf der Liste«, sagte LaChaise.

»Er hat eine Tochter, über die fast niemand Bescheid weiß, weil er die Mutter nie geheiratet hat«, sagte Stadic. »Sie taucht nirgends in den Sozialversicherungsunterlagen auf.«

»Wo wohnt sie?«

»Unten in Minnehaha Creek – das ist in Süd-Minneapolis. Ich habe ihre Adresse und Telefonnummer.«

»Ich hole mir eben einen Stift...« LaChaise war gleich wieder zurück und notierte die Adresse. »Warum gibst du sie uns?« fragte er.

»Weil ich will, daß ihr Schluß macht und von hier verschwindet.

Drei von ihnen habt ihr. Jetzt holt ihr euch noch Davenports Tochter, für Franklin inszenieren wir etwas, und dann seid ihr weg vom Fenster.«

LaChaise sagte nichts dazu. Stadic hörte nur das Rauschen in der Leitung. »Klingt beschissen«, sagte LaChaise schließlich.

»Hör zu, ich will, daß ihr, verdammt noch mal, abhaut von hier«, sagte Stadic. Und dann: »Ich muß jetzt. Wegen Franklin rufe ich an.«

Stadic hängte ein und wählte Harps Geheimnummer. Harp war beim ersten Läuten am Apparat.

»Und?« fragte Stadic.

»Die Cops waren da. Capslock, Davenport und noch einer. Jemand hat dich und LaChaise im Waschsalon gesehen. Sie glauben, ich weiß etwas über LaChaise.«

»Einfach abwarten«, sagte Stadic.

»Ich weiß nicht, Mann. Ich glaube, ich mache mal Ferien.«

Stadic dachte einen Augenblick nach. »Hör mal«, sagte er dann, »wie wirkt sich das denn auf deine Geschäfte aus, wenn du eine Woche lang weg bist?«

»Nicht sehr«, sagte Harp. »Ich erledige ein paar Großbestellungen, dann geht es schon. Du meinst, ich sollte gehen?«

»Ja«, sagte Stadic. »Fahr irgendwohin, womit sie nicht rechnen. Nicht nach Las Vegas. Auch nicht Miami.«

»Puerto Rico?«

»Das ist es«, sagte Stadic. »Darauf kommen sie nicht.«

»Tolle Weiber da. Nichts geht über Puerto Rico«, sagte Harp.

»Vergiß die Weiber. Häng deinen Arsch da in die Gegend, damit Davenport dir nicht in die Quere kommen kann. Und nimm Jas mit.«

»Warum? Sie paßt mir da gar nicht in den Kram«, sagte Harp. »Jammert dauernd über diesen Finger.«

»Du brauchst eine Zeugin. Es kommt eine Menge Scheißdreck auf uns zu. Vielleicht mußt du beweisen, daß du nicht hier warst. Nimm deine Kreditkarte mit und kauf da unten irgendwas. Bewahr die Quittungen auf, dann hast du Beweise in der Hand.«

»Ja, okay. Gute Idee«, sagte Harp.

»Bleib mit mir in Verbindung. Ruf mich zu Hause an, sag

mir den Namen deines Hotels aufs Band. Sonst nichts, nur den Namen.«

»Wir sind schon weg«, sagte Harp und hängte ein.

Wenn Harp verschwand, würde es einfacher, dachte Stadic: ein Problem weniger, um das man sich kümmern mußte. LaChaise würde in einer Woche weg sein, und in zwei Wochen würde keiner mehr nach Harp fragen.

Lucas setzte für zehn Uhr eine Besprechung an. Um Viertel nach neun schloß er sich in seinem Büro ein, legte die Füße auf den Schreibtisch und bereitete sich mit geschlossenen Augen darauf vor. Um halb zehn ging er LaChaises Akte durch, jedes Detail, das Harmon Anderson für sie aus Michigan, Wisconsin, Illinois und aus dem FBI zusammengetragen hatte.

LaChaises kriminelle Karriere hatte im Teenageralter begonnen, und zwar mit verbotenem Glücksspiel. Dann hatte er Holz aus staatlichen Wäldern gestohlen – Walnußbäume aus den Laubwäldern im Süden des Landes, die er fällte und weiterverkaufte. Zweimal wurde er verurteilt, weil er in der Schonzeit Damwild geschossen hatte, zweimal wegen Holzdiebstahls.

Irgendwo war er dabei auf die Seeds gestoßen und hatte sich ihnen angeschlossen. Sie nannten sich damals »Bad Seed« und waren eine Motorradbande mit Verbindungen zum Drogenhandel, zur Pornographie und zur Prostituion. Dann hatte er sich offensichtlich geschäftlich betätigt: Jedenfalls gab es eine Verurteilung wegen Steuerhinterziehung, und der Staat von Wisconsin hatte die Waren aus seinem Motorradzubehör-Geschäft beschlagnahmt.

Ein Jahr darauf hatte er einen neuen Laden, der ihm aber wieder geschlossen wurde. Wieder wurden seine Motorräder sichergestellt, augenscheinlich zur Deckung der Zinsen auf seine Steuerschuld aus dem ersten Geschäft.

Zwei Monate danach wurde er beschuldigt, drei Jahre lang ein zu geringes Einkommen gemeldet zu haben, erhielt aber einen Freispruch. Die nächsten Anklagen lauteten auf illegale Entsorgung von Industrieabfällen in Michigan, Bedrohung eines Jagdaufsehers und Körperverletzung – zwei Kneipenschlägereien – und schließlich zweimal wegen Fahrens unter Alkoholeinfluß.

Die Mordanklage stand auf schwachen Füßen, wie Sandy Darling schon betont hatte.

Als ihm Sandy Darling einfiel, ließ Lucas den Aktendeckel gegen die Brust fallen und dachte: Wenn sonst nichts vorliegen sollte, würde er schnell einmal zu ihr hinausfahren. So weit entfernt wohnte sie nicht, und sie wußte über LaChaise mehr als sonst jemand, der noch am Leben war. Außerdem mußte er irgendwo ein Versteck haben...

Er widmete sich wieder der Akte. Sie enthielt auch eine Sammlung Zeitungsausschnitte zu LaChaises Verhaftungen und Verfahren. Die Reporter hoben hervor, wie schwierig es war, ihn zu verurteilen – und wie froh die Staatsanwaltschaft und die lokale Polizei waren, wenn es zu einem Schuldspruch kam.

Sie zitierten einen County-Sheriff mit der Meinung: »Früher oder später wird er noch einen einfachen Bürger oder einen Polizisten umbringen. Dick LaChaise ins Gefängnis zu stecken ist ein Dienst an der Öffentlichkeit.«

Doch die Verurteilung wegen Mordes hatte einen miesen Beigeschmack – und er mußte wieder an Sandy Darling denken.

Um zehn vor zehn kam Del herein, und in den nächsten Minuten folgten Sloan, Franklin und Sherrill. Kupicek hatte vorerst dienstfrei: Ihm stand es bis oben, wie Franklin sich ausdrückte, aber er sagte es mit Mitgefühl.

Sherrill zeigte sich härter im Nehmen, als Lucas erwartet hatte.

»Ich glaube, ich hatte nichts mehr für ihn übrig, bis ich ihn dann tot sah«, sagte Sherrill und ließ sich in ihren Sessel fallen. Unter den dunklen Haaren und bei den ebenso dunklen Augen wirkte ihr Gesicht totenblaß. »Vor zwei Monaten habe ich die Scheidungspapiere eingereicht, aber, mein Gott, ich habe ihn mir doch nicht tot gewünscht.«

»Du kommst damit zurecht?« fragte Lucas.

»O ja«, sagte sie. In fünf Stunden war sie zehn Jahre älter geworden, dachte Lucas. Von ihrem linken Nasenflügel lief eine kleine scharfe Falte zum Mundwinkel herab, und es war keine Lachfalte. »Ja, und ich sage dir: Ich bin voll dabei.«

Lucas musterte sie einen Augenblick, nickte und sah die anderen an. »Ich weiß nicht, was Del und Sloan euch schon gesagt haben, aber wir glauben, LaChaise und seine Freunde könnten etwas mit Daymon Harp, einem stadtbekannten Dealer, zu tun haben. Wir haben ihn uns schon vorgenommen. Aber wir müssen jetzt erst einmal Harmons Unterlagen über LaChaise durchgehen und alle Papiere, die wir über Daymon Harp finden. Vielleicht überschneidet sich da einiges. LaChaise muß einen guten Kontaktmann zur Polizei haben, weil sie eine Liste unserer Angehörigen haben. Und es ist möglich, daß der selbst ein Cop ist.«

»Ein Cop«, sagte Sherrill. Sie sah Franklin an, und der schüttelte den Kopf, als könne er es nicht glauben.

»Möglich«, sagte Sloan.

»Wir müssen zu LaChaises Komplizen in den Cities, die wir kennen, Verbindung aufnehmen und wiederum nach *deren* Komplizen suchen. Es muß welche geben. Und wir reißen ihnen die Ärsche auf. Möglichst noch heute abend. Und noch etwas: Ich will, daß ihr alle eure Zuträger kontaktiert und ihnen sagt, es gibt einen Haufen Geld für jeden, der mir steckt, wo sie sind. Einen Haufen Geld – zehn Riesen. Zehn Riesen. Von uns keine Fragen, woher sie es wissen. Ausgezahlt kriegen sie es, wie sie es wollen.«

»Woher kommt das Geld?« fragte Franklin.

»Aus meiner eigenen Tasche«, sagte Lucas und sah ihn über den Schreibtisch an. Klar, Lucas hatte das Geld. Sie sprachen nie darüber, aber sie wußten es alle.

»So geht es«, sagte Del. Er sah die anderen an. »So kriegen wir sie. Wir kaufen diese Motherfucker einfach.«

Auf Lucas' Schreibtisch klingelte das Telefon.

Obwohl es um das Hotel überall von Polizei wimmelte, waren ein paar auch noch in anderen Vierteln unterwegs und machten ihre Arbeit.

Barney's Old Time Malt Shoppe war ein Anziehungspunkt für viele Cops, weil Barney vor seiner Pensionierung selber einer gewesen war, und weil es für jeden Cop, der hereinschaute, Kaffee umsonst gab. Eine Nische hatte er immer für sie frei. Diesmal saß eine einzige Streifenwagenbesatzung in Barneys Kneipe. Stadic notierte sich die Nummer, 603, und fuhr dann langsam vorbei, um durch die Fenster zu spähen. Ein großer schlanker Sergeant mit roten Wangen und hellem Haar und einem viel dunkleren Schnurrbart: Arne Palin, der zwei Jahre nach Stadic den Lehrgang an der Central High absolviert hatte.

Stadic stoppte am Bordstein und behielt die Cops durch das Fenster im Auge. Harp hatte die Zulassungsnummern des Trucks aufgeschrieben, mit dem LaChaise zu dem Treffen am Waschsalon vorgefahren war. Stadic zog den Zettel aus der Tasche und rief über Funk die Zentrale an: »Ja, Sechs, null, drei, ein Chevy S-10, Q-Strich-H-O-R-S-E.«

»Bleiben Sie dran...«

Kurz darauf hatte er die Information: Der Truck war auf einen Elmore Darling zugelassen, draußen in Turtle Lake, Wisconsin.

»Besten Dank...«

Er sah durch das Fenster in Barneys Bar. Die Cops drinnen hatten nicht mitbekommen, daß er die Zentrale über ihre Streifenwagennummer angerufen hatte. Er fuhr weiter bis zu einem Stoppschild.

Na also. Nur noch ein Anruf.

Er brütete über seiner Idee und ließ die Grünphase vorbeigehen. Die Straßen waren leer, und er saß da und starrte ins Leere, während ein gelber, dann ein roter und wieder ein grüner Schein über sein Gesicht fiel. Er kannte die Telefonnummer. Wenn er den Mumm hatte... Aber es war kaum mehr eine Frage des Mumms. Es war bittere Notwendigkeit. Und er hatte es bereits in Gang gesetzt.

Falls Davenport auf den Gedanken kam, LaChaise könnte es auf seine Tochter abgesehen haben, war LaChaise ein toter Mann. Und das war es, was er brauchte. Tot mußten sie sein. Stadic rappelte sich auf und tippte die Nummer ein. Mein Gott, wenn sie seine Stimme erkannten...

Das Telefon läutete einmal, und schon meldete sich Davenport. »Ja?«

»Ich nenne meinen Namen nicht – ich will nicht reingezogen werden –, aber Sie haben mir mal Ihre Karte gegeben.« Er sprach mit künstlich hoher Stimme, zuckersüß.

»Okay«, sagte Lucas und klang etwas ungeduldig. Er starrte Sherrill an, die an ihrer Nagelhaut kaute. Lucas hatte keinen Bedarf für Tips über Kredithaie, Zigarettenschmuggler, Kreditkarteschwindler und Rauschgiftlabors.

»Ich wohne unten in der Nachbarschaft von Richard Small und Jennifer Carey.« Seine Stimme wurde ganz weich. »Diese Jennifer ist doch Ihre Kleine, nicht?«

Ein Moment schmerzhafter Stille, dann sagte Davenport: »Mein Gott.«

»Hier kurvt ein Truck in der Gegend herum. Ich habe ihn zweimal gesehen, als ich meinen Hund ausführte. Nummernschilder aus Wisconsin. Ich dachte, ich rufe Sie besser mal an.«

Dann war die Leitung tot.

Lucas fuhr aus seinem Sessel hoch und rannte aus dem Büro zur Funkzentrale. Die anderen vier wußten zwar nicht, worum es ging, kamen aber nach.

Vor dem Haus stand ein Streifenwagen mit laufendem Motor. Die Auspuffgase ringelten sich durch den fallenden Schnee nach oben. Ein anderer stand auf der Straßenseite gegenüber, und die zwei Cops aus dem ersten Wagen warteten auf der Rückseite des Hauses. Fünfzehn Minuten nach seinem Spurt in die Funkzentrale war Lucas zur Stelle. Er hatte seinen schwarzen Wollmantel an und einen Aktenkoffer in der Hand. Del hielt sich ein paar Schritte hinter ihm wie ein Leibwächter und beobachtete die Fenster in der Straße. An der Tür trafen sie auf einen Cop.

»Wir haben gesagt, sie sollen alle von den Fenstern wegbleiben«, sagte der Cop. »Niemand und nichts ist auf der Straße. Keinerlei Bewegung.«

»Gut. Danke. Haltet die Augen offen«, sagte Lucas.

Jennifer Carey und Richard Small warteten im Eßzimmer auf ihn. Die Jalousien hatten sie heruntergezogen.

»Wo ist Sarah?« fragte Lucas ohne große Vorreden.

»Oben im Bett«, sagte Jennifer. Sie war immer noch dieselbe blonde, gertenschlanke Frau. Nur ein paar Fältchen mehr zeigte ihr Gesicht seit der Geburt von Sarah. Lucas hatte sie heiraten wollen – hatte es ihr auf jeden Fall angeboten –, aber sie hatte, obwohl sie das Baby wollte, keinen Wert darauf gelegt, ihn zum Mann zu haben. Nun hatte sie zusammen mit Small, dem Vizepräsidenten einer Fernsehgesellschaft, eine Familie gegründet. Jennifer hatte ihre Tochter mitgebracht, er einen Sohn. Jennifer sah Del an, der hinter Lucas stand, und ein winziges Lächeln trat auf ihre Lippen. »Wie geht's, Del?« Del zuckte mit den Schultern. »Cheryl wird schon wieder.«

»Wie ernst ist es?« fragte Small. Er war klein, muskulös und rauhbeinig. Er war Marineflieger in Vietnam gewesen, und Lucas mochte ihn.

»Das wissen wir nicht«, sagte Lucas. »Es war ein komischer Anruf, aber wir können kein Risiko eingehen. Ihr müßt hier weg.«

»Ich kann nicht von der Arbeit weg«, sagte Jennifer. »Sie ist zu wichtig.«

»Das macht die Lage um einiges ernster«, sagte Lucas.
»Sie bleibt immer im Bereich der TV-Anstalt und unter steter Bewachung unseres Sicherheitsdienstes«, sagte Small. »Wir sorgen dafür, daß sie das Gebäude nicht zu den Zeiten verläßt, wenn man es erwarten würde. Wir können auch verschiedene Wagen benutzen.«

»Das hilft auf jeden Fall weiter«, sagte Lucas. »Aber wir wissen noch nicht, was sie in der Hinterhand haben. Wir wissen, daß es mehrere sind, kennen allerdings nur die Identität von LaChaise. Die anderen beiden – wir wissen es einfach nicht.«

Jennifer sah Small an. »Glaubst du, du kannst weg?«

Small schüttelte den Kopf. »Ich gehe nirgendwohin. Ich bleibe hier.« Er wandte sich an Lucas. »Wie sicher ist dieses Hotel, in das Sie die Leute stecken?«

»Sicher«, sagte Lucas. »Sicherer geht's nicht. Wir wissen wirklich nicht, wieviel diese Typen über uns wissen. Ich weiß auch nicht, wie sie das mit Jen und Sarah rausbekommen haben ...«

»Sloans Frau«, sagte Jennifer.

Small und Lucas sahen sie an, und sie sagte: »Sloans Frau. Sie hat sich um die Kinder gekümmert – sie liebt Kinder. Und sie ist auch im Hotel, nicht?«

Lucas nickte. »Ruf sie mal an.«

Jennifer eilte zum Telefon, und Lucas sagte zu Small: »Wenn wir euch heute nacht in dem Hotel unterbringen können, würden wir uns mit ein paar Mann hier hereinsetzen… Zusammen mit mir…«

»Und das Haus als Falle benutzen«, sagte Small.

»Richtig.«

Small nickte. »In Ordnung. Holen wir die Kinder.«

Jennifer kam zurück. »Sie sagt, sie will gern auf sie aufpassen.«

»Pack einen Koffer«, sagte Small. »Du gehst mit den Kindern heute nacht in das Hotel. Lucas legt ihnen hier einen Hinterhalt… Ich bleibe da. Passe auf, daß die Cops nichts mitgehen lassen.«

Del sah ihn an. »Haben Sie irgendwo eine Waffe?«

Small nickte. »Ja, habe ich. Ich mag es nicht, wenn sich irgendwer an meine Kinder heranmacht.«

Meine Kinder…

Lucas zuckte nicht einmal mit der Wimper, aber als er zum Telefon ging, fing er Jennifers Spiegelbild in der Fensterscheibe ein. Hinter seinem Rücken legte sie einen Finger auf die Lippen, und Small nickte. Lucas nahm den Hörer auf und rief in der Stadt an. »Sherrill und Franklin sind irgendwo unterwegs«, sagte er. »Stellt eine Verbindung her.«

Sarah würde, das sah man, groß, gertenschlank und blond wie ihre Mutter werden – und wie Lucas' Mutter –, aber das zähe Lächeln hatte sie von ihrem Vater und auch seine tiefen Augen. Jennifer ließ sie los, und sie ging zu ihm, nahm seinen Zeigefinger in die Hand und fragte, als er den Hörer wieder auflegte: »Was ist los?«

Lucas ging in die Hocke, um ihr direkt in die Augen zu sehen. »Es gibt Probleme. Du mußt heute nacht im Hotel schlafen. Mit Mom. Und Mrs. Sloan ist auch da.«

»Was für Probleme?«

»Es gibt ein paar wirklich böse Männer…« Das Telefon klingelte. Small nahm den Hörer ab und reichte ihn Lucas. »Es ist Chief Roux. Ich nehme Sarah«, sagte er.

Lucas nickte. »Ja?« sagte er ins Telefon.

»Gleich kommt *Nightline*. Seht es euch an«, sagte Rose Marie Roux. Dann folgte ein Wortschwall: »Wir haben von dieser Tür in Roseville einen Daumenabdruck genommen, und ich will verflucht sein, wenn das FBI uns nicht den passenden Namen dazu geliefert hat. Es ist ein Mann namens Ansel Butters aus Tennessee, ein alter Freund von LaChaise. Washington hat uns ein Foto gefaxt. Wir haben es freigegeben. Es muß in ungefähr einer Minute in *Nightline* kommen.«

»Noch irgend etwas über Butters? Seine Kontakte hier?«

»Soweit ich weiß, nein. Aber Anderson sitzt am Computer«, sagte Roux. »Bei euch da unten noch nichts passiert?«

»Bis jetzt nicht«, sagte er. »Ich mache schnell den Fernseher an.«

»Die Sache mit dem Geld spricht sich herum, den zehntausend Dollar, die Sie ausgesetzt haben«, sagte Roux. »Channel 3 bringt es, und wenn die es haben, weiß es binnen einer Stunde jeder. Ich bin nicht sicher, ob das ein guter Präzedenzfall ist.«

»Dafür gibt es kein Vorbild«, sagte Lucas.

»Das stimmt. Ich hoffe, es fördert etwas zutage«, sagte Roux. »Übrigens, dieser Butters hat einen Spitznamen – ›Crazy‹. Crazy Ansel Butters.«

»Das wollte ich hören«, sagte Lucas.

Lucas, Del und Small standen im Kreis um den Fernseher, während Jennifer für die Kinder packte. Der gewohnte *Nightline*-Moderator war im Urlaub, und für ihn saß ein anonymer ABC-Nachrichtensprecher vor der Kamera. Seine ersten Worte waren: »Zum Thema Nummer eins des Tages«, und dann füllte ein Schwarzweißfoto von Ansel Butters den Bildschirm.

»Falls Sie diesen Mann gesehen haben ...«

Gleich darauf kehrte er zu seinem vorbereiteten Text zurück: »Minneapolis. Eine ganze Stadt steht in dieser Winternacht unter Schock.« Alle drei – Lucas, Del und Small – sagten gleichzeitig: »Mein Gott.«

Jennifer fuhr mit den Kindern in einem Konvoi aus drei Wagen zum Hotel. Nachbarn wurden geweckt, und in den Eckhäusern wurden Cops postiert. Um Mitternacht hörte es auf zu schneien. Lucas, Small und Del sorgten dafür, daß das Haus belebt aussah, und sahen sich auf der Wetterkarte an, wie die Schneewolken in Richtung Nordosten nach Wisconsin drifteten.

Um halb eins – laut Small die übliche Zeit, zu der sie zu Bett gingen – löschten sie das Licht und schalteten den Fernseher aus. Autos fuhren kaum vorbei. Sie saßen hinter den abgedunkelten Fenstern und wurden langsam müde.

»Vielleicht war es nur ein Anruf, um uns zu leimen«, sagte Small.

»Vielleicht, aber wir können sonst nichts tun«, sagte Lucas. »Wer immer es war, er hatte meine Karte und meine Durchwahlnummern. Das sagt einiges.«

»Vielleicht will dich einer nur durch die Gegend jagen«, sagte Del.

Lucas gähnte. »Das glaube ich nicht. Der Kerl wußte was.«

»Ich hoffe, sie kommen«, sagte Del wütend in die Dunkelheit. »Ich hoffe, sie kommen.«

Kapitel 10

Während Lucas zu Smalls Haus raste, überquerte Stadic den St. Croix bei den Taylor Falls und fuhr weiter auf dem Highway 8 nach Wisconsin. Es ging langsam voran. Die Straße war unbeleuchtet, und manchmal verschwand die Fahrbahn in den aufkommenden Schneeböen. Er kam an einem grünen Schild – Turtle Lake 17 – vorbei. Eine ganze Weile später warb ein anderes für John Deere. Dann kam ein Abschnitt mit Straßenbeleuchtung.

Das Adrenalin puschte ihn hoch. Erst fünf Stunden waren seit den Überfällen vergangen, und es erschien ihm wie eine Ewigkeit.

In Turtle Lake kam er an einem Hotel mit dem Schild »Belegt« vorbei, und dann tauchte das Casino wie eine vom Alkohol vernebelte Halluzination aus dem Schnee auf. Er bog auf den Parkplatz ein und mußte halbwegs auf die Rückseite fahren, bis er einen freien Platz fand. Die Casinos waren immer voll, auch um Mitternacht und auch, wenn draußen Schneegestöber herrschte.

Ein uniformierter Wachmann stand mit wachsamen Augen gleich hinter der Tür. Stadic fragte ihn nach dem Telefon, und der Mann zeigte zum hinteren Teil des Casinos. »Bei den Toiletten«, sagte er.

Der erste Apparat zwischen der Damen- und der Herrentoilette war von einer Frau belegt, die offenbar Probleme hatte. Sie zerknüllte ein Taschentuch in der Hand, während sie ins Telefon weinte. Stadic ging weiter und fand einen freien Apparat. Die Geräusche der Spielautomaten im Hintergrund könnten verräterisch werden, aber er mußte telefonieren. Er hielt die Hand über die Sprechmuschel und rief die Feuerwehr an.

Eine schläfrige Männerstimme meldete sich. Stadic beobachtete das Gewühl im Casino und sagte: »Hier ist Sergeant Manfred Hamm von der Minnesota Highway Patrol. Ich befinde mich hinter Taylor Falls, Minnesota. Mit wem spreche ich?«

Der schläfrige Mann sagte: »Äh, hier ist Jack, äh, Lane.«

»Mr. Lane, Sie sind der Feuerwehrposten von Turtle Lake?«

»Äh, ja.«

»Liegt zufällig auch das Anwesen von Mr. und Mrs. Elmore Darling in Ihrem Zuständigkeitsbereich?«

»Äh, ja.« Lane wurde wach.

»Mr. Lane, wir haben hier ein Problem. Mrs. Darling war in der Nähe von Taylor Falls in einen Autounfall verwickelt, und jetzt muß jemand von uns zu Mr. Darling fahren und mit ihm sprechen. Wir wissen nicht genau, wo sich sein Haus befindet, wir wissen nur, daß es eine Adresse draußen auf dem Land ist. Können Sie uns sagen, wie man dahin findet?«

»Ja, äh... Einen Augenblick.«

Stadic hörte, wie der Feuerwehrmann sich mit jemandem unterhielt. Kurz darauf meldete er sich wieder: »Sergeant Baker?«

»Sergeant Hamm«, sagte Stadic.

»Ach ja, Hamm, tut mir leid. Die Darlings wohnen Nummer 12-80-9. Sie bleiben auf dem Highway 8, bis Sie knapp eine Meile hinter der Abzweigung zum Highway 63 sind. Dann sehen Sie eine Landstraße nach Süden abgehen. Der folgen Sie etwa eine Meile... Dann kommt ein rotes Schild, auf dem steht Township Almena, und dann eine Auffahrt und die Nummer. 12-80-9. Haben Sie's?«

»Ja, danke«, sagte Stadic und kritzelte es auf einen Zettel. »Wir schicken jemanden hin.«

»Und äh, was war das für ein Unfall...«

»Mehr dürfen wir nicht sagen, bis wir die Angehörigen unterrichtet haben«, sagte Stadic. »Nochmals vielen Dank.«

Als er zur Landstraße abbog, hatte es aufgehört zu schneien. Um nicht von der Fahrbahn abzukommen, hielt er sich immer genau in der Mitte. Obwohl die Luft klar war, ebnete der frische Schnee alles ein. Der Straßenrand war nicht zu erkennen und auch nicht die Straßengräben. Er kroch vorwärts, vorbei an den großen Postkästen, die hier auf dem Land vorn an der Straße standen, und suchte im Strahl seiner Stablampe die richtige Hausnummer.

Und er fand sie, wie ihm der Feuerwehrmann versprochen hatte.

Das Haus der Darlings lag ein Stück von der Straße entfernt. Von der Scheune aus, die groß genug war, drei Wagen Platz zu bieten, beleuchtete eine Dampflampe den Hof. An der Seitenwand war die Antennenschüssel für den TV-Empfang angebracht, nach Süden ausgerichtet. Das Haus hatte ein Obergeschoß, war weiß angestrichen und in ordentlichem Zustand. Ein weißer Lattenzaun verlor sich in der Dunkelheit und im Schnee.

Frische Reifenspuren führten zur Garage. Nachdem es bis vor kurzem geschneit hatte, mußte gerade erst jemand angekommen sein. Stadic fuhr eine halbe Meile weiter, wendete in der nächsten Auffahrt und fuhr wieder zurück.

LaChaise hatte ihm eine Telefonnummer im Ortsbereich der Cities gegeben, und ein anderer Mann hatte sich gemeldet, als er anrief. Zumindest waren sie also zu zweit dort – und nach der Schießerei steckten sie wahrscheinlich alle drei zusammen.

Was ihn hier erwartete, wußte er nicht genau. Aber wenn die Darlings Freunde von LaChaise waren, wußten sie möglicherweise, woher er kam… Und womöglich kannten sie seinen Namen.

Kurz vor Darlings Auffahrt schaltete er die Scheinwerfer aus und rollte nur noch mit dem Standlicht vorwärts. Er bog ein, schaltete den Motor ab und rollte aus.

Hinten im Wagen lag auf dem Boden eine Schrotflinte. Er hob sie auf, beförderte eine Patrone in die Kammer, zog den Reißverschluß an seinem Parka zu und öffnete die Wagentür. An die Innenbeleuchtung hatte er nicht gedacht. Sie ging an, und er zog die Tür schnell wieder zu. Sah hinaus. Nichts. Er griff nach oben, schob den Schalter der Innenbeleuchtung nach links und versuchte es noch einmal mit der Tür. Das Licht blieb aus. Er stieg aus und ging die Auffahrt mit der Schrotflinte unterm Arm hinauf.

Von der Küche fiel Licht auf den Schnee. Stadic wagte einen ganz kurzen, schnellen Blick, nicht eine halbe Sekunde lang, am Rand einer heruntergelassenen gelben Jalousie vorbei. Ein Mann in kariertem Baumwollhemd und Bluejeans saß mit grauem Gesicht am Küchentisch. Er aß Makkaroni aus einer Plastikschüssel und spülte sie mit einer Dose Bier hinunter. Dazu sah er im Fernsehen CNN.

Stadic duckte sich unter das Fenster, probierte, ob der Schnee nicht knirschte, und ging weiter am Haus entlang bis zu einer frei stehenden Garage. Sie hatte ein Seitenfenster. Er schaltete kurz seine Taschenlampe an und sah drinnen den Truck stehen. Auf dem Nummernschild stand Q-HORSE2. Sie hatten also zwei Fahrzeuge. Wahrscheinlich hielten sich nicht mehr als zwei Leute im Haus auf, denn normalerweise paßten nur zwei Personen in so einen Truck. Und wahrscheinlich war sogar nur eine im Haus, und zwar die, die er gesehen hatte, denn der andere Truck war nirgends zu sehen.

Er ging zum Haus zurück und sah noch einmal durch das Fenster. Der Mann – Elmore Darling? – saß noch immer da und aß. Stadic ging zur Hintertür. Sie führte auf eine kleine überdachte Veranda. Zentimeterweise zog er die Tür mit ihrem Aluminiumrahmen auf. Dann drehte er am Knopf der Windfangtür. Er gab nach. Auf dem Land schloß nie jemand irgend etwas ab. Trottel. Er öffnete die Tür so vorsichtig wie vorher die zur Veranda, einen Zentimeter nach dem anderen, und achtete darauf, daß die Schrotflinte nicht gegen den Rahmen stieß.

Auf der Veranda angekommen, atmete er nach der Anspannung tief durch. Seine Atemluft kräuselte sich im dämmrigen Licht. Er hörte den Fernseher. Allerdings verstand er die Worte nicht, es war nur ein Murmeln. Auf der Veranda roch es nach Getreide und, vielleicht, nach Pferdedung – nicht unangenehm. Auf einer Farm riecht es eben. Auf der Veranda war es fast so kalt wie draußen. Er zog die Windfangtür hinter sich zu.

Die Haustür hatte ein Fenster mit einem pinkfarbenen Spannvorhang. Er warf einen schnellen Blick hindurch. Der Mann aß noch. Er mußte sich jetzt schnell bewegen, bevor Darling ihn bemerkte, dachte Stadic. Er holte tief Luft, packte den Türknopf und drehte. Zu.

Na gut. Er trat einen Schritt zurück, hob die Flinte in Schußposition und dann den Fuß.

Er holte noch einmal Luft und trat gegen den Türknopf.

Die Tür flog auf. Der Schloßbolzen riß das Holz im Türrahmen weg. Darling, der gerade einen Suppenlöffel mit Makkaroni zum Mund führte, fiel vom Stuhl auf den Linoleumfußboden und strampelte, um auf die Füße zu kommen.

Stadic stürmte auf ihn zu: »Keine Bewegung... keine Bewegung.« Er stand jetzt über Darling, beugte sich hinab und zielte auf Darling. »Polizei«, rief er. »Flach auf den Boden, flach auf den Boden...«

Mit der dunklen Jacke, die ihm über die Knie hing, dem kalten Wind, der hereinfuhr, und der schwarz glänzenden Waffe in der Hand sah er aus wie der Todesengel. Darling streckte sich auf dem Boden aus, die Hände hinter dem Kopf verschränkt, und rief: »Nein, nein, nein.«

Sandy saß seit einer Stunde vor dem Fernseher und sah zu, wie der Fall in den Nachrichtensendungen immer mehr aufgebläht wurde. Wie Flüchtlinge, die direkt aus dem Krieg kamen, strömten Busladungen von Experten für Mord und Totschlag und für Terrorismus in die Redaktionen, als fänden sie hier Rettung. Man sah aber, daß sie Spaß daran hatten: Spaß an Mord, Spaß an Waffen, Spaß an ihrem Fachwissen.

LaChaise, Butters und Martin waren betrunken. Martin wurde dabei immer ruhiger und gemeiner. Er starrte Sandy an, trank, starrte sie wieder an. Butters fand alles eher amüsant. Er lachte und schlurfte durch das Haus, wollte tanzen. LaChaise redete ununterbrochen über die alten Zeiten, als sie mit der Seed unterwegs waren, und darüber, was die Cops ihm und seinem Daddy angetan hatten.

»Nichts im Vergleich mit dem, was sie mit meinem Daddy gemacht haben«, sagte Butters einmal zwischendurch. »Er hat mal ein paar ungedeckte Schecks ausgeschrieben, als er und meine

Mom einfach Hunger hatten. Da sind sie über ihn hergefallen. Haben ihn zusammengeschlagen, bis er heulte. Dem verdammten Sheriff da machte es Spaß, einen Mann heulen zu sehen. Ich wollte ihn, wenn ich groß war, dafür umbringen, aber jemand anders hat es vor mir getan.«

»Und wie ist es mit ihm zu Ende gegangen?« fragte Sandy. »Ich meine, mit deinem alten Herrn?«

»Hat sich eines Tages selber aufgehängt. Im Keller, gleich neben einem großen Regal mit leeren Whiskeyfässern. Ich kam gerade von der Schule und fand ihn, wie er da einfach baumelte. Hat es mit so einem Stück Elektrokabel gemacht, und ich habe verdammt lange gebraucht, bis ich das von seinem Nacken runter hatte...«

LaChaise ärgerte die Geschichte – sie war besser als seine eigene –, und er stand auf, marschierte durch das Haus und knallte die Türen. Dann kam er zurück und sagte: »Ich will nichts mehr von deinem Daddy hören«, ließ sich in den großen Sessel fallen, hockte da und sah sie lauernd an. Dicke Luft.

»Leck mich«, sagte Butters, und Sandy hatte das Gefühl, zwischen den beiden könnte es losgehen. Aber LaChaise grinste und sagte: »Du mich auch.« Das nahm die Schärfe wieder heraus.

Dann begann *Nightline* mit der Geschichte über Butters, und sie hörten dem Nachrichtensprecher mit seiner Auflistung von Butters' Heldentaten zu.

»Wie haben sie das herausbekommen?« brüllte LaChaise und sah sich im Zimmer um, als hätte einer von ihnen Butters ans Messer geliefert. »Wer, zum Henker, hat ihn verraten?«

Und dann kam er darauf. Er wandte sich, die Flasche Jim Beam in der Hand, zu Sandy hinüber: »Dieser verdammte Elmore.«

Sandy zuckte zurück und schüttelte den Kopf. »Nein. Nicht Elmore. Ich habe ihn gewarnt und gesagt, er soll den Mund halten, und er hat gesagt, er tut es.« Aber bei sich dachte sie: *Vielleicht war er es.* Vielleicht war er zum Telefon gegangen und hatte die Polizei informiert.

»Könnte sein, daß ich irgendwas angefaßt habe«, sagte Butters ruhig. LaChaise drehte sich zu ihm um.

»Du hattest Handschuhe an«, sagte er.

»Konnte in Handschuhen die Pistole nicht aus der Tasche kriegen, also habe ich sie ausgezogen. Habe versucht, nichts sonst anzufassen, aber… vielleicht habe ich etwas berührt. Meine Fingerabdrücke lassen bei den Cops die Alarmglocken schrillen.«

LaChaise dachte nach und sagte dann: »Nein, es war der verdammte Elmore. Der war es.«

»Wenn Elmore es war, hätte er auch Martin verraten«, sagte Butters. Er hatte eine Flasche Bourbon in der Hand und nahm einen Schluck.

»Er hat recht, Dick…«, fing Sandy an, aber LaChaise deutete mit seinem dicken Zeigefinger mitten auf ihr Gesicht und sagte: »Halt die Klappe.«

Dann ließ er sich wieder in den Sessel zurückfallen. Einen Augenblick später sagte er: »Ich habe mich nur zur Seite fallen lassen. Ich sah den Kerl und tauchte seitlich weg.«

Drei Mann waren losgezogen, um zu töten, und nur LaChaise hatte versagt. Er war darüber ins Grübeln geraten.

»Du konntest das einfach nicht wissen«, sagte Martin schließlich. Er war genauso betrunken wie Butters. »Das wäre Ansel oder mir genauso passiert. Du rufst an und checkst die Lage. Wer kann denn wissen, daß er eine Sekunde später angetanzt kommt?«

»Nein, es war mein Fehler«, sagte LaChaise. »Ich war nicht genau bei der Sache. Ich hätte sie kriegen können. Ich hätte sie beide kriegen können. Ich hätte erst sie niederknallen können, dann ihn, und sie hätten einer den anderen sterben sehen. Sie stand direkt vor mir, aber ich wurde neugierig auf sie, und dann taucht dieser Cop hinter ihr auf. Er war schnell…«

»Ein Gluck, daß er dich in die Seite getroffen hat und nicht direkt von hinten in den Rücken«, sagte Butters. Sie wußten, was er damit meinte, doch dieses »von hinten« schien in der Luft hängen zu bleiben. LaChaise war weggerannt, als er getroffen war.

»Ich muß jetzt weg«, sagte Sandy. Sie stand auf, doch LaChaise schob sich aus dem Sessel hoch und sagte: »Ich habe dir gesagt, du sollst deine Scheißklappe halten.« Und mit einem schnellen Schwingen mit der offenen Hand – schnell wie ein Peitschenhieb – schlug er ihr ins Gesicht. Sie ging, wie nach Martins Hieb zuvor, zu Boden. Butters und Martin blieben ungerührt sitzen und schauten zu, wie sie sich aufzurappeln versuchte.

Sie schmeckte Blut im Mund, sah zu ihm auf und dachte nach, wie sie am besten an eine Waffe käme. Sie hätte ihn umbringen sollen an dem Abend, als sie herausbekam, daß er den Cop getötet hatte. Damals konnte sie es nicht. Jetzt hätte sie es gekonnt.

»Hältst du jetzt die Klappe?« fragt LaChaise.

»Laß mich nach Hause gehen, Dick«, sagte sie. Sie wischte sich mit dem Handrücken den Mund ab.

»Scheiß drauf. Du bleibst hier«, sagte er.

Aber Elmore erwähnte er an diesem Abend nicht mehr.

Elmore erzählte Stadic alles, was er wußte, und log nur in einigen Punkten. »Sandy hat überhaupt nichts damit zu tun«, sagte er. »Sie kamen an, und wir konnten nichts tun. Sie waren bis an die Zähne bewaffnet.«

»Wer sind die anderen?« fragte Stadic.

»Martin, das ist dieser verrückte Schwule aus Michigan, der immer mit Pfeil und Bogen herumläuft, und Ansel Butters. Er ist aus Tennessee und besucht Martin, um mit ihm auf die Jagd zu gehen.«

»Ist Butters auch schwul?« Stadic und Darling saßen jetzt auf Stühlen am Küchentisch. Der Lauf der Schrotflinte lag auf der Tischplatte und zielte auf Darlings Brust. Stadic hatte die Außentür geschlossen, und im Haus wurde es wieder wärmer. In der Küche war es gemütlich. Die rustikale Keramik und die derbe Einrichtung trugen dazu bei. Darling hatte eine nette Frau, dachte Stadic.

»Nein, Butters ist nicht schwul, aber er nimmt jede Menge Drogen«, sagte Darling. »Aber von Martin sagen sie alle, er sei eine Schwuchtel und in Dick verknallt, aber er macht nie etwas Homosexuelles oder so... Da passiert nichts weiter.«

»Und das sind alle«, sagte Stadic. »Nur die vier.«

»Nur die drei – Sandy können Sie nicht dazuzählen«, sagte Elmore. »Ich würde Ihnen auch sagen, wo sie sind, aber ich weiß es nicht. Ich meine, woher soll ich...«

Dies eine hielt Daring zurück. Er log. Er konnte hervorragend lügen, aber Stadic war ein Profi, was Verhöre betraf. Er war sich nicht sicher, ob Darling log, aber er wußte auch, daß er den Mann nicht voll in der Hand hatte. Er konnte ihn nicht einfach mitnehmen und in eine Zelle stecken. Und wenn Darling Verbindung mit LaChaise aufnahm, würde der nach seiner Beschreibung gleich wissen, daß Stadic bei Darling gewesen war. Ein echtes Problem.

Er saß auf seinem Holzstuhl und richtete die Flinte auf Darlings Brust.

»Also, noch einmal«, sagte Stadic. »Du bist an der Lexington abgefahren …«

»Und dann muß es noch etwa sechs Blocks weiter sein. Richtung Norden. Dann rechts. Nur ein kleines Haus.«

»Die Hausnummer oder den Straßennamen hast du nicht gesehen?«

»Nein. Ich bin einfach hinterhergefahren.« Sein Gesicht hellte sich auf. »Aber eines kann ich noch sagen – mein Truck steht auf der Straße. Und Martins. Sie könnten nach meinem Wagen sehen. Er hat ein Nummernschild mit der Buchstabenkombination Q-HORSE.«

Stadic nickte. »Sechs oder sieben Blocks.«

»Mehr nicht«, sagte Darling. »Zusammen können wir es finden. Ich fahre mit Ihnen.«

Stadic dachte wieder einen Augenblick nach und schüttelte den Kopf.

»Nein«, sagte er.

»Und was dann?« fragte Darling und zog die Augenbrauen fragend hoch. Dazu setzte er ein dümmliches Lächeln auf. Stadic zuckte mit den Schultern und zog den Abzug.

Die Ladung seiner Magnum Kaliber 12/70 blies Elmore Darling mit voller Wucht von seinem Küchenstuhl.

Sandy kauerte sich im Schlafzimmer auf ihr Bett, um nicht bei ihnen zu sein.

LaChaise machte es sich in seinem Sessel zum Schlafen bequem. Martin und Butters blieben im Wohnzimmer sitzen, hatten den Ton des Fernsehers heruntergedreht und unterhielten sich ruhig über den Verlauf ihrer Mordanschläge.

»Ich hatte ihn mit den Händen gepackt«, sagte Martin, »als ich zustach. Er bäumte sich irgendwie auf und zitterte. Wie wenn du einem Reh den Hals durchschneidest und es noch einen letzten kleinen Versuch macht, dir zu entkommen... Du weißt schon.«

»Klar. Sie wollen hoch auf die Füße...«

»Dabei kannst du dich verdammt leicht selber verletzen«, sagte Martin. »Es gab da einen alten Knaben, Rob Harris hieß er, drüben in Luce County, der nahm sich so einen Rehbock vor, stach ihm mit dem Messer in den Hals, und der Bock bäumte sich auf und trieb Rob ein Horn direkt ins Auge. Das Auge war nicht zu retten.«

»Und was ist mit dem Bock passiert?« fragte Butters.

»Rannte weg. Rob sagt, er habe ihn nicht am Hals, sondern an der Brust getroffen. Es war alles voller Blut«, erzählte Martin. »Aber vielleicht läuft er noch immer draußen herum...«

»Na ja, das tut dieser Sherrill nun bestimmt nicht mehr.«

»Nicht, wenn du so nah rankommst«, sagte Martin. »Wenn ich so nah rankomme, ist der Junge erledigt...«

Die beiden drehten sich um und sahen zu LaChaise hinüber. Vielleicht kränkte ihn die Bemerkung. Aber LaChaise war schon weggetreten.

»Diese Kupicek hat nicht mal gezuckt«, sagte Butters. »Hat nicht mal mitbekommen, was sie da traf. Gerade redet sie noch mit mir, und im nächsten Moment ist sie im Himmel.«

»Der Schalldämpfer funktioniert gut?«

Butters nickte. »Bestens. Das einzige, was du hörst, ist das Klicken des Sicherungsflügels. Nicht mal das, es ist nicht mehr als ein ›Plop‹, wie wenn du eine Limo aufmachst.«

»So einen Schalldämpfer hätte ich gern.«

»Wenn ich es noch einmal mache, dann als ›Single-Action‹. Du verstehst? Entsichern, laden, spannen. Alles in einem. Dann fällt das Klicken weg...«

So ging es weiter. Sie vertieften sich in die Einzelheiten, der Fernseher blieb leise gestellt. Etwa alle halbe Stunde erschien Butters' Gesicht auf dem Bildschirm. In der ersten Nachrichtensendung des neuen Tages, morgens um fünf Uhr, brachte TV3 ein paar computeranimierte Fotos von Butters und LaChaise mit verschiedenen Frisuren und Barttrachten.

»Am besten scherst du dir eine Glatze«, sagte Martin. »Die haben sie als einzige nicht dabei.«

»Nein. Dazu ist es jetzt zu spät«, sagte Butters. Er sah auf die Uhr. »In rund drei Stunden wird es Tag. Ich mache mich auf den Weg. Sehe mir mal dieses Haus von dem Kind an, dem Davenport-Kind.«

»Warte lieber, bis Dick wieder wach ist«, sagte Martin.

Butters stand auf und schüttelte den Kopf. »Mit fünfzigprozentiger Sicherheit ist es ein Hinterhalt. Besser, wenn nur einer von uns geht. Dick ist verletzt, und dich kennen sie noch nicht.«

»Bist du nüchtern?«

»Wie ein Neugeborenes.«

Martin ließ die Hände wie zum Abschluß ihres Gesprächs auf die Schenkel fallen und nickte. Butters bat ihn: »Hilf mir bei der Vorbereitung.«

»Was nimmst du mit?« fragte Martin.

Butters grinste. »Von jedem etwas.«

LaChaise räkelte sich im Sessel, schlug die Augen halb auf, schüttelte den Kopf und schlief wieder ein.

»Ich gehe jetzt besser«, sagte Butters. »Will Dicks Schönheitsschlaf nicht stören.«

Kapitel 11

Del lag ausgestreckt auf drei Sofapolstern im Flur, Small wach und angezogen auf seinem Bett, nur die Schuhe hatte er ausgezogen. Alle Augenblicke stand er auf, schlich durch den Flur und stellte Lucas im Flüsterton ein und dieselbe Frage.

»Irgendeine Bewegung?«

»Noch nichts.«

Lucas gähnte und drückte den Knopf für die Anzeigenbeleuchtung an seiner Uhr. Fünf Uhr fünfundvierzig. Noch mehr als zwei Stunden bis zur Morgendämmerung. Er ging vorsichtig zur Toilette und tastete sich von Möbelstück zu Möbelstück durch die Dunkelheit. Es war eine Gästetoilette, klein, mit Kloschüssel und Waschbecken, Zahnpasta und einem Bürstenhalter für die Zahnpflege nach den Mahlzeiten. Ein Fenster gab es nicht. Lucas schloß die Tür und knipste das Licht an, zwinkerte wegen der plötzlichen

Helligkeit und spritzte sich Wasser ins Gesicht. Der Geschmack in seinem Mund war noch übler als sein Aussehen im Spiegel. Also rieb er sich mit dem Zeigefinger zwei Zentimeter Zahnpasta auf die Zähne, spuckte den grünen Schleim ins Waschbecken, spülte nach und stand da, die Arme auf den Rand gestützt, und sah zu, wie das Wasser lief.

Sie hatten schon alle möglichen Hinweise und Tips bekommen, aber etwas Handfestes war nicht dabei. Noch nicht. Doch es würde schnell vorbei sein, dachte er. Wenn er, Weather, Sarah, Jennifer und Small in einer Woche noch lebten, würde alles vorbei sein.

Das wäre es auch, wenn sie nicht hierblieben.

Sie könnten ja einfach abhauen, in ein Flugzeug steigen, nach Tahiti fliegen – das Geld dazu hatte er hundertmal –, sich an den Strand legen, und wenn sie heimkämen, wäre alles vorbei. Eine Woche würde es dauern, höchstens.

Vielleicht sollten sie fliegen.

Doch das Jagdfieber hatte ihn gepackt. Und das gefiel ihm.

Was ihm gar nicht gefiel, war, was Cheryl Capslock und den anderen, die tot waren, passiert war. Aber das Jagen war ein besonderes Gefühl, und das gefiel ihm, so wahr ihm Gott helfe.

Er knipste das Licht aus, öffnete die Tür und ging zurück ins Wohnzimmer.

Del war wach. »Cheryl hat nicht viel gespürt«, sagte er, »nachdem sie wieder aus dem OP war.«

»Heute wird sie es spüren«, sagte Lucas. Er faßte unbewußt nach der Narbe an seinem Hals, die von einem Luftröhrenschnitt stammte.

»Ja, das haben die Ärzte auch gesagt.«

»Haben sie etwas von zurückbleibenden Narben gesagt?« fragte Lucas.

»Ein paar wird sie behalten, aber zu schlimm werden sie nicht sein. Und sie kann sie mit den Haaren abdecken.«

»Ich kenne einen Arzt für plastische Chirurgie an der Uni. Er ist mit Weather befreundet. Falls du einen brauchst.«

Sie saßen eine Weile im Dunkeln. Dann sagte Del: »Wenn sie sterben würde, wüßte ich nicht, was ich dann täte.«

»Sie kommt schon durch.«

»Ja. Aber das ist nicht genau, was ich meine. Ich meine, ich habe bis jetzt nie wirklich daran gedacht. Ohne sie wäre ich verloren. Ich bin jetzt so lange auf der Straße unterwegs. Die ganze Welt sieht so beschissen aus. Cheryl bewahrt mich davor durchzudrehen. Bevor ich sie kennenlernte, *war* ich das. Ich war ein völlig durchgedrehter Motherfucker... Ich habe so unmäßig getrunken, daß ich tatsächlich ein Säufer hätte *werden* können.«

»Da wart ihr sozusagen füreinander geschaffen«, sagte Lucas mit einem sarkastischen Unterton, den Cops gerne anbringen, wenn ihnen Gespräche zu aufrichtig werden.

»Genau. Himmel, ich werde diesen Motherfucker einfach abknallen...«

Über das Funksprechgerät kam eine Meldung: »Lucas. Da kommt jemand.« Lucas umklammerte den Hörer und war mit wenigen Schritten an der Haustür. Er konnte durch das eingesetzte Türfenster sehen, ohne selbst gesehen zu werden.

»Ein Weißer in einem Pickup. Fährt langsam. Kein Zeitungszusteller.«

»Kannst du ein Nummernschild erkennen?«

»Ich nicht, aber Tommy. Er hat ein Nachtglas... Tommy? Er ist gleich da.«

»Richtig, ich hatte ihn ja gebeten mitzukommen...«

»Lucas, der Wagen fährt jetzt auf das Haus zu.«

Lucas sah die Scheinwerfer im Schnee und dann den langsam näher kommenden Pickup. »Das Nummernschild, das Nummernschild.«

»Er fährt vorbei, aber er hat hingesehen. Was meinst du, Jeff?«

»Stimmt. Er hat hingesehen.«

»Mal langsam. Wir wollen keinen verdammten Reporter abknallen...«

»Tommy«, sagte Lucas. »Hast du die Nummer?«

»Das vordere Schild ist verschmutzt, ich sehe nur den Staat. Es ist Minnesota...«

»Tommy, mach schon...«

»Ich hab sie, ich hab sie...« Er las die Nummer ab, und die Funkzentrale bestätigte den Empfang. »Er fährt um die Ecke...«

»In welche Richtung?«

»Nach Süden. Moment, er hält an. Er hält an.«

»Dick, ihr steigt in den Wagen«, sagte Lucas ins Sprechgerät. »Kommt von hinten um den Block.«

»Habe nicht geglaubt, daß das passiert«, sagte Del. Er war hellwach und schnaufte.

»Mal langsam«, sagte Lucas.

Small rief von oben durch das Treppenhaus: »Was ist los?«

»Nichts«, rief Lucas zurück. Del ging voraus durch die Tür und den Gehsteig hinunter. Er ging mit den kurzen Schritten, die im Winter auf vereistem Boden ratsam sind.

Lucas hatte immer noch das Funksprechgerät in der Hand. Tommy meldete sich. »Er holt hinten etwas raus. Er hat die Innenbeleuchtung an und holt etwas von hinten.«

Lucas sagte in die Sprechmuschel: »Alle Mann Ruhe bewahren. Das kann alles mögliche sein.«

Dann meldete Dick sich wieder: »Wir kommen. Wir kommen jetzt um die Ecke.«

»Also los«, sagte Lucas, und sie rannten los, verließen den Gehsteig, liefen in hohen Sätzen durch den Schnee. An der Ecke stand ein Lebensbaum. Sie kam hinter ihm hervor und sahen jetzt den Truck in fünfzig Meter Entfernung auf der anderen Straßenseite. Die Tür stand offen. Der Fahrer wandte sich zu ihnen um, er hatte etwas in den Händen…

»Achtung«, schrie Lucas. Del sprintete weiter, Tommy kam von der Seite, sein langer Mantel flatterte ihm um die Beine, und Dick kam mit seinem Wagen…

Butters hatte sich auf der letzten halben Meile dem Haus langsam konzentrisch genähert, die Straßen rundherum abgefahren, sich die Gesichter in den paar Wagen angesehen, denen er begegnete, nach Lichtern umgeschaut und auf Bewegungen geachtet. Bei der Jagd hatte er gelernt, das Tier nicht direkt auszumachen, sondern auf die Unruhe zu achten, die es auf dem Weg durch den Wald hervorrief. Damwild hörte sich manchmal an, als habe es Knobelbecher an den Hufen, wenn es durch den Wald stampfte. Eichhörnchen huschten durch die Zweige und brachten sie zu einem Schwingen, das anders aussah, als bewegten sie sich im Wind. Selbst eine Schlange teilte, wenn sie groß genug war, das Gras wie ein Schiff das Wasser.

Er wartete auf eine ungewöhnliche Bewegung, konnte aber keine entdecken.

Trotzdem war hier etwas nicht in Ordnung. Zwar war es möglich, daß der Cop glaubte, sein Kind sei hier in Sicherheit, aber warum sollte er ein Risiko eingehen? Daß er das Kind im Hotel unterbrachte, war das Natürlichste von der Welt.

Butters sah nichts, roch aber etwas: Das mit dem Kind roch nach einer Falle, so, wie er auf der Jagd Bären mit Honig und Haferschleim anlockte. Sie mußten das mit dem Kind machen, denn es war vielleicht ihre einzige Chance, an sie heranzukommen. Für sie war es das ideale Lockmittel.

Trotzdem brach er nicht ab, sondern zog seine Kreise immer enger um das Haus …

Das zivile Polizeiauto erfaßte jetzt den Truck mit seinen Scheinwerfern. Der Mann drehte sich um, hörte Lucas rufen, sah die rennenden Männer … Er lehnte sich mit dem Rücken gegen sein Fahrzeug und sagte: »Was soll das?«

Del lief auf ihn zu, war noch drei Meter entfernt. Der Mann hob die Hände. Del hätte ihn fast umgerannt. Fast …

»Keine Bewegung. Stehenbleiben.« Hinter Del tauchte Lucas auf, Tommy kam von der Seite, die Türen des Wagens, der den Truck jetzt blockierte, wurden zugeschlagen.

»Was ist?« Der Kerl war geschockt und leichenblaß, sein Mund stand offen. Er trat einen Schritt vor.

Im Wagen bewegte sich etwas. Tommy wirbelte herum, die Schrotflinte im Anschlag. Ein blonder Schopf. Dann eine Kinderstimme, müde und ängstlich: »Daddy?«

Anschleichen und zupacken, langsam die Kreise enger ziehen, bis er auf der Straße war, die fast direkt auf das Haus zuführte, das er im Auge hatte. Eine nächtliche Szene. Schräg vor ihm auf der anderen Straßenseite stand ein Wagen. Seine Scheinwerfer erfaßten einen Truck. Daneben stand ein Mann mit erhobenen Händen. Andere Männer umringten ihn.

»Na also«, sagte Butters zufrieden. »Ich wußte, ihr seid hier draußen.«

Lucas entdeckte Butters' Truck. Er fiel ihm nur auf, weil er genauso aussah, wie der, den sie blockiert hatten.

Del entschuldigte sich bei dem Besitzer, der gerade von der elterlichen Farm heimgekehrt war und jetzt versuchte, das kleine Mädchen zu beruhigen, das schon groß genug war, um Angst vor den Männern zu haben, die die beiden umzingelt hatten.

Der Truck drüben an der Kreuzung hielt eine Sekunde lang an, noch eine Sekunde, dann fuhr er ohne Hektik weiter. Der Fahrer mußte den Auflauf gesehen haben, dachte Lucas. »Ich habe eine Tochter, die ist genauso groß wie du. Sie wohnt da drüben in dem Block«, sagte er zu dem kleinen Mädchen. »Kennst du Sarah Davenport?«

Das Mädchen nickte, sagte aber kein Wort. Doch die Welt war jetzt wieder in Ordnung.

»Natürlich kennt sie Sarah...«, sagte der Vater. Lucas ließ sich von alldem ablenken und dachte nicht mehr an den anderen Truck.

Und im Weggehen sagte ein blasser, zitternder Del: »Mein Gott, bin ich erleichtert. Fast hätte ich geschossen. Er hat überhaupt nichts gemacht, ich wollte einfach nur...«

Auf dem Weg in die Cities dachte Stadic nach. Er war erschöpft. Er hatte Dienst gehabt, war dann hinausgefahren und hatte diesen Mann erschossen. Er blickte in den dünner werdenden Schnee hinaus, und klar und intensiv, fast wie Visionen, blitzten Bilder vor ihm auf, wie Elmore ihm gegenüber am Tisch saß, bevor er schoß. Darling hatte ihn hoffnungsvoll angelächelt... und zugleich ängstlich. Den einen Augenblick hatte er noch gelebt. Dann nicht mehr. Ohne Übergang. Nur ein Knall, dann der Geruch von Schießpulver und zerfetztem Fleisch, und es gab keinen Elmore mehr.

Die Bilder machten Stadic angst. Was ging da im Moment alles vor sich? Lief etwas schief? Gleichzeitig spulte sein Polizistengehirn ab, was nun unvermeidlich folgen mußte. Er wußte jetzt, wo LaChaise und seine Freunde sich versteckten. Wenn er es richtig anging, wenn er ihnen die richtige Geschichte erzählte, könnte er sie in einen Hinterhalt locken. Er mußte sie dazu bringen, das Haus zu verlassen, ohne daß sie einen Verdacht schöpften.

Er könnte vor ihrem Haus im Dunkeln Posten beziehen. Darling hatte gesagt, die Trucks stünden auf der Straße. Dann würde er sie herauslocken. Er würde sie anrufen und sagen, die Cops hätten einen Tip bekommen, sie seien schon auf dem Weg hierher. Sie müßten sofort fliehen.

LaChaise war verletzt, also war nur mit Butters und Martin voll zu rechnen. Er würde sie in dem Augenblick abfangen, wenn sie auf die Vorderveranda traten. Die Tür durften sie noch nicht zugezogen haben. Denn er mußte auch noch drinnen nach der Frau sehen.

Aber was war jetzt mit der Schrotflinte? Darling hatte er mit einer grünen 7er-Patrone getötet. Sollte er eine größere Schrotstärke wählen, um die Reichweite zu vergrößern? Statt 2,5 mm jetzt besser rote 3er mit 3,5 mm? Oder sollte er gleich die Pistole nehmen? Wenn er wirklich nah genug war, konnte er sie mit der Pistole erwischen und die Flinte vergessen. Wenn LaChaise allerdings schwer verletzt war und gar nicht herauskam, dann müßte er auch nach ihm sehen...

Es war riskant. Aber das Risiko ausschließen konnte er nicht.

Wie würde er schließlich den Cops aus St. Paul den Ablauf erklären? Er könnte sagen, er habe einen Tip von einem Dealer aus der Gegend bekommen, habe aber nicht viel davon gehalten. Er sei halt mal losgegangen, um nachzusehen, und dabei direkt über sie gestolpert...

Doch warum sollte er in das Haus hineingegangen sein, statt vorsichtig zu bleiben und Verstärkung anzufordern?

Stadic spielte es durch und grübelte den ganzen Weg darüber nach. Wenn er es wirklich tun wollte, dann mußte er vorher in seinem Büro vorbeifahren und eine kugelsichere Weste mitnehmen. Doch als er dort ankam, hörte er als erstes die Leute durch die Flure rennen...

Lucas starrte durch die Schlitze in der Jalousie. Noch war es dunkel. »Nichts zu sehen.«

»Dann war das Ganze ein Beschiß«, sagte Del. Er gähnte.

»Kann sein. War aber doch ein zu merkwürdiger Anruf«, sagte Lucas und überlegte weiter. »Ging direkt an mich. Er hatte die Nummer.«

»Jedenfalls sollten wir für alle Fälle ein paar Leute hierlassen«, sagte Del. »Ich muß ins Hennepin und nach Cheryl sehen.«

»Ja klar, zieh schon ab«, sagte Lucas.

Die Zentrale meldete sich. »Lucas?«

Er griff nach dem Funksprechgerät. »Ja?«

»Eine Frau hat nach Ihnen gefragt. Sagt, daß sie einige Informationen hat und die Zehntausend sehen will.«

»Stellen Sie durch.«

»Sie hat eingehängt. Sie sagte, ihr Alter könne sie hören. Aber wir haben ihre Adresse. Sie sagt, sie will, daß ihr sie aus ihrem Haus holt, falls ihr Alter sie, wie sie sagt, ›am Arsch‹ hat.« ›Arsch‹ war kein Wort, das die Kollegin in der Zentrale in den Mund nehmen durfte, aber zitieren durfte sie es schon.

»Und wie lautet die Adresse?« fragte Lucas.

»Sie wohnt drüben im Südostviertel ... Haben Sie einen Stift?«

Während Lucas schrieb, fragte Del: »Willst du, daß ich mitkomme?«

Lucas schüttelte den Kopf. »Es ist wahrscheinlich falscher Alarm. Jeder zweite Junkie in der Stadt wird anrufen und versuchen, uns anzuschwindeln. Fahr los und sieh nach Cheryl.«

»Sie werden mich ziemlich bald zu ihr lassen«, sagte Del. Seine Uhrbeleuchtung flackerte in der Dunkelheit auf. »Ich bin bei ihr, wenn sie aufwacht.«

»Halt die Augen auf«, sagt Lucas. »Diese Irren könnten sich beim Hospital herumtreiben.«

Lucas spürte langsam das Gewicht der vielen schlaflosen Stunden. Er sah sich das Haus an und fragte sich: Da ruft mich jemand zu einem verfallenen Zweifamilienhaus, morgens in der Früh, noch vor Sonnenaufgang. Ein Hinterhalt?

»Was meinen Sie?« fragte er.

»Warten Sie hier«, sagte der Streifenpolizist. »Wir klopfen da mal an.«

Die beiden Streifenbeamten, einer länger als der andere, trugen dicke Westen, die sogar Gewehrkugeln abhielten. Zwei weitere Polizisten standen mit ihrem Wagen in der Seitenstraße und bewachten die Hintertür.

Lucas wartete neben dem ersten Wagen, während die beiden zur Eingangstür gingen. Einer spähte durch ein Fenster und sprang plötzlich wieder zur Tür. Lucas sah, wie sie aufging. Eine Frau, schwarzhaarig und mit ausgemergeltem Gesicht, schob ihren Kopf durch den Türspalt und sagte etwas zu den Cops. Der Große nickte, winkte Lucas herbei, und dann gingen die beiden hinein.

Lucas war bei ihnen, als sie gerade durch die Tür waren. »Ihr Mann ist hinten im Schlafzimmer«, flüsterte der Große. »Er hat eine Kanone. Sie liegt neben dem Bett auf dem Fußboden. Wir sind gerufen worden, also können wir einschreiten.«

Lucas nickte, und die beiden Cops bewegten sich so leise wie möglich über den zerschlissenen Flurläufer vor, die Frau einen Schritt hinter ihnen. Der vordere Cop zeigte fragend auf die letzte Tür, und die Frau nickte. Er langte mit der einen Hand in das dunkle Zimmer und knipste das Licht an. »Polizei«, hörte Lucas ihn sagen. »Geben Sie mir die Waffe.« Dann sagte er: »Hey, aufwachen. Aufwachen. Hey, stehn Sie auf.«

Der Mann antwortete mit hoher, gequetschter Stimme: »Was ist denn? Was ist los, verdammt noch mal?«

Die Frau ging durch den Flur zurück zu Lucas. Sie war ungefähr einsfünfundsechzig und wog nach seiner Schätzung vielleicht neunzig Pfund. Sie hatte vorstehende Backenknochen. »Wie ich höre«, sagte sie, »haben Sie eine Belohnung ausgesetzt.«

»Wenn ihre Information etwas wert ist«, sagte er.

Die beiden Streifenpolizisten schoben ihren Mann in den Flur. Er trug eine fleckige Jockey-Unterhose, war noch völlig verschlafen und hatte einen benebelten Gesichtsausdruck. Die Hände hatten sie ihm mit Handschellen auf den Rücken gefesselt.

»O ja, die Information ist es wert«, sagte die Frau zu Lucas, und dann: »Erinnern Sie sich an mich?«

Lucas sah sie einen Moment lang an. Die dichten, dunklen Augenbrauen kamen ihm bekannt vor. Er legte in Gedanken noch einmal fünfundzwanzig Pfund dazu und sagte: »Ja, sicher. Sie waren da immer in dem Taco Bell gleich neben Riverside Hotel. Sie gehörten... Augenblick mal... zu Sammy Cerdan und seiner Band. Sie haben, klar, sie haben mit ihnen Musik gemacht. Baß?«

»Richtig, Baß«, sagte sie geschmeichelt.

Er wollte fragen, was passiert war, aber er wußte es.

Sie lächelte noch immer, aber es war ein schwaches Lächeln, das ihr gleich auf den Boden zu fallen drohte, und sagte: »Ja, ja, war eine tolle Zeit.«

Ihr Mann sagte: »Was, zum Teufel, ist hier los? Wer ist dieser Arsch?«

»Er hatte ein Tütchen Dope unter seiner Matratze«, sagte der große Cop.

Er hielt Lucas das Päckchen hin. Es war ein Teelöffel voll Stoff und sah aus wie brauner Zucker.

»Was Sie hier machen, ist verdammt noch mal illegal«, sagte der Mann. »Ich will einen Durchsuchungsbefehl sehen.«

»Du hättest das Zeug nicht verstecken sollen, Dex«, sagte die Frau. Dann wandte sie sich an Lucas. »Er hat mir nie was gegeben. Ich klaue das Zeug für ihn jeden Tag im Target, und er gibt mir nie etwas ab.«

»Ich polier dir den Arsch«, schnauzte Dexter, riß sich von dem größeren Cop los und wollte nach ihr treten. Sie wich dem Tritt aus und zeigte ihm den Stinkefinger.

»Ruhe«, sagte Lucas und an die Frau gewandt: »Wo sind sie?«

»Mein Bruder hat für sie ein Haus gemietet, aber er weiß nicht, wer sie sind. Der eine – Butters? – hat nach korrupten Cops gefragt und nach Häusern, die er mieten wollte. Als ich ihn im Fernsehen sah, wußte ich gleich, das war er.«

»Du alte Fotze«, schrie ihr Mann.

Lucas sah ihn an und lächelte. »Bei der nächsten Unterbrechung verpaß ich dir eine in deine beschissene Visage.«

Der Mann hielt den Mund, und die Frau sagte: »Ich will das Geld.«

»Wenn das hier hinhaut, kriegen Sie es. Die Adresse?«

»Ich will noch was.«

»Und was?«

»Als meine Mom die Kinder nahm, haben sie mir die Sozialhilfe gestrichen.«

»So?«

»Die will ich wiederhaben.«

Lucas zuckte mit den Schultern. »Ich werde mal nachfragen. Wenn Sie denen die Kinder zeigen können, dann...«

»Ich will die Kinder nicht zurück. Ich will nur wieder auf die Empfängerliste«, sagte die Frau. »Sie müssen dafür sorgen.«

»Ich werde nachfragen, aber versprechen kann ich es nicht«, sagte Lucas. »Also, wo sind sie?«

»Drüben in Frogtown«, sagte sie. »Ich habe die Adresse aufgeschrieben.«

»Und was ist mit dem Cop?« fragte Lucas, »Zu wem habt ihr ihn geschickt?«

Die Frau schüttelte den Kopf. »Wir kannten keinen. Dex hat ihm die Namen von ein paar Junkies genannt, die vielleicht von einem gehört haben.«

Lucas wandte sich an ihren Mann. »Was für Junkies?«

»Leck mich«, sagte Dex.

»Dann hast du jetzt ein bißchen Zeit, darüber nachzudenken«, sagte Lucas und zeigte mit dem Finger auf Dexters Gesicht. »Im Knast. Für das Dope.« Er hielt ihm das Tütchen hin. »Wenn du schnell genug nachdenkst, ersparst du dir vielleicht eine Anklage wegen Mordes.«

»Leck mich, ich will einen Anwalt«, sagte Dex.

»Nehmt ihn mit«, sagte Lucas zu den Streifenpolizisten. Und dann an die Frau gewandt: »Die Adresse.«

LaChaise wachte nüchtern auf, hatte aber einen Kater. Er stand vorsichtig auf, ging zur Toilette, schloß hinter sich ab, tastete nach dem Lichtschalter, schaltete ein, machte ein kleines Geschäft und spülte.

Er hatte in Jeans, T-Shirt und Socken geschlafen. Jetzt zog er das Hemd aus und prüfte den Verband um die Brust. Er untersuchte seinen Zustand vor dem zerbrochenen Spiegel über dem Waschbecken, sah aber keine Blutflecken, nur getrocknete Jodreste. Er hatte Glück gehabt, daß er nicht schwerer verletzt worden war. Er hatte bei Motorradunfällen und Schlägereien Verletzungen davongetragen und wußte, wie weit man wegtreten konnte, wenn es einen schwer erwischt hatte. Das hier war nichts Schlimmes.

Im Haus war es still. Er verließ die Toilette, ging durch den Flur und stieß die nächste Tür auf. Sandy lag unter einer Decke zusammengerollt auf dem Bett.

»Schläfst du?« fragte er leise.

Er bekam keine Antwort. Vielleicht war sie trotzdem wach. Er wollte sie gerade noch einmal fragen, als er im Flur ein Geräusch hörte. Er ging zurück und sah Martin den Gang entlangtappen, eine .45er in der Hand. Als Martin ihn sah, runzelte er die Stirn.

»Bist du okay?« fragte er.

»Es tut weh, aber ich habe schon mal viel mehr abgekriegt«, sagte LaChaise. »Wo ist Ansel?«

»Er ist rausgefahren und sieht sich nach dem Davenport-Kind um.«

»Himmel noch mal, das ist mein Job«, sagte LaChaise.

Martins Mundwinkel zuckten. Vielleicht wollte er lächeln. »Er hat sich schon gedacht, daß du das denkst. Aber er hatte die Vermutung, es könnte eine Falle sein, und er meinte, du bist der Wertvollere von uns, weißt du? Du bist das Gehirn bei der ganzen Operation.«

»Hätte es mir sagen sollen«, grummelte LaChaise.

»Du warst betrunken.«

Sandy stützte sich im Bett hoch. LaChaise fiel auf, daß sie unter der Decke den Parka anbehalten hatte. »Was ist los?«

»Ansel sieht nach dem Kind von dem Cop«, sagte LaChaise. Er zeigte auf ihre lange Jacke und fragte: »Was ist los mit dir? Wieso hast du den Parka an?«

»Hier drinnen ist es kalt wie in einer Gefriertruhe«, sagte sie, schlang die Arme um sich und zitterte.

»Quatsch. Sie will nur gleich losrennen können«, brummte Martin.

LaChaise sah sie an: »Wenn du abhaust, schneiden wir dir deine verdammte Kehle durch. Und wenn es dir trotzdem gelingt...« Er holte einen Satz Fotos aus der Hemdtasche. Zwei Männer an einem Tisch, ein Schwarzer und ein Weißer. LaChaise blätterte sie mit dem Daumen durch. »Wir haben einen Cop an der Leine. Er kommt nur aus der Sache raus, wenn wir es schaffen und wieder weg oder alle tot sind. Wenn du abhaust und zu den Cops gehst, wird er hinter dir her sein. Du könntest ja seinen Namen wissen. Überleg es dir. Wir haben einen Cop an der Hand, der dich umlegt, und du weißt nicht, wer er ist.« Er schob die Fotos in die Tasche zurück.

Sandy bibberte. »Ich denke nicht daran wegzurennen«, sagte sie. »Mir ist nur kalt.«

»Quatsch«, schnaufte Martin.

»Zieh dir die Schuhe an«, sagte LaChaise. »Wir gehen vor die Tür.«

»Nach draußen?« fragte sie mißtrauisch. Sie sah zum Fenster. Draußen war es stockdunkel. Dann sah sie wieder LaChaise an. »Du bist verletzt, Dick...«

»Zum Henker, so schlimm ist es nicht. Es blutet nicht. Und ich kann hier nicht wie eingesperrt rumsitzen«, sagte LaChaise. Trotz seiner Kopfschmerzen war er fast fröhlich.

»Ich würde dennoch hier bleiben.«

»Sei kein Feigling«, blaffte er. »Laß uns rausgehen und nachsehen, was läuft. Einer von euch fährt, ich setze mich nach hinten.«

Sandy und Martin machten sich fertig, und LaChaise schaltete den Fernseher ein, zappte durch die Kanäle und fand nichts von Interesse außer dem Wetterbericht. Im Laufe des Vormittags würde es aufhören zu schneien, und am Nachmittag würde hier und da die Sonne durchkommen. Im Südwesten bildeten sich neue große Wolkenmassen, aber die seien noch mehrere Tage entfernt.

»Kalt«, grunzte Martin. Er kam aus dem Schlafzimmer und hatte seinen Tarnparka an.

»Für uns ist das nur gut, nachdem sie andauernd die Fotos von mir und Butters gezeigt haben«, sagte LaChaise. »Das bedeutet nämlich weniger Leute auf der Straße.«

»Ansel scheint nichts passiert zu sein. Wenn er etwas unternommen hätte, würden alle Sender das gebracht haben.«

»Vielleicht hat er die Finger davon gelassen«, sagte LaChaise. »Oder es war niemand da.«

Martin sah Sandy an. »Fertig?«

»Ich fühle mich nicht wohl dabei«, sagte sie. »Wenn uns jemand sieht...«

»Wir fahren nur eine Runde«, sagte LaChaise. »Vielleicht an einem Drive-through vorbei und besorgen uns ein paar Egg McMuffins oder so.«

»Es wird bald hell«, sagte Martin.

Als Butters zurückkam, sah er den schneefreien Fleck auf der Straße, wo Martins Truck geparkt hatte. Die Spuren führten weg. Konnte nicht mehr als ein paar Minuten her sein, dachte er. Was hatten sie vor? Er stellte Sandys Truck an derselben Stelle ab und ging hinein. Im Flur lag mitten auf dem Fußboden eine Nachricht: »Platzangst. Weg für eine Stunde. Melden uns wieder.«

Butters schüttelte den Kopf. ›Platzangst‹ war kaum ein Grund loszuziehen. Klar, er war auch draußen gewesen. Aber das war etwas anderes. LaChaise hatte ihm mal das Leben gerettet, und er war der verläßlichste Freund, den er je hatte... Aber nie hatte jemand behauptet, er sei ein Genie.

Als Lucas auf dem Parkplatz an der University und Lexington ankam, stellten die St.-Paul-Cops unter einem Lieutenant namens Allport die Mannschaft zusammen, mit der sie das Haus stürmen wollten. Vier Cops in Zivil, alle von der Mordkommission oder der Sitte in Minneapolis, standen auf dem Platz und sahen den Kollegen von St. Paul bei den Vorbereitungen zu.

Allport entdeckte Lucas und ging zu ihm, um ihm die Hand zu schütteln. »Wie geht's?«

»Können wir irgendwie helfen?«

Allport schüttelte den Kopf. »Wir haben alles im Griff.« Er machte eine Pause und sagte dann: »Ein paar von euren Jungs waren mächtig scharf darauf, mit uns zu kommen.«

»Ich halte sie zurück«, sagte Lucas. »Vielleicht könnten wir die zweite Reihe bilden.«

Allport nickte. »Geht klar. Wir sind etwas schwach besetzt, weil es so eilt. Wir müssen zuschlagen, bevor zu viele Leute auf der Straße sind.« Er sah zum Himmel, der wie immer dunkel von Schneewolken war. Aber es dämmerte. Den Horizont konnte man noch nicht sehen, aber rundum wurde es langsam heller. »Wie wäre es, wenn Sie Ihre Leute östlich postieren, drüben auf der Grotto?

Dann sind Sie einen Block von dem Haus entfernt und können schnell eingreifen, wenn etwas passiert.«

»Das ist es«, sagte Lucas. »Danke, daß Sie uns einbeziehen.«

»Also los«, sagte Allport.

Lucas gesellte sich zu den Minneapolis-Cops. »Wir sind mit zwei Kommandos in der Grotto. Viel ist das nicht. Wir verteilen uns auf der Straße. Die Kollegen von St. Paul rufen uns hinzu, sobald ihr Sturmkommando drinnen ist.«

Einer von der Sitte mit Namen Lewiston sagte: »St. Paul hat nicht gerade viele Cops aufzubieten.«

»Eine Frage der Zeit«, sagte Lucas. »Sie wollen zuschlagen, bevor zu viele Leute auf der Straße sind.«

Lewiston nickte. Das leuchtete ihm ein. Aber Stadic sagte: »Ich wünschte, wir würden die Erstürmung übernehmen. Diese verdammten Scheißkerle ...«

Lucas lächelte und sagte: »Hallo.« Und dann: »Wir wissen nicht einmal, ob überhaupt etwas dran ist. Könnte auch heiße Luft sein.«

Das Sturmkommando fuhr los, gefolgt von einer Kolonne anderer Streifenwagen und Polizisten in ihren eigenen Fahrzeugen, eine mürrische Prozession durch die engen Straßen von Frogtown. Zwei Blocks vom Zielobjekt entfernt hielt sie an. Dann gingen sie zu Fuß weiter.

Stadic fiel bewußt etwas zurück, als sie vorrückten. Die Schrotflinte hatte er unter dem Arm. Als es hieß, Davenports Information könnte heiß sein, war Bewegung ins Polizeihauptquartier gekommen. Und genau zu diesem Zeitpunkt war er in seinem Büro aufgetaucht. Also war er mitgezogen. Jetzt machte er sich seine Gedanken: Wenn sie nahe genug herankamen, könnte es sein, daß sie sogar jemanden lebend herausholten ...

Lucas marschierte zusammen mit zwei Minneapolis-Cops mit stürmischen Schritten voraus. Das war jetzt seine erste und wahrscheinlich letzte Chance: Stadic blieb hinter einer verdorrten Ulme stehen, zog sein Handy aus der Tasche und tippte auf die Kurzwahltaste.

»Ja?« LaChaise war gleich dran, als hätte der den Apparat in Händen gehalten.

»Macht, daß ihr da rauskommt«, krächzte Stadic. »Ein St.-Paul-Sturmkommando ist unterwegs zu euch. Verschwindet durch die Hintertür nach Osten, da sind sie nur zu wenigen. Haut ab.«

LaChaise war einen Moment still und sagte dann: »Wir sind gar nicht da.«

»Was?«

»Wir sitzen im Truck. Wo bist du?«

»Vor einem alten Haus in St. Paul, ein paar Blocks nördlich des Freeway… Wenn da euer Versteck ist, bleibt bloß weg. Ich kann jetzt nicht mehr reden, ich muß gehen.«

Er hörte LaChaise »Scheiße« sagen. Dann schaltete Stadic das Handy aus und eilte den anderen nach.

Butters war nach oben zur Toilette gegangen, als er durch ein Hinterfenster sah, wie einen Block weiter ein Mann unter einer Straßenlaterne durchhuschte. Er lief schnell, aber mit schweren Schritten. Kein Jogger, sondern ein bewaffneter Mann. Sofort war ihm klar, daß die Cops draußen vor der Tür waren.

Er hatte noch immer seinen Tarn-Parka an. Leichtfüßig lief er die Stufen hinunter. Unten hatte Martin die Waffen in einem offenen Flurschrank deponiert. Da waren sie außer Sicht und doch leicht zugänglich. Butters griff sich die bereits geladene AR-15 und vier volle Magazine. Die schob er in die Tasche, lud durch und ging zur Hintertür.

Der hintere Teil des Hauses lag noch im Dunklen. Er lauschte einen Moment, hörte aber nichts. Doch durch die Tür würden sie kommen. Er kehrte um, lief noch einmal quer durch das Haus, weg von der Hintertür. Er ging in Martins Schlafzimmer und versuchte, ein Fenster zu öffnen. Es klemmte. Beim nächsten ließ der Riegel sich öffnen. Er ging quietschend auf und rieb dabei die alte Lackfarbe ab. Der Geruch stieg ihm in die Nase. Aber er war wohl leise genug gewesen, dachte er. Die alten Fenterläden gaben den Blick auf ein vertrocknetes, blattloses Gebüsch frei. Eine Hecke. Er sah hinaus, entdeckte niemanden, stieß die Läden auf, spähte. Noch immer nichts. Zu dunkel draußen. Er holte Luft, glitt über die Fensterbank in den Schnee. Vor ihm war die Hecke.

Der Schnee knirschte unter seinem Gewicht an den Stellen, wo herabtropfendes Wasser eine Eisschicht auf der Oberfläche gebildet hatte. Er verharrte für einen Moment und lauschte. Auf Geräusche zu lauschen war entscheidend: Er hatte Wochen in Hochständen verbracht und den Kopf dorthin gedreht, wo es am frühen Morgen knisterte und raschelte, und hatte zugehört, wie Hirsche und Rehe zu ihren Schlafplätzen zurückkehrten, wie Füchse und Kojoten Jagd auf Wühlmäuse machten, Waldenten durch das trockene Eichenlaub raschelten, wie die frühe Sonne die Bäume vom Eis befreite und das Gras sich dem Morgen entgegenreckte. Ansel Butters hatte gehört, wie das Getreide wuchs. Und jetzt hörte er Schritte im Schnee. Sie kamen von hinten; dann noch mehr, diesesmal von vorn.

Butters duckte sich an der Hauswand und hörte das Knirschen der Schritte, die auf ihn zukamen. Ihn würden sie bestimmt nicht hören. Dafür machten sie selbst zuviel Lärm.

Stadtleute im Schnee, schwer bewaffnet. Er schlich nach links auf das Nachbarhaus zu, drückte sich an dessen verwitterte Wand. Versuchte, zu lauschen und zu spähen...

Und da kamen sie durch den Hinterhof, drei oder vier Mann. Geduckt gelangte er bis zur Hausecke, bog herum und machte sich davon. Er hatte keine andere Wahl, als diesen Weg in östlicher Richtung zu nehmen...

Wie ein Donnergrollen ertönte der Lautsprecher: »Halt, dort am Haus. Stehenbleiben...«

Nachtsichtgeräte, dachte er. Die letzten Worte waren noch nicht heraus, da wußte er schon, von woher genau die Männer aus dem Hintergrund kamen.

Er spürte die Bewegung.

Butters setzte sich zur Seite ab und feuerte eine lange, scharfe Salve auf die Gruppe, eine Art Sperrfeuer, dreißig Schuß. Das Mündungsfeuer huschte in einer schnellen Abfolge von Blitzen über sein Gesicht.

Das Gegenfeuer wurde aus kurzer Entfernung eröffnet. Sie zielten auf die Stelle, wo er gerade noch gewesen war. Im Laufen klinkte er das Magazin aus, schob ein anderes hinein, achtete auf die Mündungsblitze, gab kurze Dreier- oder Vierersalven ab, eher, um das Gegenfeuer zu unterdrücken, als selbst zu treffen.

Noch kam das Gegenfeuer aus kurzer Entfernung... Dann war er hinter einer Garage. Er spürte, daß ihm irgend etwas im Weg war, und stoppte noch rechtzeitig ab. Der Zaun war einen Meter zwanzig hoch. Er sprang hinüber, überquerte einen Hof, übersprang den nächsten Zaun, schlug sich durch eine Hecke und zerkratzte sich dabei das Gesicht, nahm den nächsten Zaun, dann wieder einen, hörte Mülltonnen hinter sich scheppern, Schreie, dann wieder Gewehrfeuer, das aber in eine andere Richtung ging, und erneut Schreie.

Er hörte seinen schweren Atem, schnappte nach Luft, versuchte, sich zu erinnern, wie viele Patronen er noch im Magazin hatte. Vielleicht sechs oder acht, dachte er, und dann noch das dritte Magazin in der Tasche.

Er fühlte sich gut, konnte laufen und operieren, er hatte es im Griff.

Rannte in östlicher Richtung

Der Lautsprecher und das Gewehrfeuer überraschten Lucas und die anderen Cops, als sie hinter ihren Wagen standen und sich leise verständigten. Sie zuckten zusammen, sahen in die Richtung, zogen ihre Waffen, gingen hinter den Autos in Deckung. Dann wurden die Funksprechgeräte über den ganzen Block hinweg aktiv, und Lucas lief zu einer Streifenwagenbesatzung der St.-Paul-Cops und wollte wissen, was los war.

»Scheiße, einer ist draußen, läuft vielleicht hier entlang«, sagte ein Sergeant.

Lucas lief wieder zurück zu seinen Leuten. »Achtung. Aufgepaßt, er könnte hier vorbeikommen...«

Butters rannte, so schnell er konnte, erreichte das Ende des Blocks. Fand einen Weg zwischen zwei Häusern hindurch und rannte in der Dunkelheit fast geradewegs gegen einen kleinen Baum. Sein Kopf bekam etwas ab, und er ging zu Boden. Doch das Gewehr behielt er in der Hand. Im Mund schmeckte es nach Blut, und der Schmerz sagte ihm, daß eine Lippe geplatzt war, vielleicht sogar stark. Er kroch weiter zur Straße und rappelte sich wieder auf.

Auf der anderen Seite hörte er Stimmen, und hinter ihm wurden es noch mehr. Er hatte keine andere Wahl. Also checkte er noch einmal das Magazin, um sicher zu sein, daß es richtig saß, und rannte auf die Straße.

Da, direkt geradeaus, hinter einem Streifenwagen: ein Cop. Viel war von ihm nicht zu sehen. Der Cop fuhr herum, duckte sich, eine Hand kam hoch...

Butters feuerte im Laufen und sah, wie der Cop hinter dem Wagen zu Boden ging.

Von rechts eröffnete ein anderer Cop das Feuer, dann ein dritter, und erwischte Butters: ein schmerzhafter Schlag, als träfe ein harter Hickoryprügel sein nacktes Hinterteil. Er wußte, was er sich eingefangen hatte. Er erwiderte das Feuer und schlüpfte zwischen den Polizeiwagen hindurch. Die Cops beschossen sich gegenseitig, als sie ihn zu treffen versuchten, und ließen sich in den Schnee fallen, um den Kugeln auszuweichen. Einige schrien...

Und Butters rannte.

Vor ihm ein Haus mit Außenbleuchtung. Jetzt spürte er den Treffer, den Schmerz – ein scharfes Brennen im Oberschenkel. Er sprang die vier Stufen der Vorderveranda hinauf, stand vor einer Eingangstür mit fast mannshoher eingelassener Scheibe und feuerte eine Salve ab. Das Glas splitterte, und er sprang durch die Tür.

An der Treppe stand ein Mann im Schlafanzug. Von oben sah eine Frau herunter.

Butters zielte mit der Waffe auf die Frau und brüllte: »Runter da.«

Ein Kind schrie. »Was ist? Was ist los, Mom?«

Lucas sah ihn von rechts kommen. Er schoß zweimal, glaubte, ihn einmal getroffen zu haben, doch der Mann war sehr schnell und rannte im Zickzack, war also schwer zu verfolgen, vor allem bei dem schlechten Licht. Der Mann feuerte eine Salve, und Lucas spürte, wie eine Kugel seine Schädeldecke streifte. Es war kein harter Schlag, eher ein kräftigeres Kratzen, wie von einem Splitter. Dann brach Butters durch die Reihe der Cops. Lucas sah das Mündungsfeuer seiner Kollegen. Sie schossen in seine Richtung, und er ließ sich fallen und schrie: »Mein Gott, aufhören...«

Als sie nicht mehr schossen, war er schnell genug wieder auf den

Ellbogen, um zu sehen, wie Butters die Stufen hinaufsprintete, auf die Tür schoß und hineinstürzte...

»Hinten herum, jemand nach hinten«, rief Lucas.

Zwei St.-Paul-Cops erwachten aus ihrer Erstarrung. Sie rannten seitlich am nächsten Haus vorbei und nach hinten. Lucas und ein Cop aus Minneapolis – Lewiston – eilten auf die Veranda zu.

»Festnehmen?« fragte Lewiston.

»Dicht ran«, sagte Lucas. »Wir werden ihn...«

»Sie sind getroffen«, sagte Lewiston. »Von ihrem Kopf fließt Blut.«

»Habe mich wohl irgendwo selbst geschnitten«, sagte Lucas. »Sie kommen von rechts...«

Butters zielte mit der AR-15 auf die Frau auf der Treppe und brüllte: »Runter da.«

Dann rief das Kind: »Mom?«

Die Frau schrie zurück: »Jim, geh zurück in dein Zimmer. Jimmy...«

Butters konnte nicht mehr denken. Sein Bein brannte wie Feuer. Der Mann stand wie erstarrt, und die Frau schrie nach dem Kind. Draußen fuhr ein Wagen vor. Er drehte sich um, sah hinaus, konnte nichts erkennen. Die Mutter schrie weiter nach dem Kind, und Butters bellte: »Runter mit deinem Arsch, hierher, verdammt noch mal. Sonst mach ich deinen Alten kalt...«

Er zielte auf den Mann im Schlafanzug, und die Frau kam die Treppe herunter. Sie hatte Angst. Ihr Gesicht war rot angelaufen, sie starrte ihm in die Augen. Sie hatte ein Flanellnachthemd an, und dieses Nachthemd, dieser Schlafanzug erinnerte ihn an etwas...

Dann tauchte der Kopf des Jungen über dem Treppengeländer auf. Er war in T-Shirt und Jockey-Unterhosen, darunter die nackten Beine. Sein Haar war vom Kopfkissen zerwühlt, und die Angst stand ihm im Gesicht.

Da erinnerte Butters sich – an den Winter, als die Cops kamen, seine Mutter und seinen Vater aus dem Bett holten und Butters nur in Unterhosen, wie dieses Kind hier, zur Treppe gekommen war... Er erinnerte sich an seine Angst und an die Kanonen, die die Cops an den Hüften getragen hatten. An die Art, wie sein Vater auf sie zuzukriechen schien, weil sie bewaffnet waren, und wie seine Mutter sich gefürchtet hatte... Hundsmiserabel war es ihnen gegangen. Ihm auch.

Und hier war es jetzt genau das gleiche. Nur hatte er nun die Waffe.

»Tun Sie uns nichts«, sagte die Frau.

»Scheiß drauf«, sagte Butters.

Er ließ das Magazin herausschnappen, schob das dritte ein, steckte das halbleere griffbereit in die Tasche.

»Zurück ins Bett«, sagte er.

Er lief durch die Tür und rannte über die Veranda auf die beiden Streifenwagen zu, die rechts am Straßenrand standen. Zwei Cops standen daneben, einer links, einer rechts, und der, der rechts stand, kam ihm bekannt vor. Er entschied sich für ihn.

Butters brachte sein Gewehr gegen Lucas in Anschlag und sah, wie dieser seine Waffe hob. Aber er wußte, daß er einen Bruchteil vor ihm soweit war...

Stadic kam angerannt. Doch er war noch dreißig Meter entfernt, als Butters aus der Tür trat. Davenport und Lewiston waren zu nah unter der Veranda, um Butters zu sehen, als er herauskam. Aber Stadic weiter draußen im Dunkeln hatte genug Zeit, anzuhalten und sich mit seiner Schrotflinte in Stellung zu bringen.

Butters richtete sein Gewehr auf Davenport. Dieser reagierte den Bruchteil einer Sekunde – vielleicht so lang wie ein ganzes Leben – nach Butters. Die Flinte ging los, eine Flamme schoß aus dem Lauf und schien fast bis in Butters' Gesicht zu schlagen.

Es wurde weggerissen.

Butters plumpste zu Boden wie ein nasser Sack.

Die Cops rundherum erstarrten zu Standbildern. Eine Sekunde später waren sie wieder in Bewegung. Die Funksprechgeräte schnarrten. Für Stadic lief alles wie in Zeitlupe ab. Sie bewegten sich auf Butters zu, und Davenport sah ihn an...

»Mann«, sagte Davenport. »Er hat mich gehabt. Sie haben mir den Arsch gerettet.«

Und Davenport klopfte ihm auf die Schulter. Ganz hinten in seinem noch benebelten Bewußtsein dachte Stadic: *Deinen und meinen.*

Lucas klopfte Stadic, der ihn mit weit aufgerissenen Augen anstarrte, noch einmal auf die Schulter und lief dann den Block hinunter zu dem Cop, der getroffen worden war. Lucas hatte beobachtet, wie er in Butters' Salve zu Boden gegangen war. Das hatte sich in ihm festgesetzt, bis er jetzt etwas unternehmen konnte.

Im gleichen Augenblick schwebte ein Hubschrauber ein und zog eine enge Runde über ihnen. Die ganze Szenerie war in Licht getaucht. Ein Kameramann saß in der offenen Tür und filmte sie.

Zwei St.-Paul-Cops kamen gleichzeitig mit Lucas bei dem zusammengebrochenen Kollegen an. Lucas kniete nieder. Der Mann war am Kopf getroffen. Die Schädeldecke war aufgerissen. Aus Nase und Ohren tropfte Blut. Seine Augen war verdreht, aber er bewegte sich noch.

»Nehmt ihn mit, er kann nicht warten, bis die Ambulanz kommt«, rief Lucas einem der Cops zu. »Legt ihn in euren Wagen...«

Sie hoben den Verletzten zusammen auf und schoben ihn auf den Rücksitz eines Streifenwagens. Ein Cop setzte sich neben ihn, der andere raste los, daß die Türen zuflogen, als er um die Ecke bog. Der Hubschrauber tauchte sie weiter in sein Licht.

»Gott im Himmel, schickt den verdammten Hubschrauber weg«, rief Lucas einem anderen Cop zu, einem Sergeant. »Weg mit ihm.«

Der Sergeant lehnte über dem Kofferraum eines Streifenwagens, zuckte plötzlich zur Seite und übergab sich mit gesenktem Kopf auf die Straße. Lucas trat zur Seite, dachte: *Das Haus. Waren da noch mehr gewesen? Was war dort abgelaufen?*

Der Sergeant sagte: »Wir hatten nicht einmal die Chance zu sagen: Hände hoch...«

»Ja, ja...« Und Lucas rannte die Straße hinunter zur Leiche von Butters. Die Schrotladung hatte sein Gesicht zerfetzt. Er war tot.

In Ordnung – jetzt das Haus.

Er stand auf und ging hin. Überall rannten Leute. Immer mehr

Cops kamen an. Auch ein Streifenbeamter aus St. Paul, ein Lieutenant, den er nicht kannte.

»Was ist passiert?« wollte er wissen.

»Wir haben ihn. Einer von Ihren Männer wurde angeschossen. Schwer verletzt. Er wird sterben.«

»Um Gottes willen.«

»Was ist im Haus vorgegangen?« wollte Lucas wissen.

»Um Gottes willen, wen hat es getroffen?« Der Lieutenant sah sich verwirrt um. »Wer ist verletzt?«

»Das Haus, das Haus«, sagte Lucas. »Was ist da vorgegangen?«

»War leer. Niemand drinnen. Nur Waffen«, sagte der Lieutenant.

»Scheiße.«

Der Lieutenant lief zu dem Sergeant, der sich inzwischen nicht mehr übergab und zitternd am Kofferraum des Streifenwagens stand. »Wen hat es erwischt, Bill, wen?«

Lucas sah auf den toten Butters am Boden.

Er ging in die Hocke, tastete sein Hinterteil ab. Butters hatte seine Brieftasche in der linken Tasche. Lucas zog sie heraus, öffnete sie und blätterte die Papiere durch: ein Führerschein aus Tennessee, gültig. Das Foto paßte.

Stadic kam um den Wagen herum. Mit weit aufgerissenen Augen starrte er den Toten an. »Ich hoffe nur, ich hoffe nur…«

»Ausgezeichnet gemacht«, sagte Lucas. Lewiston kam dazu, und Lucas fragte: »Sind Sie okay?«

»Alles klar. Bin nur etwas aus der Fassung.«

»Ging ja auch zu wie bei den Hardy Boys«, meinte Lucas. »Andy gegen Ramsey.«

»Mir geht es soweit gut«, sagte Stadic.

»Schaltet mal ab«, sagte Lucas. »Setzt euch irgendwo hin und seht, daß ihr euren Blutdruck wieder runterkriegt.«

Stadic starrte ihn an, ausdruckslos und abwesend. Dann nickte er plötzlich. »Ja. Genau. Machen wir.«

Er sagte es in einem scharfen Kommandoton, der in diesem Moment gar nicht paßte. Lucas sah den anderen Cop an. »Nehmen Sie ihn mit.« Als sie losgingen, sagte er: »Und noch einmal: danke.«

Lucas widmete sich wieder der Brieftasche und suchte nach etwas: einem Papierschnipsel mit einer Adresse, einer Notiz, einem Namen. Aber Butters trug fast nichts bei sich; eine Mobil-Kreditkarte, eine Kundenkarte von Sears, einen Jagdschein für Tennessee, den Führerschein, ein altes Schwarzweißfoto von einer Frau in einem Vierziger-Jahre-Kleid und ein neueres Farbfoto, das einen Labrador-Retriever zeigte. Viel anzufangen war damit nicht.

Der Lieutenant kam angerannt: »Die Funkzentrale hat die FAA um Verstärkung aus der Luft gebeten. Die Luftfahrtbehörde soll helfen, die Ärsche hier wegzukriegen.« Beide sahen zum Hubschrauber hoch. Und dann sagte der Lieutenant mit einem Blick auf Butters' Leiche: »Sie wissen, was für ein Glück wir hatten?«

»Weshalb?« Lucas sah auf. Sein Kopf hatte angefangen zu schmerzen, als drücke jemand einen heißen Draht darauf.

»Er war in dem Haus da«, sagte der Lieutenant. Lucas drehte sich um und sah hin.

Ein Mann, eine Frau und ein Kind blickten durch die zertrümmerte Tür. Neben ihnen stand ein Streifenpolizist, der hingelaufen war und sich um sie kümmerte. Die Frau hielt den neugierigen Jungen die ganze Zeit zurück. »Wenn er sich drinnen verschanzt hätte, hätten wir verdammt nichts machen können. Das wäre ein Alptraum geworden.«

»Ja...« Plötzlich mußte Lucas lachen. Die ganze Anspannung der letzten zehn Minuten fiel von ihm ab. »Aber sehen Sie sich an, was er mit Ihren Wagen gemacht hat.«

Der Lieutenant sah sich den einen an, dessen Seite von einer Serie von Einschüssen, vom Kotflügel bis zur hinteren Stoßstange, durchlöchert war. Ein paar Kugeln hatten das Dach durchschlagen, die Fensterscheiben waren dahin. Der Lieutenant watschelte à la Stan Laurel am Wagen entlang und sagte: »Schau mal, Ollie, wie sie mir mein Automobil lädiert haben.«

»Ich glaube, er hat nichts ganz gelassen«, sagte Lucas.

»Sicher, er sieht ein wenig mitgenommen aus«, imitierte der Lieutenant jetzt einen Gebrauchtwagenhändler. »Aber sehen Sie sich mal die Reifen an. Eins A in Ordnung.«

Jetzt lachten beide und schüttelten die Köpfe. Es war ein erleichtertes Lachen, die Angst schwand, die anderen Cops und die Leute im Haus waren außer Gefahr.

Mit Verspätung traf noch ein Hubschrauber ein, diesmal mit einem Team von TV3, ließ die Scheinwerfer über das Haus huschen und hielt sie dann scharf auf die beiden gerichtet, wie sie vor Ansel Butters' Leiche standen und lachten, ohne aufhören zu können.

Kapitel 12

Die Morgendämmerung legte sich stahlgrau über den Horizont, kalt, nichtssagend und trübe. Fünfzehn Streifenwagen blockierten die Umgebung, und ein gelbes Plastikband sperrte den Fluchtweg ab, den Butters genommen hatte. Ein halbens Dutzend Cops ging die Strecke ab und suchte nach Dingen, die er unterwegs vielleicht weggeworfen hatte – ein Sück Papier, eine Quittung, irgend etwas.

Schon am Abend vorher hatten sich Tennessee-Cops Butters' heruntergekommenes Stück Land angesehen, nachdem man ihn über seine Fingerabdrücke identifiziert hatte. Sie hatten etwas in einem Obstgarten unter Apfelbäumen entdeckt, das wie ein Grab aussah, hatten es aufgemacht und einen Labrador-Retriever mit einer Kugel im Schädel gefunden.

»Ein alter Hund, knochig, mit grauem Bart«, erstattete ein Tennessee-Cop Lucas Bericht. »Hat ihm wahrscheinlich vor ein paar Wochen den Gnadenschuß gegeben. Es war kalt genug, der Kadaver ist noch gut erhalten.«

Lucas stand neben dem zersiebten Streifenwagen und hörte sich die Details über den Hund ungeduldig an. »Wir brauchen alles, was uns in dem Haus Hinweise auf mögliche Komplizen gibt«, sagte Lucas. »Jedes Stück Papier, Telefonverzeichnisse, alles.«

»Wir nehmen das Haus auseinander«, sagte der Tennessee-Cop. »Aber als wir das Grab sahen, dachten wir, wir wären auf etwas gestoßen.«

»Hören Sie auf mit dem Grab. Wir müssen wissen, wo er gewesen ist und mit wem er zusammen war …«

»Wir haben es im Fernsehen verfolgt. Wir wissen, ihr habt da ein

Problem«, sagte der Tennessee-Cop trocken. »Wir stellen alles auf den Kopf.«

Lucas erkannte den Truck im ersten Augenblick: Das war derselbe, der an der Kreuzung heruntergebremst hatte. Absolut sicher war er nicht, aber sicher genug. Butters war unterwegs zu Smalls Haus gewesen. Wer immer ihn angerufen hatte, hatte Bescheid gewußt, hatte Sarah das Leben gerettet und wahrscheinlich auch das von Jennifer, Small und dem Jungen...

»Gehört Elmore Darling«, ließen ihn die St.-Paul-Cops wissen, als er auf den Wagen zukam. »Die Kollegen in Wisconsin sind schon unterwegs zu seinem Haus.«

»Gottverdammter Mist«, sagte Lucas. Die Frau hatte sie hereingelegt. Sie hatten sie gehabt, wieder laufen gelassen, und hier stand jetzt ihr Truck. Sie gehörte dazu.

Im Wagen fanden sie Bezinquittungen, Karten, leere Limodosen und dutzendweise Fingerabdrücke. An den Waffen, die sie im Haus gefunden hatten, waren nur unvollständige Abdrücke gewesen. Sie hatten alles mit Putztüchern sauber abgeschwischt. Nur an einem Bogen und einigen Pfeilen waren gute Abdrücke gewesen. Die waren jetzt unterwegs zum FBI.

Die Ermittlungsbeamten aus St. Paul hatten das Nummernschild des Trucks vor neugierigen Kameras abgedeckt und die lokale Presse gebeten, es nicht zu erwähnen. Aber einiges würde wahrscheinlich bald schon durchsickern. Falls die Cops drüben in Dunn County schnell genug bei den Darlings waren, konnten sie sie vielleicht überraschen – und wen immer sie sonst noch antrafen. Lucas wäre am liebsten selbst nach Wisconsin gefahren und dabeigewesen. Aber die Wisconsin-Cops würden es auch ohne ihn schaffen.

Während Lucas die Zettel und Papiere durchging, die sie im Wagen gefunden und sorgfältig in Plastiktütchen verpackt hatten, traf Del ein.

»Wie geht's Cheryl?« fragte Lucas.

»Hat Schmerzen. Sie haben ihr, als ich ging, wieder ein Sedativum gegeben. Mein Gott, ich habe von dem hier gehört und konnte es nicht glauben.«

»War ganz interessant«, sagte Lucas.

»Was ist mit deinem Kopf passiert?«

»Nur ein Streifschuß, nichts von Bedeutung.«

»Du blutest wie ein angestochenes Schwein.«

»Ach was...« Er fuhr sich durchs Haar und hatte frisches Blut an der Hand.

»Hast du etwas über den Kollegen aus St. Paul gehört?« fragte Del. »Waxman hieß er.«

Lucas suchte etwas zum Abwischen des Bluts, blieb aber stehen und fragte. »Ich wußte seinen Namen nicht. Was ist mit ihm?«

»Es kam gerade im Radio. Er ist gestorben.«

»Ach, Scheiße.« Lucas blickte die Straße hinunter. Überall liefen die St.-Paul-Cops zusammen. Die Nachricht machte die Runde.

»Im Radio hieß es, sie hätten ihn nicht einmal mehr auf den Operationstisch bekommen«, sagte Del. »Er war kaum noch am Leben, als sie ihn hereintrugen. Dreißig Sekunden später sei er tot gewesen.«

Rose Marie Roux erschien zusammen mit dem Polizeichef von St. Paul auf der Szene. Sie fanden Lucas und Del im Haus, wo sie gerade Mini-Zimt-Doughnuts aßen. Die Waffen aus dem Flurschrank lagen sorgsam ausgebreitet auf dem Fußboden im Wohnzimmer und warteten darauf, in die City geschafft zu werden.

»Mein Gott«, sagte Roux geschockt zu Lucas. »Sie sind ja angeschossen...«

»Ach was, nur ein Kratzer.« Er hielt die Hand vorsichtig an den Kopf. Der Kratzer fing an zu jucken, und als er ihn berührte, fuhr ein brennender Schmerz durch seine Kopfhaut. Er zuckte zusammen. »Es blutet nicht mehr...« Er nahm die Hand vom Kopf und betrachtete sie. An den Fingerspitzen klebte noch etwas Blut.

»Lucas«, sagte sie, »ich befehle Ihnen das jetzt. Es ist keine Frage: Lassen Sie sich versorgen.«

»Ja...«

»Alsdann«, sagte sie. Dann fiel ihr Blick auf die Waffen. »Die haben ja ein ganzes Arsenal zusammengetragen. Da haben wir Schwein gehabt.«

»Am besten sprechen Sie mit den Streifenbesatzungen«, sagte Lucas. »LaChaise ist jetzt draußen irgendwo auf der Straße. Er wird nach alten Kumpeln suchen – aus der Motorradclique, Junkies, Leute wie Dexter Lamb. Wir sollten wirklich bei Lamb vorbeischauen, möglich, daß sie dort aufkreuzen.«

»Ja, sicher ...«

»Und sorgen Sie dafür, daß die Streifen sich auf der Straße umsehen, daß sie sich die Leute vornehmen. Stellen Sie noch mehr Geld in Aussicht. Das hat gewirkt. Wenn wir diese Ärsche vor uns hertreiben und dabei ein bißchen Geld ausstreuen, dann kriegen wir sie.«

»Das machen *wir* jetzt«, sagte Roux. »*Sie* lassen sich den Kopf verbinden.«

Del fuhr Lucas ein paar Blocks weiter ins Ramsey Medical Center, wo eine Ärztin eine Lokalanästhesie vornahm, die Wunde säuberte und nähte.

»Und hier ein kleines Souvenir«, sagte die Ärztin.

Sie gab Lucas einen silbrigen Metallsplitter. Er sah aus wie ein Stückchen Lametta, war aber hart und fest – vielleicht ein abgesplittertes Stück Autoantenne.

»Wie viele Stiche?« fragte Lucas.

»Ich schätze zwölf oder dreizehn«, sagte sie und nähte sorgfältig.

Del las in einer zwei Jahre alten Ausgabe des *Golf Digest* und blickte immer mal wieder auf, um zu sehen, wie es weiterging. Als die Ärztin fertig war, sagte sie: »Okay.« Sie warf Watte und Tupfer in einen Stahleimer, nahm sich einen Augenblick Zeit und fragte dann: »Warum haben Sie gelacht, nachdem Sie diesen Mann getötet hatten?«

»Wie bitte?« Lucas verstand die Frage nicht. Del klappte das Magazin zu und starrte die Ärztin an.

»Ich habe es im Fernsehen gesehen«, sagte sie. »Sie haben direkt über seiner Leiche gestanden und gelacht.«

»Das glaube ich nicht«, sagte Lucas und versuchte, sich zu erinnern.

»Ich habe es *gesehen*«, sagte sie spitz, »ich fand es reichlich ...

geschmacklos, wenn man bedenkt, was da gerade passiert war. Auch die Moderatoren waren entsetzt. Sie haben es ›schockierend‹ genannt.«

»Ich weiß nichts davon.« Lucas schüttelte den Kopf und griff sich an die Schädeldecke, die sich jetzt taub anfühlte. Dann ließ er die Hand fallen. »Ich meine, ich glaube Ihnen – aber ich kann mich nicht erinnern, über irgend etwas gelacht zu haben. Mein Gott, wir hatten gerade einen schwerverletzten Cop in den Wagen geschoben.«

»Der Cop ist inzwischen gestorben«, sagte Del und legte das Magazin weg.

»Und ich habe niemanden erschossen«, sagte Lucas. Er glitt vom Untersuchungstisch, auf dem er gesessen hatte, und beugte sich über die Ärztin.

»Das hat sich im Fernsehen anders angehört«, sagte die Ärtzin und wich keinen Zentimeter zurück. Sie sah Del an und zog die Latexhandschuhe mit einem schnappenden Geräusch aus.

»Sie sollten nicht alles glauben, was Sie im Kino sehen«, sagte Lucas.

»Das war kein Kino – das war ein Filmbericht, und ich habe ihn gesehen«, beharrte sie.

»Der einzige Unterschied zwischen den TV-Nachrichten und dem Kino«, sagte Del, »ist, daß Kinofilme nicht so tun, als wären sie keine.«

»Ach, so ein Quatsch«, sagte die Ärztin.

»Stellen Sie sich vor, Sie haben einen Krebskranken operiert, und der Patient stirbt. Und als Sie aus dem OP kommen, sehen Sie einen befreundeten Menschen und lächeln ihn an... Wenn jemand die Szene fotografiert hat, würde sie dann etwas aussagen über Ihre Gefühle gegenüber dem Patienten und dessen Tod?«

Sie musterte ihn eine Weile und sagte: »Nein.«

»Ich hoffe es«, sagte Lucas. »Ich kann mich nicht erinnern, gelacht zu haben. Vielleicht habe ich es getan. Aber das hat nichts mit dem zu tun, was passiert ist.«

Im Hinausgehen fragte Del: »Sind wir wegen irgend etwas in Schwierigkeiten?«

»Nicht, daß ich wüßte«, sagte Lucas. Sie marschierten durch die endlosen Gänge zum Hinterausgang, wo sie den Wagen, vor den Blicken der Reporter vorn in der Lobby verborgen, abgestellt hatten. »Mit dem Fernsehen im Nacken landest du offenbar immer in der Scheiße.«

Ein Anruf von Anderson. Er hatte die diversen Ermittlungen mitverfolgt. »Die Cops aus Dunn County sind bei den Darlings eingestiegen. Sie haben den Mann... äh, Elmore Darling... erschossen in der Küche gefunden. Seine Frau ist weg. Sein Truck steht da oben, also ist sie hier irgendwo unterwegs, falls sie noch lebt.«

Lucas schüttelte den Kopf. »O, Mann. Familienfehde?«

»Schwer zu sagen, was da abgelaufen ist«, sagte Sloan. »Sie haben eine Benzinrechnung von gestern – gestern abend – gefunden, von einer Amoco-Tankstelle an der I-84 in St. Paul. Er war also dort, vermutlich in diesem Haus. Und dann wird er da drüben erschossen. Er ist zweifellos auch da erschossen worden, wo man ihn gefunden hat, das zeigen die Spuren in der Küche und das gesplitterte Holz. Schrotladung aus kurzer Entfernung.«

Lucas gab die Informationen an Del weiter, der sich das Kinn kratzte. »Das ergibt keinen Sinn.«

Lucas sagte ins Telefon: »Es werden doch überall Fingerabdrücke genommen?«

»Das nehme ich an. Sie sind jedenfalls mit der Spurensicherung da.«

»Wäre gut zu wissen, wer alles in diesem Haus war«, sagte Lucas. »Ob Sandy Darling dabei war.«

»Ich werde sie darauf hinweisen«, sagte Anderson.

LaChaise, Martin und Sandy waren mit einer Tüte Doughnuts und zwei Packungen Milch auf dem Weg zurück zum Haus gewesen, als Stadic sie angerufen und wieder weggeschickt hatte.

»Scheiße.« LaChaise war überrascht. »Sie haben uns, sie haben das Haus.«

»Vielleicht ist etwas mit Ansel passiert«, sagte Martin langsam. »Vielleicht haben sie ihn beobachtet, wie er das Davenport-Haus auskundschaftete, und sind ihm gefolgt.«

Er stoppte am Straßenrand und schaltete das Radio ein. Ein Rock'n'Roll-Oldie ertönte, und er tippte die Stationstasten durch.

Sandy sah erst ihn, dann LaChaise an und sagte: »Und nun?«

»Laß mich nachdenken«, sagte LaChaise.

»Ich will nach Hause«, sagte Sandy.

»Leck mich«, sagte Martin. Zu LaChaise sagte er: »Wir müssen untertauchen.«

»Wie wäre es mit dem Wohnwagen? Dort wären wir wahrscheinlich eine Weile sicher.«

»Wenn sie Elmores Truck haben, schnappen sie sich auch Elmore, und der wird ihnen schon vom Wohnwagen erzählen«, sagte Martin. »Wenn sie ihn unter Druck setzen, plappert er alles aus, was er weiß.«

Er fingerte noch immer an den Radioknöpfen herum und schaltete schließlich auf Mittelwelle. Fast sofort hatte er eine Nachrichtensendung drin, aber für sie waren keine Nachrichten dabei – nur Gequassel.

»Wenden wir und hauen ab«, sagte LaChaise schließlich. »Wenn es stimmt, was Stadic sagt, sind wir zu nah dran.«

»Wenn es stimmt, sollte darüber auch was im Radio kommen«, sagte Martin.

Doch er wendete und fuhr in westlicher Richtung nach Minneapolis. In dem Moment hörten sie über ihren Köpfen das Knattern eines Hubschraubers. Er flog diagonal über die Häuserblocks in Richtung Frogtown.

»Gottverdammt«, sagte Martin. »Da sind sie.«

LaChaise ging erneut die Stationstasten durch, fand aber immer noch nichts. »Fahren wir rüber nach Minneapolis. Dann sehen wir weiter.«

»Vielleicht war es gar nicht Butters, der sie auf unsere Spur gebracht hat – vielleicht Elmore«, sagte Martin. »Vielleicht ist Butters noch draußen unterwegs.«

LaChaise überlegte. »Das wird es sein.« Zu Sandy sagte er: »Gestern nacht hast du darüber mit ihm geredet, nicht? Daß ihr aussteigen wollt.«

»Nein, wollten wir nicht.«

»Erzähl keine Märchen«, brummte er. Seine Finger zuckten

über die Tasten, und dann schaltete er wieder auf den Nachrichtenkanal um. Diesmal kam etwas:

> *»... Die Polizei durchkämmt die östlichen Stadtteile in der Gegend von Dale, weil eines oder mehrere Mitglieder der Gang möglicherweise zur selben Zeit wie Butters aus dem Haus geflohen sind. Die Bewohner sind aufgerufen, auffällige Fußgänger in ihren Straßen zu melden, sich aber niemandem zu nähern. Diese Männer sind bewaffnet und offensichtlich sehr gefährlich...«*

»Na, komm schon«, sagte LaChaise ungeduldig. »Was ist passiert?«

»Sie haben Butters«, sagte Sandy. »Wenn sie wissen, daß er aus dem Haus kam, dann haben sie ihn.«

»Ja, aber ist er tot, oder lebt er?«

> *»... Gerade haben wir von unserem Reporter Tim Mead, der sich im Ramsey Medical Center befindet, erfahren, daß der bei der Schießerei verletzte Polizeibeamte aus St. Paul verstorben ist. Seinen Namen kennen wir noch nicht, und die Polizeiführung läßt verlauten, er werde auch nicht bekanntgegeben, bevor nicht ein enger Verwandter gefunden ist und es bestätigen kann. Doch nach Auskunft unseres Reporters ist er auf alle Fälle seinen Verletzungen erlegen. Neben Butters ist er nun schon der zweite Tote dieses neuesten Zusammenstoßes zwischen der LaChaise-Bande und der Twin Cities-Polizei...«*

LaChaise stöhnte auf. »O mein Gott, sie haben Ansel umgebracht. Die verdammten Hurensöhne haben Ansel gekillt.«

»Wir müssen untertauchen«, sagte Martin. »Wenn sie das Haus gefunden haben, haben sie auch meine Fingerabdrücke. Und wenn sie meine Fingerabdrücke haben, werden sie früher oder später auch nach diesem Truck fahnden. Wir haben nicht mehr viel Zeit.«

Der Highway war schneeglatt. Schließlich sagte LaChaise zu Martin: »Bieg ab und laß uns irgendwo parken. Wir müssen das jetzt besprechen. Wir sitzen in der Scheiße. Haben unsere Basis verloren.«

»Du hast deine Bulldog, und ich habe meine .45er und mein Messer.«

»Unsere schweren Waffen sind weg«, sagte LaChaise. Er klopfte auf seine Tasche und sagte: »Ich habe noch Harps Geld.«

»Dick, hör auf und hau ab«, sagte Sandy. »Laß mich raus, und ich rufe die Cops an und sage ihnen, ihr habt mich gekidnappt und wieder laufen gelassen. Ich sage ihnen, ihr seid nach Alaska oder Yukon, und dann könnt ihr nach Mexiko verschwinden.«

»Nein, das funktioniert nicht«, sagte LaChaise.

»Einen Tag hat die ganze Sache gedauert, Dick«, drängte Sandy. »Und jetzt sitzt ihr auf der Straße, ohne die meisten Waffen, ohne in diesem Truck weiterfahren zu können und ohne einen Ort, wo ihr hinkönnt.«

»Aber wir haben etwas Geld«, sagte Martin. »Damit können wir uns Waffen kaufen. Und gerade denke ich darüber nach, wo wir uns einen Wagen besorgen und wo wir uns verstecken können.«

Martin fuhr mit ihnen nach Süd-Minneapolis zu Harps Waschsalon. Der Salon war leer. Es war zu früh und außerdem zu kalt, als daß die Leute ans Wäschewaschen dachten. Sie stellten den Truck vor der Garage ab. Martin holte einen Splitthammer aus dem Werkzeugkasten. Dann gingen alle drei nach vorne. Die Tür, die ins Treppenhaus führte, war verschlossen. LaChaise stand hinter Martin, und der bearbeitete die Tür mit dem Hammer. Das Schloß war alt und hielt sie nicht lange auf. Als Martin die Tür hinter sich schloß, schnappte der Riegel wieder ein.

»Oben hat er andere Schlösser«, sagte Martin leise. »Allerbeste Qualität. Und die Tür ist aus Stahl. Aber wenn wir ihn dazu bringen, sie nur einen Spalt zu öffnen, ist die Sache gelaufen. Denn dann kommt nur noch eine lächerliche Sicherheitskette.«

Martin ging voraus die Treppe hinauf. Er machte LaChaise auf den Turm aus Pappkartons am oberen Ende aufmerksam. Sie stapelten sie um, bis sie einen schmalen Durchgang zur Tür hatten.

»Fertig?« Martin hielt seine .45er in der Hand. LaChaise zog seine Bulldog.

»Also dann«, sagte LaChaise.

Martin hämmerte gegen die Tür und drückte nebenan auf die Klingel. Dann hämmerte er noch einmal.

»Aufmachen, Harp«, rief er. »Polizei.«

Stille.

Martin versuchte es noch einmal. »Mach die verdammte Scheißtür auf, Polizei.«

Sie konnten ihren eigenen Atem hören, aber keine Bewegung, keine Schritte, kein Klappern oder Poltern, das auf die Anwesenheit eines Bewohners schließen ließ.

»Zu dieser Tageszeit müßte er doch da sein«, sagte Martin.

»Vielleicht hört er uns nicht.«

»Er würde uns hören...« Martin hielt sein Ohr gegen die Tür und blieb eine ganze Minute lang so stehen. Eine Hand hielt er hoch, damit LaChaise Ruhe bewahrte. Dann sah er LaChaise an. »Scheiße, er ist nicht da.«

»Wir müssen weg von der Straße«, sagte LaChaise.

»Ich weiß, ich weiß.« Martin betrachtete die Tür und schüttelte den Kopf. »Da kommen wir nicht rein. Und das Garagentor ist auch zu. Wir könnten versuchen, die Feuertreppe runterzukriegen.«

»Die ganze Stadt würde uns beim Klettern zuschauen«, sagte LaChaise. »Lauf runter und sieh nach, ob jemand im Waschsalon ist.«

Martin nickte, ging die Treppe hinunter, brauchte einen Moment, bis er den Riegel an der Tür wieder auf hatte, und verschwand nach draußen. Wenige Sekunden später war er wieder da. Er zog die Tür zu und rief hinauf: »Niemand.«

LaChaise trat einen Karton flach und schob ein paar andere wieder vor die Tür, bis ein Stück Wand frei war.

»Was machst du da?« fragte Martin und hetzte die Stufen hinauf.

»Das hier«, sagte LaChaise. Er schlug mit der Splittseite des Hammers gegen die Wand. Ein dreißig mal dreißig Zentimeter großes Stück Verputz brach heraus. Dahinter sah man die Latten.

»Mein Gott, das klingt ja so laut wie Dynamit«, sagte Martin und sah nach unten.

»Keiner da, der uns hören könnte«, sagte LaChaise. »Und Harp kommt nicht über diese Treppe. Also sieht er es nicht.« Er schlug noch ein paarmal gegen die Wand. »Wie wäre es, wenn du runtergehst und ein Auge auf die Straße werfen würdest? Das hier dauert noch ein paar Minuten.«

LaChaise brach ein fünfzehn Zentimeter großes Loch in die Wand, schlug mal mit dem stumpfen Teil des Hammers, kratzte dann den Schutt mit der Klaue heraus. Als das Loch groß genug war, schob er den Arm durch und entriegelte die Tür. Sie gingen hinein. Die Wohnung war leer.

»Niemand da«, sagte Martin nach kurzem Umsehen. »Aber sein Wagen ist unten. Der Continental. Vielleicht ist er zu Fuß zum Einkaufen gegangen.«

»Verschafft uns eine Verschnaufpause«, sagte LaChaise. »Aber wir müssen mit ihm rechnen. Und dürfen nichts unternehmen, bevor wir ihn haben.«

Sandy war Martin durch die Wohnung nachgegangen. Sie mußte vorher mal aus vier winzigen Apartments bestanden haben, dachte sie, und dann in eine große Wohnung umgebaut worden sein. Ein Flur teilte sie jetzt in zwei genau gleiche Hälften auf – früher war das wohl die Eingangshalle gewesen.

Man *spürte*, daß die Wohnung leer war. Mehr noch. Verlassen. Sie sah in den Kühlschrank. Er war fast leer. Sie ging durch den Flur zurück ins Schlafzimmer. Auf dem Hinweg hatte sie schon einen Blick hineingeworfen, doch jetzt ging sie hinein und sah sich um. Am Fußende des Betts lag offen ein kleiner Lederkoffer. Er war leer. Die Wohnung war ungeheizt. Sie ging ins Wohnzimmer und sah sich den Thermostaten an. Er war auf dreizehn Grad eingestellt.

»Ich glaube, sie sind verreist«, sagte sie.

»Wie bitte?« LaChaise sah sie an. »Warum?«

»Also, im Kleiderschrank sind Lücken, wie wenn sie die Kleider in Packen herausgeholt hätten. Außerdem liegt ein Koffer am Boden, als hätten sie sich für einen anderen entschieden, den ersten aber nicht zurückgestellt. Und der Thermostat steht auf dreizehn. Das tut man, wenn man für längere Zeit fort ist.«

»Hmm«, bemerkte Martin und nickte. »Man *spürt* ihre Abwesenheit.«

Martin entdeckte die beiden Anrufbeantworter. Sie standen nebeneinander. »Er hat zwei Anrufbeantworter«, sagte er. »Ob er wohl eine Nachricht hinterlassen hat?«

Er hob den Hörer ab und wählte die Nummer, die auf dem anderen stand. Es klingelte zweimal, dann sagte eine männliche Stimme: »Hinterlassen Sie eine Nachricht.« Keine weitere Ansage. Er hängte ein, nahm das zweite Telefon und wählte die erste Nummer. Und Harps Stimme sagte: »Wir sind nicht zu Hause und ungefähr am sechsundzwanzigsten zurück. Ich höre das Band täglich ab.«

»Er ist weg«, sagte Martin zu LaChaise. »Er sagt, sie sind bis zum sechsundzwanzigsten unterwegs.«

LaChaise ließ ihn noch einmal wählen, hörte die Ansage und grinste Martin breit an. »Gottverdammt. Was für ein Glück für uns!« Er hängte ein und sah sich in der Wohnung um. »Das hier ist zigmal besser als das Haus drüben. Große Klasse. Und einen Continental haben wir auch noch. Eine beschissene Luxuslimousine...« Er lachte los und schlug Martin auf die Schulter. Sogar Martin rang sich ein Lächeln ab.

Rose Marie Roux und der Bürgermeister saßen mit Lucas in Roux' Büro und ließen sich über den Vorfall bei Butters' Leiche informieren.

»Ich habe nicht geglaubt, daß ich das wirklich getan habe, bis ich dann das Band sah«, sagte Lucas. »Ich weiß nicht, warum wir gelacht haben. Wir waren gerade haarscharf an einer verdammten Katastrophe vorbeigeschrammt, und jetzt war es vorbei. Wahrscheinlich war es deswegen.« Die Erklärung hörte sich lahm an.

»Und daß der Cop aus St. Paul getötet wurde – war das keine Katastrophe?« frage der Bürgermeister.

»Das wußten wir da noch nicht. Und wir mußten fürchten, eine ganze gottverdammte Familie erschossen vorzufinden. Als Butters da gegenüber die Tür aufschoß und hineinrannte, dachte ich, wir hätten es vermasselt.«

»Die Leute vom Fernsehen fragen, warum an dem Haus, in dem

sie waren, nicht mehr Polizei zusammengezogen war. Genug, um ihn gleich zu überwältigen, wenn er auftauchte«, sagte der Bürgermeister.

»Normalerweise hätte es gereicht. Aber er hat uns kommen sehen und verfügte über ein Maschinengewehr. Außerdem war es ihm egal, ob er überlebte. Und das veränderte die Lage ganz beträchtlich. Wir haben Glück gehabt, daß nur ein Mann von uns getötet wurde. Es hätten vier oder fünf sein können. Hätte er Kampferfahrung gehabt, hätte er vielleicht gewartet, bis der Sturmtrupp halb im Haus war, und sie sich dann aus geringerer Entfernung vorgenommen.«

»So oder so ist das das Problem der Kollegen aus St. Paul«, sagte Roux. »Und was Lucas und die Lacherei angeht, glaube ich, ich kriege die Sache hin.«

Der Bürgermeister zog die Brauen hoch. »Wie?«

»Kennen Sie Richard Small vom TV3«, fragte Roux. »Er war gestern nacht bei dieser Überwachung seines Hauses dabei. Er wollte nicht gehen, und Lucas hat ihm auch seine Schrotflinte gelassen. Heute morgen habe ich mit ihm gesprochen. Für ihn sind Lucas und Del jetzt Kampfgefährten. Ich rufe ihn wegen dieses Lachzwischenfalls an und warum ihnen das passiert ist – aus Erleichterung oder Hysterie – und wie unfair es ist, ihnen deswegen an die Karre zu fahren. Er leitet TV3 sozusagen. Wenn er dem Ganzen eine andere Sicht verleiht, kriegen wir es zurechtgerückt. Und er tut das bestimmt. Als ich heute morgen mit ihm sprach, war er immer noch damit beschäftigt, seine Flinte zu entladen und neu zu laden.«

Der Bürgermeister sah von Lucas zu Roux. »Tun Sie das«, sagte er und nickte. »Legen Sie die Betonung auf die Frage der Fairneß und die Rolle, die sein Kampfgefährte in der ganzen Sache gespielt hat.«

An Lucas gewandt sagte er: »Und Sie sehen zu, daß Sie unsichtbar und mit Ihrem Arsch aus der Schußlinie bleiben.«

»Ich werde es versuchen«, sagte Lucas.

Das Morddezernat hatte sich in einen Stabs- und Lageraum für strategische Kriegsführung verwandelt. Aktenschränke und

Schreibtische hatte man in die Ecken geschoben, dafür zwei Tische nebeneinandergestellt und darauf eine wachsbeschichtete Karte der Twin Cities im Format zwei mal zwei Meter ausgebreitet. Sherrill war auch wieder dabei, mit ihrer .357er am Gürtelclip.

»Bist du okay?« frage Lucas.

»Ja. Für Mike ist alles arrangiert. Und ich habe mich ausgeweint.«

»Einen von ihnen haben wir schon erwischt«, sagte Lucas.

»Nicht den, den ich haben will. Noch nicht«, sagte Sherrill und schüttelte den Kopf. »Wir haben den, der Kupiceks Frau auf dem Gewissen hat. Ich will den dritten. Den, den wir noch nicht kennen.«

Anderson kam herein, sah Lucas und ging auf ihn zu: »Ich habe eine Menge neuer Unterlagen, wenn du sie brauchst.«

Sie unterhielten sich eine Viertelstunde über das, was die Tennessee- und Wisconsin-Cops in Erfahrung gebracht hatten, vor allem über den Tod von Elmore Darling. »Wir haben außerdem Fotos von Sandra Darling, die wir herausgeben können. Aber ich weiß nicht recht. Ich weiß nicht, ob sie wirklich mit diesem LaChaise zusammensteckt oder wir sie am Ende irgendwo tot im Straßengraben finden.«

»Sie steckt mit ihm zusammen«, sagte Sherrill.

»Warum glaubst du das?« fragte Lucas.

»Ich weiß nicht. Ich glaube es einfach. Wenn sie sie schon töten wollten, warum dann nicht beide? Ich wette, sie treibt es mit LaChaise. Oder vielleicht mit dem anderen Kerl. Ich wette, sie hat diese Geschichte im Beerdigungsinstitut zusammen mit diesem zweiten Kerl inszeniert … «

»Bonny and Clyde«, sagte Lucas.

»Eher Dick und die Doofe«, sagte Sherrill.

LaChaise, Martin und Sandy Darling klebten am Fernseher. Die Kamera fing eine winterliche Straße ein, auf der eine Frau im langen Wollmantel und mit Pelzmütze stand und ins Mikrophon sprach.

»… rasten mit dem verwundeten Beamten ins Krankenhaus, doch er verstarb Sekunden nach ihrer Ankunft. Gerade, als dies passierte, sah man Chief Davenport und Lieutenant Selle lachend über der Leiche des Schützen stehen, der die Todesschüsse abgegeben hatte… «

Es folgte eine Einspielung, die aus der Luft aufgenommene Sequenz, die einen uniformierten Polizisten und eine männliche Person in Zivil zeigte, die über etwas gebeugt standen, das wie ein Klumpen Kleider auf der Straße aussah. Das mußte Butters sein. Und die beiden Cops lachten, da gab es keinen Zweifel.

Dazu die Stimme der Reporterin: »… hat die Polizei es abgelehnt, die Namen des oder der Beamten zu nennen, der oder die Butters wirklich erschossen haben. Diese würden erst bekanntgegeben, wenn LaChaise und die Mitglieder seiner Bande festgenommen seien. Doch niemand hat in Abrede gestellt, daß Deputy Chief Lucas Davenport mit in die Schießerei verwickelt war und selbst verletzt wurde. Momentan aber sei, so eine Sprecherin der Polizei, wegen der Bedrohung, der die Familien der Beamten ausgesetzt seien, eine umfassende Offenlegung nicht zu verantworten…«

»Sieh dir die Ärsche nur an«, sagte LaChaise.

Martin runzelte die Stirn, als der Ausschnitt mit Davenport und Selle noch einmal lief. »Allzu glücklich sehen sie nicht aus«, sagte er.

»Sie lachen«, schnauzte LaChaise ihn an. »Sie lachen.«

LaChaise stürzte zum Fernseher, fletschte die Zähne und schlug die Hände zusammen. Sein wütender Applaus schallte durch das Zimmer. Er ging zum Fenster, sah durch die Jalousie auf die Straße, horchte und ging zum Fernseher zurück.

»Der Cop, der da lachte – sie sagen, es war Davenport, nicht? Der Typ auf unserer Liste?«

Als wolle sie auf seine Frage antworten, sagte die Reporterin: »Die Kette der Ereignisse wurde ausgelöst, als Chief Davenport gestern abend ein Team zur Überwachung des Hauses bereitstellte, in dem seine Tochter wohnt. Die Mutter ist die TV3-Korrespondentin Jennifer Carey, die jetzt mit dem Vizepräsidenten des Senders, Richard Small, zusammenlebt… «

Sie erzählte die ganze Story, die wieder mit dem Ausschnitt der lachenden Cops über Butters' Leiche endete.

»Wir werden diese Schweinehunde umnieten«, schrie LaChaise Martin zu.

»Wir müssen aufpassen, Dick«, sagte Martin. »Wir können nicht mit halber Kraft angreifen, wenn wir irgendwelche Erfolge sehen wollen.«

LaChaise stiefelte durch die Wohnung, trat gegen die Wände, sah schließlich Sandy an und sagte: »Warum, zum Henker, tust du nicht etwas Nützliches? Geh in die Küche und koch uns was.«

Sie stand wortlos auf, ging in die Küche und sah sich in Schränken und Regalen um. Sie fand nicht viel außer ein paar Konserven, schüttete einige Dosen Dinty-Morre-Rindfleischeintopf in einen Kochtopf, stellte ihn auf den Herd und machte Kaffeewasser heiß.

»Wenn wir uns hier länger als für ein paar Stunden einquartieren wollen, brauchen wir Lebensmittel«, sagte Sandy und trug den Eintopf ins Wohnzimmer. Die beiden Männer saßen auf der Couch und sahen weiter fern. Während sie aßen, brachte ein Reporter einen Nachruf auf den toten Cop. Der Moderator schnitt ihn mitten im Satz ab und meldete mit zitternder Stimme eine dringende Durchsage.

»In Dunn County in Wisconsin ist die Polizei in das Haus von Dick LaChaises Schwägerin und ihrem Mann, Sandy und Elmore Darling, eingedrungen. Laut aktuellem Stand der Dinge wurde Elmore Darling in der Küche des Landhauses erschossen aufgefunden. Seine Frau Sandy ist derzeit unauffindbar.«

Auf dem Bildschirm erschien ein fünf Jahre alter Schnappschuß von Sandy Darling. »Elmore!« schrie Sandy auf.

LaChaise grinste. Du hast ein paar Pfund zugenommen«, sagte er und zeigte auf das Foto.

Sie hatte die Hände vors Gesicht geschlagen. »Sie haben Elmore umgebracht.« Sie sah Martin an und dann LaChaise. »Mein Gott, sie sagen, Elmore ist tot. Sie haben Elmore umgebracht. Elmore ist tot.«

»Könnte eine Finte sein«, sagte Martin gleichgültig, geradezu desinteressiert. »Vielleicht haben sie ihn eingelocht. Wollen nicht, daß irgendwer das erfährt.«

»Das glaube ich nicht«, sagte LaChaise. Der Fernsehmoderator sprach weiter, und dann sagte Martin: »Denke eher, nein.«

»Nein, nein ... «, sagte Sandy und hing an den Lippen des Sprechers.

»Du hast ihn ohnehin nicht sehr gemocht«, sagte LaChaise.

Tränen liefen ihre Wangen hinab. »Den Tod habe ich ihm nicht gewünscht. Sterben sollte er nicht.«

LaChaise zuckte mit den Schultern. »Pech gehabt.«

»Ich frage mich, ob das die Cops waren«, sagte Martin. Seine Stimme klang gelassen, ohne wirkliche Bewegung. Er war einfach nur neugierig.

LaChaise dachte eine Weile nach. »Müssen es gewesen sein. Wer sonst?«

Er sah Sandy an, die sich vom Fernseher abwandte und in einen Sessel fiel. »Niemand wollte Elmore töten«, sagte sie, und dann, nach einer Minute: »Wer hat Elmore getötet?«

Stadic ging durch den Flur seiner Wohnung. Er war völlig überdreht und aus dem Gleichgewicht und suchte gerade nach seinen Schlüsseln, als sein Handy zirpte. Er zog es aus der Tasche. »Ja?«

Ohne Umschweife fragte LaChaise: »Was war mit Butters? Und was ist mit Elmore passiert?«

»Mein Gott, wo steckt ihr?« sagte Stadic in besänftigendem Ton. »Ihr wißt, was draußen abläuft?«

»Wir sind bei Freunden«, sagte LaChaise. »Wir haben alles im Fernsehen verfolgt. Wer hat Butters erschossen?«

»Natürlich Davenport. Ich habe dir gesagt ... «

»Wir haben es uns gedacht. Was ist mit Elmore passiert?«

»Davon weiß ich nichts. Als ich es hörte, dachte ich, ihr wart es.«

»Wir waren es nicht«, sagte LaChaise. Er zog an seiner Unterlippe. »Vielleicht die Cops in Wisconsin.«

»Oder die aus Michigan«, meinte Stadic. »Da laufen ein paar Typen aus Michigan rum, und die sind stinksauer wegen dieses Aufsehers, dem du die Kehle durchgeschnitten hast.«

»Ja, tu also deine Arbeit«, sagte LaChaise. »Fahr zu dieser Scheißbude und krieg raus, wer es war.«

»Okay«, sagte Stadic. »Aber hör zu – die Frauen in dem Hotel da ... Wie ich höre, werden sie langsam zickig. Sie wollen da raus.

Davenports Freundin geht wieder zurück zur Arbeit. In der Universitätsklinik von Minnesota.«

»Wie heißt sie? Von ihr haben wir keine Versicherungsunterlagen.«

»Weil sie nicht verheiratet sind und du mir nicht gesagt hast, wofür du die Informationen brauchtest. Ihr Name ist Weather Karkinnen, und sie ist dort als Ärztin beschäftigt. In der Chirurgie.«

»Wer noch? Wer verläßt sonst noch das Hotel?«

»Jennifer Carey, die TV-Reporterin. Sie ist die Mutter von Davenports Tochter... Sie geht auch wieder zur Arbeit, aber sie wird unter ständiger Bewachung stehen. Außerdem haben sie da extra gesicherte Türen und so was. An die wird schwer heranzukommen sein.«

»In Ordnung. Finde das über Elmore heraus, wenn du kannst.«

LaChaise hängte ein, zog noch einmal die Unterlippe herunter und dachte nach. Nach einer Weile sagte Sandy: »Und?«

»Davenport hat Butters erschossen... Und die Frauen werden zunehmend unruhiger, daß sie eingeschlossen sind. Sie gehen wohl wieder zur Arbeit.«

»Wahrscheinlich mit Bodyguards«, sagte Martin. »Weißt du was? Wir nehmen Harps Wagen, fahren zum Supermarkt und holen uns was zu essen. Den Truck stellen wir besser irgendwo ab. Gefällt mir zwar gar nicht, ihn aufzugeben, aber es ist wohl das beste.«

Sandy saß zusammengekauert in ihrem Sessel und hörte nichts davon.

Elmore war tot.

Sie war mit schuld daran, und das konnte sie kaum ertragen.

Kapitel 13

Weather Karkinnen lag auf ihrem Hotelbett und war wütend: Das Fernsehen brachte die neuesten Nachrichten. Die Sprecher produzierten sich vor laufender Kamera, als gäbe es außer ihnen nichts auf der Welt; aber etwas Neues zu melden hatten sie nicht. Weather sah auf die Uhr: zwei Uhr nachmittags.

Lucas hatte gesagt, er wolle um zwölf vorbeischauen, dann aber wieder abgesagt. Er hatte ihr von der Lacherei erzählt. Sie hatte die Szene bis dahin nicht gesehen, sie dann aber im Fernsehen verfolgt. Die Sender brachten sie ungefähr alle zwanzig Minuten, und auch die überregionalen Stationen hatten sie in ihre Berichte aufgenommen.

Lucas hatte gesagt, das Gelächter sei ein hysterischer Anfall gewesen oder so etwas Ähnliches. Sie glaubte ihm das nur zur Hälfte. Sie lebte schon lange genug mit ihm, um die Genugtuung zu spüren, die ihm Schießereien bereiteten, und je tödlicher sie ausgingen, desto besser. Vielleicht spielte da so etwas wie Todessehnsucht mit. Manchmal konnte sie, wenn er über seine Welt sprach, diese kaum an dem Ort wiederfinden, wo sie selber lebte. Sie saßen zusammen im Auto, fuhren durch die Stadt, und sie sah durch die Fenster schöne Häuser, gepflegte Gärten und Kinder auf ihren Rädern vorbeifahren. Und was sah er zur gleichen Zeit? Huren, Junkies, Pädophile und Fassadenkletterer, die sich inzwischen zur Ruhe gesetzt hatten.

Anfangs war das alles interessant für sie gewesen. Später fragte sie sich, wie er damit fertig wurde, mit diesem ewigen Gestank des Perversen, des Wahnsinns, einer aus den Fugen geratenen Welt. Noch später begriff sie, daß er genau das brauchte...

Wieder sah sie auf die Uhr; drei Minuten nach zwei. Verdammt. Länger wollte sie nicht mehr hier herumsitzen. Dieser LaChaise mochte ein noch so schlimmer Mensch sein, er konnte doch nicht über ein Nachrichtensystem verfügen, das ihn darüber auf dem laufenden hielt, wo sie gerade war – falls er überhaupt von ihr wußte und nach ihr suchte, was sie bezweifelte.

Und selbst wenn er tatsächlich wußte, wo er nach ihr suchen mußte – in der Menge wäre sie eine von tausend und noch mehr Frauen, die in schwere Wintermäntel vermummt, die Gesichter hinter Schals versteckt, durch die Kälte stapften. So konnte sie niemand entdecken, nicht einmal das FBI oder die Cops aus Minneapolis, niemand, und noch weniger irgendein Killer.

»Also dann«, sagte sie sich. Sie sah zum dritten Mal auf die Uhr. Eine Operation, die für heute morgen angesetzt gewesen war, hatte sie schon verpaßt. Doch an der für vier Uhr vorgesehenen

Mitarbeiterbesprechung konnte sie noch teilnehmen. Und für morgen konnte sie sich auf den Plan setzen lassen. Die Operation am nächsten Morgen würde nichts Großes sein – Entfernung eines Melanoms und Einsetzen eines Transplantats –, aber die würde sie wieder machen. Sie griff sich ihren Sweater, zog ihn über den Kopf und sah gerade nach, wieviel Geld sie noch in der Tasche hatte, als es klopfte. Sie öffnete. Vor ihr standen eine blonde Frau und ein kleines Mädchen. Sie erkannte sie sofort.

Die Blonde lächelte sie an. »Ich bin Jennifer Carey ... «

»Ich weiß, wer Sie sind«, sagte Weather und lächelte zurück. »Lucas hat mir von Ihnen erzählt. Kommen Sie herein. Hi, Sarah.« Sie und Sarah waren schon alte Freundinnen.

Jennifer war hochgewachsen, schlaksig, eine sportliche Frau mit Hochschulabschlüssen in Ökonomie und Journalismus. Sie bemerkte Weathers Sweater. »Im Aufbruch?«

»Endgültig. Ich halte es hier nicht mehr aus«, sagte Weather. »Sonst drehe ich noch durch.«

»Ich fahre Sie, wenn Sie wollen«, sagte Jennifer. »Falls Sie nicht mit dem eigenen Wagen da sind.«

»Lucas hat mich hergebracht, ich komme gerne mit. Demnach arbeiten Sie auch draußen?«

»Ja. Sloans Frau ist hier im Hotel. Sie paßt für mich auf Sarah auf. Ich lasse Lucas nicht allein den Spaß, wenn er sich mit seiner Kanone auf die Jagd begibt.«

»Daddy hat einen Mann erschossen«, sagte Sarah feierlich und sah zu Weather auf.

Weather setzte sich auf ihr Bett, so daß sie sich auf gleicher Höhe anschauten. »Das glaube ich nicht, Liebes. Ich habe vor ein paar Stunden mit ihm gesprochen, und er hat mir gesagt, ein anderer Polizist hat geschossen.«

»Im Fernsehen haben sie gesagt, er war es«, sagte Sarah. Ihre großen Augen hatten das gleiche sanfte Blau wie die von Lucas.

»Na ja«, sagte Weather, »vielleicht haben sie sich in diesem einen Punkt geirrt.«

Jennifer ging in Gedanken versunken durch das Zimmer und ließ sich in einen Schreibtischsessel fallen. »Wie ich höre, werden Sie und Lucas heiraten. Schon ziemlich bald.«

»Das haben wir vor«, sagte Weather.

»Viel Glück«, sagte Jennifer. Sie sah aus dem Fenster auf die Straße. »Ich... also, wir haben vor Jahren auch einmal davon gesprochen. Aber es wäre nicht gutgegangen. Ich hoffe, das tut es bei euch. Unter seiner Macho-Tünche ist er ein guter Kerl, und ich würde mich freuen, ihn glücklich zu sehen.«

»Das macht mich neugierig«, sagte Weather. »Meinen Sie, es könnte ein Problem werden? Mit dem Glücklichsein?«

Jennifer schüttelte den Kopf und drehte sich zu Weather um. »Er hat einen sehr dunklen Zug an sich, einen dunklen katholischen Zug. Und sein Job... Ich weiß nicht, wie er ihn aushält. Ich weiß, was er tut, weil ich es miterlebt habe, aber ich bin auf Distanz dazu gegangen. Ich meine, ich erlebe täglich meine ausgebrannten Kollegen aus dem Nachrichtengeschäft, und die sind immer noch ein gutes Stück von dem entfernt, was Lucas macht.«

Weather nickte und ging jetzt selbst zum Fenster. Der Himmel und das matte Tageslicht kündigten einen erneuten Schneeschauer an. Es war grau und trübe. »Ich weiß, was Sie damit sagen wollen – ich würde lügen, wenn ich sagte, ich dächte nicht daran«, sagte sie. »Ich spüre es. Auch bei Del spüre ich es, fast genauso schlimm. Und Sloan hat es ebenfalls. Doch für den ist es in erster Linie ein Job. Für Lucas ist es... sein Leben.«

»Das ist dieser katholische Aspekt«, sagte Jennifer. »Es ist, als wenn er mit einem Ungeheuer kämpft und das Problem damit löst, daß er ein noch schlimmeres Ungeheuer wird... Und wenn er dann gewonnen hat, wird er wieder zu Lucas, dem guten Kerl.« Plotzlich wurde sie rot. »Mein Gott, so sollte ich nicht mit einer Frau über ihren Zukünftigen reden. Es tut mir leid.«

»Nein, nein«, sagte Weather. »So was brauche ich. Ich bin noch dabei, mir klarzumachen, worauf ich mich da einlasse.« Sie sah Sarah an. »Ich hätte gern ein Kind, bevor es zu spät ist... genau so eines wie dieses.«

»Ich werde mal Fernsehreporterin«, sagte Sarah.

»Nur über meine Leiche«, sagte Jennifer. »Du solltest Chirurgin werden wie Dr. Karkinnen.«

»Haben Sie über den Bankraub bei der Union Credit berichtet, bei dem die beiden Frauen getötet wurden?« fragte Weather sie.

»Berichtet habe ich nicht, aber ich habe mit allen Leuten gesprochen, die es getan haben. Ich produziere eher Filme zu langfristigen Themen. Im Augenblick machen wir etwas über die Arbeit der Nachrichteneinheiten bei der Polizei.«

»Was glauben Sie, war es eine Exekution?«

»Nein, das war es nicht. Ich nehme ihnen ab, daß keiner es zu dem Zweck inszeniert hat. Aber Sie kennen Lucas. Er neigt dazu, die Dinge so vorzubereiten, daß sie einen solchen Verlauf nehmen.« Sie brach wieder ab. »Meine Güte, ich höre mich ja an... Ich weiß nicht. Als versuchte ich, den Kerl fertigzumachen.«

»Das geht schon in Ordnung – ich weiß, was Sie sagen wollen«, sagte Weather. Sie griff nach Mantel, Hut und Fäustlingen und lächelte Jennifer zu. »Fertig zum Aufbruch?«

Lucas war außer sich, als er erfuhr, daß Weather das Hotel verlassen und Jennifer sie mitgenommen hatte.

Er rief in der Klinik an, aber man sagte ihm, Weather sei in einer Besprechung und dürfe nicht gestört werden. Jennifer erreichte er beim TV3. Er schnauzte sie an, und sie legte auf. Er rief noch einmal an, bekam sie erneut an den Apparat und fragte nach Sarah.

»Sie ist bei Sloans Frau«, sagte Jennifer. »Es geht ihr gut. Sie sitzt vorm Kinderkanal und ißt Pizza.«

»Hör mir zu, ich will Weather wieder in dem Scheißhotel haben...«

»Hey, Lucas. Sie gehört dir nicht. Wenn du sie in dem Ton anrufst, kriegst du von ihr dieselbe Antwort wie von mir. Du kannst mich mal. Laß mich in Ruhe.«

Und sie hängte ein.

»Hört mal«, sagte LaChaise. »Sie werden eure Fingerabdrücke in dem Haus finden. Dann haben sie von uns allen Fotos. Wir müssen etwas unternehmen, bevor sie soweit sind.«

»Von mir werden sie keine neueren Fotos finden«, sagte Martin. »Aber vielleicht sollten wir unser Aussehen etwas verändern.«

»Und wie?«

Martin zuckte mit den Schultern. »Ich weiß nicht – du hast diesen Bart, und den haben sie in der Kiste lang und breit gezeigt.

Vielleicht rasierst du ihn ab und färbst deine Haare grau. Zum Teufel, mit grauen Haaren sehen wir beide dann ein gewaltiges Stück älter aus.«

LaChaise sah in Richtung Schlafzimmer. Sandy machte die Betten und sang dazu. Kein glückliches Lied. Es klang, als verlöre sie es gerade. Sie sang es für sich, ein leiser Singsang.

»Sandy könnte es machen«, sagte LaChaise.

»Ich glaube, das wäre ein Schritt vorwärts«, sagte Martin. »Dann könnten wir raus und die Lage erkunden.«

»Dann mal los«, nickte LaChaise. »Ich will wieder auf die Straße. Diese Weather finden. Und Davenport selbst. Und die Cops. Wir schnappen uns die Cops.«

Sandy stimmte zu, ihnen die Haare zu färben. Sie sagte es so gleichgültig, daß es LaChaise provozierte. »Was ist los mit dir?«

»Als wir hier reingerieten, sagte Elmore, in zwei, drei Tagen wären wir alle tot. Er wollte zu den Cops gehen, und ich habe es ihm ausgeredet.«

Martin und LaChaise sahen einander an, und dann sagte LaChaise: »Warum? Warum hast du es ihm ausgeredet?«

»Weil ich glaubte, ich könnte die Dinge anders regeln. Euch hier wegbekommen. So tun, als hätte ich nichts mit der Sache zu tun gehabt. Ich bin jetzt schon im Fernsehen, und Martins Identität haben sie in Kürze. Elmore hatte recht. Er ist schon tot, und Butters ist tot. Und es sind noch keine vierundzwanzig Stunden vergangen. Wenn Elmore recht hat, bleiben uns höchstens noch zwei Tage. Dann sind wir alle tot.«

Sie sah LaChaise an. »Willst du sterben?«

Martin antwortete: »Das ist nichts Besonderes.«

LaChaise sagte zuerst gar nichts. Dann zeigte er mit dem Finger auf sie: »Diesen Mist will ich nicht mehr hören. Geh mit Martin los und besorg das Zeug für die Haare.«

»Mein Foto ... «

»Du siehst nicht aus wie auf dem Bild – niemand wird dich erkennen«, sagte LaChaise. »Wir brauchen was Ordentliches.«

»Ich lege am besten ein paar Extra-Stops ein«, sagte Martin. »Mein Foto erscheint auf dem Schirm, sobald sie meine Fingerabdrücke identifiziert haben. Aber wenn ich mich auf den Weg mache, könnte ich bei ein paar Freunden anklopfen und sie um geeignete Waffen bitten... Es sind Jungs, die ich von den Shows kenne. Und dann sollten wir früher oder später den Truck abservieren.«

»Das können wir heute abend tun«, sagte LaChaise. »Nimm den Continental und stell dafür den Truck erst mal in die Garage.« Er klatschte in die Hände. »Sieh zu, ob du ein paar ARs kriegst...« LaChaise grub in der Tasche nach dem Geld, das Butters Harp abgenommen hatte. »Ein paar tausend?«

»Am besten vier«, sagte Martin.

»Ruf mich an, bevor du mit jemandem redest – ich behalte das Fernsehen im Auge wegen deines Fotos«, sagte LaChaise. »Und vielleicht rufe ich Stadic noch einmal an. Mal hören, ob er was erfahren hat.«

Sie gingen zu einem Snyder's Drugstore. Martin hielt sich ganz nah neben ihr. Sandy wußte, daß sie losrennen würde, sobald sie die kleinste Chance sah. Aber Martin wußte das auch, dachte sie. Sie gingen durch den Laden und legten Bleich- und Färbemittel in den Einkaufskorb. Martin sah sich einen großen Erste-Hilfe-Koffer an und nahm ihn schließlich vom Regal. »Müssen früher oder später Dicks Verband erneuern«, sagte er leise zu ihr.

Nicht weit von der Kassenschlange stoppte er an einem Stand mit kommerziellen Jagdködern und drehte sie in der Hand. Von dem Zeug hatte er immer einiges bei sich. Während er sich das Angebot ansah, entdeckte Sandy in der Nähe der Pharmazie-Abteilung ein Telefon.

»Hast du mal einen Quarter? Ich will Dick anrufen.«

»Ja«, sagte Martin abwesend. Er wühlte in der Tasche und gab ihr ein 25-Cent-Stück. Sie ging zum Münztelefon und tippte die Nummer ein. LaChaise meldete sich.

»Neuigkeiten?« fragte sie.

»Nichts. Immer der alte Kram«, sagte er. »Ich nehme jetzt eine Mütze voll Schlaf.«

Sie hängte ein und sah das Schild unten am Apparat. Notruf 911 – gebührenfrei. Sie sah zu Martin hinüber. Er hatte sich gerade in die Kassenschlange eingereiht und drehte ihr den Rücken zu. Sie hob den Hörer wieder auf, biß sich auf die Lippen und wählte.

Sofort meldete sich eine Frauenstimme.

»Handelt es sich um einen Notfall?«

»Ja, ich muß unbedingt mit Detective Davenport sprechen.«

»Es tut mir leid, aber hier ist...«

»Bitte, bitte, bitte. Ich muß ihn sprechen, sonst bringen sie mich um.«

»Sind Sie denn in diesem Moment in Gefahr?«

»Nein. Ja... Ich weiß nicht.«

»Einen Augenblick, bitte.«

Lucas machte gerade auf einer Luftmatratze ein Nickerchen in seinem Büro. Die Matratze war ungemütlich und kühl, aber das Büro dunkel und ruhig, und so war er für anderthalb Stunden eingeschlafen. Das Telefon weckte ihn.

»Lucas, wir haben einen Anruf über 911. Die Frau will Sie sprechen, aber sie ist sich nicht sicher, ob sie wirklich in Gefahr schwebt. Sie ruft aus einem Snyder's im Südend an. Wir haben noch niemanden losgeschickt.«

»Okay«, sagte Lucas verschlafen. »Stellen Sie durch.«

»Sollen wir mit drauf bleiben?«

»Sicher... es sei denn, ich sage etwas anderes.«

Es klickte in der Leitung, und die Zentrale sagte: »Sprechen Sie, Ma'am. Chief Davenport ist am Apparat.«

»Hallo?« sagte Lucas.

»Spricht da Detective Davenport?« Eine weibliche Stimme, zögernd. Irgendwie kam sie ihm bekannt vor.

Er setzte sich auf. Konnte das...? »Ja, wer sind Sie?«

»Hier ist Sandy Darling, ich bin mit Bill Martin draußen. Sie werden mich umbringen.«

Mein Gott, dachte Lucas. Er betete, daß die Zentrale eine Streife losschickte. »Wenn Sie bleiben, wo Sie sind, sind Sie in Sicherheit...«

»Nein, nein, Martin steht in Rufweite. Ich muß mit jemandem reden, ich muß weg von hier.«

Ihre Stimme war ein rauhes Flüstern. Das war kein Schwindel.

»Sie wollen sich neue Waffen besorgen«, fuhr sie fort. »Sie bringen jeden um, der ihnen zu nahe kommt. Ein Polizist arbeitet mit ihnen zusammen. Einer von euch.«

»Was für ein Polizist?«

»Ich muß ...«

»Bleiben Sie noch dran ...«

»Können Sie mir einen Anwalt besorgen? Lassen Sie mich mit einem Anwalt reden? Ich habe alles getan, was sie wollten. Sie haben mich einfach mitgenommen ...«

»Aber sicher, aber sicher«, sagte Lucas. »Wir kümmern uns um Sie, Sie bekommen alle rechtliche Hilfe, die Sie brauchen, jeden Schutz, den Sie brauchen. Bleiben Sie nur, wo Sie sind ...«

Sandy hatte Angst, sich umzudrehen, hatte Angst, Martin könnte hinter ihr mit dem Messer auftauchen. »Das geht nicht«, sagte sie. »Ich muß los. Holt mich raus.«

»Rufen Sie wieder an«, sagte Lucas. »Rufen Sie uns an. Sie müssen nicht einmal ein Wort sagen. Nur unsere Nummer wählen, den Hörer neben die Gabel legen oder nur ›Sandy‹ sagen, und dann kommen wir und holen Sie raus ...«

»Ich muß jetzt ...«

Dann legte sie auf.

»Hallo? Hallo?«

Die Zentrale schaltete sich ein: »Lucas, sie ist weg. Drei Wagen sind unterwegs. Wir haben sie gleich losgeschickt, als sie ihren Namen sagte. Aber das ist höchstens drei oder vier Minuten her.«

»Gott im Himmel. Hören Sie zu: Geben Sie den Streifen durch, daß wir heute früh bei Butters automatische Waffen gefunden haben, falls sie das nicht schon wissen.«

»Trommeln Sie alles zusammen, alarmierern Sie alles, was verfügbar ist. Es könnte zu einer Verfolgungsjagd kommen ... Wie viele haben bei Ihnen das Gespräch mitgekriegt?«

»Nur zwei.«

»Behaltet es für euch. Wenn es uns nicht gelingt, sie abzufangen, und von ihrem Anruf sickert etwas durch, ist sie so gut wie tot.«

»Verstanden ... Reden Sie selbst mit Chief Roux ... wegen dieses Polizisten?«

»Ja. Das bespreche ich direkt mit ihr.«

Lucas hängte ein und eilte um den Schreibtisch zur Tür. In dem

Moment ging sie auf, und er wäre fast dagegengeprallt. »Boing«, sagte Anderson.

»Ich habe es eilig«, sagte Lucas.

»Nur eine zehntel Sekunde«, sagte Anderson. »Kennst du einen Menschen namens Buster Brown? Wie die Schuhmarke?«

Lucas dachte scharf nach. »Buster? Ja, kenne ich.«

»Er will dich sprechen. Sagt, es ist dringend. Wegen LaChaise, es gehe um Leben und Tod.« Er drückte ihm einen Zettel mit einer Nummer in die Hand. »Er sagt, er ist zu Hause.«

»So? In Ordnung.« Lucas ging an seinen Schreibtisch zurück. Er hob den Telefonhörer ab und tippte die Nummer ein. »Ein ganzer dicker Hund kommt auf uns zu«, sagte er gleichzeitig zu Anderson. »Hol Lester und schick ihn ins Chefbüro. Wir treffen uns da. Jetzt gleich... Und, hör mal, hast du einen Kaugummi für mich? Ich habe einen Geschmack im Mund, als hätte ich eine tote Maus verzehrt.«

»Nein, aber Lester hat eine Tube Zahnpasta in seiner Lade.«

»Bin gleich bei ihm«, sagte Lucas. Beim ersten Läuten wurde abgehoben. »Hey, Buster, hier ist Lucas...«

Reginald Brown war ein Scanner-Freak. Er hörte alles ab, was durch die Gegend funkte. Und dazu war er schwerer Diabetiker, blind, zweifach amputiert. Er war oft genug die reinste Plage, aber manchmal kam er mit Informationen rüber, die Gold wert waren. Die meisten Drogendealer in der Stadt erkannte er an ihrer Stimme, wenn sie sich per Handy verstandigten.

»Hallo, alter Junge, ich glaube, ich habe was für Sie«, sagte Buster.

»Worum geht's?« fragte Lucas.

»Ich konnte zwei Burschen über Sie reden hören. Gerade im Moment, vor einer Minute. Ich glaube, der eine war dieser LaChaise. Den halben Anruf habe ich auf Band.«

»Spiel es mir vor«, sagte Lucas.

»Klar doch. Hören Sie zu.«

»...und müssen wissen, wo diese Weather steckt. Wäre auch gut, wenn wir wüßten, wo Capslocks Alte liegt, ihre

Zimmernummer. Und dann müssen wir wissen, wo Davenport arbeitet. Gilt auch für Capslock, Sherrill, Sloan, Franklin und Kupicek. Du kennst die Liste.«

Lange Pause.

»Das klingt unwahrscheinlich. Sag mir lieber die Wahrheit, oder du kommst auch auf die Liste, Motherfucker… Hey, hör zu, was ich dir sage… Nein, du nicht. Hast du etwas über Elmore herausbekommen?«

Wieder Pause.

»Das haben wir uns gedacht. Wir schauen uns diese Jungs mal an, wenn wir hier fertig sind… Jetzt hör zu, wir brauchen den Kram, und zwar sofort. Wir rufen wieder an… in zwei Stunden. Zwei Stunden, verstanden?«

Pause.

»Ich weiß nicht. Wir müssen sehen, daß wir immer an dich rankommen. Du könntest versuchen, uns zu leimen. Und wenn du das vorhaben solltest, denk besser zweimal drüber nach…«

Pause.

»Ja, ja. Zwei Stunden.«

Lucas bat ihn, es noch einmal abzuspielen.

»Natürlich kannte ich die Namen, die er nannte«, sagte Buster am Ende.

»Ein Gespräch per Handy.«

»Ja, jedenfalls war das von mir abgehörte eins. Was mit dem anderen war, weiß ich nicht.«

»Okay. Hast noch etwas gehört, bevor du dein Band eingeschaltet hast?«

»Nun ja. Irgend etwas in der Richtung, daß sie von Ihrer Freundin keine Versicherungsangaben haben.«

»Wie bitte?«

»So haben sie sich ausgedrückt…«

»Ich schicke dir einen Streifenwagen«, sagte Lucas. »Sie holen dich her. Ich muß mit dir reden, direkt. Bring das Band mit. Da springt was für dich ab.«

»Darauf können Sie wetten, Chief« sagte Buster.

Lucas legte auf und dachte einen Augenblick nach.

Mußte ein Cop sein. Oder ein Zivilangestellter. Wenn sie ihre Informationen aus den Versicherungsunterlagen hatten, mußte jemand Zugang zu den Computern der internen Verwaltung haben. Und das Stichwort Sozialversicherung war eine Erklärung: Das wäre sonst schwer zu machen gewesen.

Er griff nach dem Telefon und rief Rose Marie Roux an.

»Wie ich höre, sind Sie auf dem Weg zu mir. Gute Nachrichten?« fragte sie.

»Nicht im eigentlichen Sinne. Können Sie den Bürgermeister dazurufen?«

Dann rief er die Zentrale an. »Was Neues?«

»Zwei Streifenwagen sind beim Snyder's. Niemand da. Aber sie erinnern sich an sie. Die Streifen haben sie um ein Haar verpaßt.«

»Hat jemand ihr Fahrzeug gesehen?«

»Nein. Unsere Wagen sind gerade erst angekommen. Die Kollegen sehen sich um...«

Martin und Sandy stiegen wieder in den Continental, und Martin fragte: »Was hatte Dick denn zu sagen?«

»Im Fernsehen ist nichts Neues gekommen. Er sagte, er will ein Nickerchen machen.«

»Dir muß man auch jedes Wort aus der Nase ziehen«, sagte er und lenkte den Wagen auf die Straße.

Der Bürgermeister lehnte mit gesenktem Kopf an der Fensterbank. Seine Hände steckten zu Fäusten geballt in den Jackentaschen. Lester hatte es sich in einem Sessel bequem gemacht und sah fast aus, als würde er schlafen. Roux schwenkte ihren Drehstuhl hin und her und hielt den Blick auf Lucas gerichtet.

»Weiß sonst noch jemand davon?« fragte der Bürgermeister.

»Nur Anderson. Ihm habe ich die ganze Geschichte erzählt und ihn gebeten, die Computer zu checken. Um zu sehen, ob jemand in den Versicherungsdateien herumgeschnüffelt hat. Und dann läßt er noch diesen Bill Martin durchlaufen, den sie erwähnt hat.«

»Diese Geschichte mit den Versicherungsunterlagen müssen wir geheimhalten«, sagte der Bürgermeister und wedelte mit dem

Zeigefinger in Richtung Roux und Lucas. »Wir müssen den Kerl finden, wenn es ihn gibt, und festnageln, bevor irgendwer etwas erfährt.«

»Mann, ich kann das kaum glauben«, sagte Roux. »Vielleicht werden wir nur an der Nase herumgeführt.«

»Hab ein ungutes Gefühl«, sagte Lucas. »Erst haben wir eine Zeugin, die sagt, sie hat einen Cop gesehen. Dann ruft die Darling an und sagt, es ist ein Cop.«

Roux tippte eine Nummer in ihr Telefon. »Hier ist Roux«, sagte sie. »Etwas Neues?« Sie hörte einen Moment zu und sagte dann: »Verdammt. Wenn irgendwas passiert, meldet euch.«

Sie hängte ein. »Noch nichts bei Snyder's. Wir schicken ein paar Jungs hin, die die Fingerabdrücke am Telefonhörer abnehmen, damit wir sicher wissen, ob es die Darling war. Ich kann mir nicht vorstellen, daß ... «

Es klopfte an der Tür. Im nächsten Moment steckte Anderson seinen Kopf herein. »Lucas hat gesagt, wenn ich etwas habe ...«

»Ja, komm rein«, sagte Lucas. »Was hast du herausgefunden?«

»Zwei Dinge. Erst die gute oder erst die schlechte Nachricht?«

»Die gute«, sagte der Bürgermeister. »Wir hatten in der Sache noch nicht viele.«

»Wir haben unsere Daten über Dick LaChaise, die Seed, Wisconsin und Michigan nach Bill Martin abgecheckt. Es gibt ein ganzes Bündel Hinweise. Mit der Gang hat er jede Menge zu tun. Er handelt übrigens mit Waffen. Alle Fingerabdrücke, die wir genommen haben, gehen ans FBI. Die gleichen das dann ab. In zehn Minuten wissen wir alles.«

»Großartig«, sagte Lucas. Zum Bürgermeister sagte er: »Das wäre dann der dritte.«

»Und damit wäre auch erwiesen, daß du mit Sandy Darling gesprochen hast«, betonte Anderson, »und nicht mit jemanden, der sich einen Scherz gemacht hat.«

»Jetzt die schlechte Nachricht«, sagte Lucas.

Anderson hatte ein halbes Dutzend Blätter in der Hand und blätterte nervös darin herum. »Wann hat deine Zeugin LaChaise mit dem Cop gesehen? In dem Waschsalon.«

»Muß ... gestern gewesen sein. Früh am Morgen.«

»O Gott.« Er blätterte weiter und verzog den Mund. »Gestern hat jemand die Versicherungsunterlagen von allen Mitgliedern deiner Sondereinheit abgerufen.«

»Wer war das?« fragte Roux.

»Das wissen wir nicht«, sagte Anderson. »Die Dateien sind von der Personalabteilung abgerufen und ausgedruckt worden, und zwar um sechs Uhr früh. Um sechs Uhr ist noch niemand in der Personalabteilung.«

»Nach dem, was die O'Donald sagte, war der Mann, den sie gesehen hat, ein Streifenpolizist – also einer in Uniform, kein Zivilangestellter«, sagte Lucas.

»Also haben wir es mit einem Cop zu tun, der wieder jemanden in der Personalabteilung an der Hand hat«, sagte Roux.

Lucas schüttelte den Kopf. »Bei so etwas gibt es vielleicht *einen* bösen Buben, aber nicht gleich *zwei.* Es sei denn, eine Mitarbeiterin aus der Personalabteilung ist mit einem Streifencop verheiratet?«

Anderson zuckte mit den Schultern. »Das kann ich rauskriegen.«

»Tun Sie das«, sagte Roux grimmig.

»Aber, äh...« Anderson zögerte.

»Ja?« fragte Lucas.

»In der Personalabteilung sind schon ein paarmal Unterlagen gefilzt worden. Das ist bekannt. Es gibt Kollegen, die wollen mal einen Blick in ihre Akte werfen, wollen sehen, wie es mit ihren Belobigungen aussieht, und Gehälter vergleichen. Es gibt hier im Haus mehr als einen, der in die Abteilung reinkommt und genug von Computern versteht, um an die Sozialversicherungsdateien zu kommen.«

»Aber wenn du meinst, es sind mehrere, dann wette ich, daß es *so* viele auch wieder nicht sind«, sagte Lucas. »Mach also mal eine Liste. Wir zeigen Sally O'Donald dann ein paar Fotos.«

»Wenn da ein Cop mit drinhängt, kriegen wir was ab«, grummelte Roux.

»Aber warum sollte ein Cop mit LaChaise gemeinsame Sache machen?« sagte der Bürgermeister. »LaChaise ist praktisch ein toter Mann.«

»Erpressung«, sagte Lucas. Er sah Anderson an. »Wenn du die Computer-Geschichte ausgetüftelt hast, müssen wir uns darüber unterhalten, wer bei uns einen wackeligen Ruf hat. Jemand, an den LaChaise sich herangemacht haben könnte.«

»Wenn es ein Cop ist, ist er selber so gut wie tot«, sagte Roux zum Bürgermeister.

Der Bürgermeister stieß sich von der Fensterbank ab. »Das möchte ich nicht gehört haben«, sagte er.

»An so etwas mag ich nicht einmal denken – aber irgendwer würde ihn umlegen, wenn er die Gelegenheit dazu hätte. Das garantiere ich Ihnen.«

Der Chefarzt nahm Weather zur Seite. »Geht das mit Ihnen in Ordnung?«

»Ganz bestimmt. Ich meine, alles was recht ist, meiner eigenen Sekretärin gelingt es nicht, mir auf den Fersen zu bleiben. Ich glaube nicht, daß mich so ein Hinterwäldler wirklich kriegt, auch wenn er ein Killer ist.« Ein Lächeln zuckte auf ihren Lippen. »Machen Sie sich keine Sorgen, Loren. Wenn ich selbst das für ein Problem hielte, dann wäre ich nicht hier.«

Kapitel 14

Lucas fand Weather zusammen mit einer anderen Frau in einem Labor im zwölften Stock. Sie studierten die Hautverpflanzungen, die sie an einer weißen Ratte vorgenommen hatten. Weather war überrascht, als er den Kopf durch die Tür steckte. »Wir müssen miteinander reden«, sagte er schroff.

Die andere Frau sah Weather an, als fürchte sie, daß er auf Weather losgehen wollte. Doch Weather nickt: »Natürlich ...« Auf dem Weg nach draußen fragte sie: »Du mußt ja außer dir sein. Man sieht nur noch das Weiße in deinen Augen.«

»Mach bloß keine Scherze«, sagte er. Seine Stimme wurde plötzlich rauh. »Wir haben den Bandmitschnitt von einem Telefongespräch. Sie haben über dich geredet.«

»Über mich?«

»Sie sind hinter dir her, weil du mit mir zusammen bist. Ich renne mir da draußen die Eier wund, um diese Ärsche zu kriegen, und jetzt habe ich eine halbe Stunde vergeudet, um dich zu suchen, weil du weggelaufen bist...«

»Hey«, sagte sie scharf, »ich bin *nicht* weggelaufen. Ich bin in das Krankenhaus gegangen, wo ich arbeite.«

»Und hast allen gesagt, du willst einfach nicht mit mir reden. Als ich von diesem Telefongespräch hörte, mußte ich also erst mal die Ermittlungen einstellen, um dich zu suchen.«

»Ich habe dich nicht darum gebeten«, sagte sie.

Er hielt sich einen Moment zurück und sagte dann: »Hör mal, was zum Henker würde wohl passieren, wenn einer dieser Typen hier auftauchte, eine Maschinenpistole in der Hand? Meinst du, so einer fragt brav nach dir und zieht eine Wartenummer? Vielleicht knallt er erst mal ein paar von deinen Freunden hier nieder, um gebührend auf sich aufmerksam zu machen, und dann erkundigt er sich bei dir, was du denn gerade so machst. Du riskierst nicht nur dein Leben. Du riskierst auch ihres. Sechs Menschen hat die Geschichte ohnehin schon das Leben gekostet.«

»Acht«, sagte sie. »Vergiß nicht die beiden Frauen in der Credit Union.«

Martin nahm die I-35W nach Burnsville, fuhr dann in einem Vorstadtkaff durch ein Gewirr von Straßen und landete schließlich auf einer Schotterstraße, von der eine schneebedeckte Zufahrt zu einer Doppelgarage führte. Martin parkte auf der Straße: »Hoffe, er ist zu Hause«, sagte er und beugte sich über Sandy, um durch das Seitenfenster zu sehen. »Meistens ist er es.«

»Soll ich warten?« fragte sie. Sie würde losrennen, sobald Martin außer Sicht war.

»Du kommst besser mit«, sagte Martin.

»Ich hatte in dem Laden solche Angst, daß mich jemand erkennen würde«, sagte sie.

»Ich glaube nicht, daß Dave dich erkennt«, sagte Martin. »Er sieht nicht viel fern. Und er ist ein bißchen schüchtern.«

Martin drückte auf die Klingel, wartete, drückte noch einmal, und die Tür ging auf. Dave – seinen Nachnamen hatte Martin nicht genannt – war ein älterer Mann mit dicker Brille. Er trug einen Pullover aus Schafwolle. Er stieß die Windfangtür auf, sah Sandy hinter Martin stehen und errötete.

»Wie geht's, Dave?«

»Bill, komm rein.« Dave drückte die Tür weiter auf. »Auf Reisen?«

»Ja, ich bin – auf dem Weg nach Dakota.«

»Du hast von dem Ärger gehört, den wir hier haben?« Dave sah Sandy von der Seite an und errötete wieder.

»Im Radio«, sagte Martin.

»Sie wollen den anständigen Menschen die Waffen wegnehmen«, sagte Dave. »Ich traue diesen Kerlen in der Regierung nicht.« Er schüttelte den Kopf.

Dave führte sie nach unten, wo eine Reihe Remington-Gewehre an der Wand stand. Er hatte keine ARs oder AKs, auch keine Ranch Rifles oder andere Gewehre, für die sich Martin interessierte. Aber er hatte ein ganzes Gestell voll schöner Jagdbüchsen mit Kipplaufverschluß. »Bei den Yuppies kommt die Jagd wieder richtig in Mode. Ich verkaufe gebrauchte Weatherbys wie warme Semmeln. Wenn du mal auf die eine oder andere Weatherby Mark V triffst, gut erhalten, dann denk an mich.«

»Mach ich«, sagte Martin. Er sah sich das nächste Gestell an, kurzläufige Büchsen mit Blockverschluß, und fragte: »Wozu hast du all diese Ruger-Büchsen?«

Dave zuckte mit den Schultern. »Nach denen wird immer wieder gefragt... gut für die Hirschjagd. Sind kaum mehr aufzutreiben.«

»Wieviel kriegst du dafür?«

»Von vierhundertfünfzig aufwärts für eine gut erhaltene«, sagte Dave.

»Meine Güte, neu haben die nur halb soviel gekostet.«

»Sie haben seit zehn Jahren keine mehr gebaut. Wenn Ruger jetzt nicht wieder mit einer neuen auf den Markt kommt, mache ich ein Heidengeld mit meinen alten...«

Sie unterhielten sich noch eine Zeitlang über Waffen, und Sandy stand schweigend hinter ihnen. Schließlich kaufte Martin zwei gebrauchte .45er für siebenhundert Dollar.

»Hätte gern mehr für dich getan«, sagte Dave, als sie gingen.

»Noch zwei weitere Stops«, sagt Martin zu Sandy.

Beim ersten, einem Laden für Sportschützen, kaufte Martin vier Kartons .45er Munition, einen Browning-Mantis-Bogen, zwei Dutzend Easton-Aluminium-Pfeile, zwei Dutzend Thunderhead-Spitzen, einen Köcher, eine Fiberoptik-Zielvorrichtung, einen Auslöser und eine Kunststoff-Zielscheibe, wie sie sie in dem Haus in Frogtown zurückgelassen hatten. Sie warteten, bis der Servicemann die Pfeile auf eine Länge von 65 Zentimeter gestutzt und die Spitzen so präpariert hatte, daß Martin die Thunderheads aufschrauben konnte.

Martin sah sich, während sie warteten, eine Beretta Kaliber zwanzig an, seufzte, legte sie wieder zurück und sagte: »Nicht heute.«

Im zweiten Laden kaufte er noch einmal sechs Kartons .45er Munition.

»Woher weißt du, wo all diese Waffenläden sind?« fragte Sandy.

»Die meisten kenne ich«, meinte er, »... sagen wir mal, in der Gegend zwischen den Appalachen und den Rockies ... und dann wieder zwischen dem Salt Lake, Vegas und Reno. Die Küsten entlang kenne ich mich nicht so gut aus. Außer in Florida, wenn du das als Küste nimmst.«

Kurz darauf fragte sie: »Hast du mal daran gedacht, aus der Sache auszusteigen?«

Martin sah sie an: »Du?«

Sie schüttelte den Kopf »Nein. Ich glaube, ich hänge irgendwie an Dick. Ich meine nur, wir sollten verschwinden. Nach Mexiko. Ich habe wirklich noch nicht vor zu sterben.«

»Hmm.« Martin war niemand, der viel redete, doch jetzt fing er damit an, das erste Mal, seit sie ihn kannte. »Ich bin wie Butters«, sagte er. »Unsere Zeit wird knapp. Alle sind hinter uns her, wir können nicht gewinnen. Wir stellen uns ihnen nur entgegen, und dann sind wir weg.«

»Wer sind ›alle‹?«

Er zuckte mit den Achseln. »Die Regierung – alle in deren Diensten, die Cops, die Jagdaufseher, das FBI, die Leute vom ›Alcohol-, Tobacco- and Firearms‹-Büro, alle. Und die Medien, die Banken, die Liberalen, wie immer du sie auch nennen magst. Die Juden... Sie stecken alle unter einer Decke. Die Städter. Sie alle wollen nichts Böses – aber sie tun es.«

»Was ist mit den Schwarzen?«

»Ach, die Schwarzen, die sind mehr wie... Poker-Chips«, sagte Martin. »Die Regierung spielt nur ihr Spielchen mit den Schwarzen. Ich meine, sie könnten die Schwarzen gegen uns benutzen, aber die Schwarzen selber wollen gar nicht aus ihrer Lage heraus. Haben es nie versucht, werden es nie.«

»Das ist ziemlich trostlos«, sagte Sandy.

»Ja. Also, weißt du, die Leute, die die Dinge in der Hand haben, die wollen Macht. Und sie kriegen sie, indem sie Gesetze erlassen und dich darauf festlegen. Mit den alten Leuten können sie das machen, weil die Alten ihre Sozialversicherung haben und ihre Krankenversicherung und all das. Und wenn du versuchst, unabhängig zu sein, kommen sie dir mit den Gesetzen. Nimm zum Beispiel Dick. Er bekam nie die Möglichkeit, dieses Motorradgeschäft wirklich zu betreiben. Einmal hat er mit der Steuer Mist gebaut, und seitdem saßen sie ihm immer im Nacken. Haben nie mehr lockergelassen. Das kann einen Mann verrückt machen.«

»Meinst du, Dick ist verrückt?«

Er grinste. »Verrückt sind wir alle. Dagegen kannst du nichts machen. Neulich habe ich darüber nachgedacht – weißt du, wie das war, als wir noch im Herbst das Laub verbrannten. In unseren kleinen Städten. Und wie gut die Luft roch nach den verbrannten Blättern. Das geht jetzt nicht mehr, weil sie dich nicht lassen. Dabei gibt es keinen Grund, es nicht zu tun, schon gar nicht in den kleinen Städten. Keine Rede von Luftverschmutzung... Sie machen das Gesetz nur, um dich zu schikanieren. Ich meine, sie fangen bei den kleinen Dingen an, und dann geht es ans Eingemachte. Zum Beispiel, indem sie die Mexikaner reinlassen und wir dann keine guten Jobs mehr kriegen...«

Sandy nickte: »Okay.«

»Ich habe den Geruch des verbrannten Laubs im Herbst immer so gern in der Nase gehabt«, sagte Martin und sah aus dem Fenster in die Schneelandschaft hinaus.

Sandy fing an, Spaß an der Maskerade zu haben.

LaChaise mußte sich im Badezimmer auf einen Hocker setzen. Dann fuhr sie ihm mit den Fingern durch das dichte, straffe Haar. »Nur tönen geht nicht, dafür ist es zu dunkel«, sagte sie halb zu sich selbst. Also nahm sie das Bleichmittel und sagte: »Das könnte zu hart werden für dein Gesicht... Vielleicht solltest du dich rasieren.«

»Versuch es«, sagte er. Sie fing an. Von dem Zeug stieg ein beißender Dampf auf, aber LaChaise ertrug es mit geschlossenen Augen.

Als sie fertig war, hatte das Bleichmittel LaChaises normal dunkles Kopf- und Barthaar in ein dünnes Blaßgelb verwandelt. Die zarte Farbe gab einen seltsamen Kontrast zu seinen harten Gesichtszügen ab. »Du liebe Scheiße, ich sehe ja aus wie eine Tunte«, sagte er und starrte sein Gesicht im Badezimmerspiegel an. »Vielleicht sollte ich es so lassen.«

»Zu abgefahren«, sagte Martin. »Die Leute sollen weg- und nicht hingucken.«

Also kam die Farbe an die Reihe, und als LaChaise wieder hinsah, war er beeindruckt. Mit dem grauen Bart sah er aus wie siebzig. »Jetzt mach noch einen Buckel, und kein Mensch beachtet dich weiter«, sagte Martin.

LaChaise sah Sandy an. »Hast du wirklich gut gemacht«, sagte er.

Sandy hatte ihren Spaß daran gehabt. Doch der war jetzt vorbei, und so drehte sie sich weg und sagte mit unterdrückter Stimme: »Leck mich.«

»Jetzt bist du an der Reihe«, sagte LaChaise zu Martin.

Anderson hatte Fotos von Bill Martin. »Wir geben sie auf der Nachmittags-Pressekonferenz aus«, sagte er. »Marke und Typ von seinem Truck und die Zulassungsnummer wissen wir auch. Das geht jetzt raus an die Streifen.«

»In Ordnung – hast du Stadic gesehen?«

»Ja, er war hier. Wir haben ihn nach Hause geschickt. Ich glaube, er ist irgendwie fertig.«

»Bisher ist noch nie auf ihn geschossen worden«, sagte Lucas.

Er gähnte. »Er hat mir heute morgen den Arsch gerettet.... Himmel, ich brauche auch etwas Schlaf.«

»Hol ihn dir«, sagte Anderson. »Im Moment ist nichts los... Was ist mit Weather und Jennifer?«

»Mit Jen läuft alles gut. Sie haben bewaffnete Sicherheitsleute im Sender, und die Kinder sind weg. Aber ich brauche ein paar Cops, die außer Dienst um Weather herum sind. Ich bezahle sie auch dafür. Sie will auf keinen Fall abgeschirmt im Hotel bleiben.«

»Du hättest ihr Strickzeug mitbringen sollen«, sagte Anderson. »Dann hätte sie etwas zu tun gehabt.«

»Lieber nicht...«, fing Lucas an. Dann sah er Anderson an, der ein völlig unbeteiligtes Gesicht machte.

»Ich will nur nicht, daß ihnen etwas passiert«, sagte Lucas.

»Ja, ich weiß, du willst sie nicht dem gleichen Risiko aussetzen wie dich selber... dafür sind sie einfach zu tolle Frauen.«

Lucas sah ihn schräg an. »Auf wessen Seite stehst du?«

Anderson zuckte mit den Achseln. »Auf ihrer.«

»Verräter am eigenen Geschlecht«, sagte Lucas und gähnte erneut. »Hör mal, ich lege mich ein paar Stunden aufs Ohr. Wenn du mich brauchst, ich bin zu Hause.«

»Wir rufen dann an«, sagte Anderson.

»Verdammte Weiber«, sagte Lucas.

LaChaise mußte lachen, als er Martin sah. Sie hakten die Arme ein und legten ein Tänzchen aufs Parkett. Martins mürrische Laune schien verflogen.

»Ihr seht gar nicht richtig alt aus«, sagte Sandy. »Von außen seid ihr es, aber ihr bewegt euch wie junge Leute.«

»Wir müssen noch üben«, sagte LaChaise. In seine Augen kam ein Funkeln. »Gehen wir aus in diese riesige verdammte Mall. Wie nennen sie es – The Mall of America?«

Sandy gefiel die Idee gar nicht. »Dick, du spinnst.«

Das Lächeln verschwand von seinem Gesicht. »Verdammt, das sagst du nicht noch mal«, sagte er.

Sie hielt den Mund. *Dick,* dachte sie, *wird das Spiel verlieren. Spiel es mit, sieh dich nach einer Chance um. Versuche, nicht im Weg zu stehen, sobald die Schießerei losgeht.*

Martin nahm den Truck. Sandy und LaChaise folgten im Continental. In der Gegend nördlich vom Flughafen ließ Martin den Truck stehen. Er klopfte ihm einmal die Flanken, als wäre er ein Pferd, ließ den Blick zum Abschied über den Wagen wandern und stieg in den Continental.

»Würdest wohl am liebsten heulen«, sagte LaChaise.

»War ein verdammt guter Truck«, sagte Martin und schaute zurück, während sie wegfuhren. »Weißt du, er war mechanisch einfach perfekt. Neuer Motor, neues Getriebe, neues Radio – fast alles war neu. Aber von außen hat man das nicht gesehen. Er war unauffällig. Das ist auch ganz gut so, wenn man mit Waffen handelt.«

»Wohin fahren wir?« fragte Sandy. Sie saß noch immer am Steuer.

»Zur Mall«, sagte LaChaise.

»Wir sollten uns erst mal ein bißchen um unser Geschäft kümmern«, sagte Martin.

»Ja? Und das wäre?«

Martin hatte einen Stadtplan auf den Knien ausgebreitet. »Sehen wir uns das Krankenhaus an, in das sie die Verletzten gebracht haben... das Hennepin General. Dann das andere, wo Davenports Alte arbeitet. Nur mal erkunden, wie es dort aussieht.«

»In Ordnung«, sagte LaChaise. »Hauptsache, wir sind draußen.«

Wie sich herausstellte, lag das erste Krankenhaus nur sechs oder acht Blocks von Harps Wohnung entfernt. Vor dem Eingang standen Polizeiautos.

»Ein hartes Stück Arbeit«, sagte Martin.

»Wenn nötig, könnten wir aber zu Fuß hinein«, sagte LaChaise. »Wenn dieses dicke Schneegestöber aufkommt...«

Das andere Krankenhaus lag weiter entfernt, war aber leicht zu erreichen – die Eleventh geradeaus bis zur Washington, dann rechts, ein paarmal abbiegen, über den Fluß und den Hügel hinauf an einem Gebäude vorbei, das aussah, als hätte man es aus lauter Bierdosen zusammengebastelt – und dann waren sie da.

Keine Polizeiautos.

»Hier ginge es leichter«, sagte Martin.

»Aber es ist groß«, sagte LaChaise. »Könnte schwierig werden, sie zu finden – selbst wenn wir genau wüßten, sie ist drinnen, würde es schwierig.«

»Es wäre machbar«, sagte Martin.

Sandy fuhr und hörte zu. Der gleichgültige Ton, in dem sie darüber sprachen, erschreckte sie. Bestimmt hatten sie schon Raubüberfälle verübt. Candy und Georgie hatten damit nicht von sich aus angefangen. Doch die Art, wie sie ihre Ziele und Möglichkeiten abschätzten, beeindruckte sie, wenn auch widerwillig.

»Und jetzt zu dieser Mall«, sagte LaChaise. Er streckte sich auf dem Rücksitz aus und entlastete die verwundete Seite. Die Wunde zog sich zusammen. »Fühlt sich an, als würde ich von Banjosaiten zusammengehalten«, grummelte er. Doch als sie an der Mall ankamen, setzte er sich wieder auf.

»Sieht aus wie Onkel Dagoberts Geldspeicher«, sagte er.

»Da liegst du gar nicht so falsch«, sagte Martin.

Sandy fand im Parkhaus einen Platz, und sie gingen hinein. Es wimmelte von Menschen, aber keiner beachtete die drei. LaChaise war fasziniert.

»Das gottverdammteste Ding, das ich je erlebt habe«, sagte er, als sie wieder ins Freie in den Camp-Snoopy-Vergnügungspark traten. Ein Ganove schlurfte heran, taxierte sie – zwei alte Knaben mit Bärten und in langen schwarzen Mänteln: wie aus einem Cartoon entsprungen. Der Ganove grinste und ging weiter.

LaChaise bestand auf einem Rundgang durch die Mall, schlenderte durch die Läden, sah sich nach den Frauen um, zog Sandy hinter sich her.

»Laß uns wieder gehen«, sagte Sandy nach der ersten Runde.

»Wir sind doch gerade erst gekommen«, sagte LaChaise und amüsierte sich.

»Dick, bitte ...«

»Ich mache einen Vorschlag. Wir schauen uns einen Film an.«

»Einen Film können wir uns auch drüben in der Wohnung ansehen. Harp hat den Spielfilmkanal abonniert. Bitte.«

»Dann gehen wir auf eine Pizza oder so. Himmel, sind das Zimtplätzchen, die ich da rieche?«

Der Ganove kam wieder auf sie zu, diesmal aus der anderen

Richtung – er hatte wie sie eine Runde durch den ersten Stock gedreht. Auch diesmal ging er vorbei, kehrte dann aber um und folgte ihnen. Irgend etwas stimmte da nicht, dachte der Ganove. An den beiden alten Kerlen stimmte etwas nicht, und die Blondine in ihrer Begleitung war nervös. Ihre Nervosität ließ das ganze Trio irgendwie verwundbar erscheinen. Und diese Verwundbarkeit zog ihn an, wie nacktes Fleisch die Mücke. Opfer...

Zehntausend Menschen mochten sich in der Mall aufhalten, doch es gab noch immer tote Ecken. Eine davon befand sich gleich neben einem Geldautomaten. Der Ganove beobachtete, wie sie Zimtplätzchen und Cola kauften und sich dann auf eine Bank neben dem Geldautomaten setzten.

Niemand sonst in der Nähe. Der Ganove setzte ein Grinsen auf und ging auf sie zu. Die eine Hand hatte er in die Tasche gesteckt. Er löste die Klinge seines Butterflymessers aus.

»Wie geht's denn so, Leute?« sagte er zu LaChaise. LaChaise hielt den Kopf gesenkt, aber der Ganove sah ihn lächeln. Zuerst lächelten seine Opfer immer. Sie wollten zeigen, daß sie nicht feindselig waren. »Wie wär's, wenn ihr mir mal ein bißchen was abgebt? Ein paar Dollar«, sagte der Ganove.

Jetzt sah LaChaise auf und sagte mit sanfter Stimme: »Wenn du nicht abhaust, nehme ich dein verdammtes Messer und schneide dir die Eier ab.«

Der Ganove trat einen Schritt zurück: »Ich sollte...«

»Einen Dreck solltest du. Wenn du etwas im Schilde führst, tu's, Kleiner«, sagte LaChaise. Der Ganove sah Martin an, und dessen blasse Augen fixierten ihn wie eine Wanze.

»Leckt mich«, sagte der Ganove und zog ab.

»Wir sollten von hier verschwinden, Dick«, bettelte Sandy.

»Fand mich richtig gut«, sagte LaChaise, und Martin nickte. »Hey, kommt. Gehn wir ins Kino.«

»Dick, bitte...«

LaChaise zog sie zu sich heran. »Du hältst jetzt den Mund, ja? Hör auf zu jammern. Ich bin seit Jahren nicht mehr aus gewesen, und ich möchte mich, verdammt noch mal, einen Nachmittag amüsieren. Nur einen verdammten Nachmittag. Und du kommst mit. Also halt den Mund.«

LaChaise konnte dem Film nichts abgewinnen. Häuser flogen in die Luft, es zerriß Autos, und die Cops schienen mit Panzerfäusten zu schießen. Alles dummes Zeug. Martin schlief nach der Hälfte ein, war aber gleich wieder wach, als der Film zu Ende war.

»Gehen wir raus hier«, murmelte LaChaise.

Unterwegs kamen sie an einem Elektroladen vorbei. An einer Wand stand eine Reihe Fernsehapparate. Die Geräte waren eingeschaltet. Im Vorübergehen sahen sie die Polizeipräsidentin auf den Bildschirmen auftauchen. Sie kannten ihr Gesicht aus den Nachrichtensendungen. »Moment mal«, sagte Martin. Sie sahen durch die Schaufensterscheibe, und plötzlich war Martins Gesicht auf dem Bildschirm.

»Scheiße«, sagte er. »Sie haben mich.«

»Das heißt, sie haben den Truck gefunden«, sagte LaChaise.

»Daß sie das würden, wußten wir«, sagte Martin.

La Chaise sah ihn an, dann wieder zum Bildschirm und sagte: »Dich erkennt in hundert Jahren keiner, klar?«

Martin schaute zu Sandy hinüber, die das Foto im Fernseher betrachtete, dann Martin selbst musterte und zögernd nickte.

Martin sah hin, bis das Foto wieder verschwand, und sagte dann fröhlich: »Laßt uns ein Bier trinken.«

LaChaise nickte. »Das ist das beste. Suchen wir eine Bar.« Er drehte sich zu Sandy um und sagte: »Kein Sterbenswörtchen.«

Gegenüber dem Flughafengebäude fanden sie eine gelb angestrichene Bar im Blockhausstil mit einer Lite-Beer-Leuchtschrift im Fenster. Eine Neonröhren-Palme beleuchtete einen frisch vom Parkplatz zusammengeschobenen schmutzigen Schneehaufen. Über der Tür stand in Neonschrift Leonard's oder Leopard's. Der vierte Buchstabe leuchtete nicht, genau wie die Röhren auf der einen Seite. Sieben oder acht Wagen und ein paar Pickups, lauter alte, große amerikanische Kisten, standen draußen mit der Schnauze zur Wand. Drinnen befand sich eine Country-Jukebox. Die Tische standen in hohen Nischen. Außerdem gab es Münz-Poolbillard und einen wenig gesprächigen Barkeeper.

Der Barkeeper trocknete Gläser ab, als sie hereinkamen. Zwanzig Gäste hingen an der Bar, die meisten in Gruppen, ein paar vereinzelt. Zwei Männer umrundeten den Billardtisch, die Zigaretten im Mundwinkel. Sie sahen LaChaise und Martin ausführlich prüfend an und setzten dann ihre Runde fort.

»Hey«, sagte LaChaise, »stecken wir was in die verdammte Jukebox. Ist ja grabesstill hier.« Er hielt die Arme hoch und wackelte mit den Hüften. »Etwas Heißes.«

Martin murmelte: »Du bist ein alter Mann.«

»Ja«, sagte LaChaise. »Na gut, trinken wir ein Bier.«

LaChaise wählte Waylon Jennings in der Jukebox, während Sandy sich nach einer Nische umsah. LaChaise schlüpfte neben sie, Martin setzte sich gegenüber. Eine Kellnerin kam an den Tisch, und LaChaise bestellte drei Flaschen Budweiser und zwei Päckchen Marlboro. Er gab ihr einen Zwanziger.

Sie brachte das Bier, stellte es auf den Tisch. LaChaise schob Sandy eine Flasche hin und sagte: »Trink.«

Sie mochte kein Bier, aber sie nahm es an, sah sich um und dachte: Meistens hängt nicht weit von der Damentoilette ein Telefon. Nach ein paar Bier müßte sie pinkeln gehen. Dann könnte sie anrufen...

Sie versuchte, sich den Ablauf genau vorzustellen, als die Kellnerin wieder erschien und LaChaise die nächste Runde bestellte. Sie bemühte sich, ihrem Gespräch zu folgen: LaChaise und Martin unterhielten sich über einen Schwarzen, der im Gefängnis von morgens bis abends mit Hanteln trainierte.

»...und glaubten, in seinem Gehirn müsse irgendwas geplatzt sein, denn sie fanden ihn, wie er da auf der Matte lag, und nichts war, außer, daß er tot war«, sagte LaChaise. »Irgendwer sagte, es sei Mord gewesen und jemand habe ihm einen Eispickel ins Ohr gestochen.«

»Klingt nach Schauermärchen«, sagte Martin.

»Das sage ich auch. Wie schaffst du es, einem Kerl, der seine vierhundert Pfund oder so stemmen kann, einen Eispickel ins Ohr zu stechen? Ich meine, ohne daß du einen großen Aufstand machst?«

Martin dachte nach. »Na ja, du kannst ihn vielleicht abpassen. Wenn er gerade seine Gewichte stemmt, siehst du zu, daß du nah an seinen Kopf herankommst. Er legt die Hantel ab, setzt sich auf, und du rammst ihm...«

LaChaise nickte. »Okay, so schaffst du den Stich in sein Ohr, aber wie kommt es, daß nirgendwo Blut war? Das ist das Problem...«

Sandy schloß die Augen. Da saß sie in einer Bar mit zwei Männern, die herausbekommen wollten, wie man einen Mann umbringt, der einem den Hals umdrehen wird, wenn der Versuch mißglückt – und mit welcher Waffe man das macht, die sich in einen Gewichtheberaum einschmuggeln läßt.

Martin klopfte mit der Budweiserflasche auf den Tisch. »Verdächtig an der Sache ist, daß er allein im Raum war. Wie oft ist so ein Raum schon leer?«

»Na ja...«

Als sie die Augen wieder öffnete, sah sie einem Burschen direkt ins Gesicht, der wie ein Cowboy aussah und mit drei Freunden in einer Nische auf der anderen Seite der Bar saß. Er war etwa in ihrem Alter. Sie sah weg, aber nach einem Moment wieder hin. Ein paarmal nahmen sie so Blickkontakt auf, und sie sah, wie er etwas zu einem seiner Freunde sagte. Der sah Sandy an und sagte wieder etwas zu ihm, und beide lachten. Ein mehr oder weniger nettes Lachen, nicht allzu dreckig. Sandy sah weg und dachte an Elmore, der irgendwo tot herumlag. Sie sollte die Beerdigung arrangieren.

Sandy weinte eigentlich aus Prinzip nicht. Jetzt lief ihr eine Träne über die Wange, und sie drehte ihr Gesicht weg, um sie abzuwischen.

»Wenn ich einen von diesen Kerlen fertigmachen müßte, würde ich mir so ein Stück dicken Schweißdraht nehmen...«

Sie suchte wieder Blickkontakt zu dem Burschen, der wie ein Cowboy aussah, und er blinzelte. Sie lief rot an und drehte den Kopf zu Martin, der gerade sagte: »... zweihundert Körner, Kaliber 12/65, Kornstärke 3. Schlug durch die Keule und riß ein Stück Lunge weg...«

Jetzt waren sie bei der Jagd.

Das nächste Bier wurde gebracht, und LaChaise wurde lauter, während Martin in ein stilles Dauergrinsen verfiel.

»Komm, wir tanzen«, sagte LaChaise plötzlich und stieß sie am Ellbogen. Sie hatte mittlerweile drei Bier getrunken, jeder der Männer vielleicht sechs.

Sie wich zurück. »Dick, ich glaube nicht...«

LaChaise wandte sich an Martin. »Weißt du, das ist verdammt das, was mir gefehlt hat. In so einem verdammten Laden rumzuhängen. Das fehlt mir einfach, durch die Cowboykneipen zu ziehen.«

LaChaise wurde wieder leiser und sah auf. Der Bursche, der wie ein Cowboy aussah, stützte sich mit einer Hand, eine Flasche Pabst in der anderen, auf Martins Rückenlehne und sah LaChaise an. »Was dagegen, wenn ich die Lady zu einem Tanz auffordere?«

LaChaise sah erst ihn lange an, dann die Bierflasche vor ihm auf dem Tisch.

»Besser nicht«, sagte er.

Sandy lächelte den Cowboy an und sagte: »Wir haben hier was zu besprechen...«

»Das ist es nicht«, sagte LaChaise. »Ich will nur nicht, daß er mit dir tanzt.«

»Hey, kein Problem«, sagte der Cowboy und richtete sich auf. Sandy merkte, daß er so betrunken war wie LaChaise. Sein langes strohgelbes Haar fiel ihm in die Stirn, die blauen Augen waren verschwommen. »War nicht auf Ärger aus, sondern nur auf ein Tänzchen.«

»Sieh dich anderswo um«, knurrte LaChaise.

»Na gut, mach ich«, sagte der Cowboy. »Aber es wäre verdammt noch mal nett, wenn Sie ein beschissenes Quentchen höflicher wären.«

Jetzt sah LaChaise auf und lächelte. »Ich sehe keinen Anlaß, zu Abschaum auch noch höflich zu sein.«

Mit einem Schlag erstarben in der Bar alle Gespräche. Martin rückte zwei, drei Zentimeter vor, und Sandy erstarrte. Sie merkte, wie er seine Schußhand lockerte. Der Cowboy ging einen Schritt zurück, damit LaChaise aus der Nische kommen konnte. »Komm raus und sag das noch einmal, du widerlicher Haufen Scheiße«, sagte der Cowboy.

Der Barkeeper schrie: »Hey, laßt das. Hier gibt's so was nicht.«

LaChaise drehte den Kopf und sagte leise zu Martin: »Den Barkeeper.«

»Ja.«

Dann schlüpfte LaChaise aus der Nische, reckte sich, hielt Abstand zu dem Cowboy. »Dick, verdammt noch mal…«, sagte Sandy. LaChaise drehte sich zu ihr um, zeigte mit dem Finger auf sie, und sie schwieg.

»Alsdann, Alter«, sagte der Cowboy, »und nun?«

»Gottverdammt, nicht hier drinnen«, schrie der Barkeeper. »Sonst habt ihr die Cops auf dem Hals.«

LaChaise sagte zu dem Cowboy: »Leck mich, du schwuler Motherfucker mit deinen schwulen Cowboystiefeln…«

Der Cowboy setzte zum Schlag an. Er winkelte den Arm an, zog die Schulter zurück und ließ den Arm vorschießen. Für LaChaise schien es eine Ewigkeit zu dauern, bis der Schlag ankam. LaChaise wischte ihn mit der linken Außenhand weg, tänzelte einen Schritt nach vorn und hieb dem Cowboy die rechte Handkante unter die Nase. Der Cowboy ging zu Boden, rollte um die eigene Achse und rappelte sich wieder auf Hände und Knie hoch.

»Hör jetzt auf, Dick«, rief Sandy.

»Schluß jetzt«, schrie der Barkeeper. »Ich rufe die Polizei.«

Martin kam aus der Nische und sprang auf den Barkeeper zu, während LaChaise nach rechts wirbelte und den Cowboy so in die Rippen trat, daß es ihn fast vom Boden hob. Der Cowboy brach zusammen, stöhnte, Blut floß aus seiner Nase. Die anderen Gäste waren inzwischen auf den Beinen, und ein älterer Mann schrie: »Hey, das genügt.«

Sandy kam aus der Nische. »Dick…«, jammerte sie.

LaChaise sah den alten Mann an und sagte: »Du kannst mich mal.« Der Cowboy kroch auf dem Bauch vorwärts. Das hatte er wohl beim Militär so gelernt. Er zog eine Blutspur hinter sich her. LaChaise ging um ihn herum und trat ihm seitlich gegen den Kopf. Der Cowboy hörte auf zu kriechen.

»Gott im Himmel, Sie bringen ihn ja um«, schrie der alte Mann, und ein paar andere stimmten mit ein: »Aufhören.«

Der Barkeeper hob den Telefonhörer ab. Im selben Augenblick war Martin bei ihm und hielt ihm seine Pistole unter die Nase. »Nichts da. Hier wird nicht telefoniert.«

LaChaise umkreiste den Cowboy weiter, und der alte Mann schrie: »Um Himmels willen, lassen Sie ihn in Ruhe.« LaChaise zeigte mit dem Finger auf ihn und sagte: »Wenn du nicht die Klappe hältst, kriegst du den nächsten Tritt ab.«

Er trat dem Cowboy von unten in den Schritt. Sandy bekam ihn am Hemdärmel zu packen. »Dick, komm, hör auf. Dick, bitte, laß ihn, er ist verletzt...«

»Laß mich sofort los, verdammt noch mal.«

Martin, der die Pistole in den Gürtel gesteckt hatte, sagte: »Sie hat recht, Mann. Wir hauen besser ab.«

Der Cowboy bewegte sich nicht mehr. Er lag mit einer Hand unter der Brust da, die andere zur Seite gestreckt. »In Ordnung«, sagte LaChaise, hob einen Fuß und trat mit dem Stiefel auf die ausgestreckte Hand. In der Bar war es still geworden, und man hörte die Knochen knacken. »Gehn wir.«

Er ging zur Bar, holte einen Zehner aus der Tasche und sagte: »Vier Buds zum Mitnehmen. Aufmachen.«

Und Martin sagte: »Daß uns keiner nachrennt und unsere Nummer notiert, verstanden? Sonst muß ich schießen. Bleibt also drinnen und telefoniert meinetwegen. Zwingt mich nicht zu schießen.«

Als sie zur Tür hinausgingen, LaChaise mit den vier Flaschen Budweiser unterm Arm, rief ihnen der alte Mann nach: »Ihr verrückten Ärsche!«

Sandy saß zusammengekauert auf dem Rücksitz, als sie über die I-494 und dann die I-35W in die Stadt zurückfuhren. LaChaise lachte laut. Martin war ernst, wirkte aber zufrieden. »Es lag an den Haaren«, sagte er wieder und wieder. »Er hat dich für einen alten Knacker gehalten und gar nicht ernst genommen...«

Sandy sah, daß sie sich gut fühlten. So gefiel ihnen das Leben.

»Weißt du, was wir mit dem Truck hätten machen sollen? Zu Davenport fahren und mit voller Wucht rein durch die Haustür. Die Veranda hoch und einfach durch die Tür, und dann stehenlassen.«

»Da wäre bestimmt eine Meute Cops rumgehangen«, sagte Martin, der mittlerweile ein bißchen nüchterner geworden war, »und hätte uns schon unterwegs abgefangen...«

»Scheiße, ja... Aber irgendwas müssen wir unternehmen.«

»Ihr solltet den Wagen hier nehmen und losfahren«, sagte Sandy. »Wenn ihr aufpaßt und etwas Glück habt, könnt ihr in zwei Tagen in Mexiko sein.«

»Weißt du was?« sagte LaChaise. »Ich wette, wenn wir die Wohnung da oben auseinandernehmen, finden wir da auch noch Geld. Wetten? Ich wette, er hat irgendwo was versteckt. Ich kann mir keinen Dealer vorstellen, der das nicht tut.«

»Vielleicht in seinem Wagen ...«, sagte Martin, und sie fingen an, über Geld zu reden. Sandy ließ sich in ihren Sitz zurückfallen. Wenigstens redeten sie jetzt nicht mehr über Davenport.

Nach einer Minute sagte LaChaise: »Ich glaube, meine Wunde ist aufgegangen.«

Sandy setzte sich auf. »Wieso?«

»Sie hat gejuckt, und ich habe nur hingefaßt, um den Verband zu verschieben. Und hatte Blut an den Fingern.«

»Vielleicht ist bei der Schlägerei ein Stich aufgegangen«, sagte Martin.

»Fahren wir zurück und sehen es uns an«, sagte LaChaise. Sein Überschwang ließ nach, und ernüchtert und mürrisch starrte er aus dem Fenster. »Scheißgegend«, sagte er.

Kapitel 15

Sie hatten sich alles vorgeknöpft, was die Straßen unsicher machte: Dealer, Junkies, Motorradgangs, Waffenfreaks – kaum einer lief noch herum, ohne mit den Cops Bekanntschaft gemacht zu haben.

»Eines wette ich: Wenn sie sich verkrochen haben, haben sie zumindest eines, nämlich einen Fernseher«, sagte Lucas. Er saß hinter seinem Schreibtisch, die Füße ruhten auf der obersten Schublade. Die anderen hatten sich in seinem kleinen Büro irgendwo einen Platz gesucht. »Das ist das erste, was diese Idioten sich zulegen: einen Fernseher. Wir könnten ihn benutzen, um Sandra Darling etwas mitzuteilen.«

»Was sollen wir ihr sagen?« fragte Del. »Wir können nicht einfach auf dem Bildschirm erscheinen und sagen, sie soll weglaufen. Sie würden sie umlegen.«

»Wir kleiden es in eine Bitte um Informationen und erklären, wie lange einer im Knast verschwinden wird, der mit LaChaise gemeinsame Sache macht. Wir sagen: ›Ruft einfach die 911 an. Niemand erfährt es.‹ Sie wird begreifen, daß wir sie meinen.«

»Vielleicht sollte man die Seelenklempner hinzuziehen«, sagte Sloan. Er saß verkehrt herum auf einem Stuhl und hatte das Kinn auf die verschränkten Arme gelegt. »Daß sie etwas mit denen zu tun hat, zumindest halb freiwillig, müssen sie annehmen. Wenigstens zu Beginn. Sie war mit in dem Beerdigungsinstitut, als LaChaise sich davonmachte ...«

»Ich glaube nicht, daß sie sie mitgenommen hätten, wenn sie damit rechnen mußten, praktisch jede Minute auf sie aufpassen zu müssen«, sagte Sherrill und nickte Sloan zu. Sie kauerte auf einem Drehstuhl. Ihre Schwiegereltern kümmerten sich um die Beerdigungsformalitäten für ihren toten Mann. Es riß sie hin und her zwischen der Jagd auf LaChaise und ihren Verwandten.

Lucas seufzte. »Hört mal, wir müssen noch eine andere verdammte Spur verfolgen.«

»Welche?« fragte Franklin. »Zeig sie mir, und ich bin schon unterwegs.«

Lucas ließ die Füße auf den Boden fallen. »Wir müssen den Cop finden. Nageln wir den fest, dann haben wir sie auch.«

»Also ...«, fing Sherrill an.

»Also knöpfen wir uns noch einmal unsere eigenen Leute vor – aber diesmal mit dem Ziel herauszubekommen, wer bei der Poli zei alles dealt.«

Sie sahen sich reihum an. »Gefährliche Sache«, sagte Del.

Lucas nickte. »Ja, aber es muß sein, früher oder später. Und im Moment ist es ein Angelpunkt, an dem niemand einhakt.«

»Dann mal los«, sagte Franklin.

»Haltet eure gottverdammten Augen offen – und zieht die kugelsicheren Westen an. Die Sache wird ziemlich beschissen.«

Lucas informierte Lester, und der meinte: »Die Abteilung für interne Angelegenheiten untersucht das eine oder andere. Aber auf der Straße recherchiert sie natürlich nicht. Seid vorsichtig.«

Lucas nickte. »Del und ich werden noch einmal mit Daymon

Harp reden. Wir werden ihn nochmal hart rannehmen. Er hängt mit drin.«

»Willst du jemanden von der Drogenfahndung dabeihaben?«

Lucas zuckte mit den Schultern. »Wir kommen schon klar. Und ihr seid gerade etwas dünn besetzt.«

»Du könntest Stadic haben«, sagte Lester. »Er kann derzeit keine Waffe tragen. Der Ausschuß muß erst wieder sein O. K. geben.«

»In Ordnung. Er müßte auf alle Fälle über Harp Bescheid wissen.«

»Nimm ihn mit«, sagte Lester. »Er hat zuletzt da drüben in dem Hotel den Portier gespielt...«

Stadic sah Lucas und Del auf das Hotel zukommen, und so, wie sie ihn ansahen, dachte er: *Sie haben mich.* Er trat einen Schritt zurück, merkte aber, daß es keinen Fluchtweg gab.

Dann stand Lucas vor ihm und fragte: »Wie läuft es?«

»Geruhsam«, sagte Stadic. »So mag ich es. Übrigens, Ihre Frau ist wieder ab durch die Mitte.«

»Ja, ja...«

»Kennen Sie einen Dealer namens Daymon Harp?« fragte Del ihn.

Jetzt kommt's, dachte Stadic. »Ja«, sagte er. »Den treffe ich ab und an. Vor drei oder vier Jahren haben wir ihn mal hochgehen lassen. Hat zwei Jahre abgesessen. Letztes Jahr hatten wir ihn wieder dran, konnten ihm aber nichts nachweisen. Hatte nichts bei sich, kein Geld, kein Dope. War ein schlechter Tip gewesen.«

Lucas nickte. »Gut. Wir brauchen jemanden, der ihn und seine Leute kennt. Wollen ihn uns vorknöpfen und die Daumenschrauben ansetzen.«

Stadic zog die Augenbrauen hoch. »Brauchen Sie mich dazu?«

»Wäre gut«, sagte Lucas.

»Geben Sie mir fünfzehn Sekunden Zeit, aus diesen Scheiß-Portiersklamotten rauszukommen«, sagte Stadic. »Meine Gebete wurden erhört.«

Sie fuhren in einem grauen Zivil-Pkw. Die Heizung war voll aufgedreht, schaffte es aber dennoch nicht ganz. Auf der Nicollet kamen sie an einem Blechschaden vorbei, an der nächsten Straße rutschten sie über ein Stopschild. »Dieses beschissene Minnesota«, sagte Del. »Ich fahre jetzt einfach weiter bis ins beschissene Florida.«

»Ich habe ein Buch von einem Typen unten aus Miami gelesen«, sagte Stadic. »Florida, sagt er, ist tatsächlich ziemlich beschissen.«

»Am beschissensten ist wahrscheinlich, daß sie mich da gar nicht haben wollen«, knurrte Del.

»Ihr beide haltet jetzt mal eure Scheißklappen«, sagte Lucas. »Ich kriege Kopfschmerzen davon.«

Del wechselte das Thema. »Haben Sie gehört, was die Polizei von St. Paul mit ihren Zivilfahrzeugen gemacht hat?«

»Nein.«

»Alle Wagen haben diese gelben Aufkleber auf die Kotflügel geklebt gekriegt. ›Gurte anlegen. Das ist Gesetz!‹«

»Stimmt, habe ich schon gesehen«, sagte Stadic.

»Und dann haben einige Schlaumeier die Aufkleber abgezogen, sie mitten durchgeschnitten und die eine Hälfte wieder aufgeklebt. Jetzt steht da...«

»Das ist Gesetz«, sagte Lucas und lachte.

»Und wer fährt schon mit so einem blöden Aufkleber herum, außer einem Cop?« sagte Del. »Übrigens, welche Farbe hat unser Zivilfahrzeug hier?«

Es dauerte eine Weile, bis Lucas verstand und sagte: »Mausgrau, wie alle.« Alle lachten.

Sandys Stiche hatten gehalten, doch LaChaises Wunde war an den Rändern rot verfärbt. An einer Ecke sickerte Blut heraus. »Ich verbinde sie neu. Aber am besten wäre es, wenn du einfach eine Weile ruhig sitzen bliebest«, sagte Sandy.

Während sie ihn verarztete, nagelte Martin ein Stück Sperrholz über das Loch in der Flurwand neben der Tür. »Wenn wir sie nicht wieder vernageln, rücken uns am Ende noch ein paar verdammte Junkies auf den Leib«, sagte er.

Als er fertig war, kam er wieder herein, zog die Kartons zum Türrahmen zurück und schloß die Tür.

Kurz darauf stand er am Fenster und sah den Wagen gegenüber vom Waschsalon einparken.

»Cops«, sagte er.

Sandy stand auf und hielt die Hand vor den Mund. LaChaise kam auf die Füße und wollte zum Fenster. Aber Martin winkte ihn zurück. »Nicht an den Vorhang kommen. Vielleicht sehen sie herauf.«

LaChaise ging langsam vor, stellte sich vorsichtig hinter eine schmale Lücke, die der Vorhang aufließ, und beobachtete die drei Männer, die aus dem Auto stiegen. Erkennen konnte er nur Mäntel und Hüte, aber der graue Wagen war der Punkt. Klar, das waren Cops. Sie überquerten die Straße, redeten miteinander, und der Dünne lachte.

»Sie lachen. Vielleicht kommen sie her, aber sie wissen nicht, daß wir hier sind«, sagte LaChaise. Er ging schnell zum Fernseher und schaltete ihn aus. »Über die Hintertreppe. Wir können durch die Garage raus.«

»Nein«, sagte Martin und schüttelte den Kopf. »Wir können auf dem Hof nichts sehen, bevor die Garage offen ist. Wenn da draußen Cops warten, erwischen sie uns kalt.« Er sah zum Fenster. »Mann, ich glaube nicht, daß sie von uns hier wissen. Aber ich glaube auch nicht, daß wir riskieren können, einfach abzuhauen.«

»Also hocken wir uns hin und warten auf sie«, sagte LaChaise. »Hinten auf der Treppe. Dann bleibt uns noch die Chance, notfalls abzuhauen.«

Sie gingen auf Zehenspitzen durch den Hauptflur. Sandy schoben sie vor sich her. Sie ging die Treppe bis zur Garage hinunter. LaChaise und Martin blieben auf dem Treppenabsatz. Martin ging in die Hocke, LaChaise stand eine Stufe tiefer hinter ihm. Er hielt seine Dog in der Hand, Martin in jeder eine .45er.

»Wenn sie wissen, daß wir hier sind, wird ein Trupp die Garage stürmen«, flüsterte LaChaise. Als Garagenöffner diente ein auf Kopfhöhe angebrachter Schalter. LaChaise zeigte mit dem Pistolenlauf darauf und sagte zu Sandy: »Mach auf.«

Sie legte den Schalter um.

»Laß sie ein paar Schritte herein. Sie müssen alle drin sein«, sagte Martin. »Wenn sie nicht wissen, daß wir hier sind, müssen wir sie alle drin haben ...«

Del ging nach hinten und sah nach dem Garagentor. Lucas ging vor Stadic die Treppe hinauf.

»Oben steht ein Stapel Kartons«, sagte Lucas. »Soll wohl so etwas wie eine Barrikade sein, damit wir nicht gleich durch die Tür brechen.«

»Hab ich schon ein paarmal erlebt«, sagte Stadic. »Was immer sie damit bezwecken wollen.«

Oben schoben sie die Kartons zur Seite. Ein Stück Sperrholz war grob an die Wand genagelt.

»Was soll das denn bedeuten?« sagte Lucas und sah sich das Brett an.

»Wahrscheinlich ein Extrahindernis, damit die Leute nicht direkt durch die Wand brechen«, sagte Stadic. »Der Kerl geht kein Risiko ein.«

Lucas schlug gegen die Tür. »Aufmachen, Harp.«

Keine Reaktion.

»Ungewöhnlich still«, sagte Stadic.

Lucas schlug noch einmal dagegen. »Und? Ob er ausgeflogen ist?«

»So wie die Dinge liegen ...«

Lucas machte einen dritten Versuch. Sie warteten einen Moment, und Lucas sah sich das Schloß an. »Weiter kommen wir nicht«, sagte er. Sie gingen wieder die Treppe hinunter.

Drinnen kauerte Sandy direkt neben Harps Wagen und hielt sich die Ohren zu. Nach dem dritten Klopfen hörten sie Schritte auf der Treppe. »Ich glaube, sie gehen«, flüsterte Martin.

»Das kann ich verdammt nicht glauben«, flüsterte LaChaise zurück. »Das muß ich sehen.«

Martin hielt ihn am Arm fest. »Besser nicht, manchmal spüren es die Leute, wenn sich etwas bewegt.«

LaChaise nickte. Sie blieben auf den Stufen sitzen und lauschten.

Auf der Straße gingen Lucas und Stadic bis zur Hausecke und riefen nach Del. Del stand gegen die Backsteinwand der Garage gelehnt, stieß sich jetzt ab und schlenderte auf sie zu. »Nichts?«

Lucas schüttelte den Kopf. Sie gingen über die Straße zum Wagen.

Stadic setzte sich auf den Rücksitz und sah Sell-More Green auf sie zukommen. Sell-More arbeitete für Harp, aber er kannte Stadic nicht. Stadic dachte schnell nach, und während Lucas den Motor anwarf, klopfte Stadic ihm auf die Schulter, zeigte auf den Mann und sagte: »Da.«

Lucas und Del sahen in die Richtung. Ein dünner Schwarzer in einem alten Parka und schwarzen Turnschuhen tänzelte über den Gehweg. Er bemerkte sie nicht. »Das ist Sell-More Green«, sagte Stadic. »Er gehört zu Harps Dealern. Jedenfalls früher.«

»Fragen wir ihn, wo Harp steckt«, sagte Lucas.

Sie warteten, bis Sell-More an ihrem Wagen vorbeikam, sprangen dann gleichzeitig heraus, und Sell-More machte einen Satz zur Seite. Er wollte schon fliehen, überlegte es sich aber anders und blieb stehen, die Hände in den Taschen. »Was ist los?« fragte er.

»Wie geht's?« fragte Stadic zurück.

»Bin hungrig«, sagte Sell-More. »Habe zwei Tage nichts gegessen.«

Lucas grub in seiner Jackentasche, holte ein kleines Geldbündel hervor und zog einen Zehner heraus. »Wo ist dein Boß?«

Sell-More leckte die Unterlippe. »Wer?«

»Himmel noch mal, Daymon«, sagte Lucas.

»Ach so, Daymon.« Sell-More sah zu den Wohnungsfenstern. »Er hat gesagt, die Cops rücken ihm auf den Pelz wegen dieser weißen Kerle, die Cops umlegen. Ist deswegen verreist. Zusammen mit Jas-Min.«

»Weißt du, wohin?«

»Er sagte, vielleicht nach Mexiko. Irgendwohin, wo es warm ist«, sagte Sell-More. »Reicht das für den Zehner?«

»Du lügst doch nicht?« fragte Lucas.

»Bestimmt nicht«, sagte Sell-More. Er zitterte. »Wenn der Boß hier wäre, hätte ich was zu essen.«

Lucas gab ihm die zehn Dollar und sagte zu Del: »Mexiko.«

Del ließ den Blick über den Schnee schweifen. »Wünschte, ich wäre mit ihm unterwegs.«

Stadic nickte. Ihm gefiel die Geschichte. Wenn Davenport annahm, daß Harp mit der Sache zu tun hatte, würde er immer wiederkommen. Er wollte nicht, daß Davenport weiter bei Harp nachbohrte. Jedenfalls nicht im Moment.

Sie waren schon ein paar Schritte von Sell-More weg, als Lucas stehenblieb und sagte: »Tust du was für einen Hunderter?«

»Was?« fragte Sell-More.

»Wir sind auf der Suche nach Cops, die vielleicht... dealen. Wenn du dich für uns umhörst, einen oder zwei Namen herausbekommst, bringt dir das Bargeld.«

Stadic zuckte zusammen. Damit hatte er nicht gerechnet. »Kriege ich es gleich?« fragte Sell-More hoffnungsvoll.

»Teufel, nein«, sagte Lucas. »Erst, wenn ich die Namen habe – und diese Namen sollten besser stimmen.«

»Was Sie verlangen, ist ziemlich gefährlich«, sagte Sell-More.

»Ja, sicher, und die zehn Dollar da reichen nicht lange«, sagte Lucas. Er zog eine Visitenkarte aus der Tasche und reichte sie Sell-More. »Wenn du wieder Hunger hast, ruf mich an und bring mir einen Namen. Niemand erfährt davon.«

Sell-More verdrehte die Augen nach innen, schwieg einen Moment, sah von Lucas zu Del und dann zu Stadic und sagte: »Vielleicht kenne ich da ja jemanden.«

LaChaise sah Martin an. »Sie sind weg.«

Martin nickte. »Stimmt.«

»Ich kann es nicht glauben«, sagte LaChaise. Er sah Sandy an. »Wir sind in Sicherheit.«

Sandy nickte. Sie spürte, wie ihr Herz hämmerte. Die Cops hatten das Haus in Frogtown schon einen Tag nach den ersten Überfällen hochgehen lassen. Sie wußte nicht, wie sie das geschafft hatten. Aber sie hatten Butters erschossen und hätten sie wahrscheinlich alle umgelegt. Jetzt hatten sie hier direkt vor der Tür gestanden. LaChaises ganze Aktion würde wie ein Kartenhaus zusammenfallen. Elmore hatte es vorausgesagt. Elmore war nie besonders klug gewesen. Jetzt erschien er ihr wie ein Prophet.

Von alldem sagte sie nichts. Statt dessen dachte sie: *Ich brauche ein Telefon.*

Kapitel 16

Lucas ging durch, mit was sein Team sich im Moment beschäftigte: Sloan und Sherrill hörten sich unter den Motorradgangs der Stadt um. Del und Franklin streiften durch die Viertel und fahndeten nach Junkies. Anderson ging für Lester die entsprechenden Listen nach Personen durch, die möglicherweise in die Computer mit den Personalunterlagen einbrechen konnten. Lucas schaute zu Anderson herein. »Auf etwas gestoßen?«

»Dein Name taucht immer wieder auf«, sagte Anderson.

»Ich glaube, den kannst du streichen«, sagte Lucas.

Anderson gähnte und sagte: »Na, dann bleiben immer noch über sechzig. Dazu gehören alle aus deiner Mannschaft, und ich bin noch immer nicht mit der ganzen Liste durch.«

»Gib mir eine Aufstellung, sobald du fertig bist«, sagte Lucas.

Dann holte er sich eine Kopie des Tonbands von Buster Brown und hörte es sich noch einmal an.

> *»... und müssen wissen, wo diese Weather steckt. Wäre auch gut, wenn wir wüßten, wo Capslocks Alte liegt, ihre Zimmernummer. Und dann müssen wir wissen, wo Davenport arbeitet. Gilt auch für Capslock, Sherrill, Sloan, Franklin und Kupicek. Du kennst die Liste.«*
> Lange Pause.
> *Das klingt unwahrscheinlich. Sag mir lieber die Wahrheit, oder du kommst auch auf die Liste, Motherfucker... Hey, hör zu, was ich dir sage: Nein, du nicht. Hast du etwas über Elmore herausbekommen?«*
> Wieder Pause.
> *»Das haben wir uns gedacht. Wir schauen uns diese Jungs mal an, wenn wir hier fertig sind... Jetzt hör zu, wir brauchen den Kram, und zwar sofort. Wir melden uns wieder: in zwei Stunden. Zwei Stunden, verstanden?«*
> Pause.
> *Ich weiß nicht. Wir müssen sehen, daß wir immer an dich rankommen. Du könntest versuchen, uns zu leimen.*

Und wenn du das vorhaben solltest, denk besser zweimal drüber nach…

Pause.

»Ja, ja. Zwei Stunden.«

Er fuhr das Band zurück und hörte auf die Hintergrundgeräusche. In einem Film hatte er mal gesehen, wie sie aus dem Geräusch eines vorbeifahrenden Zuges Schlüsse gezogen hatten… aber hier gab es keine derartigen Anhaltspunkte. Buster hatte gemeint, im Hintergrund einen Fernseher zu hören, aber Lucas kriegte das nicht aus dem Rauschen des Bandes herausgefiltert. *Was hatte das mit Elmore zu bedeuten?* dachte er.

LaChaise: *Hast du etwas über Elmore herausbekommen?… Das haben wir uns gedacht. Wir schauen uns diese Jungs mal an, wenn wir hier fertig sind…*

Also, das klang, als wären sie es gar nicht gewesen, die Elmore Darling umgebracht hatten. Es klang eher so, als glaubten sie zu wissen, wer es gewesen war – genau wie der Cop, der mit ihnen redete. Lucas bastelte weiter an dem Puzzle: Der Cop erzählte ihnen, daß Elmore von anderen Cops erschossen worden war, vielleicht von denen aus dem Gefängnis in Michigan, die so Rache für den Tod von Sand übten. Das klang widersinnig – aber ein Sträfling würde das vielleicht glauben. Doch wenn die Kollegen aus Michigan Elmore nicht getötet hatten und auch LaChaise nicht…

Lucas erhob sich aus dem Sessel und drehte eine schnelle Runde um seinen Schreibtisch. Es mußte der Cop selbst sein. Aber wie hatte er gewußt, wie er an Elmore herankam, um ihn zu töten? Wieso hatte er gewußt, daß Elmore überhaupt in die Sache verwickelt war? Stand dieser Cop so eng in Verbindung mit LaChaise, daß er von ihm all das wußte? War er selbst mit an dessen Flucht beteiligt?

Das war unwahrscheinlich: Der Gesprächston am Telefon klang dafür zu schroff.

Woher konnte er es also wissen? Die Polizei hatte genügend Details zusammengetragen, aus denen er selbst sich ein Bild zusammenbasteln konnte. Und wenn ihm das gelang, konnte der Cop es vielleicht auch…

Stadic versuchte verzweifelt, Sell-More aufzutreiben. Der Junkie hatte gesagt, er kenne womöglich jemanden. Und nachdem er zu Harps Dealern gehörte, war das keineswegs ausgeschlossen. Bei ihren seltenen Begegnungen waren Harp und Stadic immer vorsichtig gewesen, hatten sich stets außerhalb der Stadt getroffen. Aber ganz ohne das ging es nicht: Geldscheine mußten den Besitzer wechseln, Informationen weitergegeben, Fotos angeschaut werden. Und bei Junkies war das immer so eine Sache: Die konnten wieder in Chicago oder Miami aufwachen, aber genausogut hier um die Ecke, und wenn einer ihn vielleicht mal mit Harp zusammen gesehen hatte und zwei und zwei zusammenzählte...

Stadic ließ keinen Dealertreff aus, knöpfte sich ein paar Dealer vor und quetschte sie zum Schein aus, wollte wissen, was sie über Cops wußten. Davenport würde wahrscheinlich ganz schön sauer sein, wenn er erfuhr, daß Stadic dasselbe Revier abklapperte wie seine Leute, aber das ließ sich nicht ändern.

Kurz nach Einbruch der Dunkelheit sprach er mit einem Verkäufer aus einem Lebensmittelladen, der vor noch nicht zehn Minuten Sell-More einen Doughnut verkauft hatte. Sell-More sei zu Fuß unterwegs, sagte der Verkäufer. Stadic fuhr kreuz und quer die Seitenstraßen ab und fand Sell-More nach fünf Minuten, wie er, die Hände in den Hosentaschen, mit glasigem Blick den Gehsteig entlangspazierte. Stadic fuhr auf die andere Straßenseite, kurbelte das Fenster runter und sagte: »Steig ein.«

Sell-More sah ihn an. Weit hinten in seinem Hirn machte es klick, und er sagte langsam: »Ich habe nicht viel.«

»Wir müssen so oder so mit dir reden«, sagte Stadic. Seine Reifen gruben sich krachend in die schmutzige Eiskruste am Straßenrand. »Steig ein.«

Sell-More tänzelte um den Wagen, stieg auf der Beifahrerseite ein, ließ sich auf den Sitz fallen, beugte sich dann vor und rieb die Hände im Luftstrom der Heizung. »Bin verdammt hungrig«, sagte er.

»Hast dein ganzes Geld für Dope ausgegeben, stimmt's?«

»Ich bin ein Junkie«, sagte Sell-More. »Was wollen Sie?«

»Wo hast du deine Handschuhe?«

»Habe keine. Wohin fahren wir?«

»Nur eine Runde, für eine Minute, damit die Heizung weitermacht«, sagte Stadic. »Was hast du rausbekommen?«

Sell-More zuckte mit den Achseln. »Mein Dealer sagt, Daymon Harp hat einen Cop an der Hand, denn jedesmal, wenn einer versucht, Daymon in die Suppe zu spucken, wird er am nächsten Tag hochgenommen. Das weiß inzwischen jeder, sagt er.«

»Das ist alles?«

»Der Typ muß bei der Drogenfahndung sein«, sagte Sell-More.

Obwohl er fuhr, schloß Stadic für einen Moment die Augen. Er hatte das Gefühl, die Welt glitte unter ihm weg, wie bei einem dieser Alpträume, wo etwas schiefläuft und du kriegst es nicht wieder auf die Reihe. Wenn ein Trottel wie Sell-More so weit kam, konnten das andere Leute ganz bestimmt auch. Sein Name war noch nicht gefallen, aber das Muster stimmte. Und wenn sich einer das nun genau ansah und die entsprechenden Festnahmen, die es gegeben hatte, dann stieß er auch auf Stadics Namen.

»Hey, Mann …«

Sell-Mores Stimme riß ihn aus seinen Gedanken, und er sah, wie er auf einen parkenden Pontiac zufuhr. Er riß den Wagen herum und auf die Mitte der Fahrbahn. Nur dreißig Zentimeter hatten bis zu einem Zusammenstoß gefehlt.

»Sind Sie okay?« fragte Sell-More.

»Müde«, sagte Stadic. Er versuchte zur Besinnung zu kommen. Eins nach dem anderen. Wenn Harp zurückkam, mußte er ihn aus der Stadt schaffen. Beseitigen? Lieber nicht. Der Haken war, daß Harp Stadics Namen irgendwo als eine Art Lebensversicherung hinterlassen hatte, so, wie er diese Fotos gemacht hatte … Der Teufel sollte ihn holen.

Stadic griff in seine Jacke nach dem Handy. Gleich daneben spürte er den kalten Stahl seiner Pistole. »Du mußt für mich einen Anruf erledigen«, sagte er.

Sherrill und Sloan waren zurück. Sie hatten ihre Parkas noch an.

»Kalt?«

»Ja, wird noch schlimmer«, sagte Sherrill. »Eigentlich sollte es morgen wieder wärmer werden, aber irgendwo baut sich eine große Schneefront auf. In zwei oder drei Tagen soll sie hier sein.«

»Macht die Sache nicht leichter.«

»Niemand ist auf den Straßen«, sagte Sloan. »Hast du was von Sell-More gehört?«

»Keinen Ton.« Das Telefon läutete. Lucas hob ab.

»Ich bin der, dem Sie die zehn Dollar gegeben haben«, sagte Sell-More.

Lucas grinste Sloan an und deutete auf das Telefon. »Ja? Sell-More?«

»Ich habe einen Namen für Sie.«

Lucas beugte sich in seinem Sessel nach vorn. »Und welchen?«

»Sie haben gesagt, hundert Dollar.«

»Wenn du mir einen Namen nennst.«

Fünf Sekunden Schweigen. Dann sagte Sell-More nur ein Wort: »Palin.«

»Sag das noch einmal.«

»Palin. P-A-L-I-N.«

»Woher hast du den?« fragte Lucas.

»Von einem Jungen aus einer Straßengang in der Franklin.«

»Komm her zu uns. Frag nach Davenport. Wenn der Name was bringt, hast du deinen Hunderter. Und ich will den Namen von dem Gangmitglied. Bringt noch einmal hundert.«

»Bleiben Sie da«, sagte Sell-More. »Ich bin unterwegs.«

Lucas legte den Hörer auf die Gabel und sah Sloan an. »Arne Palin?«

Sloan fiel vor Überraschung die Kinnlade runter. »Arne Palin? Unmöglich.«

»Sell-More sagt Arne Palin«, sagte Lucas.

»Arne ist so anständig, daß er in Gegenwart von Frauen nicht einmal ›Scheiße‹ sagt«, bemerkte Sherrill.

Lucas kratzte sich am Kopf. »Aber er war mal ein begnadeter Säufer. Erinnerst du dich, Sloan? Er hat mal ziemliche Scheiße gebaut, vor fünfzehn Jahren.«

»Ja, da hat er den großen Cowboy markiert. Aber, meine Güte...« Sloan schüttelte den Kopf. »Wenn du gesagt hättest, ich soll einen Namen heraussuchen, der es nicht war – ich hätte Palin genannt. Ich halte ihn nicht für gerissen genug, so etwas zu tun.«

»Könnte eine Seifenblase sein«, stimmte ihm Lucas zu. »Aber ich frage mich, woher Sell-More den Namen hat.« Er griff nach dem Telefon und rief Anderson an. »Steht Arne Palin auf deiner Liste?«

»Ja«, sagte Anderson. »Er möchte in die Personalabteilung. Ein paar Tage hatten sie ihn schon bei sich. Hast du was gegen ihn in der Hand?«

»Vielleicht. Sieh nach, wo er in den letzten Tagen war – wann er Dienst gehabt hat und so weiter. Überprüf, ob er an dem Tag Dienst hatte, als die O'Donald den Kerl im Waschsalon gesehen hat.«

»Wie genau soll die Prüfung ausfallen?« fragte Anderson. Er klang müde.

»Ganz genau. Der Tip kam von der Straße.«

»Arnes Name?«

»Ja, ich weiß. Aber geh der Sache nach, ja?«

Stadic fuhr den Wagen an den Bordstein. »Raus«, sagte er. »Und halt die Klappe. Tu das, bis Harp zurück ist. Mach dir keine Sorgen, daß du jetzt nicht mehr genug Stoff kriegst. Jedenfall vorerst nicht. Du bist genau mein Mann.«

»Das bin ich.« Sell-More ließ sich einwickeln. »Das bin ich.«

»Stimmt«, sagte Stadic. Er sah in den Rückspiegel. Kein anderer Wagen in Sicht. Er hatte sich die dunkelste Straße ausgesucht, vor Eisbrocken kaum befahrbar. »Hau jetzt ab.«

Sell-More drückte die Tür auf und schwang die Beine hinaus. »Und kauf dir ein Paar Handschuhe«, sagte Stadic. »Du frierst dir sonst die Finger ab.« Er schob die Hand unter seinen Sweater und umfaßte den Griff seiner alten .38er.

»Mach ich«, sagte Sell-More.

Er stand draußen und wollte gerade die Tür zuwerfen, als Stadic ihm zurief: »Hey, einen Moment.«

Sell-More beugte sich vor und wollte »Ja?« sagen, aber dazu kam er nicht mehr. Als er seinen Kopf unter dem Dach durchschob, schoß ihm Stadic ins Gesicht. Ein einziger, schnell abgefeuerter Schuß, ein Knall, ein Mündungsblitz, und Sell-More stürzte zu Boden. Sein Kopf schlug gegen die Kante des Wagenschlags. Es gab ein dumpfes, knirschendes Geräusch.

»Mist. Stadic beugte sich über den Nebensitz und hielt die Pistolenmündung fast direkt an Sell-Mores Hinterkopf. Er zog noch einmal den Abzug durch. Sell-Mores Kopf schlug hin und her. »Wenn du jetzt nicht hin bist, kannst du mich mal«, sagte Stadic, beugte sich hinüber und zog die Tür zu.

Da saß er in seinem eigenen Wagen, die Mordwaffe in der Hand. Er spürte sein Herz hämmern. Die Waffe mußte verschwinden. Wenn er wegfuhr und nur einen Block schaffte, würde ihn keine Jury der Welt mehr verurteilen, es sei denn, er hätte die Waffe bei sich. Aber zu früh konnte er sie auch nicht wegwerfen, weil sie alles rund um die Leiche absuchen würden – jede Stelle, wo jemand eine Knarre hätte fallen lassen können.

Er horchte, ob sich das Funkgerät meldete. Das Funkgerät war Routine, weiter nichts. Noch einen Block. Und noch einen. Keine Durchsage? Er fand eine andere dunkle Straße, sah einen Kanaldeckel, fuhr nah heran und ließ die Waffe in den Gulli fallen. Gerade wollte er weiterfahren, als er ein merkwürdiges Geräusch hörte. Er zögert.

Was war das? In seinen Ohren hallten noch die Schüsse wider. Vielleicht war es das. Er kurbelte das Fenster runter, nur zwei Zentimeter, und hörte es wieder, es übertönte das Rollen der Räder. Am Ende des Blocks sah er nach rechts. Eine Gruppe Kinder ging mit Kerzen in den Händen über den Gehsteig.

Sie sangen Weihnachtslieder.

»Himmel«, sagte er. »Die kleinen Scheißer sollten längst im Bett sein.« Er fuhr weiter.

Sell-More war nicht erschienen. Inzwischen war Del gekommen und wieder gegangen. Er sei im Krankenhaus zu erreichen, sagte er. Sherrill war unterwegs zum Beerdigungsinstitut. Lucas und Sloan sagten, sie würden nachkommen.

»Das müßt ihr nicht«, sagte Sherrill.

»Natürlich müssen wir«, sagte Lucas. Er klopfte ihr auf die Schulter. »Wir sind mit dabei.«

Als sie weg war, sagte Sloan: »Wie wär's mit einem Burger und einem Bier, bevor wir aufbrechen?«

Lucas nickte. »In Ordnung.« Er schloß gerade die Tür, als sie jemanden durch den Gang laufen hörten. Anderson kam mit blassem Gesicht um die Ecke gerannt. »Es ist Palin«, platzte er heraus.

»Wie bitte?« Lucas sah Sloan an und dann wieder Anderson.

»Gina hat in der Funkzentrale die Bänder abgehört, um festzustellen, wo Palin Dienst gehabt hat. Und vorgestern abend hat er eine Autonummer aus Wisconsin durchgegeben. Ihr werdet es nicht glauben...«

»Die von Elmore Darling«, sagte Lucas und schnippte mit den Fingern. »So hat er Darling gefunden. Merkte sich die Nummer, als er mit LaChaise redete, ließ sich den Halter durchgeben, fuhr hin und erschoß Darling.«

»Sieht so aus«, sagte Anderson. Sein riesiger Adamsapfel hüpfte auf und ab. »Wir wären ihm nie draufgekommen, wenn wir diese alten Bänder nicht laufen gelassen hätten.«

»Arne Palin«, sagte Sloan und schüttelte den Kopf.

»Nehmen wir ihn fest«, sagte Lucas.

Kapitel 17

Lucas traf sich schnell mit Roux und Lester, und Lester schickte das Überfallkommando los. Sein Chef rief Palin vom Revier aus an. Er war zu Hause und gern bereit, für einen Noteinsatz Überstunden zu machen. Er solle, wurde ihm gesagt, in Reichweite des Telefons bleiben, bis der neue Einsatzplan fertig sei.

»LaChaise ist nicht bei ihm. So weit kann er unmöglich gehen«, sagte Lucas zu Roux und Lester, während sie zum Ausgang eilten.

»Wir dürfen kein Risiko eingehen. Noch einer darf nicht dran glauben. Das Überfallkommando soll seine Wohnung stürmen«, sagte Lester. »Wenn LaChaise nicht da ist, sollen sie Palin schnell festnehmen. Vielleicht kriegen wir noch raus, wo LaChaise steckt, bevor der überhaupt mitbekommt, daß wir Palin haben.«

»Sloan ist auch da. Er kann beim Verhör helfen«, sagte Lucas. Sie gingen um die Ecke und sahen Sloan an der Tür warten. Er unterhielt sich mit Franklin. Als sie zusammentraten, kam gerade Stadic herein und stampfte den Schnee von den Schuhen.

»Kommst du mit?« fragte Lucas Franklin.

»Wenn ihr mich braucht«, sagte Franklin. Er nickte Stadic zu, und der nickte zurück. »Sonst versuche ich mal, mich nach Hause zu schleichen und für meine Frau ein paar Sachen einzupacken.«

»Das hier hat Vorrang«, sagte Lucas. Er wandte sich an Stadic. »Was ist mit Ihnen? Sie sehen reichlich mitgenommen aus.«

»Bin ich auch«, sagte Stadic und schüttelte den Kopf.

»In Ordnung«, sagte Lucas. Er stach Stadic mit dem Finger in den Bauch. »Legen Sie sich ein bißchen hin.«

»Aber was ist denn los?« wollte Stadic wissen.

»Wir glauben, einer von unseren Jungs steht mit LaChaise in Verbindung«, sagte Lester grimmig.

Stadics Augenlider flatterten, und er sagte: »Unmöglich. Wer?«

Lucas, Sloan und Franklin waren schon draußen im Schnee.

Roux stand hinter Stadic und sagte: »Arne Palin.«

»Unmöglich«, sagte Stadic noch einmal.

»Ich glaube, er hat recht«, sagte Franklin, als sie durch den Schnee stapften und die Tür hinter ihnen zufiel. Er blickte in den trüben Himmel, dessen Wolken so tief hingen, daß er fast glaubte, sie berühren zu können. »Ich kann nicht glauben, daß es Arne Palin ist.«

Stadic ging in sein Büro. Niemand war da. Nur ein Haufen leerer Schreibtische stand herum. Im Hohlraum hinter seiner Schreibtischschublade bewahrte er ein halbes Dutzend Tütchen Weckamine auf, die man nicht einmal entdecken konnte, wenn man die Schublade ganz ausräumte. Er riß eines auf, um sich wieder fit zu machen, zog sein Handy aus der Tasche und wollte gerade die Kurzwahltaste drücken. Doch dann hielt er inne, runzelte die Stirn, dachte nach und schaltete es wieder aus. Mobiltelefone waren schließlich Sender. Er sollte besser nicht ins Funknetz gehen.

Dann ging ihm auf, daß LaChaises Anrufe mit dem Handy zurückverfolgt werden könnten. Mist. Wenn sie das Telefon fänden und sich die einzelnen Rechnungsposten ansähen, wäre er geliefert. Stadic geriet ins Schwitzen. Himmel, er mußte an dieses Handy kommen. Er mußte.

Er überlegte einen Moment, griff dann nach dem Telefonhörer

auf dem Schreibtisch und wählte LaChaises Nummer. Gleichzeitig fuhr ihm der erste Schuß Amphetamin ins Blut, und sein Kopf schien ein bißchen klarer zu werden.

»Ja?« meldete sich LaChaise.

»Ich habe einen für dich«, fiel Stadic mit der Tür ins Haus.

»Und wen?«

»Franklin. Er ist gerade mit Davenport und ein paar anderen Kollegen raus. Sie wollen einen anderen Kollegen hochnehmen... Hat nichts mit dir zu tun. Aber ich habe gehört, daß Franklin dann in sein Haus schleichen und ein paar Sachen für seine Frau holen will. Sie ist drüben in dem Hotel.«

»Wann taucht er auf?« fragte LaChaise.

»Sie brauchen nicht lange«, sagte Stadic. »Das Haus des Kollegen stürmen sie wahrscheinlich in zwanzig Minuten, plus minus, und Franklin wohnt nicht allzuweit von dort entfernt. Ich würde sagen, in einer halben bis einer Stunde – hängt davon ab, was bei der Festnahme passiert.«

»Wird sein Haus bewacht?«

»Nein.«

»Gib mir die Adresse«, sagte LaChaise.

Nachdem er eingehängt hatte, ging Stadic noch einmal durch, was jetzt anstand. Sein Gehirn arbeitete wieder schneller. Er würde auf der anderen Straßenseite im Schnee warten. Wenn er LaChaise und Martin aufkreuzen sah, war alles in Butter. Entdeckte er sie nicht, würde er warten, bis Franklin selbst auftauchte. Er würde die beiden schon aus der Reserve locken. Wenn sie dann auf ihn losgingen, um ihn umzulegen, wäre er an der Reihe. Er würde von hinten kommen und sie ausschalten.

Genauso, wie er das bei dem anderen Haus vorgehabt hatte. Doch diesmal war es sogar noch eine Person weniger, um die er sich kümmern mußte. Er mußte das Handy in die Finger kriegen.

Stadic verließ das Büro, schloß die Tür und hörte Stimmen im Flur. Lester kam mit Lew Harrin von der Mordkommission um die Ecke. Er hörte, wie Lester sagte: »Da ist Stadic, nehmen wir ihn mit.« Dann rief Lester: »Hey, Andy!«

Stadic drehte sich um. »Ja?«

»Unten an der Dreiunddreißigsten hat es einen Mord gegeben.

Jemand hat einen Mann überfahren, der auf der Straße lag. Die Streife hat ihn sich schon angeschaut. Sie sagen, es sieht aus, als wäre er schon tot gewesen, mit ein paar Kugeln im Kopf. Fahren Sie mit Lew hin, und sehen Sie nach, was passiert ist.«

»Hören Sie, ich bin total fertig...«, wandte Stadic ein.

»Ja, ich weiß«, sagte Lester. »Wir sind alle überarbeitet. Sie können wir ja nicht einmal mit hinter LaChaise herschicken, weil Sie derzeit keine Waffe tragen dürfen, aber das hier können Sie machen. Nur ermitteln und verhören. Außerdem heißt es, der Typ war ein Junkie. Vielleicht kennen Sie ihn.«

»Mann, mein Kopf...«

»Davon will ich nichts hören«, sagte Lester. »Heben Sie schon Ihren Arsch.«

LaChaise und Martin hatten es eilig mit den Vorbereitungen für den Überfall auf Franklin. Martin präparierte eine seiner .45er. Während er nach seinen Stiefeln suchte, setzte er die Pistole zusammen und lud sie. LaChaise zog seinen Parka an und sagte zu Sandy: »Um dich mach ich mir Sorgen. Du könntest uns verkaufen, wie du deinen Alten verkauft hast.«

»Komm schon Dick«, sagte sie. »Jag mir keine Angst ein.«

»Die solltest du aber haben.«

»Habe ich auch«, sagte sie. »Die Polizei wird uns töten.«

»Ja, wahrscheinlich«, sagte er und grinste sie an.

Martin reichte LaChaise eine .45er Colt-Pistole und ein halbes Dutzend Magazine. »Ein bißchen mehr Feuerkraft würde es bringen«, sagte er. »Ich wünschte, wir hätten ein paar verdammt schwerere Knarren. So eine AR wäre jetzt Gold wert.«

LaChaise hörte auf, Sandy zu fixieren. »Die hier gehen auch«, sagte er und stopfte sie in seinen Parka. Dann wandte er sich wieder an Sandy. »Ich habe mir überlegt, ob ich dich mitnehme, aber das hat keinen Zweck. Wir müssen dich eher...«

»Was?« fragte sie und wußte es plötzlich. Ganz sicher. Das war es: Sie würden sie töten.

LaChaise grinste sie an. »Müssen dich eher ein bißchen fesseln.«

»Ach, komm, Dick. Ich haue nicht ab. Das kann ich nicht...«

»Ich habe mit Bill darüber geredet. Wir glauben, du tust es.«

Sie sah Martin an. Er nickte. »Du tust es«, sagte er.

»Runter in die Garage«, sagte LaChaise.

In einer Küchenschublade hatten sie ein Dutzend Vorhängeschlösser gefunden. Mit ihnen sicherte Harp die Münzschächte seiner Waschmaschinen. In der Garage fanden sie eine Kette. Martin holte einen Sessel und einen Stapel Magazine.

Das Fesseln selber ging schnell, einfach und narrensicher. Sandy nahm an, daß LaChaise das wohl im Gefängnis gelernt hatte. Ein Ende der Kette wurde ihr ordentlich um den Bauch gelegt und mit einem Schloß gesichert. Das andere Ende wurde um einen Stützpfosten gewickelt und bekam ebenfalls ein Vorhängeschloß. Sie hatte gerade noch genug Bewegungsfreiheit, um sich hinzusetzen.

»Du kannst natürlich versuchen, dich daraus zu befreien«, sagte LaChaise. »Aber verletz dich nicht. Du tätest dir damit keinen Gefallen.«

»Dick, das solltest du nicht mit mir machen«, sagte Sandy bettelnd. »Ich würde bleiben.«

LaChaise sah sie mit einem kalten Blick an. »Vielleicht ... vielleicht haben wir zusammen ein bißchen Spaß, wenn ich zurück bin.«

»Was meinst du damit?«

»Los, Bill«, sagte er. »Wir müssen.«

Fünf Minuten nach Arne Palins Festnahme wußte Lucas, daß sie einen Fehler gemacht hatten.

Sie hatten ein paar Blocks weiter angehalten, die Westen angelegt, alles vorbereitet. Das Sturmkommando ging zur Eingangstür, klopfte, und als Palin öffnete, stießen sie ihn in den Flur zurück. Zur gleichen Zeit brach ein anderer Trupp das Schloß zum Hintereingang auf. Palin stammelte und stotterte, und seine Frau fing an zu schreien, während die Beamten das Haus von den Schlafzimmern bis zum Keller durchsuchten. Lucas, Sloan und Franklin kamen gleich nach dem Sturmtrupp ins Haus. Palin und seine Frau hatte man auf eine Couch gestoßen. Palin stammelte noch immer wütend Proteste. Er konnte es nicht begreifen.

»Nichts zu finden«, sagte Franklin. »Kann ich mich absetzen?«

»Ja, mach dich auf den Weg«, sagte Lucas. »Kommst du dann zurück ins Büro?«

»Sobald ich die Sachen für meine Frau zusammen habe«, sagte Franklin. Er nickte Palin zu. »Arne«, sagte er im Hinausgehen.

»Was ist denn los?« fragte Palin Lucas. »Was, verdammt?«

»Gestern abend haben Sie wegen eines Pickups aus Wisconsin durchgerufen und wollten den Halter wissen, einen gewissen Elmore Darling und seine Frau Sandy. Aus welchem Grund?«

Palins Frau sah ihn an, Palin machte den Mund auf und wieder zu, drehte den Kopf weg, dachte einen Moment nach, sah dann Lucas an und sagte: »Das habe ich gar nicht gemacht.«

»Wir haben Sie auf dem Band, Arne.«

»Das war ich nicht«, protestierte Palin.

»Elmore Darling ist gestern abend erschossen worden, und Sandy Darling ist wahrscheinlich mit LaChaise und diesem anderen Irren unterwegs. Wir wissen, daß Sie ihre Zulassungsnummer durchgegeben haben…«

»Hören Sie mal zu, verdammt noch mal,« schrie Palin. Er wollte aufstehen, aber Lucas drückte ihm die Hand auf die Brust. Er sank wieder zurück und schrie wieder los: »Ich habe nach keinem Nummernschild aus Wisconsin gefragt, und ihr habt das auch nicht auf Band, weil ich es nicht war.«

»Arne«, sagte Sloan in ruhigem Ton, »vielleicht sollten Sie sich einen Anwalt besorgen…«

»Ich brauche keinen verdammten Anwalt«, bellte Palin zurück und hämmerte mit der Faust auf die Couch ein. »Schafft diese verdammten Bänder her. Schafft diese verdammten Bänder her.«

Lucas sah ihn und seine weinende Frau nachdenklich an. »In Ordnung«, sagte er. »Ziehen Sie Ihre Jacke an. Fahren wir in die Stadt und hören uns die Bänder an. Mal sehen, was dabei herauskommt.«

»Ich will auch mit«, sagte Palins Frau.

Lucas nickte. »Sicher, das geht in Ordnung.« Er hatte ohnehin vorgehabt, sie zu bitten, ihren Mantel anzuziehen. Er wollte nicht, daß jemand im Hintergrund blieb, wenn sie mit LaChaise reden würden.

Stadic sah sich die Leiche von Sell-More an. Sein Kopf lag seitlich nach rechts verdreht, direkt am Bordstein. Die Beine hatte ihm offenbar das Auto gebrochen, das ihn überfahren hatte. Blut war nirgends zu sehen.

»Mist«, sagte er zu Harrin vom Morddezernat. »Vor ein paar Stunden habe ich noch mit ihm geredet. Davenport wird ausrasten. Das ist LaChaise gewesen. Frage mich, was das, zum Henker, zu bedeuten hat.«

Lucas erfuhr es auf dem Weg ins Büro von Stadic über Funk. Sell-More? Warum, um alles in der Welt, sollte jemand Sell-More umlegen? Etwa, weil Lucas unterwegs war und dumme Fragen stellte?

Franklin wohnte in Nord-Minneapolis in einem Bungalow. Die Siedlung bestand aus alten und neueren Häusern in den verschiedensten Stilen. Gegenüber stand ein quadratischer Ziegelbau, links von der Einfahrt ein Halbgeschoßhaus mit weißen Schindelwänden. Franklin fuhr langsam. Er war müde, spürte die Anstrengungen des Tages. Etwas Schnee wurde von dem böigen Wind aufgewirbelt, der in der vorigen Nacht aufgekommen war.

Vielleicht sollte er den Schneeräumer herausholen und die Auffahrt freiblasen, bevor der Schnee zu tief wurde oder vom Zeitungsboten zu sehr festgetrampelt wurde. Im Flurschrank hatte er einen warmen Overall hängen. Auch die passenden Stiefel hatte er. In zehn Minuten könnte der Weg geräumt sein. Aber hatte er das Gerät überhaupt aufgetankt?

LaChaise und Martin waren an Franklins Haus vorbeigefahren und dann weiter durch die Seitenstraßen.

»Wenn hier jemand in der Gegend ist, ist er sicher drinnen«, sagte Martin. »Draußen ist nichts zu sehen.«

»Ich habe mir gedacht«, sagte LaChaise, »wir beide machen es so: Du läßt mich da am Ende des Blocks aussteigen. Ich gehe von dort zu Fuß. Du suchst dir einen Parkplatz – siehst du die Straßenlaterne da?«

LaChaise zeigte auf die Laterne an der Ecke, zwei Häuser von Franklins Haus entfernt.

»Ja. Und?«

»Du parkst an einer Stelle, von der aus du die Laterne siehst. Denn dann kannst du auch seine Scheinwerfer sehen, wenn er auftaucht. Sobald du ihn einbiegen siehst, kommst du hergefahren. Ich nehme ihn mir vor, sobald er aus dem Wagen steigt.«

»Was ist, wenn er im Wagen sitzen bleibt, in die Garage fährt und das Tor hinter sich zufallen läßt, ohne auszusteigen?«

»Dann trete ich direkt an sein Wagenfenster und blase ihn gleich hinterm Steuer weg«, sagte LaChaise. »Das könnte sogar leichter gehen.«

»Ich wünschte, wir hätten eine gottverdammte Army-Rifle«, sagte Martin wieder.

»Die Dog macht es auch, und genauso die Fünfundvierziger.«

»Du wirst dir draußen einen abfrieren...«

»So kalt ist es nicht«, sagte LaChaise. »Wir warten eine Stunde. Eine Stunde halte ich es aus.«

Sie hatten gerade zwanzig Minuten gewartet, als Franklin auftauchte. Martin saß anderthalb Blocks weiter im Wagen. LaChaise hatte sich hinter einer Tanne versteckt, die auf der anderen Straßenseite direkt gegenüber Franklins Einfahrt stand.

Während dieser Zeit waren vier Wagen vorbeigekommen, außerdem zu Fuß eine Frau im Parka. Sie hatte eine Überhose angehabt und eine Einkaufstüte getragen, war knappe zwei Meter an LaChaise vorbeigegangen, hatte ihn aber nicht entdeckt. LaChaise hatte, als sie auf seiner Höhe war, mit der Dog auf ihren Hinterkopf gezielt und leise zu sich selbst »Peng« gesagt.

Der Revolver hatte sechs Schuß. Er überlegte eine Weile. Martin hatte ihm eine der .45er-Pistolen gegeben, die er bei Dave gekauft hatte. Jetzt zog er sie aus der Tasche, ließ das Magazin herausschnappen und wieder einrasten, entspannte den Hahn und sicherte den Abzug.

Als Franklin in die Straße einbog, beugte LaChaise sich gespannt vor. Der Wagen kam langsam näher, und er hatte das Gefühl... Ja. Er entsicherte die 45er.

Das Garagentor fuhr hoch, drinnen war ein Licht angegangen.

Franklin schlug nach links ein und war in der Auffahrt. Das Tor ging schnell genug hoch, daß Franklin nicht abbremsen mußte. LaChaise kam hinter der Tanne hervor, stolperte – seine Beine waren verkrampft, er hatte zu lange gekniet –, rappelte sich wieder auf, rannte los, stolperte wieder, fing sich und sah das offene Garagentor. Doch das Stolpern hatte ihn Zeit gekostet...

Franklin war groß, aber trotzdem wendig. Er schwang die Füße aus dem Wagen, stieg aus und dachte noch immer an das Schneeräumgerät. In dem Moment sah er LaChaise die Auffahrt heraufrennen, erkannte ihn und sagte: »Scheiße.«

LaChaise sah, wie der große Mann sich zu ihm umwandte und seine Hand nach unten fuhr. Capslock hatte die gleiche schnelle Bewegung gemacht. Diesmal war er vorbereitet. Er zog die Dog und traf mit dem ersten Schuß aus sechs Metern Entfernung Franklin in die Brust, sah ihn rückwärts stolpern. Er stürmte näher, schoß noch einmal aus fünf Metern, dann zum drittenmal, ein schnelles Peng-Peng-Peng. Und dann kam Franklin mit seiner Hand hoch. LaChaise schoß noch einmal. Der Schuß ging weit rechts daneben...

Dann war Franklins Waffe oben, und LaChaise sah den Mündungsblitz. Als Antwort feuerte er jetzt einmal mit der anderen Hand die .45er ab. War wohl daneben, dachte er. Wieder schoß Franklin, und LaChaise meinte zu spüren, wie die Kugel durch seinen Bart zischte, und schoß zurück. Franklin ging zu Boden, schoß aber noch immer, und LaChaise drehte sich um und rannte los...

Martin war da. Der Wagen rutschte beim Bremsen. Martin hielt die Tür auf. LaChaise warf sich auf den Beifahrersitz, und Martin gab Gas. Die Hinterräder drehten ein-, zweimal durch, dann griffen sie. LaChaise schnappte den Türgriff und schlug seine Tür zu, sah zurück, sah Franklin auf dem Garagenboden liegen...

»Hast ihn fertiggemacht«, sagte Martin.

»Ich weiß nicht«, sagte LaChaise unsicher. »Der Motherfucker war so *groß*, ich habe auf ihn geschossen und geschossen, und er taumelte bloß und wollte nicht fallen...«

»Du kannst einem Kerl ins Herz schießen, er ist so gut wie tot, und doch kann er noch dreißig Sekunden oder eine Minute lang den Abzug ziehen«, sagte Martin. »So ist das auch diesen FBI-Typen unten in Miami ergangen. Diese Kerle waren so gut wie tot, aber geschossen haben sie immer noch und haben die FBI-Typen einfach mitgenommen.«

»Ich weiß nicht…«, sagte LaChaise erneut. Er drehte sich noch einmal um, aber Franklins Haus war schon in der Nacht verschwunden.

Als Franklin den ersten Schlag spürte, kam es ihm vor, als hätte ein Baseballschläger sein Brustbein getroffen. Beim zweiten war es genauso, auch beim dritten. Dann hatte er seine eigene Pistole draußen, doch der vierte Schuß traf seinen Arm, bohrte sich ins Fleisch, als hätte ihn jemand mit einer Peitsche geschlagen oder einem biegsamen Stock. Er riß ihn herum. Mach jetzt keinen Fehler, dachte er und eröffnete das Feuer. Er wußte, daß er nicht gut schoß. Der linke Arm brannte. Dann traf ihn noch eine Kugel im Brustbereich, und er fiel hin, rutschte auf dem Schnee aus, den er mit dem Wagen hereingebracht hatte. Er wußte nicht mehr, wie oft er gefeuert hatte oder wie oft auf ihn geschossen worden war. Doch nun bohrte sich eine Kugel in sein Bein. Er rollte herum. Es war ein höllischer Schmerz, doch er zielte weiter in Richtung Tor und schoß und schoß…

Und dann war es vorbei und rundherum alles still. Draußen auf der Straße sah er LaChaise in einen wartenden Wagen springen.

»Und nun?« schrie er laut. Und ihm fiel ein, daß er, Gott im Himmel, wahrscheinlich keine Munition mehr hatte. Automatisch griff er mit dem linken Arm nach einem neuen Magazin. Ein reißender Schmerz fuhr ihm durch Arm und Schulter.

»Ahhh…« Er rappelte sich auf. Jetzt meldete sich der Schmerz in seinem linken Bein. Er sah nach unten, entdeckte das Blut, das auf den Boden tropfte. Mit der rechten Seite schob er sich auf den Fahrersitz und griff mit der unverletzten Hand nach dem Funksprechgerät.

»Ich brauche Hilfe«, stöhnte er in die Muschel.

Lester fing Lucas ab, als er gerade sein Büro betreten wollte.

»Franklin hat es erwischt. Gerade vor zwei Minuten. Sie haben ihn vor seinem Haus niedergeschossen«, rief er durch den langen Marmorflur. »Sie fahren ihn ins Hennepin.«

»Bin schon unterwegs«, rief Lucas zurück. »Palin wird hergebracht. Rede mit ihm...«

Lucas lief durch den Schnee zur Notaufnahme des Medical Center. Keine Cops zu sehen. Gleich hinter dem Eingang stand ein Arzt. Ein paar Schwestern mühten sich mit einer Rollbahre ab.

»Ich bin von der Polizei«, sagte Lucas. »Sie haben gerade einen...«

»Ja, Sie sind Davenport. Ich habe Sie im Fernsehen gesehen. Er ist schon auf dem Weg hierher«, unterbrach ihn der Arzt. »Die Ambulanz bringt ihn her. Die Sanitäter kümmern sich bereits um ihn.«

»Wie schlimm ist es?«

»Er hat Treffer im Arm und im Bein. Klingt schlimm, ist aber nicht lebensgefährlich. Viermal wurde seine Weste getroffen, voll auf die Brust.«

Lucas dachte einen Moment an die Straße zurück, wo sie angehalten und sich die kugelsicheren Westen übergezogen hatten, um dem guten alten Arne Palin auf die Pelle zu rücken. Woher wußte LaChaise – und es mußte LaChaise gewesen sein –, daß er Franklin vor seinem Haus treffen würde?

Dann hörte er die Sirenen und ging mit dem Arzt hinaus, um auf die Sanitäter zu warten. Und er dachte nicht mehr weiter darüber nach.

Kapitel 18

Lucas drängte sich in der Lobby eilig durch die Reportermenge, schüttelte immer nur abwehrend den Kopf und sagte: »Tut mir leid... Die Chefin muß in einer Minute da sein. Es tut mir leid, ich kann wirklich nichts sagen.«

Draußen rutschte und schlidderte er dann genauso eilig zurück zur City Hall. In seinem Büro war es dunkel. Also ging er zur Mordkommission hinauf, wo er auch Sloan, Del und Sherrill antraf.

»Wie geht's Franklin?« fragte Sloan und stand auf. Langsam, aber sicher bauten sie alle immer mehr ab.

»Er wird operiert, aber er ist nicht lebensgefährlich verletzt«, sagte Lucas. »Ein Arzt meinte, im Arm könnte ein nicht besonders wichtiger Nerv betroffen sein. Seine Haut hat anscheinend an ein paar Stellen kein Gefühl mehr.«

»Könnte schlimmer ausgegangen sein«, sagte Del.

»Wo ist seine Frau?« fragte Sloan.

»Im Krankenhaus«, sagte Lucas. »Wie ist es mit Palin weitergegangen?«

»Wir behalten ihn hier für den Fall, daß die Chefin oder du mit ihm reden wollen. Aber er war es nicht«, sagte Sloan.

»Raus damit«, sagte Lucas.

»Hast du in die Bänder reingehört?«

»Nein.«

»Also, wenn er es überhaupt ist«, sagte Sloan, »hat er seine Stimme verstellt. Aber warum sollte er das getan haben, wenn er gleichzeitig die Nummer der eigenen Einheit genannt hat? Und selbst wenn du davon ausgehst, daß er seine Stimme verstellt hat, klingt sie so gar nicht nach ihm.«

»Hmm«, nickte Lucas. »Was hat er denn den Bandaufzeichnungen zufolge vorher getan?«

»Das ist der springende Punkt«, sagte Sherrill. »Ich war unten und habe sie alle abgehört. Er und Dobie Martinez haben eine Diebstahlsanzeige abgeklärt und dann durchgegeben, sie würden mal einen Kaffee trinken gehen. Den Funk haben sie danach abgeschaltet. Zehn Minuten später kam dann die Nachfrage nach dem Wagen der Darlings ... Und noch einmal zehn Minuten später meldeten sie sich über Funk wieder einsatzbereit.«

»Mist«, sagte Lucas. »Hast du mit Martinez gesprochen?«

»Habe ich. Er erinnert sich an den Diebstahl und die Pause bei Barney's. Er sagt, sie wären fünfzehn oder zwanzig Minuten drinnen gewesen. Arne sei nie weggewesen. Dann wären sie zum Wagen zurückgegangen und hätten sich wieder an die Arbeit gemacht. Er sagt, nach Zulassungsnummern aus Wisconsin hätten sie nie gefragt. Abgesehen davon, daß die beiden zusammenarbeiten, stimmt demnach nichts an der Identifizierung.«

»Da ist also geschummelt worden«, sagte Lucas. »Trotzdem möchte ich mir die Bänder selber anhören.«

»Ich habe eine Kopie auf Kassette ziehen lassen. Ich hole sie«, sagte Sherrill.

Sie ging, und Lucas sagte zu Del: »Hast du etwas über Sell-More gehört?«

»Nein, ich bin gerade erst gekommen.«

»Stadic rief genau in dem Moment an, als sie auf Franklin schossen. Er war zu einem Einsatz im Süden der Stadt unterwegs. Sie haben Sell-More mit ein paar Kugeln im Kopf auf der Straße gefunden.«

»Nicht zu fassen«, sagte Del. »Sie haben Sell-More benutzt, um Palin in eine Falle zu locken.«

»Aber ich verstehe nicht, warum«, sagte Lucas. »Es muß sich um einen Cop handeln, und er muß wissen, daß das nicht mehr lange zu verheimlichen sein wird.«

Sie sahen sich an; dann sagte Sloan: »Vielleicht ist er nicht der Gescheiteste.«

»Quatsch. Er hat uns die ganze Zeit an der Nase herumgeführt«, sagte Lucas. »Wer ermittelt in Franklins Angelegenheit?«

»Ein paar von Lesters Leuten. Wer genau, weiß ich nicht. Verdammt, da wimmelt es nur so von Beamten.«

»Ich möchte mit jemandem reden. Egal, mit wem...«

Lester kam herein. Sie sahen ihn an. Sekunden später war auch Rose Marie Roux im Zimmer. Sie sah Lucas an und sagte: »Ich brauche was Konkretes.«

»Ich habe keine Sache in petto, der wir nicht schon nachgehen würden«, sagte Lucas. »Er muß bei einem Freund untergekrochen sein.«

»Wir haben uns jeden einzelnen Biker in der verdammten Stadt vorgeknöpft«, sagte Lester. »Die Frage ist, wer war mit ihm eng genug befreundet, daß sie diesen ganzen Scheißdreck inszenieren konnten? Vielleicht wohnt er bei diesem... ihr wißt schon.«

Er sagte es nicht, aber er meinte: »... bei diesem Cop.«

Lucas schüttelte den Kopf und sagte: »Mein Hirn arbeitet nicht mehr einwandfrei. Ich muß mich einen Augenblick hinlegen.« Dann wandte er sich an Roux: »Eines gibt es noch. Wir sollten mit

Sandy Darling reden. Mit Anwälten hat sie nichts am Hut, sie glaubt, wir haben es auf sie genauso wie auf die anderen abgesehen...«

»Was können wir ihr also mitteilen? Ohne sie ans Messer zu liefern?«

Lucas rieb sich das Kinn. »Angenommen, wir lassen sie wissen, daß wir schon mal eine nützliche Quelle anzapfen konnten, daß diese Person es jetzt aber offensichtlich mit der Angst bekommen hat und untergetaucht ist. Das kapiert sie bestimmt. Dann bitten wir sie, sich wieder zu melden, damit wir sie beschützen können. Und wir bieten ihr Immunität an.«

»Was die Immunität angeht, weiß ich nicht so recht«, zweifelte Roux. »Was ist, wenn sie selber tief mit drinsteckt und sich nur rauswinden will?«

»In Ordnung. Sagen wir also nur, wir wollen sie schützen. Ich meine, es gibt drei Möglichkeiten, LaChaise und Co. zu erwischen: Wir schnappen sie auf der Straße. Oder wir finden den Cop, der uns an der Nase herumführt. Oder wir kriegen die Darling dazu, sie uns auszuliefern. Was die Straße angeht, tun wir alles, was wir können. Aber mit dem Cop sind wir noch kein Stück weiter...«

Roux nickte. »In Ordnung. Ich gebe das bekannt. Sie bringen in den Medien ja sowieso alles, was wir ihnen servieren. Also ist es in zehn Minuten draußen.»

Sherrill kam mit einem Tonbandgerät herein und sagte: »Noch etwas. Was sie auch tun – sie kneifen nicht. Ich glaube, wir sollten einen Kampfverband aufstellen und überall dorthin schicken, wo sie auftauchen könnten. Das heißt, bei jedem von uns zu Hause. Das Hotel steht schon unter Bewachung. Aber vielleicht sollten wir uns auch vor dem Krankenhaus aufbauen und Franklin und Cheryl und sonstwen beschützen.«

»Und ich meine«, sagte Sloan, »keiner von uns sollte einfach so frei herumlaufen.« Er sah Lucas an und sagte: »Denk an Weather und Jennifer. Irgendwer steckt diesen Typen einfach alles...«

»Lucas«, sagte Roux, »sehen Sie zu, daß sie diese verdammten Weiber unter Kontrolle kriegen, ja? Kriegen Sie das hin?«

»Ich werde mit ihnen reden«, sagte Lucas.

Sherrill spielte das Band ab, und Lucas hörte mit geschlossenen Augen zu. Mit der Stimme stimmte etwas nicht. Zu glatt, zu hoch – verstellt. Wer immer es war, er hatte die Kollegen in der Funkzentrale geleimt, weil er die richtige Einheitsnummer durchgegeben hatte. Auch die routinemäßige Nachfrage war formal in Ordnung gewesen.

»Ich glaube – natürlich kann ich es nicht beschwören –, aber ich glaube, das ist der Typ, der mich gewarnt hat, Butters hätte es auf Jennifer und Sarah abgesehen«, sagte Lucas.

»Wie kommst du darauf?«

»Das kann ich dir sagen«, sagte Lucas. »Weil dieser Scheißkerl LaChaise ihn erpreßt und er sich ausrechnet, daß für den Fall, daß wir ihn am Leben lassen, dann eben sie ihn erledigen werden. Und das tun sie wahrscheinlich auch. Also muß er dafür sorgen, daß sie selber dran glauben.«

Lucas fuhr zum TV3-Sender. Er stellte das Funkgerät auf Empfang und hatte zusätzlich sein Handy in der Tasche. Was hier ablief, hatte er bisher noch nie erlebt: Es war der reinste Krieg. Die gewohnten Pausen, in denen er einfach dasitzen und über Handlungsmuster, Abläufe und gegnerische Strategien nachdenken konnte, gab es hier nicht. Er spürte, wie ihm die Puzzleteile durcheinanderpurzelten. Vielleicht würde es besser werden, wenn er eine Mütze voll Schlaf bekäme...

Die Lobby des TV3-Gebäudes war verschlossen. Durch die Glastüren sah er vier Männer hinter der Rezeption stehen, die ihn wegwinkten. Er ging nah zur Tür und hielt ihnen seinen Ausweis hin. Ein großer Mann in einem dicken, dunklen Anzug kam auf ihn zu. Lucas sah, daß er eine kugelsichere Weste trug und eine Pistole an seiner Hüfte baumelte. Der Mann prüfte seinen Ausweis, sah Lucas an und schloß auf.

»Habe mir gedacht, daß Sie das sind«, sagte der Mann und sah über Lucas' Schulter, als er eintrat.

»Und wer sind Sie?«

»Vom Thomason Sicherheitsdienst«, sagte der Mann. »Wir bewachen alle Eingänge.«

Lucas nickte. »Gut.« Thomason war ein auf schwierige Aufträge spezialisierter Sicherheitsdienst. Er wurde meistens für Geldtransporte nach Sportereignissen und Rock-Konzerten eingesetzt, stellte aber auch bewaffnete Mannschaften und Leibwächter für Berühmtheiten. Lucas fragte nach Jennifer.

»Wir rufen sie an«, sagte der Mann. Lucas stützte sich auf die Empfangstheke und wartete. Während der Mann anrief, sah er bei seinem Kollegen drüben am anderen Ende der Lobby eine Winchester Defender mit Zwölfschußmagazin. Nicht schlecht.

Der erste wandte sich wieder an Lucas und sagte: »Sie können rauf. Sie kennen den Weg?«

»Ja.«

Jennifer erwartete ihn am Aufzug. »Was ist denn los?«

»Wir haben beschlossen, daß wir alle Betroffenen erneut zusammenziehen – wieder in diesem Hotel«, sagte Lucas. »Diese Typen riskieren alles, auch das eigene Leben.«

Jennifer schüttelte den Kopf. »Ich weiß. Aber hast du unseren Sicherheitsdienst gesehen? Sie kommen unmöglich an mich ran. Ich bin hier so sicher, wie ich im Hotel wäre. Ich muß meine Arbeit machen. Ich sitze vier Stunden täglich vor der Kamera. Das hier ist die größte Story meines Lebens.«

»Himmel, Herrgott, wir wissen aber, daß sie an alle herankommen...«

»Wir haben alles bedacht. Sie kriegen nicht heraus, wo die Kinder sind, weil es außer dir, mir und Richard niemand weiß. Und ich bin hier drinnen in Sicherheit«, sagte sie. »Tut mir leid, aber wir haben das Risiko kalkuliert. Ich bleibe.«

Er gab es auf. »In Ordnung. Aber ich möchte mit Small sprechen. Ich möchte verdammt noch mal ganz sicher gehen, daß ihr in engster Verbindung mit dem Polizeipräsidium bleibt und in der Sekunde, wo etwas passiert...«

Bei Weather sah es schlechter aus.

Als Lucas ihre Suite betrat, unterhielt sich Weather gerade mit Sarah. Lucas setzte zu seiner Rede an, und sie zog Sarah auf ihren Schoß.

»Hör zu, Weather...« Mit Sarah auf dem Schoß blockte sie ihn quasi ab, eine Art psychischer Barriere. Er kam nicht weiter bei einer Sarah, die ihn mit seinen eigenen blauen Augen ansah. Er konnte die Sache nicht vermitteln. Und er konnte Weather nicht einmal berühren. Dabei mußte er sie einfach anfassen, wenn er sie überzeugen wollte.

»Lucas«, sagte sie wütend, nachdem er es aufgegeben hatte. »Im Krankenhaus kann mich keiner finden. Keiner. Selbst die, die dort arbeiten, können mich nicht finden, es sei denn, sie haben meinen Dienstplan – und selbst dann klappt es nicht immer. Ich habe die ganze Woche vorgeplante Aufgaben zu erledigen. Die kann ich nicht einfach hinschmeißen, weil da draußen ein paar Verrückte rumrennen.«

»Das Problem dabei ist, daß du für sie ein Köder bist«, sagte Lucas. »Du könntest die Menschen in deiner Nähe gefährden. Und inzwischen wissen wir auch noch, daß ein Cop sie mit Informationen füttert ...«

»Hör mal«, sagte sie. »Wie wäre es, wenn wir es so machten: Wir erzählen jedem – jedem, auch der Polizei –, daß ich in dem Hotel bin. Abends sorgen wir dafür, daß ich auf Schleichwegen hineinkomme. Dann laufe ich drinnen herum und beschwere mich überall, daß ich mich wie im Gefängnis fühle. So erfährt jeder, daß ich da bin. Morgens schleiche ich mich dann wieder raus, und niemand weiß davon, außer uns beiden.«

»Es läßt sich nicht vermeiden, daß das auch noch andere mitbekommen«, sagte Lucas.

»Zwei oder drei Leute. Du mußt Kollegen einsetzen, denen du vertrauen kannst.«

»Und was wäre, wenn du dich heute abend fürs Fernsehen interviewen ließest?« sagte Lucas. »In zehn Minuten oder einer halben Stunde. Hier, im Hotel. Da könntest du dann sagen, wie eingesperrt du dich fühlst und was diese Warterei für dich bedeutet. So würde das auf alle Bildschirme kommen.«

Sie nickte. »Wenn ich dafür dann meinen Job weitermachen kann«, sagte sie.

»Ich rufe Jen an und frage sie, ob sie es arrangieren kann«, sagte Lucas. Er machte schnell eine Runde durch das Zimmer, und als er wieder vor den beiden stand, packte er Sarah, hob sie hoch und warf sie in die Luft. »Möchtest du deine Mom sehen?«

»Sie arbeitet gerade an einer großen Story«, sagte Sarah feierlich.

»Ich könnte mir vorstellen, daß sie trotzdem ein paar Minuten Zeit findet, nach dir zu sehen«, sagte Lucas. »Reden wir mit ihr.«

Kapitel 19

LaChaise war in einer manisch-depressiven Phase: Sie hätten den Cop zusammengeschossen, sagte er. Dazu strahlte er, als habe er erwartet, Sandy würde ihm einen Empfang mit Pauken und Trompeten bereiten.

»Was hältst du davon, he? Was meinst du dazu?«

Sandy sah mit kalter Wut an ihm vorbei, bis er sie von der Kette befreit hatte. Dann stieg sie die Treppe hinauf, ging in das hintere Schlafzimmer, das sie ihr zugeteilt hatten, und warf LaChaise die Tür vor der Nase zu. Und sie sagte kein Wort. Sie hatte sich wie ein Hund an der Kette gefühlt – *mißhandelt* wie ein Hund.

Sie legte sich auf das aufgedeckte Bett und dachte eine halbe Stunde lang an Elmore und an die Pferde. Im Zimmer hingen die Gerüche der fremden Menschen, die hier eigentlich wohnten.

Pferde. Sie stand auf und ging ins Wohnzimmer. LaChaise und Martin tranken und sahen fern. »Ich muß jemanden anrufen, damit er die Pferde füttert«, sagte sie.

LaChaise zuckte mit den Schultern. »Nimm das Handy. Es steckt in meiner Jackentasche. Sprich nicht mehr als ungefähr eine Minute. Vielleicht haben sie eine Möglichkeit, den Anruf zurückzuverfolgen. Und ruf von hier aus an, wo wir mithören können.«

Sie nickte, nahm seine Jacke und grub in den Taschen. Tief in einer von ihnen fand sie einen Packen Fotos. Fotos von dem Cop. Zehn Bilder waren es. Sie zeigten zwei Männer an einem Tisch, einen schwarzen und einen weißen. Wer von ihnen mochte der Cop sein?

Sie lauschte einen Moment und steckte dann die zwei Fotos, auf denen die beiden Gesichter am besten zu erkennen waren, in ihre Jeanstasche. Den Rest schob sie in die Jackentasche zurück. Sie fand das Telefon und ging in den Flur, von wo aus die beiden Männer sie hören konnten.

Jack White. Sie kannte seine Nummer auswendig und wählte sie. Jacks Frau meldete sich. »Sandy, wo steckst du? Wir können es nicht glauben...«

»Es ist nicht so, wie alle denken«, sagte sie. »Ich kann jetzt nicht reden – aber du mußt Jack sagen, daß er sich um die Tiere kümmern soll.«

»Das tut er bereits. Gleich, seit er das mit Elmore erfahren hat.«

»Sag ihm, ich bezahle es ihm. Das verspreche ich, sobald ich hier heraus bin«, sagte Sandy.

»Er täte es so oder so.«

»Ich muß Schluß machen... Und vielen Dank. Ich vergesse es euch nicht.«

Sie schaltete ab, und LaChaise sagte: »Du glaubst noch immer, du kommst hier raus, ja?«

»Ich stecke das Telefon wieder in deine Jacke«, sagte sie kühl. Sie tat es, ging zurück in ihr Schlafzimmer und ließ sich auf das Bett fallen.

Versuchte nachzudenken. Stand nach einer Weile auf und stöberte herum. Das hier war ein Gästezimmer und hatte außerdem als Lagerraum gedient. LaChaise hatte alles nach Geld durchwühlt und nichts von Interesse gefunden. Sie trat ans Fenster, klappte die Jalousie auf und sah hinaus. Es hatte aufgehört zu schneien, und in der Ferne schienen die Straßenlaternen in der plötzlich klaren Luft zu funkeln. An die drei Zentimeter Neuschnee mußten gefallen sein. Sie beugte sich vor und sah sich den Sims an...

Und dachte: *Raus durch das Fenster.*

Bettlaken – aber hier waren keine. Das Bett hatte, als sie kamen, hochgeklappt an der Wand gestanden. Doch, es gab Bettlaken. Unten im Flur lagen sie im Schrank gestapelt. Das wäre doch eine ganz selbstverständliche Sache, wenn sie sich von dort welche holte. Nur würde dieser verdammte Martin gleich wieder eins und eins zusammenzählen – die Bettlaken, das Fenster...

Das Fenster ging nach hinten. Sie schaute hinaus, dann nach rechts. Ein Fenster weiter, am Ende des langen Flurs, befand sich die Feuerleiter. Nicht mehr als drei Meter entfernt. Der Sims war dreißig Zentimeter breit... Er war schneebedeckt. Wenn sie stürzte, würde sie sechs Meter tief fallen. Genug, um es nicht zu überleben.

Aber den Schnee konnte man schließlich wegwischen...

Das Fenster hatte einen Kippverschluß. Sie schob ihn hoch. Er klemmte ein wenig, ging dann aber auf. Sie versuchte, das Fenster hochzuschieben. Es ließ sich nicht bewegen. Sie sah es sich genau an. Mit Farbe verklebt schien es nicht zu sein. Sie versuchte es noch einmal, ging in die Hocke und drückte es mit ausgestreckten Armen nach oben... Es gab nach, nur zwei Zentimeter, aber immerhin.

Sie sah zur Tür. Im Augenblick war die Zeit nicht günstig. Beide Männer waren wach und tranken. Während ihr das durch den Kopf ging, hörte sie LaChaise im Wohnzimmer brüllen.

»Motherfucker...«

Die Polizei? Sandy zog das Fenster wieder zu, verriegelte es, ließ das Rollo herunter und ging schnell auf Zehenspitzen zur Tür, machte sie auf und sah den Flur hinunter.

»... und kapiere es einfach nicht«, brüllte LaChaise. »Wieso hatte er eine Weste an, wenn er nach Hause fuhr?«

Die Fernsehnachrichten meldeten, daß Franklin nicht tot war – daß er nicht einmal lebensgefährlich verletzt war und die kugelsichere Weste ihn vor Schlimmerem bewahrt hatte.

»Was hätte ich tun sollen?« bellte LaChaise Martin an. »Was, zum Teufel, hätte ich tun sollen?«

»Du hast es ganz richtig gemacht«, sagte Martin. »In den Nachrichten sagten sie, du hast viermal seine Brust getroffen.«

Doch Martins Beruhigungsversuche machten LaChaise nur noch wütender. Mit Bier war er schon gut abgefüllt, aber jetzt machte er sich über Harps Johnnie Walker her, füllte einen Shaker mit Eiswürfeln, goß Whisky darüber und kippte ihn wie eine Cola hinunter. Während er trank, ging er auf und ab und sah in den Fernseher.

Eine blonde Nachrichtenmoderatorin – »Das ist die, die wir uns noch schnappen müssen«, sagte Martin, »Davenports Frau« – verkündete im TV3: »Die Polizei fahndet nach einer Informantin, die in den letzten Tagen entscheidende Informationen weitergegeben hat, jetzt aber verschwunden ist. Die Polizei bittet Sie, sich über die Telefonnummer 911 mit ihr in Verbindung zu setzen, wie Sie es das letztemal auch schon getan haben, oder jede andere Polizeidienststelle anzurufen und nach Chief Lucas Davenport zu fragen.

Die Polizei sichert Ihnen als Informantin absoluten Schutz vor Vergeltungsmaßnahmen seitens Richard LaChaise oder eines seiner Komplizen zu.«

»Und? Wie soll das gehen?« schrie er in den Fernseher. »Die kann was erleben.« Und dann: »Wer könnte mit ihnen gesprochen haben? Es gibt doch keinen.«

Sandy zuckte zurück. Sie wußte es besser.

»Vielleicht hat ihnen einer etwas über das Haus erzählt, in dem wir waren«, sagte Martin. »Ansel mußte viel herumfragen, bis er es hatte. Er hat mit einer Menge Junkies geredet. Vielleicht hat ihn einer angeschwärzt.«

»Ja... der verdammte alte Ansel. Mir fehlt dieser Hurensohn.«

LaChaise verzog das Gesicht, und Sandy hatte den Verdacht, daß er jetzt sogar weinte. Er wandte sich abrupt ab, marschierte durch den Flur in Harps Zimmer mit der Stereoanlage und fing an, die Schallplatten aus ihren Hüllen zu ziehen und zu zertrümmern, immer drei oder vier auf einmal.

Martin sah Sandy an, aber seine Miene zeigte weder Mißbilligung noch Zustimmung. *Er läßt sich nie etwas anmerken*, dachte sie.

Das Geräusch der zerbrechenden Platten im Ohr, ging Sandy wieder in ihr Schlafzimmer und schloß die Tür hinter sich. Martin war verrückt, aber er hatte sich unter Kontrolle. Doch LaChaise hatte der Schnaps fertiggemacht, und die ganze Wohnung roch und schmeckte quasi nach Wahnsinn und danach, daß jetzt etwas Irres passieren würde.

Sie mußte hier raus.

Kurz darauf hörte sie, wie Martin seine Pfeile gegen die Zielscheibe hinter der Tür schoß. Er hatte die Zeilscheibe am Ende des Flurs gleich neben dem Fenster angebracht. Flöge ein Pfeil rechts an der Zielscheibe vorbei, würde er glatt das Fenster durchschlagen, über die Feuerleiter hinausschwirren und auf dem Dach des Nachbarhauses landen...

Sie saß auf dem Bett, als LaChaise aufhörte, die Platten zu zerbrechen. Einen Augenblick später schrien LaChaise und Martin sich an, und sie hörte im Wohnzimmer zwei schwere Leiber dumpf aufeinanderprallen. Sie riß die Tür auf und rannte durch den Flur. LaChaise lag mit dem Bauch am Boden. Martin hockte über ihm und umklammerte seinen Hals. LaChaise versuchte, auf Hände und Knie zu kommen.

»Laß mich los, du Motherfucker!« brüllte er.

»Geht nicht. Kann ich nicht«, gab Martin bestimmt zurück. »Wir brauchen den verdammten Fernseher ...«

Er sah Sandy und sagte: »Er hat versucht, den Apparat kaputtzutreten.«

»Diese Ärsche verbreiten nichts als Lügen«, sagte LaChaise, aber es klang jetzt ruhiger.

»Wir müssen einfach mitkriegen, was sie sagen und was bei den Cops abläuft«, sagte Martin.

Einen Moment waren sie still, dann sagte LaChaise: »Laß mich los. Ich trete nicht rein.«

Martin nickte. »In Ordnung.«

Er stand auf und stellte sich zwischen LaChaise und den Fernseher. LaChaise grunzte, stand auf und lächelte verkniffen. »Du hast mich umgehauen.«

»Du bist besoffen wie ein Stinktier.«

»Das ist wohl wahr«, sagte LaChaise. »Aber du bist auch ganz schön besoffen.« Sandy drehte sich um und ging wieder auf ihr Schlafzimmer zu. Aber LaChaise sah ihr nach und sagte: »Hey, einen Augenblick.«

Sandy stapfte weiter und sah sich nach einem Platz um, wo sie sich verstecken könnte. Da hörte sie LaChaise zu Martin sagen: »Wenn ich es dem Fernseher schon nicht geben kann, wie wäre es dann mit einer kleinen Pussy?«

Sandy wirbelte durch ihr Zimmer und suchte nach einem Ausweg. Es gab keinen. LaChaise stand in der Tür und beugte sich vor, und sie sagte: »Dick, tu das nicht.«

»Scheiß drauf«, sagte er.

»Ich mache nicht die kleinste beschissene Bewegung. Ich liege da wie ein Stein. Und wenn ich die Chance erhalte, dich umzubringen, dann tue ich das.«

Er ging auf sie zu, und sie dachte, er wolle sie schlagen. Aber dann wurde sein Blick flackernd, und er sagte: »Du kannst mich mal.« Er schwankte hinaus.

Sie schloß die Tür hinter ihm. Sie mußte raus. Sie mußte.

Lucas und Sloan begleiteten Weather in den hinteren Teil des Hotels, während Sherrill und Del mit Jennifer und ihrer Fernsehcrew hereinkamen. Weather stellte sich vor einen Spiegel, um ihr Haar zu ordnen und das Make-up zu prüfen. Jennifer nahm Lucas beiseite und murmelte: »Hoffentlich sieht sich Weather diese süße kleine Sherrill nicht zu lange an.«

»Was meinst du damit?«

»Gib's zu, Davenport. Nie im Leben könnte es dir passieren, die Vorzüge dieser jungen Frau nicht zu würdigen.«

»Das tue ich nun wirklich«, sagte Lucas steif. Plötzlich merkte er, wie dumm er sich benahm, gab nach und grinste. »Doch das wäre auch schon alles.«

Jennifer sah ihn mit einem abschätzenden Blick an und sagte: »Vielleicht hast du dich ja wirklich gebessert.«

»Also, hör mal...«

Weather kam aus der Toilette zurück, ging durch die Lobby und setzte sich für das Interview zurecht. Zwei Minuten mußte sie jetzt auf die Tränendrüsen drücken, wie die Polizistenfamilien es mit der Klaustrophobie bekommen, wie sie sich eingesperrt fühlen und so weiter. Jennifer hängte noch schnell ein Interview mit Sloans übernervöser Frau dran, und schon ging es wieder mit ihrem Geleitschutz nach draußen.

»Das sollte reichen«, sagte Weather, als sie wieder in ihr Zimmer gingen.

»Ich hoffe es«, sagte Lucas. »Und ich hoffe, sie sitzen vorm Fernseher. Jen sagt, sie werden das Band jedesmal einspielen, wenn sie die neuesten Meldungen bringen.«

»Bist du immer noch wütend auf mich?« fragte Weather. Sie klang bedrückt.

»Nein, ich war weniger wütend als... aus der Fassung«, sagte Lucas.

Sie klopfte auf das Bett. »Du brauchst Schlaf. Dir fallen ja gleich die Augen zu.«

»Vielleicht ein paar Stunden«, stimmte er zu.

Sandy hörte, wie LaChaise mit Martin redete. Sie tranken beide weiter. Zwanzigmal stand sie auf, ging ans Fenster und sah sich den

Sims an. Es ging wirklich nach unten. Ihr Standort hier war höher als daheim in der Scheune auf dem Holzboden. Sie legte sich immer wieder auf das Bett, schloß die Augen, versuchte sich zu beruhigen. Nichts half.

Schließlich erstarb das Gespräch im Wohnzimmer. Der Fernseher wurde wieder eingeschaltet. Sie ging noch einmal ans Fenster und sah hinaus. Dann hörte sie von draußen vor der Tür erneut einen dumpfen Schlag. Martin schoß wieder mit Pfeil und Bogen. Zwanzigmal zielte und traf er, dann hörte er auf.

Die Ruhe in der Wohnung dauerte eine halbe, eine ganze Stunde. Sie ließ die Uhr um das Handgelenk kreisen, ging wieder zur Tür, lauschte, schob sie auf, sah hinaus. Wenn sie nur an ein Bettlaken käme – oder es zumindest zur Tür hinaus schaffte. Die Männer waren zum Schluß sehr betrunken gewesen …

Das Flurlicht brannte. Auch im Wohnzimmer war eine Lampe an. Am anderen Ende des Flurs steckte, anderthalb Meter entfernt, ein halbes Dutzend Pfeile in der Zielscheibe. Niemand rührte sich. Auf Zehenspitzen ging sie durch den Flur. Die Tür zum Schlafzimmer stand offen. Im matten Lichtschein sah sie LaChaise ausgestreckt auf dem breiten Ehebett liegen.

Martin hatte sich in eine Decke gewickelt und lag neben der Haustür auf dem Boden. Sie ging auf Zehenspitzen zu ihm und flüsterte: »Bill?«

Er regte sich, doch sein Atem blieb gleichmäßig. Sie schaute durch den Flur zur Kellertür. Martin sagte mit schlaftrunkener Stimme. »Die Tür ist abgeschlossen. Der Schlüsel steckt in meiner Hose.«

Sie sprang auf. Es war, als hätte er ihre Gedanken erraten. »Ich wollte dort gar nicht hin. Ich wollte mich nur vergewissern, daß Dick seinen Rausch ausschläft«, sagte sie.

»Bist du …?« Sie wollte fragen: *okay?* Doch noch bevor das Wort heraus war, war er herumgerollt und zielte mit der Pistole auf ihren Kopf. Sie wich einen Schritt zurück und sagte: »*Bitte …*«

So betrunken, wie er sein mußte – er hatte LaChaises Flasche Johnnie Walker ausgetrunken und noch ein halbes Dutzend Dosen Bier –, hielt er seine Hand doch anscheinend völlig ruhig. »Du willst uns die Cops auf den Hals hetzen, stimmt's?«

»Nein, ich schwöre...« Sie sah in ihr Zimmer zurück. Die schwarzweiße Zielscheibe hing an der Wand gleich neben dem Fluchtfenster zur Feuerleiter.

»Hast du vor, es mit ihm zu treiben?«

Aha, dachte sie, *jetzt kommen wir zum Wesentlichen.* Sie verschränkte die Arme. »Nicht, wenn ich es verhindern kann«, sagte sie und starrte in das schwarze Loche der Pistolenmündung. »Wenn Dick es mit mir macht, muß ich entweder bewußtlos sein oder tot.«

Das Loch der Mündung erschien ihr so groß wie ein Autoreifen. Er hielt ihr den Lauf zwischen die Augen, hielt ihn und hörte nicht auf damit, und sie schloß die Augen...

»In Ordnung«, sagte er. Sie schlug die Augen wieder auf, und die Pistole zeigte zur Decke. Er grinste sie an. *Schleimig, schläfrig, hinterhältig,* dachte sie. »Hoffe, daß uns unten im Waschsalon niemand gehört hat, als Dick und ich rangelten.«

Mein Gott, dachte sie, *da liegt er nun und macht sich darüber Gedanken. Er ist überdreht.* Laut sagte sie: »Sie wären schon längst da, wenn jemand die Cops gerufen hätte.« Ihr Blick wanderte zum Telefon: *Heb den Hörer ab, wähl 911, laß ihn daneben liegen, warte einen Moment...*

Unmöglich, dachte sie. Mit LaChaise würde sie fertig, aber mit Martin... Er schien immer noch alles mitzubekommen.

Die Pistole blitzte wieder in seiner Hand und zielte auf ihre Stirn. »Peng.« Dann sagte er: »Geh wieder ins Bett.«

Lucas lag eng an Weather geschmiegt und versuchte zu schlafen. Obwohl er das Gefühl hatte, seit Tagen kein Auge mehr zugehabt zu haben, sagte ihm seine innere Uhr, daß es zum Schlafen noch zu früh war. Das Bett war unbequem und nicht sein eigenes, und auch das Kopfkissen paßte ihm nicht. Es verbog ihm den Nacken. Vor allem aber konnte er die Gedankenmühle nicht abstellen. Dabei setzte er nicht etwa schon das Puzzle zusammen, sondern ließ nur die ganze lange Geschichte erfolglos vor seinem inneren Auge vorbeilaufen.

Schließlich meldete sich Weather kurz nach Mitternacht und sagte in die Dunkelheit: »Du vibrierst am ganzen Körper.«

»Tut mir leid.«

»Du brauchst Schlaf.«

»Ich weiß«, sagte Lucas. »Mein Hirn ist total verstopft.«

Sie rollte ein Stück zur Seite. Sie sprach mit klarer Stimme, mußte also auch wach gelegen haben. »Wie lange wird es noch dauern, bis ihr sie kriegt?«

»Vielleicht nur bis morgen, falls sie nicht in ihrem Versteck bleiben. Wenn sie rauskommen, haben wir sie. Morgen oder übermorgen, würde ich sagen.«

»Was ist, wenn sie sich davonmachen?«

»Ihre Fotos sind überall im Fernsehen gekommen, nicht nur bei uns. Sie könnten nicht einmal anhalten, um zu tanken. Sie können sich in der Öffentlichkeit wirklich nicht mehr sehen lassen.«

Weather schwieg einen Augenblick und sagte dann: »Glaubst du, ihr kriegt sie lebend?«

»Nein.«

»Ihr knallt sie also einfach ab?«

»Darum geht es nicht – wenn sie uns anrufen würden und sagten, sie wollten sich stellen, und wenn sie erzählten, wo sie sind, und mit erhobenen Händen herauskämen... Wir würden sie festnehmen. Aber so wird es nicht ablaufen. Der erste, Butters, hätte genausogut Selbstmord begehen können. Sie setzen voraus, daß es tödlich für sie ausgeht. Sie haben sich bereits selber abgeschrieben. Und das macht sie gefährlicher als den Teufel.«

»Könnte an ihren Eltern liegen... Weißt du, an denen, die sie zu dem gemacht haben, was sie sind.«

»So ist das immer«, sagte Lucas. »Ich habe gesehen, wie aus Kindern und kleinen Psychopathen große Psychopathen wurden: Es waren immer die Eltern, die sie dazu gemacht haben.«

»Wenn ihr früh genug eingreifen könntet...«

Lucas schüttelte den Kopf. »Das funktioniert nie. Niemand verbringt mit den Kindern so viel Zeit wie die Eltern, selbst dann, wenn die sie gar nicht haben wollen. Und normalerweise bemerkt niemand, daß etwas schiefläuft, bis das Kind bereits verdorben ist. Du könntest eine ganze Armee verbohrter Sozialarbeiter einen Monat lang in jedes Haus schicken und jedes Kind ins Kreuzverhör nehmen lassen, und am Ende wäre alles noch schlimmer als zuvor. Sieh dir diese Fälle von massenhaftem Kindesmißbrauch an. Ein einziger Beschiß, und wem verdanken wir ihn? Den Sozialarbeitern.«

Wieder schwiegen sie.

»Ich glaube nicht«, sagte Weather dann, »daß das Problem mit noch mehr Gewalt gelöst werden kann. Ich glaube nicht, daß es damit vorbei ist, wenn ihr diese Leute erschossen habt.«

»Das siehst du so, weil du Ärztin bist«, sagte Lucas.

»Wieso?«

»Ärzte denken in den Kategorien Krankheit und Heilen. Das Problem ist nur: Wenn einer von diesen Typen krank wird, bekommt jemand anders etwas ab. Und schon haben wir es mit zwei Problemen zu tun und nicht mehr mit einem. Unsere erste Aufgabe ist es, unschuldige Menschen zu schützen. Und dann müssen wir alles Menschenmögliche unternehmen, um diese Typen – meinetwegen zu heilen oder was immer. Aber erst einmal müssen wir sie stoppen.«

»So sieht das, was ihr tut, aber nicht gerade aus ...« Hastig setzte sie hinzu: »Jedenfalls manchmal.«

»Ja, ich weiß. Manchmal tun wir ein bißchen zu sehr so, als sei es ein Spiel. Doch das ist nur eine bestimmte Art, damit umzugehen ... In Wirklichkeit ist es nicht so.«

Sie unterhielten sich noch eine Weile. Dann sagte Weather: »Ich brauche jetzt ein wenig Schlaf. Morgen früh wartet wieder die Arbeit auf mich.«

Lucas gab ihr noch einmal einen Gutenachtkuß, legte sich auf den Rücken und betrachtete die Muster, die die Lichter von draußen an die Decke warfen. Nach einiger Zeit fiel auch er in Schlaf.

Sandy schob das Fenster Stück für Stück hoch, Zentimeter für Zentimeter. Kalte Luft strömte herein. Das war das Problem. Wenn sie erst einmal damit anfing, konnte sie praktisch nicht mehr zurück. Im Zimmer würde es kalt werden, und wenn Martin oder LaChaise hereinkämen, würden sie Bescheid wissen ...

Doch sie schob das Fenster dennoch weiter nach oben. Dann beugte sie sich hinaus und wischte mit der Hand den Schnee vom

Sims. Der Sims schien nicht allzu glatt zu sein, doch mit den Stiefeln würde sie sich nicht darauf halten können. Sie setzte sich auf das Bett, zog Stiefel und Socken aus, steckte die Socken in die Stiefel und die Stiefel dann in die Taschen ihres Parka. Die Absätze schauten heraus. Einfach hinunterwerfen ging nicht...

Sie sah nach unten. *Ich bringe mich nur selber um.*

Sie holte Luft und stieg auf den Sims. Der Schock, der ihr von der Kälte in die Füße fuhr, hätte sie fast hinuntergeworfen. Sie hielt sich innen am Fensterrahmen fest und arbeitete sich nach rechts vor. Der Sims war sehr breit, fast als hätte man ihn dafür geschaffen, sie zur Feuerleiter zu bringen. *Vielleicht war das wirklich so gedacht,* dachte sie.

Sie rutschte einen Schritt weiter, dann noch einen, und wagte es nicht, noch einmal in die Tiefe zu schauen. Sie ließ den Fensterrahmen los und balancierte jetzt nur noch auf ihren vor Kälte schmerzenden Füßen weiter, den Rücken fest an die Wand gedrückt. Sie blickte starr geradeaus. Das half ihr, die Balance zu halten. Noch zwei Schritte. Noch zwei.

Sie streckte die rechte Hand aus und griff nach dem Stahlgeländer der Feuerleiter. Noch ein Schritt. Mein Gott. Sie hatte Angst, nach rechts zu schauen. Ein Schritt noch. Sie faßte zu ... und spürte das Geländer. Jetzt drehte sie auch den Kopf, sah die Leiter, faßte mit beiden Händen zu und trat hinüber.

Sie hielt inne und sah sich nach dem Fenster über der Feuerleiter um. Das Rollo war heruntergezogen. Aber zwischen dem unteren Ende und dem Fensterrahmen war ein Spalt offen. Sie konnte einen Blick in den Flur werfen. Im Halbdunkel wirkte Martin, wie er da am Ende des Gangs zusammengerollt lag, wie ein riesiger Kokon.

Sie stieg über das Geländer auf die Leiter und rang vor Aufregung und Todesangst nach Luft. Sie stieg die nächsten zwei Stufen bis zum Absatz hinunter, von dem die folgenden Stufen dann heruntergeklappt werden mußten. Sie drückte leicht mit dem Fuß dagegen und probierte, ob sie sich so bewegen ließen. Sie bewegten sich nicht. Sie versuchte es noch einmal mit größerer Kraftanstrengung. Nichts. Dann mit voller Kraft. Links gab es ein metallisches Klicken, aber an der Plattform tat sich nichts.

So brachte man die Leiter wohl nicht in Bewegung, aber warum, war im Dunkeln nicht zu erkennen. Irgendwo klemmte etwas...

Sie überlegte, ob sie sich an die Plattform hängen und dann fallen lassen sollte. Aber trotz der zwei gewonnenen Stufen bis zur Plattform hinab und der knapp zwei Meter, die sie durch das Herabhängen gewänne, würde sie noch drei bis dreieinhalb Meter fallen, und das auf harten Straßenbelag...

Sie würde sich ein Bein brechen.

Sie überlegte und spürte, wie die Kälte in ihren Füßen zum Schmerz wurde.

Dann spürte sie die Vibration.

Sie wußte nicht, was es bedeutete, doch sie ging in die Knie und lugte durch den Spalt unter dem Rollo. Martin war aufgestanden und ging auf ihr Zimmer zu. Vor LaChaises Zimmer blieb er stehen und sah hinein, ging dann ins Badezimmer. Sandy atmete tief durch – doch nach drei, vier Sekunden war Martin wieder draußen und ging leise weiter zu Sandys Tür.

Er blieb davor stehen. Sie duckte sich und wagte nicht mehr hinzusehen. Sie fürchtete, er könnte ihren Blick spüren. Sie wartete, zwang sich dann wieder hinzuschauen und sah Martins Hand an ihrem Türknopf. Er drehte ihn nicht, lauschte nur.

Sandys Füße brannten. Sie mußte sie unbedingt bewegen, aber sie konnte es nicht. Sie hatte Angst, daß er alles spürte, jede Bewegung.

Dann wandte Martin sich zum Fenster über der Feuertreppe und zog die Pfeile aus der Zielscheibe. Schließlich ging er wieder den Gang hinunter, sah sich noch einmal um, steckte die Pfeile in den Köcher und legte sich wieder auf seinen Schlafplatz.

Sandy blieb mit angehaltenem Atem unter dem Fenster hocken, setzte sich dann, schob die Füße von sich und bewegte die Zehen. Sie taten weh, und eine Zeitlang spürte sie nichts anderes als ihr pochendes Herz und ihre Füße. Sie mußte sich bewegen. Noch einmal lugte sie durch den Spalt. Martin lag wieder auf seinem Bett am Boden, war aber wach und zuckte. Zuckte? Sie sah genauer hin. Mein Gott, er masturbierte.

Sandy schnaufte los wie eine Lokomotive und stieß dicke Atemwolken in die kalte Nachtluft. Die Füße erfroren ihr, der Schmerz wurde unerträglich. Sie sah zur Leiter, zum Sims und stieg schließlich über das Geländer auf den Sims zurück. Ihr tat alles weh.

Zurück ins Schlafzimmer. Sie bewegte sich jetzt schneller als vorher. Der Schmerz trieb sie an. Sie hielt sich an der Fensterbank fest und kroch hinein. Ihre Füße fühlten sich an, als ginge sie über Glasscherben. Doch sie ignorierte es für den Augenblick und widmete sich dem Fenster, das sie wieder vorsichtig und ohne Geräusch schließen mußte.

Geschafft. Im Zimmer war es kalt, doch dagegen ließ sich so schnell nichts machen. Die Tür zum Flur konnte sie nicht öffnen. Martin würde womöglich den Zug mitbekommen. Sie zog die Jacke aus, holte die Stiefel aus den Taschen, setzte sich auf das unbezogene Bett und rieb sich mit dem Ärmelfutter ihres Parka die Füße.

Als sie trocken waren, tastete sie sie ab, fuhr mit den Fingerspitzen über die Sohlen. Kein Gefühl, aber auch kein Blut. Sie zog die Socken an und legte sich zurück. Wenn sie sich ruhig verhielt...

Moment mal. Sie kroch auf Händen und Knien durch den Raum und stieß auf ein Warmluftventil. Offen? Zu? Es kam keine Wärme. Sie sah zur Lampe hinüber und beschloß, es zu riskieren. Sie schaltete das Licht ein, nur eine Sekunde, sah, daß der Schieber zu war, und knipste das Licht wieder aus. Tappte im Dunkeln wieder zum Ventil und schob den Schieber so weit auf, wie es ging. Aber noch immer kam keine Wärme. Die ganze Heizung lief scheinbar im Augenblick nicht.

Was war noch zu tun? Der Fensterriegel. Sie ging hin, schloß ihn und zog das Rollo herunter. Draußen auf dem Sims und auf der Feuerleiter würden Fußspuren sein. Das ließ sich nicht ändern. Vielleicht würde Wind aufkommen und sie verwehen.

Sie ließ sich wieder aufs Bett fallen, wickelte sich in ihren Parka und probierte, ob sie ihre Füße fühlte. Sie versuchte, mit der Enttäuschung fertig zu werden. Sechs Meter... Vielleicht hätte sie es wagen sollen. Sechs Meter.

Nackt bis auf den weißen Verband um seine Wunde kam LaChaise ins Wohnzimmer, gähnte, kratzte sich und fragte: »Was gibt's Neues?«

Martin sah ihn nicht an. »Diese Weather wurde in dem Hotel interviewt«, sagte er. »War keine Rede davon, wo genau im Hotel das passierte, aber es waren überall Cops zu sehen, mit Schrotflinten. Kugelsicheren Westen. Kampfgas. Drinnen und draußen. Und auf dem Dach.«

»Wollen uns angst machen«, sagte LaChaise.

Martin lachte kurz auf. »Na ja, mit Erfolg.« Er sah ihn noch immer nicht an, und LaChaise ging zum Fenster und zog die Jalousie ein paar Zentimeter hoch. Sechs Uhr morgens und noch dunkel.

»Sandy schläft?«

»Ja«, sagte Martin. »Du hast ihr gestern eine Scheißangst eingejagt.«

»So?« Es war ihm egal.

»Wir brauchen schwere Waffen, wenn wir weitermachen wollen«, sagte Martin und starrte auf den Bildschirm.

»Woran denkst du?«

»In das Hotel kommen wir nicht rein. Und wenn jemand von ihnen zu Hause bleibt, machen sie Theater. Wir können uns nicht einfach auf der Straße rumtreiben und auf sie warten, weil sie wissen, wie wir aussehen...«

»Nicht mit diesen Haaren.« LaChaise strich sich über das graue Haar und den Bart.

»Jedenfalls könnten wir das nicht lange machen. Sie überprüfen alles und jeden.«

»Wohin soll es also gehen?«

»In das Krankenhaus, wo Capslocks Alte liegt und dieser andere Cop, Franklin.«

»Woher weißt du, daß sie im selben Krankenhaus liegen?«

»Haben sie im Fernsehen gebracht.«

»Himmel noch mal. Gut, daß ich das Gerät verschont habe«, sagte LaChaise.

»Stimmt. Wir brauchen also schwerere Waffen.«

»Du weißt, woher wir welche kriegen?«

»Ich kenne einen Typen. Aber an den kommen wir schwer ran, wir müssen uns also etwas ausdenken. Dazu brauchen wir Sandy. Und wir müssen dazu nach draußen.«

»In Ordnung.« LaChaise machte sich auf den Weg ins Bad. Auf halber Strecke blieb er stehen, sah Harps Plattensammlung und sagte: »Mein Gott, was ist denn mit den Scheiben passiert?«

»Du bist durchgedreht und hast sie zertrümmert.«

»Himmel, ich muß ja ganz schön daneben gewesen sein.« LaChaise bückte sich und hob eine Plattenhälfte auf. *Sketches of Spain* von Miles Davis. »Wohl lateinamerikanischer Sound«, sagte er. Er gähnte wieder und ließ die zerbrochene Scheibe durch den Raum segeln. Sie landete auf den anderen Trümmern. Er ging weiter ins Badezimmer.

Sandy war angezogen und in ihren Parka gehüllt, als LaChaise einmal klopfte und die Tür aufmachte.

»Gehn wir«, sagte er.

»Wohin?«

»Du mußt was für uns erledigen.«

LaChaise fuhr, und Martin gab die Route aus dem Gedächtnis vor. Von der und der Straße auf den Highway, dann an der Holzwarenhandlung mit dem roten Schild abbiegen. Sie befanden sich irgendwo am westlichen Stadtrand in der Nähe eines Sees. Auf der Eisfläche standen Dutzende Holzverschläge über Eislöchern, in denen gefischt wurde, und neben den Verschlägen parkten Pickups und Snowmobile.

»Das Problem ist«, sagte Martin, »daß er sein Geschäft zur Hälfte illegal betreibt, weil er nichts von gesetzlicher Waffenkontrolle hält... Aber eines wird er bestimmt: uns abknallen wie die Hasen, wenn er kann. Wenn er uns kommen sieht.« Er sah Sandy an. »Also gehst du an seine Haustür und läutest. Ich bin gleich nebenan bei der Veranda.«

»Das ist... die Nummer krieg ich nicht hin«, sagte Sandy.

»Sicher schaffst du das«, sagte Martin. Sie dachte an gestern abend und wie er sie über Kimme und Korn seiner Pistole angesehen hatte.

Das Haus war ein Bungalow mit braunen Schindeln an den Wänden. Er lag an einer ruhigen, kurvigen Straße. In den Fenstern brannte Licht. Die Autouhr zeigte 7 Uhr 30. Noch dunkel genug.

»Tür öffnet sich rechts«, sagte Martin. Sie fuhren am Haus vorbei, wendeten, ließen Martin aussteigen und warteten, während er vorging. Nach ungefähr einer Minute fuhren sie wieder auf das Haus zu. »Einmal kurz die Hupe, alle Scheinwerfer an, dann rennst du mit der Tüte in der Hand zum Haus«, sagte LaChaise.

Sie hatten an einem Verkaufsautomaten eine Zeitung gekauft und in eine Plastiktüte gepackt, die hinten auf dem Rücksitz lag. »Vermurks es nicht.«

Sandy riß sich zusammen. Nur noch dies eine Mal, hatten sie gesagt.

»Jetzt«, sagte LaChaise.

Sie fuhren die Auffahrt bis zur Hälfte hinauf. Sandy tippte kurz auf die Hupe und sprang mit der Zeitung in der Hand aus dem Wagen. Im selben Augenblick lief Martin geduckt an der Front des Hauses entlang, bis er direkt unterhalb der Veranda an der Seite der Tür hockte, wo sie aufging. Er preßte sich an die Wand.

Sandy sah einen weißhaarigen Mann an ein Fenster, wahrscheinlich das Küchenfenster, treten, während sie auf das Haus zurannte. Sie zitterte vor Kälte. Der Mann hielt einen Kaffeebecher in der Hand und runzelte bei ihrem Anblick die Stirn. Sie sprang die Verandastufen hinauf und drückte den Klingelknopf. Sie sah Martin mit seinem Gesicht gleich neben ihrem rechten Hosenbein. Er hielt eine .45er in der Hand. Die Haustür ging auf. Dann stieß der weißhaarige Mann die Windfangtür einen Spalt auf und sagte: »Ja?«

Sandy faßte die Tür und zog sie ein Stück weiter auf, und Martin kam hoch und richtete die Pistole auf den Mann. »Keine Bewegung, Frank. Nicht einmal daran denken.«

»Junge, Junge«, sagte der Mann. *Für einen Waffendealer hat er eine überraschend sanfte und kultivierte Stimme*, dachte Sandy. Er trat einen Schritt zurück, die Arme nach vorn ausgestreckt. LaChaise war aus dem Wagen gestiegen, und Martin stieß Frank ins Haus. Sandy folgte ihnen. Hinter ihr kam LaChaise herein.

Drinnen sagte Martin: »Er hat eine .357er unter dem Sweater, Dick, hinten an der Hüfte. Nimm sie ihm ab ...«

LaChaise tastete den Mann ab und fand die Waffe.

Martin war noch nicht zufrieden. »Und wahrscheinlich hat er was Kleines am Fußgelenk…« LaChaise ging in die Knie, und der Mann sagte: »Am linken Gelenk.« LaChaise fand einen Double-action-Revolver.

»Wenn du dich schon so ausstaffierst, um deinen Kaffee zu trinken, möchte ich dir lieber nicht begegnen, wenn du wirklich auf etwas gefaßt bist«, sagte LaChaise und grinste dem Mann ins Gesicht.

Der sah ihn einen Augenblick an und wandte sich dann an Martin. »Was wollt ihr?«

»Ein paar Spezial-Schnellfeuergewehre aus deinem Safe im Keller. Und ein paar Westen.«

»Ihr Jungs seid jetzt schon so gut wie tot, das wißt ihr?«

Martin nickte. »Wissen wir. Und deswegen solltest du auch nicht den Kampf mit uns aufnehmen. Dabei springt für dich nichts heraus, weil uns nämlich inzwischen alles scheißegal ist.«

Der Mann nickte und sagte: »Da lang.«

Frank hatte im Keller drei Safes. Sie standen in einer Reihe mit einer Werkbank und einem Extratisch zum Waffenladen. Er wollte gerade am Kombinationsschloß des mittleren Safes drehen, als Martin eingriff. Er solle die Kombination sagen, meinte er und forderte Sandy auf, den Safe zu öffnen. Gleichzeitig drückte er dem Mann den Lauf seiner Pistole in den Nacken: »Wenn etwas passiert – ein Knall, eine Sirene – oder ein Alarm wird aktiviert, dann bist du tot.«

»Es gibt nichts dergleichen«, sagte Frank.

Martin wandte sich an LaChaise. »Vielleicht hat er hier unten irgendwo eine Handfeuerwaffe versteckt, an die er leicht rankommt. Halt ihn weiter in Schach.« Zu Frank sagte er: »Tut mir leid, das alles hier, aber du weißt, wo unser Problem liegt.«

Sandy hatte die Kombination eingegeben, drehte den Griff zur Seite und zog. Die Safetür ließ sich leicht öffnen. »In Ordnung«, sagte Martin. Sandy hörte ihn kaum mehr. Sie hatte das altmodische schwarze Telefon auf der Werkbank entdeckt.

»Du hast ihn unter Kontrolle?« fragte Martin LaChaise.

LaChaise ging noch näher auf Tuchfühlung und hielt Frank die Pistole ans Ohr. Martin schob Sandy zur Seite, griff in den Safe und holte eine AR-15 heraus. »*Das ist es*«, sagte er, prüfte den Verschluß, kontrollierte den Lauf, fand alles in Ordnung. Drei Gewehre lagen im Safe, außerdem zwei Dutzend Schachteln Munition. Martin nahm alle drei Gewehre, stopfte soviel Munition in seine Jackentaschen, wie er konnte, und reichte Sandy den Rest.

»Und jetzt noch die Westen«, sagte Martin.

»Drüben im Eckschrank«, sagte Frank.

Martin ging durch den Kellerraum zu einem Schrank mit Gleittür und schob sie auf. Vor ihm hing eine Reihe Kevlar-Westen in Plastikhüllen. Er suchte sich zwei heraus, sah dann Sandy an und nahm eine dritte.

»Mir tut das alles wirklich leid«, sagte Martin. Er gab Sandy die Westen, stieß Frank die Pistole in den Rücken und schob ihn in Richtung Treppe. LaChaise ging vor, so daß sie den weißhaarigen Mann, auch wenn es um die Ecke ging, im Auge hatten.

Sandy rutschten die Munitionsschachteln aus der Hand, erst eine, dann eine weitere. Sie fielen auf den Boden. Patronen rollten heraus. »So ein Mist«, sagte sie.

»Verdammt«, knurrte Martin. »Heb sie wieder auf…«

Sandy blieb stehen, sammelte die Patronen ein und steckte sie in die Jackentaschen. Die Männer stiegen die Treppe hinauf.

Als sie oben im Flur waren, rannte Sandy ans Telefon und wählte die Nummer 911. In der nächsten Sekunde meldete sich schon die Zentrale, und sie sagte: »Hier ist Sandy Darling. Ich rufe Chief Davenport. Wir besorgen hier Waffen. Sie planen einen Überfall. Ich lasse den Hörer neben der Gabel liegen und versuche, sie aufzuhalten…«

Sie hängte den Hörer nicht ein und lief schnell hinter LaChaise und Martin die Treppe hinauf.

Kapitel 20

Lucas und Del versuchten mit einem Getränk aus einem Styroporbecher, das angeblich ein Cappuccino sein sollte, wach zu werden, als die Zentrale sich meldete.

»Eine Frau hat angerufen.« Die aufgeregte Kollegin hielt sich nicht lange mit Vorreden auf. »Sie sagte, sie sei Sandy Darling. Sie würden sich gerade Waffen besorgen und planten irgendwo einen Überfall. Sie hat nicht gesagt, wo und wann. Sie hat den Hörer neben der Gabel liegengelassen. Wir haben es nach Minnetonka weitergegeben, damit sie dort gleich aktiv werden, aber sie haben fast niemanden in Bereitschaft. Es dauert ein paar Minuten.«

»Mein Gott...« Lucas sprang auf und griff nach seiner Jacke, während er ins Telefon sagte: »Wann war der Anruf?«

»Vor fünfunddreißig Sekunden.«

»Sagen Sie den Kollegen in Minnetonka das mit den Waffen. Keiner soll da jetzt den Helden spielen. Sie sollen nur die Straßen abriegeln und ein Sturmkommando rufen... Wenn sie Hilfe brauchen, wenden Sie sich an Lester. Vielleicht kann man auch einige von unseren Spezialisten hinschicken oder ein paar Cops aus dem Hennepin County.«

»Marie kümmert sich gleich darum. Fahren Sie hin?«

»Ja. Sobald ich die Adresse habe... Gebt sie per Funk durch und dirigiert uns hin. Wir sind sofort auf Empfang.«

Er warf den Hörer auf die Gabel, und Del fragte: »Was ist passiert?«

»Sandy Darling hat sich gemeldet«, erklärte Lucas. »Sie sagt, sie besorgen sich Waffen. Sie hat nicht wieder aufgelegt.« Im selben Moment rannten die beiden schon durch den Gang.

LaChaise und Martin hatten die Gewehre unter ihre Jacken geschoben, als Sandy aus dem Keller kam. Martin fragte: »Alles wieder aufgelesen?«

»Größtenteils«, sagte sie und ließ die Patronen in den Taschen klimpern. Sie spürte, wie sie rot wurde, und dachte O, *mein Gott.* Martin würde es irgendwie merken. »Da unten gibt es noch eine

Menge mehr Munition«, sagte sie. »Das meiste haben wir gar nicht entdeckt...«

»Vergiß es«, sagte Martin. Er wandte sich Frank zu, sagte: »Hier« und reichte ihm ein Bündel Banknoten.

»Ein Geschäft ist das aber genaugenommen nicht, was wir hier machen«, sagte Frank knapp.

»Nimm das verdammte Geld«, sagte Martin ungeduldig. »Ich fühle mich schon mies genug. Das Geld stammt von einem Drogendealer in der Stadt. Es ist sauber und nicht registriert. Und es ist mehr, als das Zeug hier wert ist.«

»Geht trotzdem nicht in Ordnung«, sagte Frank. Er nahm das Geld.

»Ich weiß«, sagte Martin in fast freundlichem Ton. »Aber ich kann nichts daran ändern. Nun komm mit uns raus zum Wagen, damit wir dir zum Abschied auch winken können.«

Sie stiegen ein und setzten zurück, während Frank wieder ins Haus ging, die Hände in den Taschen vergraben. Sie fuhren um die Ecke, nahmen die nächste Seitenstraße und bogen dann in den Highway ein. Als sie an der Kreuzung auf grünes Licht warteten, kam eine dunkle Limousine angerauscht, überfuhr das Stopplicht und bog in das Straßengewirr ein, aus dem sie gerade gekommen waren.

»Arschloch«, murmelte LaChaise.

Sandy schloß die Augen.

Lucas drückte den Gashebel durch und jagte den Explorer mit durchschlagenden Stoßdämpfern und heulenden Reifen über die I-394. Del hing im Beifahrersitz und fluchte bei jedem Schlag und jeder Kurve. Die Zentrale gab durch, das Telefon sei auf einen Frank Winter angemeldet, keine Vorbesitzer. Er sei ein eingetragener Waffenhändler.

»Sie wußte also, wovon sie redete«, sagte Del.

Zehn Minuten nach Verlassen der City Hall stießen sie auf eine Phalanx von Polizeiwagen aus Minnetonka und dem Hennepin County, die die Zufahrten zu den betreffenden Straßenblocks abriegelten. Lucas hielt seine Hundemarke aus dem Fenster, und ein Cop zeigte auf eine Gruppe Männer, teils uniformiert, teils in

Zivil, die den Einsatz leiteten. Lucas stellte den Wagen ab und ging mit Del auf sie zu.

Sie begrüßten sich. Einer in Zivil sagte: »Lucas.« Lucas nickte und sagte: »Gene, wie sieht's aus?«

»Wir haben ein paar Kollegen da im Haus gegenüber postiert«, sagte der Cop. »Drinnen ist Licht, aber draußen stehen keine Wagen. Man sieht Spuren, die in die Auffahrt führen und wieder zurück. Ziemlich frisch. Es hat ja immer mal wieder geschneit, und die Kollegen sagen, die Spuren wurden gerade erst hineingefahren.«

»Sind wohl rein und gleich wieder raus«, sagte ein Cop in Uniform.

»Die Frage ist, singen wir ihnen ein Liedchen mit der Flüstertüte, oder halten wir hier nur die Stellung?«

Lucas zuckte mit den Achseln und grinste. »Du hast hier das Sagen.«

»Stimmt schon«, sagte der Zivilcop säuerlich. »Scheiß drauf. Er ist Waffendealer, also kann er alles mögliche Zeug da drinnen haben... Wenn wir die Bude stürmen, kann es zu einer Schießerei kommen. Melden wir uns von draußen, was können sie dann schon machen? Raus können sie nicht.«

Er dachte laut weiter. Einer von den Hennepin-Cops sagte: »Er kann die Beweise jedenfalls nicht im Klo runterspülen.«

»Hmm. In Ordnung. Nehmen wir die Flüstertüte.«

Frank Winter kam mit über dem Kopf erhobenen Händen aus dem Haus und blieb in der Auffahrt stehen, bis ihn ein Cop auf die Straße zu einem Polizeifahrzeug führte. Über Funk sagte Winter, daß LaChaise, Martin und Darling bei ihm gewesen und vor knapp fünfzehn Minuten wieder weggefahren seien. Im Haus sei jetzt niemand mehr. Als sie ihn zu dem Wagen brachten, wo Lucas und Del mit einigen uniformierten Polizisten warteten, ließ einer von ihnen Winter sich umdrehen und tastete ihn ab.

»Er trägt eine Weste«, sagte einer der Cops.

»Warum denn das?« fragte Del.

»Für den Fall, daß einer Ihrer Beamten auf die Idee gekommen wäre, auf mich zu schießen«, sagte Winter schlicht. »Die Frau hat euch angerufen, nicht?«

»Was für eine Frau?«

»Die mit Martin und seinem Freund zusammen hier war«, sagte Winter. Dann wollte er wissen: »Brauche ich einen Anwalt?«

»Lies ihm lieber seine Rechte vor«, sagte Lucas, und ein Cop folgte seinem Befehl. »Wollen Sie einen?«

»Besser ja«, sagte Winter. »Ich habe da drinnen gesessen und überlegt, ob ich Sie anrufe.«

»Und warum haben Sie nicht angerufen?« fragte Lucas.

»Weil ich mir dachte, Martin würde mich umbringen – oder LaChaise.«

»Was haben sie Ihnen abgenommen?« fragte Del.

»Ein paar Pistolen, ein Gewehr – 7-mm-Magnum Model 70 – mit einer Schachtel Munition, und einen ganzen Haufen AR-15-Munition. Martin ist versessen auf Armalite-Karabiner. Er bastelt dauernd an ihnen herum. Ich würde mich vorsehen. Ich wette, sie haben ein paar umgebaute bei sich.«

»Dieses Model 70«, sagte Lucas. »Hat es ein Zielfernrohr?«

»Ja. Ein Leupold Vari-X III, 3,5 x 10.«

»Was für Heckenschützen.«

»Zum Abschießen von allem, was Schäden anrichtet«, sagte Winter.

»Ja«, sagte Lucas. »Falls man Elche auch dazu zählt.«

Ein Sturmkommando durchkämmte das Haus. Der Keller war ein einziges Waffenlager. Doch ein Cop meldete munter: »Nichts Illegales dabei.«

Lucas sah sich ein Model 70 an, ein Winchester .300 Magnum-Gewehr mit grauem Kunststoffschaft und einem Pentax-Zielfernrohr. Er stellte es auf Kurzdistanz ein und zielte quer durch den Keller auf eine Zielscheibe mit Fadenkreuz. Winter hatte die Safes geöffnet, so daß sie die Waffen in Augenschein nehmen konnten. Fünfzig Handfeuerwaffen hatten sie gefunden, zwei Dutzend Gewehre und eine Menge Schrotflinten. Del spielte mit einer Derringer und ließ den Hahn gegen ein Ziel an der Wand klicken. Lucas untersuchte gerade den Kolben des Model 70, als ein Kollege in Zivil ein Stück die Treppe herunterkam und sagte: »Wir bringen Winter ins Präsidium. Haben Sie noch Fragen an ihn?«

»Nein. Ich glaube, er sagt die Wahrheit«, sagte Lucas.

»Ich auch, aber er hätte uns anrufen müssen«, sagte der Cop und grinste. »Jetzt behauptet er, er hat es versucht, aber sein Telefon hätte nicht funktioniert, und er hätte Angst gehabt rauszugehen. Sagt, er wußte nicht, daß unten der Hörer neben dem Telefon lag. Für ihn hat es einfach nicht funktioniert.«

»Nicht schlecht, wenn er dabei bleibt«, sagte Lucas.

»Ein paar Kollegen sind in der Nachbarschaft unterwegs«, sagte der Cop, »und fragen nach dem Wagen.« Nach Winters Aussage waren LaChaise, Martin und Darling in einem großen braunen Wagen unterwegs, aber die Marke kannte er nicht. Er hatte nicht darauf geachtet. Vielleicht ein Lincoln oder ein Buick. »Die Presse rollt an«, sagte der Cop noch.

»Meine Güte, das ging schnell«, sagte Del.

»Sie bekommen alles über Polizeifunk mit...«

»Können ihnen auf keinen Fall sagen, daß wir einen Tip bekommen haben«, sagte Lucas. »LaChaise wird gleich wissen, woher der kam, und die Frau töten.«

»Was soll ich ihnen denn sagen? Sie wollen eben Bescheid wissen.«

Lucas kratzte sich am Kopf und legte sich eine Ausrede zurecht. »Sagen Sie, Winter hat uns angerufen. Sagen Sie, wir haben ein Überfallkommando hingeschickt, weil wir fürchteten, es könnte ein Hinterhalt sein, und von Winter hätten wir gewußt, daß er mit schweren Waffen handelt... Lassen Sie die Information schnell raus, dann kommen erst gar keine Gerüchte über mögliche Tips und so was auf... Ich sorge dafür, daß die Chefin hinter uns steht. Und mit Winters Anwalt reden wir, damit Winter in der Sache den Mund hält.«

»In Ordnung.« Der Cop eilte wieder die Treppe hinauf.

Lucas wandte sich an Del. »Sieh dir das an.«

Del ging zu ihm, und Lucas kniete sich vor den Safe und sagte: »Siehst du den Staub?«

Im mittleren Safe, in dem Winter die gestohlenen Waffen aufbewahrt hatte, bedeckte eine dünne Staubschicht den Boden.

Del nickte. »Und?«

»Hier sind drei Gewehre herausgenommen worden. Siehst du

das? Man kann die Abdruckränder kaum erkennen ...« Lucas hielt den Zeigefinger einen Zentimeter darüber und zeichnete sie in der Luft nach.

»Ja.«

»Und jetzt sieh mal hier ...« Er nahm das Model 70, das er sich draußen angesehen hatte, und stellte es in ein Gestell auf der anderen Seite des Safes. Dann drückte er den Kolben in die Staubschicht, schob ihn ganz leicht hin und her und zog ihn schließlich wieder heraus. Der Gewehrkolben hatte im Staub einen fast unsichtbaren Umriß hinterlassen.

»Sieht nicht wie die anderen aus«, sagte Del. »Zu breit.«

»Aber er hat gesagt, sie haben ein Model 70 mitgenommen, und das hier ist ein Model 70.« Er wandte sich an den Minnetonka-Cop, der gerade Inventur machte. »Können Sie mir mal so eine AR reichen?«

Der Cop gab sie ihm, ein ganz legales, nicht umgebautes Gewehr, und Lucas setzte den Kolben direkt neben dem Abdruck des Model 70 auf den Safeboden. Beide unterschieden sich deutlich – aber dafür paßte der AR-Abdruck zu denen der drei gestohlenen Gewehre.

»Sie haben sich drei ARs hier aus dem Safe gegriffen«, sagte Del.

»Und zwar bereits umgebaute«, sagte Lucas. »Darum hat er das mit Martin und seiner Herumbastelei an den Waffen gesagt. Wir durften also wissen, daß sie mit frisierten Schnellfeuergewehren herumlaufen, aber wir sollten nicht erfahren, daß sie sie von ihm haben.«

»Langsam geht mir das, was sie heute alles mit diesen Schnellfeuergewehren anstellen, verdammt an die Nieren«, sagte Del.

»Wir sollten einen Fotografen rufen und ihn von dem hier ein paar Bilder schießen lassen«, sagte Lucas und klopfte gegen den Safe. »Ich weiß nicht, ob wir Winter damit festgenagelt kriegen. Er ist ein schlauer Bursche. Aber vielleicht können wir ihn wenigstens ein bißchen piesacken.«

»Warum haben sie sich noch mehr Waffen besorgt? Sie haben doch welche.«

»Wegen Franklin«, sagte Lucas. »Hätten sie eine AR gehabt, wären die Kugeln durch seine Weste wie durch weichen Käse gegangen.« Er machte noch einmal langsam eine Runde durch den Keller und sah sich die Decke an. Auch da oben war alles blank und sauber, so wie im ganzen Keller. Bei ihm im Keller waren Träger und Balken voller Spinnweben, denn die Spinnen überließ er nur zu gern sich selber.

»Ich behaupte also, sie haben drei ARs aus Winters Beständen mitgehen lassen. Außerdem sagt er, sie hätten drei Westen mitgenommen. Das sieht für mich aus, als planten sie ein Kamikaze-Unternehmen.«

»Einen Angriff worauf? Auf das Hotel?«

»Könnte sein«, sagte Lucas, schüttelte dann aber den Kopf. »Ich glaube wirklich, daß sie es auf etwas anderes abgesehen haben. Sie werden sich wohl denken, daß keiner von uns jetzt noch zu Hause herumhängt, schon gar nicht, seit das mit Franklin passiert ist. Und in das Hotel kommen sie nicht rein, das haben wir ihnen deutlich genug demonstriert.«

»Dann geht es gegen das Krankenhaus«, sagte Del und wurde plötzlich blaß. »Sie haben es auf Cheryl und Franklin abgesehen, und Franklins Frau war vorhin auch da. Mist, wo ist das Telefon?«

Stadic erfuhr von dem Einsatz in Minnetonka und rief La-Chaise an. LaChaise war mit Martin und Sandy noch auf dem Rückweg in die Stadt.

»Sie sind jetzt draußen in dem Haus«, sagte er mit leiser Genugtuung. »Fünf Minuten früher, und sie hätten euch am Arsch gehabt.«

»Was haben sie mit Winter gemacht?« fragte LaChaise, von Martin souffliert.

»Sie reden mit ihm. Er arbeitet mit ihnen zusammen.«

»Der Scheißkerl muß sie in dem Moment angerufen haben, als wir wegfuhren«, sagte LaChaise. »Haben sie Typ und Nummer unseres Wagens?«

»Das weiß ich nicht«, sagte Stadic.

»Wir machen uns besser dünn.«

»Ja. Und noch eines. Ich und ein halbes Dutzend Kollegen sind quasi schon auf dem Weg zum Hennepin General. Sie meinen, ihr könntet als nächstes dorthin wollen.«

»Was? Wieso?«

»Ich weiß nicht, aber wir fahren jedenfalls hin. Sie haben mit Winter geredet, und er muß ihnen irgend etwas gesagt haben.«

»Ich muß nachdenken«, sagte LaChaise. »Irgendwas läuft da schief.«

Stadic saß mit einer Schrotflinte neben sich in der Notaufnahme, während Lester und ein anderer Cop namens Davis darüber berieten, wie sie die Zufahrt blockieren könnten, ohne daß das zu sehr auffiel. Lucas und Del eilten herein und brachten einen Schwall Kälte mit, die sich gleich feucht im Raum verteilte.

»Die neuen Fahndungsmeldungen sind raus?« fragte Lucas Lester.

»Ja, auch eine Beschreibung des Wagens haben wir«, sagte Lester. Sie gingen zu ein paar Stühlen, nicht weit von Stadic entfernt. »Großer brauner Wagen. Aber was, zum Teufel, heißt das schon? Was wir brauchen, ist ihr Versteck.«

»Bis wir soweit sind...«

Davenport sprach zwar weiter, aber Stadic blendete sich aus. Er konnte nur noch eines denken: großer brauner Wagen. Und dann dachte er: *Scheiße, sie sind bei Harp.*

Mittags wurde er abgelöst. Er fuhr im Büro vorbei und nahm sich gerade die Zeit, ein 8x50-Marinefernglas zu holen. Dann fuhr er weiter zu Harps Wohnung, hielt in anderthalb Blocks Entfernung an und nahm die Fenster über dem Waschsalon ins Visier. Er hatte gerade fünf Minuten gewartet, da sah er, wie sich eine Jalousie bewegte – jemand sah aus dem Fenster auf die Straße. Okay, er hatte sie. Wieder dasselbe Schema? Er konnte hier unten warten, bis sie herauskamen – aber sie würden im Wagen sitzen, und das wäre ein Problem. Vielleicht sollte er gleich gegenüber parken und warten, bis das Garagentor aufging, zur Fahrerseite hinüberrennen und aus einem halben Meter Entfernung abdrücken – den Lauf der Schrotflinte gegen die Scheibe drücken und sie einfach wegblasen. Erst den Fahrer erledigen, dann den Beifahrer... Er brauchte seine Weste.

Er kaute nervös am Daumennagel. Bei so etwas konnte eine Menge schiefgehen. Und später würden sie ihm auch noch Fragen stellen. Aber da würde er sich schon herausreden. Er hätte einfach weiter über Sell-Mores Tod nachgedacht, würde er sagen, und daß Harp da mit drinstecken mußte. Er habe Harps Namen durch den Computer laufen lassen und sei dabei auf einen Lincoln gestoßen... Doch warum, würden sie fragen, hatte er das nicht an die Kollegen weitergegeben? Warum war er allein hingefahren?

Er grübelte und grübelte, aber sein Verstand wollte nicht richtig arbeiten. Er war zu müde. Er fuhr am Haus vorbei zu einem Schnapsladen mit einem Münztelefon und rief noch einmal LaChaise an.

»Wir fahnden nach einem großen braunen Wagen, einem Lincoln oder Buick.«

»Das ist alles? Keine Nummernschilder?«

»Nein. Aber sie haben eine neue Beschreibung von euch – sie kommt erst in den Spätnachrichten im Fernsehen. Sie wollen sehen, ob ihr euch das Krankenhaus vornehmt. Aber es heißt, ihr habt graue Haare und Bärte und seht aus wie alte Männer.«

»Dieser verdammte Winter«, sagte LaChaise. »Und wie sieht es im Krankenhaus aus. Mit der Bewachung?«

»Dichter als dicht.«

»Gottverdammt...«

»Ich an eurer Stelle würde es mir überlegen und lieber packen und abhauen«, sagte Stadic. »Eure Zeit wird knapp.«

Nach einem kurzen Augenblick sagte LaChaise: »Vielleicht.«

Stadic hörte ihn einige Sekunden heftig atmen und fragte: »Wirklich?«

»Wir reden drüber«, sagte LaChaise. »Mexiko.«

Kapitel 21

Der Tag schleppte sich hin, jede Stunde zog sich. Alle Cops waren draußen auf der Straße. Es gab Gerüchte, daß die Gangs der Stadt schon in den Bussen nach Chicago saßen, um sich dünn zu machen.

Lucas fiel nichts Neues mehr ein. Er hatte den halben Tag im

Krankenhaus verbracht, mit immer mehr schwindender Hoffnung.

Die Nacht kam, aber kein LaChaise…

Das Krankenhaus lag ruhig in der Dunkelheit. Schwestern eilten in ihren Laufschuhen durch die Gänge, erfüllten Wünsche der Patienten, brachten ihnen ihre Medizin. Lucas, Del und ein Cop von der Drogenfahndung namens McKinney saßen in einem Büro, das direkt zur Hauptlobby hinausführte. Man konnte nicht sagen, von wo LaChaise kommen würde – wenn sie es überhaupt versuchten –, aber von der Lobby aus war jeder Gebäudeteil schnell erreichbar.

»Es sei denn, sie kommen per Fallschirm«, sagte McKinney.

»Das wäre mal was«, sagte Del. »Haben Sie den Film gesehen?«

»Ja… Im Grund gibt's das in mehr als einem. Zum Beispiel in dem, wo der Kerl sogar ohne Fallschirm aus dem Flugzeug abspringt. Haben Sie den gesehen? Schnappt sich den Typen direkt in der Luft.«

»Wie hieß der denn noch, dieser Junge, Sie wissen schon, der Typ in *Excellent Adventure*?« sagte Lucas.

»Ja, habe ich gesehen«, sagte McKinney. »Der Film hat mich selbst zum Springen gebracht.«

»Was, Sie springen? Früher mal habe ich…«

Sie redeten über die Fallschirmspringerei, bis sie jedes Detail durch hatten, und dann ging Lucas und suchte sich ein leeres Bett. Del hielt mit McKinney Wache, und als der Morgen dämmerte, steckte er seine Waffe weg, setzte sich zu Cheryl ans Bett und wartete, bis sie aufwachte.

»Möchtest du, daß ich fahre?« fragte Martin Sandy.

»Nein, ich bin okay«, sagte sie.

»Achte auf die Geschwindigkeit. Wir wollen die Cops nicht auf uns aufmerksam machen«, sagte Martin.

»Vielleicht sollten wir in Des Moines mal eine Pause machen«, sagte LaChaise. »Wir sind schon verdammt weit.«

LaChaise hatte die Fahrt bisher auf dem Rücksitz verbracht. Immer wenn sie an einer Streife vorbeigekommen waren – dreimal war das passiert –, hatte er sich nach unten geduckt.

»Ja, gut, wir sind fast da«, sagte Martin. »Siehst du da vorne den Schein am Himmel? Das ist Kansas City.«

LaChaise und Martin hatten sich am späten Nachmittag entschieden. Und gleich nach Einbruch der Dunkelheit war LaChaise in Sandys Schlafzimmer gegangen und hatte gesagt: »Pack deine Sachen.«

Sandy hatte sich aufgesetzt. »Wohin geht es?«

»Nach Mexiko.«

»Mexiko? Dick, das meinst du nicht im Ernst.« Für sie war das ein kleiner Hoffnungsschimmer. Wenn sie erst einmal aus der Stadt wären, hätten sie Platz. Und irgendwo würden sie draußen auf der Straße eine Weile nicht mehr so auf sie achten. Dann würde sie sich absetzen. Ein kleines schmuddeliges Restaurant irgendwo, eine kleine Stadt draußen in der Einöde... Sie würde warten, bis sie anfingen zu essen, und dann sagen, sie müsse mal zur Toilette. Und sie würde hinausgehen, ihnen einen Zettel auf den Autositz legen und sich irgendwo verstecken, bis sie weg wären.

Sie sah es genau vor sich. Und wenn sie weg wären – lange danach –, würde sie umkehren. Die Sache bei der Polizei klären.

Es war eine Chance.

Doch jetzt beklagte sich Dick plötzlich, daß sie schon zu weit waren? Was sollte das heißen?

Sie überlegte, und ihre Hoffnung sank. Schließlich fragte sie: »Warum ist Kansas City zu weit, Dick?« Er antwortete nicht gleich. »Dick?«

»Weil wir nicht bei Tageslicht fahren wollen«, sagte Martin. Er sah auf die Uhr. »In einer Stunde ist es hell. Wir müssen uns ein Motel suchen.«

Martin entdeckte am Stadtrand einen Supermarkt, der die ganze Nacht geöffnet hatte, und sagte zu Sandy, sie solle hinfahren. LaChaise und Sandy warteten im Wagen, bis Martin zurückkam. Er hatte zwei Laibe Brot gekauft, ein paar Pfund Aufschnitt für Sandwiches und zwei große Stücke dunkelgrüne Handwerkerseife.

»Wozu die Seife?« fragte Sandy, als sie in die Tüte schaute.

»Zum Schnitzen«, sagte Martin und grinste.

LaChaise mietete ein Zimmer in einem Motel, es hieß Red Roof

Inn. LaChaise übernahm das Einchecken, weil er sich gerade frisch rasiert hatte, als sie die Cities verließen. Sandy hatte ihm auch noch ordentlich die Haare gestutzt. In einem Anzug von Harp und mit Seidenkrawatte sah er aus wie ein Republikaner. Er zahlte bar für zwei Nächte, sagte, er sei allein unterwegs, und bat, daß das Zimmermädchen ihn nicht weckte.

»War die ganze Nacht unterwegs«, sagte er.

»Kein Problem«, sagte die Frau am Empfang.

Das Zimmer befand sich auf der Rückseite des Motels und hatte zwei Doppelbetten und Fernsehen. Sie schliefen unruhig bis zwei Uhr nachmittags. Dann stand Martin auf und bestellte bei einem Zustellservice Pizza, Coke und Kaffee. Die Sachen wurden umstandslos geliefert, und sie setzten sich und aßen schweigend. Um vier sank die Sonne im Westen, und sie gingen wieder zum Wagen.

»Ich fahre«, sagte Martin.

»Geht in Ordnung, ich...«

»Setz dich hinten rein und halt den Mund«, sagte LaChaise.

»Was habt ihr vor?« fragte Sandy. LaChaise packte sie an der Jacke und zog sie zu sich heran, bis ihre Gesichter nur noch zwei Zentimeter voneinander entfernt waren. Sie konnte den Käse und die Zwiebeln von der Pizza riechen, die er gerade verzehrt hatte...

»Plan geändert. Jetzt rein mit dir in die verdammte Karre.«

Sie stieg ein. »Dick, was habt ihr vor? Dick...?«

»Wir rauben eine verdammte Bank aus. Das haben wir vor«, sagte LaChaise.

Lucas blieb im Krankenhaus, weil ihm kein besserer Ort einfiel, wo er sich aufhalten sollte. Seit sechsunddreißig Stunden hatten sie jetzt nichts von LaChaise gehört. Del, Sloan und Sherrill kamen, gingen und kamen wieder. Der Gesprächsstoff war ihnen ausgegangen. Sie saßen in ihren verdunkelten Zimmern, unsichtbar, und warteten...

Lester rief an. »Hör zu, Lucas. LaChaise, Martin und Darling haben gerade eine Filiale der Credit Union in Kansas City überfallen. Vor nicht mehr als einer Stunde, genau um 16 Uhr 25.«

»Kansas City?« Die Nachricht traf ihn wie ein Schlag und brachte ihn aus dem Gleichgewicht. »Ganz sicher?«

»Ja, sie sagen, es gibt keinen Zweifel. Sie überspielen TV3 ein

Video. Die Cops aus Kansas City geben es allen weiter, die in Frage kommen.«

»Wie schnell habt ihr das Video?«

»In zehn, fünfzehn Minuten, nehme ich an. TV3 nimmt es ins Programm, sobald es da ist. Wir bekommen eine Kopie.«

Lucas legte auf und sah Sherrill und Sloan an. »Ihr werdet es mir nicht glauben«, sagte er.

Der Überfall lief glatt und professionell ab. Martin war als erster in der Bank, mit der AR-15 im Anschlag. In dem Augenblick, als er durch die Tür kam, schrie er in den Raum und zielte auf die Anwesenden.

LaChaise schob Sandy hinter Martin her durch die Tür und sprang auf den Counter. Es waren nur zwei Kunden im Raum, und hinter dem Counter befanden sich drei Angestellte. LaChaise plünderte die Kassenschubladen, sagte etwas zu einer der jüngeren Frauen, klopfte ihr mit der flachen Hand auf den Po und ging durch den Durchlaß hinter den Counter. Die Kamera, die den ganzen Raum überblickte, zeigte Sandy Darling, wie sie sich, die Hände auf die Ohren gepreßt, gegen die Wand drückte.

»Das sind alles andere als Anfänger«, sagte Del. Zu fünfzehnt hatten sie sich in der Mordkommission um ein kleines Fernsehgerät versammelt.

»Das haben wir schon mal genauso gesehen«, sagte Lucas. »Es ist das Abziehbild von dem Überfall, den wir haben auffliegen lassen, Punkt für Punkt.«

»Bis auf die Handgranate«, sagte Sherrill.

Als sie wieder rückwärts zur Tür hinausdrängten, hielt Martin eine kleine Rede. »Alle ins Büro des Vorstehers und hinter dem Schreibtisch auf den Boden. Hier vorn rollen wir eine Handgranate in den Raum... Also, ich will Ihnen keine Angst einjagen, das geht hier nicht ab wie im Kino. Es gibt nur einen kleinen Knall. Hinter dem Schreibtisch passiert ihnen nichts...«

Martin hielt etwas hoch, das wie eine Handgranate aussah. Angestellte und Kunden stürmten in das Büro des Vorstehers und waren nicht mehr zu sehen. »Alsdann«, rief Martin, rollte die Handgranate in den Raum und verschwand. Die Granate entpuppte sich als ein zurechtgeschnitztes Stück grüner Seife, das genau betrachtet gar nicht besonders nach einer Handgranate aussah.

»Keine Autonummer«, knurrte Lucas. »Sie wollten verhindern, daß jemand rauslief und sich die Autonummer merkte.«

»Sandy Darling machte nicht gerade einen glücklichen Eindruck, daß sie da mitmachen durfte. Sie war unbewaffnet, man sah ihr die Angst an, und sie mußten sie rein- und rausschubsen«, sagte Sloan.

»Achttausend haben sie erbeutet«, sagte jemand.

»Dann sagt er zu dieser Schnepfe ...«, fing Lester an und korrigierte sich, »... zu dieser Frau, dieser Kassiererin: ›Du solltest dich auch mal nach Acapulco auf den Weg machen, Süße.‹«

»Hört sich wie dummes Zeug an. Einfach so dahingequatscht«, sagte Del.

»Ich weiß nicht«, sagte Lester. »Er ist der Typ, der so etwas sagt.« Er sah sich im Raum um. »Ich wünschte, wir hätten ihn hier geschnappt, verdammt noch mal.«

Etwas später am selben Abend saß Sandy bewegungslos auf dem Rücksitz und schaute mit weit aufgerissenen Augen aus dem Fenster. Sie konnte es einfach nicht glauben. Hinter ihnen verschwanden die Lichter von Des Moines. Sie befanden sich auf dem Rückweg nach Minneapolis und waren eine Art Vorhut für das, was nach den Ankündigungen der Radiosender von Südwesten her aufkam: ein regelrechter Schneesturm. In Nebraska wütete er schon.

Im Morgengrauen würden sie wieder in den Cities sein und zurück in der Wohnung. Das Ganze war nichts als ein Spiel gewesen, um für einige Zeit aus der Schußlinie zu kommen.

»Ein verdammt genialer Einfall«, sagte LaChaise und klopfte Martin auf den Rücken. »Wenn wir das Geld nur irgendwo ausgeben könnten.«

Kapitel 22

Lucas saß hellwach auf seinem Bett und versuchte, hinter den Sinn der ganzen Sache zu kommen. Wenn LaChaise und Martin eigentlich auf einem Selbstmordtrip waren – und danach hatte es von Anfang an ausgesehen –, woher dann jetzt der plötzliche Sinneswandel? Sie konnten nicht annehmen, daß sie einfach so nach Mexiko entkommen würden. Die Mexikaner würden sie, kaum hätten sie sie gefunden, ganz schnell wieder in die Staaten zurückbefördern. Oder töten.

Vielleicht war es auch einfacher, als er es sich vorstellte: Vielleicht hatten sie schlicht die Nerven verloren.

Er stand auf, stopfte die Hände in die Hosentaschen und starrte aus dem Fenster auf den schneebedeckten Rasen. Drüben auf der anderen Seite des Mississippi sah er die rot-grün-weiße Weihnachtsdekoration leuchten, mit der jemand sein Dach geschmückt hatte. Eine stille Nacht. Nur er war ruhelos. Er hatte Weather gesagt, sie solle nicht wieder nach Hause fahren – nur noch eine Nacht im Hotel, hatte er gesagt, bis wir ihre Spur wiedergefunden haben –, aber sie hatte darauf bestanden. Sie wollte in ihrem eigenen Bett schlafen. Dort lag sie jetzt und schlief tief und fest.

Lucas dagegen saß aufrecht da, mit einer Pistole in der Hand und einer zwölfschüssigen Wingmaster Pumpgun neben sich. Er sah auf die Uhr: vier Uhr morgens.

Er griff nach der TV-Fernbedienung, klickte den kleinen Fernseher in der Ecke an und rief den Flugwetterbericht auf. Den ganzen Tag war in der Vorhersage von einem breiten Tiefdruckgebiet die Rede gewesen, das sich von den südlichen Rockies auf sie zubewegte. Das südliche und südwestliche Minnesota hatte der Schneesturm bereits erfaßt, und jetzt zeigte die Wetterkarte, daß er auch die Cities bald erreichen würde.

Falls sie auf dem Weg zurück nach Minnesota waren – das Ganze also nicht mehr als ein Ablenkungsmanöver gewesen war – und die Schneefront sie überholt hatte, würden sie wohl einen Tag verlieren. Blieben sie vor der Front, mußten sie ungefähr jetzt die Stadt erreichen.

Niemand hatte daran gedacht, daß sie zurückkommen könnten. Die Leute vom Fernsehen hatten nichts anderes mehr im Sinn, als möglichst schnell zu packen und, falls sie einen Platz in einem Flugzeug erwischten, aus der Stadt zu verschwinden. Niemand wollte die Woche vor Weihnachten hier festsitzen, schon gar nicht in Erwartung eines schweren Unwetters.

Den Cops ging es genauso. Sie gingen nach Hause und verwiesen auf ihr Überstundenkonto. Lucas rief die Kollegen in Kansas City an und dann jede Stunde die Highwaypatrouillen in Missouri und Kansas. Er hoffte wenigstens auf einen kleinen Hinweis. Niemand konnte ihm einen liefern. Sie waren wie vom Erdboden verschluckt.

Fast, als wären sie inzwischen auf irgendwelchen Landstraßen im Osten und Norden und nicht im Westen und Süden, wo sich die Suche nach ihnen konzentrierte, dachte Lucas. Er sah wieder aus dem Fenster. Dann stand er unbewußt auf und zog die Fensterläden zu.

Er schaltete den Fernseher aus, wanderte durch das dunkle Haus, tastete sich vor, lauschte, die Schrotflinte unterm Arm. Er checkte die Warnanlage, trank einen Schluck Wasser und ging zurück ins Wohnzimmer, wo er sich auf die Couch fallen ließ. Nach wenigen Minuten war er in einen unruhigen Schlaf gefallen. Die .45er steckte in seinem Gürtelhalfter, die Schrotflinte lag auf dem Kaffeetisch.

Sie hielten sich vor der Wetterfront.

Die Fahrt ging durch ein klirrend kaltes Süd-Iowa. Die Nacht war mondlos und sternenklar. Sie hängten sich an die roten und gelben Rücklichter der Trucks, die Richtung Des Moines unterwegs waren. Nach Des Moines ging es weiter in Richtung Minneapolis-St. Paul. Einmal hielten sie an einer Tankstelle. Der bartlose LaChaise tankte und bezahlte, den Kopf unter der Kapuze seines Parkas versteckt und mit einem dicken Schal um den Hals, bei einem schläfrigen Tankwart die Rechnung.

»So kalt, daß einem fast was abfällt«, sagte der Tankwart. Er sah nach dem Thermometer am Fenster. »Einundzwanzig Grad minus. Genug Frostschutzmittel?«

»Bißchen nachfüllen kann nicht schaden«, sagte LaChaise. In der Ecke stand ein kleiner Fernseher auf CNN geschaltet. Während der Tankwart die Rechnung eintippte, zeigten sie das Videoband von dem Banküberfall in Kansas City.

»Was ist denn das für ein Scheiß?« fragte LaChaise.

Der Tankwart warf einen Blick auf den Bildschirm. »Ach, das sind dieselben Ärsche wie oben in den Cities. Sie türmen nach Mexiko.«

»Nicht schlecht«, sagte LaChaise.

»Wünschte, ich wäre mit dabei«, sagte der Tankwart und zählte das Wechselgeld.

Auf der I-35 begleiteten sie die Radiosender mit Weihnachtsliedern. Es wurde wolkig am Himmel, und die Sterne verschwanden.

»In vier Tagen ist Weihnachten«, sagte Sandy traurig.

»Das geht mir am Arsch vorbei«, sagte LaChaise. »Mein Alter war über die Feiertage immer voll.«

»Ein paar schöne müssen doch auch dabeigewesen sein«, sagte Sandy.

LaChaise schwieg einen Augenblick und sagte dann: »Ein paar vielleicht.« Er dachte an seine Schwester und ihren Strampelanzug.

»Ein paar schöne Feiertage haben wir erlebt«, sagte Martin, »als mein Alter noch lebte. Er hat mir mal ein Feuerwehrauto geschenkt.«

»Was hat er gehabt?« fragte Sandy.

»Er ist gestorben«, sagte Martin. »Kehlkopfkrebs.«

»Mein Gott, wie schrecklich«, sagte Sandy. »Es tut mir leid.«

»War schlimm«, sagte Martin. »Danach gab es nur noch meine Ma und mich, und wir hatten seitdem keine Weihnachten mehr.«

LaChaise gefiel das Thema nicht, und er drehte am Radioknopf. Bei »O Holy Night« blieb er hängen.

»Das Lied kenne ich«, sagte Martin. »Mein alter Herr hat es immer gesungen.«

Und er sang mit einem gar nicht schlechten Bariton mit.

O holy night, the stars are brightly shining, this is the night of the birth of Our Lord.

Sandy und LaChaise sahen sich überrascht an. Dann schaute

Sandy aus dem Fenster. Dünne Schneeflocken zogen jetzt vorbei, und sie hatte das Gefühl, weit weg von allem zu sein.

Schweigend fuhren sie weiter. Sandy nickte immer wieder ein. Sie wachte auf und glaubte, sie habe viel Zeit verschlafen. Sie fuhren langsamer. Der Schnee kam jetzt von vorn, als wären sie im Zentrum eines Tornados. Doch dabei war es hell draußen.

»Wo sind wir?« fragte sie.

»Direkt im Süden der Cities«, sagte Martin. »In zwanzig Minuten sind wir in der Stadt.«

»Eine Menge Schnee.«

»Vor zehn Minuten hat es richtig angefangen«, sagte Martin. Er sah LaChaise an.

»Was meinst du?«

»Packen wir's an. Wir fahren zurück, lassen Sandy aussteigen und tun es dann.«

»Was?« fragte Sandy.

LaChaise drehte sich zu ihr um. »Wir nehmen uns das Krankenhaus vor.«

LaChaise erschien ihm im Traum. Lucas saß auf der Couch, kämpfte mit dem Wachwerden, schaffte es aber nicht. Er war zu müde, und jedesmal, wenn er versuchte, die Augen zu öffnen, fiel er wieder in tiefen Schlaf – und der Kampf begann von neuem. Er *mußte* wach werden, weil doch LaChaise mit Martin und Sandy Darling durch die Garage geschlichen kam. Jetzt waren sie an der Küchentür, die Waffen im Anschlag, und sie lachten, während Lucas sich abmühte aufzuwachen …

»Lucas. Lucas …«

Er schoß hoch, und Weather machte einen Satz rückwärts. »Wuff«, sagte er. »Tut mir leid.«

»Ist schon in Ordnung. Du wolltest, daß ich dich wecke …«

»Mußt du schon los?«

Sie stand da in langer Hose und langärmliger Bluse, Arbeitskleidung. Außerdem hatte sie eines ihrer schlichten schwarzen Donna-Karan-Kostüme von Saks in eine Plastiktüte gepackt. Für die Fakultätssitzung. »Bin spät dran, ich setze Kaffeewasser für dich auf. Draußen schneit es wie verrückt.«

Martin hatte das Krankenhaus schon inspiziert, und so zeichnete er aus dem Gedächtnis den Eingangsbereich des Hennepin County Medical Center an der Eighth Street.

»Zwei Türen. Die zur Hauptnotaufnahme ist verschlossen. Wir könnten so tun, als seien wir verletzt, und sie würden uns reinlassen. Aber drinnen wird ein Haufen Leute sein ...« Er tippte mit dem Finger auf die zweite Tür. »Diese führt zur Hauptlobby, gleich hinter der Notaufnahme – die ist hier links diesen Gang hinunter. Drinnen ist gleich ein Tisch mit einer Wache. Wenn wir verletzt sind, läßt er uns rein. Ich habe Verletzte durch die Tür gehen sehen. Aber wir müssen ihn ausschalten ...«

»Kein Problem.«

»... Dann gehen wir den Gang hinunter. Die Aufzüge sind da links. Wir müssen im ersten Stock in die Chirurgie ...«

Sie gingen alles durch: am Empfang nach den Zimmernummern fragen, hinauffahren, zuschlagen, verschwinden.

»Es ist etwa sechs Blocks von hier«, sagte Martin. »Wenn wir wirklich Schwierigkeiten bekommen, könnten wir in fünf Minuten auch zu Fuß wieder hier sein. Der Schnee würde uns helfen: Wenn es so schneit, siehst du nichts, bis es wieder hell wird. Wir haben noch fast zwei Stunden ab jetzt.«

»Dann los.«

Sandy wollte von alldem nichts hören. Sie ging in ihrem Schlafzimmer auf und ab und starrte die Wände an. Aber sie hatte keineswegs abgeschaltet. Chancen und Möglichkeiten schossen ihr durch den Kopf. Sie sah aus dem Fenster und dachte: *Ich hätte springen sollen.*

Vorn im Wohnzimmer bestückten sich Martin und LaChaise für die Schlacht – jeder hatte zwei Pistolen und eine AR-15, und beide zogen kugelsichere Westen an. »Wenn ich doch den Bogen mitnehmen könnte«, sagte Martin.

»Bringt nichts«, knurrte LaChaise.

»Was ist mit Sandy?« fragte Martin mit gedämpfter Stimme. »Ketten wir sie wieder an?«

»Wenn nicht, ist sie sofort weg«, sagte LaChaise.

»Was so schlimm nicht wäre, wenn sie es nicht gleich den Cops stecken würde.«

»Das würde sie«, sagte LaChaise. »Sie hat die ganze Zeit überlegt, wie sie hier rauskommt – und ihren Arsch rettet.«

Martin nickte. »Ja, gut. Wir könnten sie auch erledigen.«

»Ja, das könnten wir«, sagte LaChaise.

»Können sie schließlich nicht mitnehmen«, sagte Martin.

LaChaise warf seinen langen Wintermantel über, zog einen Arm wieder aus dem Ärmel und hielt die AR-15 unter den Mantel. »Wie sehe ich aus?« fragte er Martin.

»Ganz gut, solange du nicht viel zu laufen hast.«

»Hmm.« LaChaise drehte die Waffe in den Händen, sah zum Schlafzimmer und sagte: »Wenn du sie erledigen willst, kannst du es tun. Oder wir ketten sie wieder an.«

Martin dachte eine Weile nach und sagte: »Wenn wir es richtig anstellen – und die Cops an der Nase herumführen –, schaffen wir es vielleicht wieder zurück. Dann könnte sie uns von Nutzen sein.«

»Dann fesseln wir sie eben«, sagte LaChaise.

»Na gut – es sei denn, du willst sie wirklich weg haben.«

LaChaise ging ins Schlafzimmer und sagte: »Wir müssen dich wieder anketten.«

»Dick, um Gottes willen …«

»Hey, halt die Klappe. Wir können dich nicht zu den Cops rennen lassen. Und das würdest du tun. Also müssen wir dich anketten. Entweder das, oder …« Er zuckte mit den Achseln.

»Oder ihr erschießt mich.«

»Nicht unbedingt erschießen«, sagte er.

Wie er das sagte, jagte es ihr einen Schauer über den Rücken. Nicht unbedingt erschießen. Vielleicht mit einem Messer, dachte sie. Martin liebte sein Messer.

»Zieh dir also die Jacke an …«

Sie zog den Parka an und hatte solche Angst, daß sie überhaupt nichts mehr sagte. Es stand für sie auf Messers Schneide. Sie ging vor LaChaise die Treppe hinunter. Unten wartete Martin wie der Sensenmann auf sie. Er hielt die Kette in der Hand.

»Tut mir leid, aber es muß sein«, sagte er. Es klang nicht bedauernd.

Sie hatten den Stuhl neben den Pfosten gestellt und banden sie wieder darauf fest. Die Vorhängeschlösser schnappten zu. »So kann dir nichts passieren«, sagte LaChaise.

»Und was, wenn ihr nicht zurückkommt?« platzte sie heraus.

»Besser, du hoffst drauf, daß wir es tun«, sagte er. »Du müßtest ganz schön abnehmen, bis du aus dieser Kette herauskämst.« Er grinste über seinen eigenen Witz. »Wir lassen die Schlüssel drüben auf den Stufen liegen.«

Er ließ die Schlüssel dort fallen, zu weit, um sie zu erreichen. Dann stiegen sie in den Wagen, ließen das Garagentor hochfahren, setzten rückwärts hinaus und schlossen das Tor wieder. Sandy verschwand dahinter.

»Bin froh, daß wir sie nicht erledigt haben«, sagte LaChaise.

»So?«

»Wenn wir sie erledigen, möchte ich sie vorher bumsen. Sie hat mich immer behandelt, als wäre ich ihr … nicht gut genug.«

Lucas folgte Weather bis zu einer Parkrampe, einen Block vom Universitätskrankenhaus entfernt. Es war eine Rutschpartie durch schweren, nassen Schnee. Unterwegs rief er Del im Krankenhaus an, um zu erfahren, ob er noch wach war.

»Kaum«, sagte Del. »Ich würde mir gern die Zähne putzen.«

»Schläft Cheryl noch?«

»Wie ein Baby.«

»Ich fahre ins Büro«, sagte Lucas, »und komme später vorbei.«

»Schneit es noch?«

»Schau aus dem Fenster«, sagte Lucas. »Es ist wie ein Alptraum.«

Lucas folgte Weather auf die Rampe, wartete, bis sie ihren Wagen abgestellt hatte, fuhr sie dann zum Krankenhauseingang und führte sie zum Empfang.

»Das ist schon ein bißchen lächerlich«, sagte sie.

»Ich werde es selber auch komisch finden, sobald ich erfahren habe, daß LaChaise tot ist«, sagte er.

»Ruf mich an, bevor du heimfährst«, sagte er drinnen. Sie winkte ihm auf dem Weg zu den Aufzügen und verschwand um die Ecke.

Lucas ging zum Wagen zurück. Er hatte die Schrotflinte zwischen die Sitze gelegt. Jetzt schob er sie in den Fußbereich vor den Rücksitzen, wo man sie nicht mehr sehen konnte. Er schaltete die Scheibenwischer ein, bog mit dem Explorer auf die Straße und fuhr in sein Büro.

Kapitel 23

LaChaise sah Martin an. »Es ist soweit, Kumpel.«

Martin nickte. »Wird wohl so sein.«

»Wir könnten nach Norden fahren, bis nach Kanada, raus aus dem Schnee, und dann Richtung Westen…«

»Die Kanadier haben an der Grenze Computer. Wir müßten dort wie die Raketen abziehen«, sagte Martin.

LaChaise schwieg einen Moment. »Wahrscheinlich kämen wir so oder so nicht mehr aus dem Schnee heraus.« An einer Kreuzung wurden sie langsamer. Ein orangefarbener Schneeräumer ratterte mit hochgefahrenen Schaufeln vorbei. »Sieh dir dieses Arschloch an. Bringt nichts zustande, außer Überstunden.« LaChaise verzog den Mund. »Angst?«

Martin schien einen Augenblick nachzudenken. »Nein«, sagte er.

»Angespannt?«

»Ich… denke nach.«

»Einer von uns sollte das auch«, witzelte LaChaise.

»Wir sollten damit rechnen, daß wir den Wagen stehenlassen müssen«, sagte er. »Ich glaube nicht, daß wir rein- und wieder rauskommen, ohne jemandem über den Weg zu laufen – wenn wir schnell genug sind, werden wir drinnen mit ihnen fertig, das ist kein Problem, aber in zwei, drei Minuten sind die Cops von draußen da. Sie werden uns erwarten. Wenn wir sie dann direkt auf den Fersen haben, läufst du nach links und ich nach rechts. Aber denk dran, sie werden unsere Spur verfolgen: Versuch, auf der Straße zu bleiben und nicht im Tiefschnee zu laufen. Dann kommen sie nicht so schnell nach, wegen der Spuren…«

»Klingt ja, als kriegten wir Probleme.«

»Genau.«

Lucas überquerte den Mississippi auf der Washington-Avenue-Brücke, machte ein paar Schlenker durch Cedar-Riverside und lenkte seinen Explorer in die Schleife, die zur Auffahrt führte. Mehr als dreißig Meilen in der Stunde waren bei diesen Straßenverhältnissen nicht drin, und obwohl sein Wagen Vierradantrieb hatte, brach er immer wieder aus. Der Scheibenwischer auf der Fahrerseite, der nie ordentlich funktioniert hatte, hinterließ genau in Augenhöhe einen vereisten Streifen. Das Radio war eingeschaltet, und der Ansager des 'CCO-Morgenmagazins meldete dreißig Zentimeter Neuschnee.

»Überall im Südwesten und im östlichen Zentral-Minnesota sind die Schulen geschlossen. Minneapolis und St. Paul werden in den nächsten zehn Minuten durchgeben, wie dort verfahren wird. Der Gouverneur wird wahrscheinlich die Ämter schließen, weil er das jedesmal tut, wenn jemand auch nur eine Schneeflocke vorbeifliegen sieht... Aber davon fange ich lieber gar nicht erst an...«

Ein Polizeiauto kam aus der Auffahrt zum Medical Center, als LaChaise und Martin sich näherten. Sie fuhren an den Straßenrand und warteten zwei Minuten, bis der Cop weg war. Dann sagte Martin: »Du bist der Verletzte. Zieh deine Mütze ins Gesicht.«

»Bin soweit«, sagte LaChaise. Er holte tief Luft. »Mein verdammtes Herz hämmert so, als wollte es gleich explodieren.«

Martin fuhr den Wagen vor zur Notaufnahme. »Das merkst du nicht mehr, wenn wir reingehen.«

»Das hier ist ein verdammter Krieg, Mann«, sagte LaChaise. »Wie im verdammten Vietnam.«

»Vor allem der Schnee«, sagte Martin.

Martin hielt vor der ersten der beiden Türen an und ließ den Motor laufen. Wenn sie es bis hierher zurück schafften, würden sie schneller wegkommen. Wenn nicht, wen kümmerte dann der Wagen?

LaChaise stieg auf der Fahrerseite aus und schwankte auf die Tür zu, die zur Lobby führte. Martin lief um den Wagen herum und fing ihn auf, legte den Arm um ihn, und so humpelten sie zum

Eingang. In Ordnung, die Tür war offen, und wie Martin gesagt hatte, kontrollierte ein Wachmann aus einer Kabine, so groß wie eine Telefonzelle, den Eingangsbereich.

»Wir brauchen Hilfe«, grummelte Martin in Richtung des Wachmanns. »Er ist verletzt.«

Der Wachmann zögerte nicht einen Moment, kam aus seiner Kabine, ging vor ihnen her und sagte: »Was hat er sich denn ...?«

Dann sah er die Waffen.

»Umdrehen«, sagte Martin ruhig und zielte mit der AR-15 auf die Brust des Wachmanns. »Wir wollen dir nichts tun.«

»Ach, Scheiße.«

»Ja, Scheiße«, sagte LaChaise. »Umdrehen.«

Der Wachmann schwankte und sagte dann: »Nein. Leck mich.«

»Leck mich?« So schnell, daß er ihn gar nicht kommen sah, schlug Martin dem Wachmann den Kolben der kiloschweren Rifle ins Gesicht, quer über die Stirn. Er traf den Mann wie ein Hammer. Er fiel rückwärts gegen die Wand und ging zu Boden.

»Los«, sagte Martin. Aber LaChaise war schon auf dem Weg in die Lobby.

Die Besuchszeiten begannen erst am späteren Vormittag, und so drehten sich nur sieben Personen nach ihnen um, als sie die Lobby betraten: eine Frau und zwei Kinder, zwei junge Männer, die nebeneinander saßen, ein junges Mädchen, das es sich in einem Sessel gemütlich gemacht hatte und einen Liebesroman las, und die Frau hinter dem Empfangstisch, die sagte: »Allmächtiger Gott.«

Sie gingen genauso vor wie bei einem Banküberfall: LaChaise baute sich vor den Leuten auf, die auf den Stühlen saßen, und hielt ihnen einen kleinen Vortrag: »Niemand rührt sich ...«

Martin fixierte die Frau hinter dem Counter. »Wir wollen die Zimmernummern von Capslock und Franklin auf der Chirurgischen Station. Wenn Sie die nicht ganz schnell rausrücken, legen wir Sie um.«

»Ja, Sir.« Sie rief die Namen im Computer auf und las die Zimmernummern vor. LaChaise sah ihr über die Schulter und las mit.

»Wo geht es hin, wenn wir aus dem Aufzug steigen?«

»Gehen Sie rechts den Flur hinunter ...« Sie fuhr mit dem Zeigefinger über die Tischplatte. Martin nickte.

»In Ordnung. Kommen Sie raus, und setzen Sie sich zu den anderen Leuten hier«, sagte Martin. »Halten Sie die Hände so, daß ich sie sehen kann.«

Noch waren sie kaum mehr als eine Minute im Gebäude.

LaChaise stand schon am Aufzug und drückte den Rufknopf, während die Frau hinter ihrem Tisch hervorkam. Martin dirigierte sie zu einem Stuhl. Als sie an ihm vorbeiging, schlug er mit dem Gewehrkolben zu, wie vorher bei dem Wachmann. Er traf ihre Nase. Das Nasenbein brach, und sie ging mit einem kurzen Schrei zu Boden. Gleichzeitig kreischte das junge Mädchen auf, schlug sich die Hand vor den Mund und erstickte den Schrei. Die beiden Männer sahen mit stumpfem Blick zu. Sie hatten offenbar schon vorher die Waffen gesehen.

»Wer die Cops ruft, ist dran, wenn wir zurückkommen«, knurrte LaChaise. »Und ihr wißt, daß wir es ernst meinen.«

Der Aufzug kam, und LaChaise und Martin stiegen rückwärts ein. Als die Tür zuging, hörten sie die Menschen losrennen.

Die beiden Männer liefen zur Tür, während die Mutte ihre beiden Kinder an die Hand nahm und nur wegwollte. Sie schrie: »Hilfe, Hilfe...«

Das Mädchen sprang zu einem Feuermelder an der Wand und riß den Hebel nach unten.

Im Aufzug ging der Alarm mit einem Höllenlärm los. »Verfluchte Scheiße!« brüllte LaChaise und trat gegen die Tür.

»Augenblick noch, in einer Sekunde sind wir da«, sagte Martin. Doch es dauerte länger, acht oder zehn Sekunden, und der Alarm gellte die ganze Zeit.

Del putzte sich gerade auf einer Toilette die Zähne, als der Alarm losging. Er spuckte einmal aus, nahm seine Pistole in die rechte und das Funkgerät in die linke Hand, lief zur Tür, wobei ihm noch die Zahnpasta vom Kinn tropfte, und rief ins Funkgerät: »Lucas? Lucas?«

Lucas meldete sich sofort. »Ja?«

Del war jetzt im Gang und rannte zum Zimmer seiner Frau. »Irgend etwas ist passiert, es hat Alarm gegeben.«

»Bin in einer Minute da«, sagte Lucas. »Komme unten von der Washington.«

»Sieh zu, daß du noch mehr Leute mitbringst...«

Franklin schlief, als der Alarm einsetzte. Er riß ihn aus dem Schlaf, und Franklin griff in die Schublade seiner Bettkommode und holte seine Waffe heraus. Er glaubte, in den Gängen Leute und die Nachtschwester zu hören. Doch was der Alarm bedeutete, war ihm nur zu klar. Sie kommen, dachte er, genau wie Davenport es vorausgesagt hatte. Und von hier bis zum Eingang gab es keine Cops. Er mußte es also allein tun...

Da hörte er Del rufen: »Franklin, ich bin bei Cheryl im Zimmer, bist du wach?«

»Ja, bin ich«, schrie er zurück.

»Kommst du bis zur Tür?«

»Ja.«

Franklin riß die Kanüle aus der Vene und fiel mehr oder weniger aus dem Bett auf seine unverletzte Seite. Er zuckte unter dem Aufschlag auf dem Boden zusammen, kroch dann auf allen vieren zur Tür. Im Gang standen zwei Schwestern. Sie schauten sich nach rechts und links um, und er rief ihnen zu: »Raus aus dem Blickfeld. Weg da.«

Sie sahen die Waffe in seiner Hand, standen einen Moment wie erstarrt und huschten dann weg durch eine Tür. Zwei Türen weiter lugte von gegenüber Del durch einen Spalt. »Vielleicht sind sie es auch nicht...«, rief er.

Doch gerade als er das sagte, sah LaChaise vom Ende des Gangs zu ihnen herüber. Den Bart hatte er zwar abrasiert, aber es war sein Gesicht, und auch die schwarze Rifle in seiner Hand war nicht mißzuverstehen. Del schoß, verfehlte aber. Auch Franklin schoß, hielt aber zu hoch und traf nur die Decke. Dann war LaChaise für eine Sekunde außer Sicht. Eine Sekunde später kam der Lauf seiner Rifle wieder um die Ecke und ratterte los. Das unkontrollierte Trommelfeuer zerschmetterte die Wände, die .223er rissen Kalk und Mörtel heraus, Glas splitterte. Del antwortete mit schnellem Feuer aus seiner Automatic.

Der Verputz regnete vor ihm herunter, als Franklin in den Gang spähte, eine Bewegung bemerkte und dreimal schnell schoß. Jemand schrie: »Nein«. Es klang, als wäre er getroffen. Dann ratterte das Schnellfeuergewehr wieder los. Noch mehr Verputz regnete herab. Über seinem Kopf riß das Türblatt auf, und die Plastikfüllung zersplitterte.

Auch Del hörte auf seiner Seite das »Nein!« und nahm an, daß Franklin getroffen hatte. Franklin gab noch drei Schüsse ab, und auch Del zielte, vom Türstock gedeckt, und schoß dreimal in gleichmäßigem Abstand. Franklin benutzte einen Revolver und brauchte Zeit zum Nachladen. Im Gang hing jetzt so viel Staub, daß Del kaum bis zum Ende sehen konnte. Dann bewegte sich wieder etwas. Del riß den Kopf zurück; noch mehr Wandteile flogen durch die Luft. Ein Schlag gegen seinen Hals. Er tastete. Etwas ragte heraus. Ein Knochen? Ein Stück von seinem Kiefer? Geschockt drehte er sich um und sah Cheryl an, die er aus dem Bett geholt und auf den Boden gelegt hatte. Sie sah ihn an, fing an zu schreien und kroch auf ihn zu.

Er war verletzt, aber er spürte nichts. Er schob Kopf und Arm wieder durch die Tür und feuerte noch einmal eine Salve ab; diesmal sechs Schuß. Dann war das Magazin leer.

Jetzt war es Franklin, der zwei Schüsse abgab. Del griff nach einem neuen Magazin, löste das leere aus, schob das neue ein und spannte den Hahn. Cheryl war jetzt neben ihm und versuchte, ihn zurückzuhalten. Er schob sie zur Seite und war wieder an der Tür.

Franklin rief etwas. Del war fast taub und hörte nur: »Aufhören, aufhören. Ich glaube, sie sind weg.«

Del sah in den Gang. Es war nichts zu erkennen. Dann schrie Cheryl etwas, das er nicht verstand. In ihren Augen stand Angst, und sie griff nach seinem Hals.

Martin war getroffen. Die Kugel, ein Zufallstreffer, hatte seinen Schenkel an der Innenseite durchschlagen, direkt unterhalb der Hoden. Anscheinend nur eine oberflächliche Verletzung. Aber Martin wußte, daß dort oben eine dicke Arterie verlief, und so zog er das Hosenbein hoch und riß es auf. Er sah eine offene Wunde und rohes Fleisch, aber keine pulsierende Blutung. Klar, er blutete, aber er würde nicht verbluten – jedenfalls nicht in den nächsten

Minuten. LaChaise brüllte herüber: »Bist du getroffen? Bist du getroffen?« und rammte ein neues Magazin in die AR.

»Ja, ich bin getroffen. Sieht nicht so gut aus, Mann.«

LaChaise machte einen Satz in den Gang, stand deckungslos da wie die Cops und die Cowboys in den einschlägigen Filmen und schoß das ganze Dreißigschußmagazin leer, als hätte er einen Spritzschlauch in der Hand. Martin war schon bei den Aufzügen, drückte den Abwärtsknopf, und die Tür ging auf. »Weg hier!«

»Noch eine Salve«, schrie LaChaise. Er schickte noch eine ganze Magazinladung den Gang hinunter, sprang dann zur Seite und in den Aufzug. Die Tür schloß sich, und sie fuhren abwärts.

»Da unten wartet vielleicht jemand auf uns«, sagte LaChaise. Er schob sein letztes Magazin in die Rifle. Seine Augenhöhlen waren weiß, und er rang mit weiten Nasenflügeln nach Luft: »Wie schlimm ist es?«

»Eher schlimm, aber sterben werde ich nicht dran«, grunzte Martin.

»Achte auf die Tür«, sagte LaChaise. Sie hielten die Rifles im Anschlag, als die Tür aufging. Niemand.

Die Lobby lag verlassen da, und sie liefen durch den Gang zu ihrem Wagen.

Nicht viel mehr als eine Minute waren sie in dem Gebäude gewesen.

Lucas hielt rutschend in einer Parklücke gegenüber dem Eingang zur Notaufnahme. Dels Frau schrie ins Funkgerät: »Del ist verletzt, Del ist verletzt... Sie hauen ab, aber Del ist verletzt...«

Lucas hatte alles, was auf den Straßen war, zum Krankenhaus geschickt, und die Einsatzzentrale gab durch, daß noch mehr Kollegen aus dem Präsidium unterwegs seien. In einer Minute mußten sie da sein, in dreißig Sekunden... Er stieß den Hebel in Parkstellung, griff nach der Schrotflinte hinter sich und rannte zum Haupteingang. Drinnen sah er die Aufzugtür aufgehen und LaChaise und Martin herauskommen. Martin humpelte.

Sie liefen in die andere Richtung, ohne ihn zu sehen. Der Gang führte zur Notaufnahme und zum dortigen Ausgang. Lucas war zwanzig bis fünfundzwanzig Meter von ihnen entfernt und dazu noch auf der falschen Seite. Er zog an der Tür und wäre fast hingefallen: Sie war verschlossen.

Ohne zu zögern, trat er einen Schritt zurück, zielte mit der Schrotflinte durch das Glas auf LaChaises Rücken und feuerte. Das Glas explodierte. Er lud durch und schoß jetzt durch das Loch in der Tür, lud noch einmal durch, hörte jemanden aufschreien. Im nächsten Moment flogen die Scheiben keine drei Meter links von ihm heraus, und er sah das Mündungsfeuer eines Schnellfeuergewehrs in seine Richtung aufblitzen. Er warf sich hin und schützte automatisch seinen Kopf. Jetzt zischten Glassplitter direkt über ihn hinweg und rissen ihm Jacke und Hosenbeine auf.

Nach der endlosen Salve aus dem Schnellfeuergewehr erhob er sich auf die Knie und schoß noch zweimal, so schnell er konnte. Keine Reaktion, also stand er auf.

Der Gang gegenüber war leer. Es war plötzlich so durchdringend still, daß er meinte, taub zu sein. Dann hörte er von Ferne die Sirenen, und er stieg durch das Loch in der Glastür und rannte durch die Lobby.

Hinter der Wand am Empfang duckte er sich und sah eine Frau, die über den Boden kroch und ihn mit blutigem Gesicht ansah. Er kam wieder hoch, lauschte und rannte dann den Gang hinunter, darauf gefaßt, an der Ecke auf jemanden zu stoßen...

Das tat er auch. Wieder ein Körper. Der Wachmann. Er rang nach Luft, und Blut kam stoßweise aus seinem Mund. Eine zweifache Blutspur führte aus der Tür ins Freie. Die eine endete anderthalb Meter vor dem Bordstein, die andere direkt davor. Sie hatten einen Wagen und waren schon weg.

Ein Streifenwagen rutschte heran, und Lucas trat mit erhobenen Händen vor die Tür der Notaufnahme, griff nach dem Funkgerät und sagte: »Sie sind auf der Straße... Seht euch nach dem braunen Wagen um, dem großen braunen Wagen. Sie haben nicht mehr als fünfzehn Sekunden Vorsprung. Sie haben Schnellfeuergewehre und sind verletzt...«

Ein Arzt kam durch den Gang gelaufen. Er sah Lucas an, beugte sich dann über den Wachmann und rief zur Notaufnahme hinüber: »Wir brauchen eine Rollbahre, her mit einer verdammten Rollbahre.«

»Am Empfang liegt noch jemand«, sagte Lucas.

»Zwei Rollbahren«, schrie der Arzt.

Die Cops sprangen aus ihrem Wagen, Lucas drehte sich um und lief zurück in die Lobby. Die Aufzugtür stand offen, der Fußboden war eine einzige Blutlache. In ihr entdeckte er zwei Fußabdrücke. Der andere Mann war zu diesem Zeitpunkt also noch nicht verletzt gewesen. Den hatte er demnach mit seiner Schrotflinte erwischt.

Er stieg in den Aufzug, drückte den ersten Stock und rief nach oben: »Hier ist Davenport. Ich komme rauf.«

Er hörte eine Frau zurückrufen und rannte zu Dels Zimmer. Del lag auf dem Boden, und Franklin und Cheryl, beide in Krankenhaushemden, beugten sich über ihn. Eine Schwester eilte mit einer Rollbahre durch den Gang.

»Wie schlimm ist es?« rief Lucas noch im Laufen.

»So gut wie sonst geht's ihm nicht«, sagte Franklin grimmig.

Lucas kniete sich neben Cheryl, und Del sah zu ihm auf. Ein messerscharfer Kunststoffsplitter, nicht breiter als ein Bleistift, war ihm in den Hals gedrungen, gleich unter dem Kinn. Del sah Lucas an und schüttelte den Kopf. Sein Blick flackerte.

Cheryl rief den Schwestern zu: »Beeilung!« Mit ruhigerer Stimme sagte sie zu Lucas: »Er geht durch bis zum Gaumen.«

»Mein Gott, nehmen wir ihn hoch …«

In diesem Moment waren die Schwestern zur Stelle, und Lucas hob Del vom Boden hoch und legte ihn auf die Bahre. »Runter in die Notaufnahme«, sagte die eine Schwester. Die andere zeigte auf Cheryl und sagte: »Und Sie legen sich wieder hin, Sie dürfen nicht aufbleiben …« Schließlich zu Franklin: »Das gilt auch für Sie …« Sie drängte Cheryl zu ihrem Bett hinten im Zimmer.

»Du hast sie erwischt?« fragte Franklin.

»Sie sind entkommen, aber es sind massenhaft Cops hinter ihnen her.«

»Mist.«

»Ich habe den einen getroffen und ihr den anderen. Es gibt eine Blutspur zum Aufzug und unten wieder raus, und in der Lobby beginnt die zweite.« Lucas fing an zu zittern. Das Adrenalin machte sich bemerkbar.

»Gut«, sagte Franklin und fing genauso an zu zittern. Er sah auf den Schutt im Gang und sagte zu Lucas: »Weißt du, wie das hier war?«

»Wie denn?«

»Wie in einer dieser Szenen in *Star Wars*, wo die Sturmtruppen zigmal immer wieder auf die Guten ballern und nie irgendwas treffen. Also, was da von den Wänden runtergeholt wurde...«

Lucas musterte ihn, wie er da über und über von Gipsstaub bedeckt vor ihm stand, und sagte: »Hör mal, vielleicht möchtest du dich einen Augenblick setzen.«

Franklin rieb sich die Brust, sah Cheryl an, die jetzt totenblaß auf ihrem Bett lag, und sagte: »Ja, vielleicht.«

Kapitel 24

Martin lief und stolperte, vorbei an dem Körper am Boden und weiter um die Ecke in den Gang, der zur Notaufnahme führte. LaChaise war einen Schritt hinter ihm, als plötzlich alles in die Luft zu gehen schien und ihm ein Hagelschauer aus Glas und Schrotkugeln um die Ohren flog.

LaChaise schrie auf, aber Martin spürte, daß er weiter hinter ihm herkam. Dann krachte wieder ein Schuß, und LaChaise drehte sich um und erwiderte das Feuer mit seinem Schnellfeuergewehr. Martin trat durch die Tür auf den Gehsteig und war darauf gefaßt, hier und jetzt zu sterben.

Doch da stand der Wagen und wartete mit friedlich laufendem Motor auf sie. Einen halben Block entfernt kam eine Frau mit einer Tüte in der Hand auf sie zu. Als sie sie sah, blieb sie mit einem Ruck stehen. Aber Martin war schon auf der anderen Seite des Wagens. Er warf das Gewehr auf den Rücksitz und kletterte hinter das Lenkrad. LaChaise ließ sich auf den Beifahrersitz fallen, und sie fuhren los. Die Beifahrertür schlug offen hin und her, fiel aber mit einem Knall zu, als sie eine Linkskurve machten und in südlicher Richtung davonrasten.

»Bin schwer verletzt...«, stöhnte LaChaise. »Meine verdammten Beine...«

»Feueralarm«, sagte Martin. Er hielt eine Hand um die Wunde in seinem Schenkel gekrallt und spürte, wie das Blut zwischen seinen Fingern hervorquoll. »Diese Schweinehunde haben Feueralarm gegeben.«

»Wie schwer bist du getroffen?« fragte LaChaise und stöhnte wieder, als sie über einen Bordstein setzten und um eine Ecke bogen. Die Straßen waren leer.

»Ich blute stark«, sagte Martin. »Himmel… bleib, wo du bist.« Er meinte den Wagen.

Martin versuchte nämlich, in die Seitenstraße einzubiegen, von der es zur Garage ging. Aber er fuhr zu schnell und lenkte dazu nur mit einer Hand. Sie prallten wieder gegen den Bordstein, waren mit einem Satz auf dem Gehsteig und fuhren einen kleinen Baum um, krachten wieder hinunter in eine Parkmulde und waren zurück auf der Straße. LaChaise stöhnte, griff über Martins Kopf zur Sonnenblende, holte den Garagenöffner herunter und drückte den Knopf. Das Tor ging auf, und Martin lenkte den Wagen hinein.

Sandy Darling zerrte hinter dem Pfosten an ihren Ketten und sah sie mit weit aufgerissenen Augen an. Martin griff nach dem Öffner, und das Tor fiel wieder zu.

Sie waren keine zehn Minuten fortgewesen und jetzt noch keine anderthalb Minuten aus dem Krankenhaus heraus. Martin stieß die Fahrertür auf und kletterte heraus. Die Rifle ließ er im Wagen. Er umklammerte seinen Schenkel und versuchte, das Blut zu stoppen.

Auch LaChaise war jetzt draußen und holte die Schlüssel für die Vorhängeschlösser. »Sind verletzt«, sagte er. »Hol deinen Erste-Hilfe-Kram… Wir sind verletzt.«

»Was ist passiert?« fragte Sandy, während LaChaise das Schloß an der Kette um ihren Leib aufmachte.

»Die haben uns hochgehen lassen«, sagte LaChaise. »Sie haben gewartet.«

»Sind sie hinter euch her?«

»Keine Ahnung«, sagte LaChaise. »Gehen wir rauf…«

Im Wohnzimmer zogen sich die beiden Männer aus. Martins Bein sah aus, als hätte man ihm mit einem stumpfen Jagdmesser ein golfballgroßes Stück Fleisch aus dem Schenkel geschnitten. Die Wunde war rund, ausgefranst und klebrig vom Blut. Fäden aus seiner Hose vermischten sich mit dem Blut. Sandy gab ihm einen dicken Mullverband und sagte: »Drück ihn auf die Wunde... Ich sehe mal nach Dick.«

LaChaise hatte seine Wunden ausnahmslos hinten an Armen und Beinen und am Hinterkopf. Die meisten waren oberflächliche Schnitte, die von den Glassplittern herrührten. Als er Hemd und Hosen ausgezogen hatte, hätte man spontan annehmen können, er sei in eine Häckselmaschine gefallen. Doch stark floß Blut nur aus einer Wunde, und nachdem Sandy alles abgetupft hatte, sagte sie: »Allzu schlimm sieht es bei dir nicht aus. Laß dich in einem Krankenhaus behandeln, und du wirst nicht sterben.«

»Du kannst mich mal«, stöhnte er. »Wisch sie irgendwie aus.«

»Andererseits«, sagte sie und untersuchte die blutende Wunde, »hast du hinten im Arm eine Schußwunde.« Sie drehte den Arm herum und entdeckte eine Schwellung unter der Haut. »Und da steckt wohl die Kugel.«

»Schneid sie raus«, sagte LaChaise.

»Sie sitzt ziemlich tief.«

»Das kümmert mich einen Dreck. Schneid sie raus.«

»Dick, das macht die Verletzung nur noch schlimmer.«

»Schon gut, schon gut...«

Martin streckte sich auf dem Fußboden aus und lag still und bewegungslos, während sie über seine Wunde ein Glas Wasser goß und sie sich gründlich ansah. Dann schüttelte sie den Kopf und sagte: »Das einzige, was ich tun kann, ist, daß ich noch mehr Mull darauf lege und sie abbinde. Du brauchst einen Arzt. Sonst bekommst du eine Infektion.«

Sie sah, wie Martins Bauchdecke sich hob und senkte und er offenbar verzweifelt lachte. Vielleicht fand er es auch wirklich komisch. »Eine Infektion wegzukriegen, das braucht ein paar Tage. Die haben wir nicht.« Er sah LaChaise an. »Wir müssen wieder los, Junge.«

»Mann, ich habe verdammte Schmerzen.«

»Sie werden sich fragen, wohin wir wohl verschwunden sind, und früher oder später stöbern sie uns hier auf. Wenn wir noch etwas ausrichten wollen, müssen wir los.« Er ging zum Fenster. »Bevor es hell wird.«

LaChaise stöhnte, erhob sich aber auf Hände und Knie, warf einen Blick auf Sandy und sagte: »Pflastere mich zu, wo es geht.«

»So viel Pflaster habe ich gar nicht.«

»Dann such dir die schlimmsten Stellen aus«, sagte er. Er wandte sich an Martin. »Diese verdammte Schrotflinte. Einer hatte eine verdammte Schrotflinte, und ich wäre jetzt tot, wenn der erste Schuß mich nicht verfehlt hätte. Die verdammten Glasscherben waren wie ein Hurrikan... Der zweite Schuß ist in der Weste steckengeblieben.«

»Ich hole ein Handtuch«, sagte Sandy.

Sie lief ins Badezimmer, und LaChaise kroch über den Fußboden zu der kugelsicheren Weste, die er inzwischen ausgezogen hatte. Den Nylonüberzug zierte ein Lochmuster aus Schrotkugeleinschlägen. »Wahrscheinlich Kornstärke 3«, sagte er. »Himmel, hätte er etwas weniger genau gezielt und nur ein bißchen höher gehalten, hätte ich jetzt keinen Kopf mehr.«

Martin war am Telefon und wählte.

»Die Chirurgische Abteilung, bitte... Danke.« Nach einer kurzen Pause. »Hier ist Chief Davenport. Ist meine Frau Weather da?« LaChaise sah, wie er auf die Antwort wartete. Dann sagte er: »Nein, ist schon okay so. Sagen sie ihr, sie soll anrufen, wenn sie fertig ist, okay?«

»Sie ist nicht seine verdammte Frau«, sagte LaChaise, als Martin auflegte. »War sie da?«

»Sie desinfiziert sich gerade die Hände und muß operieren.«

»Dann fahren wir hin«, sagte LaChaise. »Dieser Motherfucker Davenport hat uns das alles eingebrockt. Ich würde mich nicht wundern, wenn er das in dem Gang war. Mein Gott, war das ein Ding...«

Sandy kam wieder aus dem Badezimmer und hörte den Rest ihres Gesprächs mit an. »Wohin wollt ihr?«

»In das Krankenhaus, wo Davenports Alte arbeitet«, sagte LaChaise.

»Und mich laßt ihr gehen?«

»So was Ähnliches«, sagte LaChaise und grinste sie an. Ihr blieb das Herz stehen: Sie würden sie töten.

»Dreh dich um«, sagte sie. Sie tupfte seinen Rücken mit dem feuchten Handtuch ab, säuberte ihn, so gut sie konnte, zog ein paar Glassplitter aus Rücken und Beinen und verpflasterte die größeren Schnitte. »Die unter den Haaren liegenden Schnitte kriege ich nicht richtig abgedeckt«, sagte sie.

»Dann mach eben den Rest.«

Martin war zu seiner Reisetasche gerutscht und holt ein Paar Tarnhosen heraus, zog sie an und setzte sich auf. »Wir warten eine Stunde und fahren dann los. Wenn wir gleich rüber zur Washington Avenue ...«

»Dann die eine Kurve, die Abfahrt runter und über die Brücke, und schon sind wir am Krankenhaus«, ergänzte LaChaise. Sie hatten es sich vorher genau angesehen.

»Fünf Minuten von hier«, sagte Martin. Er zog seine Stiefel an und sah Sandy an. »Bist du fertig mit ihm?«

»Mehr kann ich nicht für ihn tun«, sagte Sandy.

»Wir könnten gut einen Kaffee und ein paar Eier vertragen«, sagte Martin. Er suchte nach der Fernbedienung und schaltete den Fernseher ein. Ein Sprecher machte lautlos den Mund auf und zu, und Martin brauchte einige Zeit, bis er den Ton aufgedreht hatte. »... vor nur wenigen Minuten. Sie konnten eindeutig identifiziert werden als ...«

»Ich hole besser die Rifles rauf, für den Fall, daß sie herkommen«, sagte LaChaise. Er stand vorsichtig auf, stöhnte und trat in den Flur. »Kaffee und Eier«, sagte er zu Sandy. »Und Toast.«

Sandy folgte ihm durch den Flur und ging in die Küche. LaChaise ging weiter, und sie sah sich nach Martin um. Er hatte den Bogen in der Hand, sah aber weiter auf den Bildschirm. Sandy betrat die Küche. Sie hatte es eigentlich nicht tun wollen, weil sie fürchten mußte, daß die Cops jeden töteten, der mit LaChaise zusammen war – aber jetzt hatte sie keine andere Wahl. Sie nahm den Hörer von der Gabel und tippte die 911 ein. Die Notrufzentrale meldete sich, und sie sagte ruhig: »Hier ist Sandy Darling. Sie sind hier.«

Sie legte den Hörer neben den Apparat, ließ die Verbindung

offen und klapperte mit dem Geschirr herum. Sie fand eine Bratpfanne. Kurz darauf kam LaChaise mit einer AR unter dem Arm zurück. Im Gehen schob er Patronen in ein Magazin, bis er im Wohnzimmer war. »Wo hast du deine Rifle hin?« fragte er Martin.

»Ach, Mist, sie liegt wahrscheinlich vor dem Rücksitz auf dem Boden«, sagte Martin. »Ich habe sie im Wagen einfach nach hinten geworfen, nachdem...«

Er brach mitten im Satz ab. Unten zersplitterte Glas, dann hörten sie Schritte. »Sie sind da«, sagte Martin. Er zeigte mit der Pistole auf die Tür. LaChaise lief zum Fenster und sah hinaus. »Auf der Straße ist nichts zu sehen.«

Ein Mann schrie durch die Tür: »LaChaise, sie wissen, daß ihr hier seid. Sie kommen...« Er schrie noch etwas, das sie nicht verstanden, und dann stampfte der Mann wieder die Treppe hinunter.

»So eine Scheiße! brüllte Martin. »Die Hintertreppe runter...«

Kapitel 25

Stadic war angezogen und, wenn auch völlig groggy, auf den Beinen – er hatte das Gefühl, daß ihm hundert Stunden Schlaf fehlten – und dachte gerade an ein Frühstück mit Cornflakes, als er über das Funkgerät das Schreien hörte.

Er warf sich den Parka über, zog Handschuhe an, griff nach seiner Pistole und lief zum Wagen. Er wohnte fünf Minuten von der City entfernt. Er schaffte es in vier. Der Parkplatz vor dem Medical Center sah aus wie ein Gebrauchtwagenmarkt. Von überall her kamen Cops in ihren Privatwagen. Zahlreiche Lichtbatterien leuchteten die verschneite Szene aus.

Er hielt kurz an, betrachtete das Chaos, fuhr dann weiter und bog in die Eleventh Avenue ab. Ja, aus Harps Wohnung kam Licht. Verdammt. Er fuhr um den Block, holte die Schrotflinte aus dem Kofferraum und lud sie. Wenn es ihm gelang, sie aufzuscheuchen, ohne bei ihnen einen Verdacht zu erregen, würde er sie fertigmachen. Die Einsatzzentrale hatte gemeldet, daß sie beide verletzt waren.

Er beschloß, ein paar Minuten zu warten. Wenn sie getroffen waren, ging vielleicht die Frau hinaus, um Medizin und Verbandszeug zu besorgen. Er könnte sie an der Tür abfangen und dann loslegen. Andererseits war die Wohnung so etwas wie eine Festung.

Ein Arzt kam durch den Gang zu den Telefonzellen und fragte: »Sind Sie Davenport?«

»Bin ich.« Lucas telefonierte gerade mit Rose Marie Roux. Er sagte: »Bleiben Sie dran« und sah den Arzt an.

»Wir haben eine Aufnahme, vielleicht wollen Sie sie sehen.«

»Okay.« Durch das Fenster sah er die Wagen der Fernsehteams in einer Reihe am Straßenrand stehen. Kameraleute machten ihre Schwenks über das Gebäude. Ihre Scheinwerfer tauchten es in sonnenhelles Licht. »Ich muß los. Sie haben von Del eine Röntgenaufnahme gemacht«, sagte er zu Roux.

»Ich bin in fünfzehn Minuten da«, sagte sie.

Lucas folgte dem Arzt nach hinten in die Notaufnahme, wo zwei andere Ärzte vor einer Leuchtwand standen und eine Röntgenaufnahme begutachteten. Lucas konnte den Verlauf sehen, wie der Kunststoffsplitter in Dels Hals und Gesicht gedrungen war.

»Er hat Glück gehabt«, sagte der Arzt und tippte auf die Aufnahme. »Der Splitter hat nur den Zungengrund durchstoßen, mehr nicht. Wir hatten schon gefürchtet, er hätte sich auch durch das Palatum gebohrt … den harten Gaumen. Hat er aber nicht. Ist quasi steckengeblieben. Wir bekommen ihn wieder raus.«

»Keine weiteren Schädigungen?«

»Er wird höllische Schmerzen haben, aber in ein paar Wochen ist er wieder der Alte. Doch er kriegt erst einmal so ein Plastikding um den Hals. Sieht scheußlich aus.«

»Wie geht es seiner Frau?«

Cheryl hatte sich mehrere Kanülen aus dem Arm gerissen, als sie zu ihrem Mann gekrochen war, und hatte geblutet. »Das hat nichts zu bedeuten«, sagte der Arzt. »Ihr geht's gut.«

»Gott sei Dank«, sagte Lucas. »Und Franklin?«

»Ist okay.«

Fünfundzwanzig Minuten waren jetzt seit der Schießerei vergangen, und Lucas sprach mit einem Captain von der Streife. Er wollte wissen, warum sie den Wagen nicht gefunden hatten. »Mein Gott, sie hatten nicht mehr als dreißig Sekunden Vorsprung vor euch.«

Der Captain wurde hitzig. »Hören Sie, nicht einmal eine verdammte Maus wäre auf dem Bauch kriechend hier herausgekommen. Wir haben uns alle in der Schleife parkenden Wagen angesehen. Sie müssen irgendwo in einer Garage sein. Wir kriegen sie...«

Lucas sah mit abwesendem Blick an ihm vorbei. »Bleiben Sie dran«, sagte er. Dann nahm er das Funkgerät und sagte: »Überprüft mal Daymon Harp. Vorname D-A-Y-M-O-N, Nachname H-A-R-P. Ich muß wissen, was für einen Wagen er fährt.«

Der Captain sah ihn neugierig an. Fünf Sekunden später meldete sich aus der Zentrale eine andere Stimme. »Lucas, Sandy Darling hat sich gerade gemeldet. Sie hat den Hörer neben dem Telefon liegen gelassen, sie sagt, sie sind dort...«

»In der Eleventh Avenue?« fragte Lucas.

»Ja... Woher wissen Sie das?«

Dann die andere Stimme: »Lucas, er hat einen 94er Lincoln...«

»Einen braunen«, sagte Lucas.

»Ja.«

»In Ordnung«, sagte Lucas, und er spürte, wie das Fieber noch einmal um ein paar Grade stieg. Das Ende der Jagd war gekommen. »Ich will, daß das hier jetzt ohne Schnitzer abläuft. Sie sind in Harps Wohnung an der Eleventh. Es ist ein einstöckiges Haus, unten drin ist ein Waschsalon. Sie sind oben. Es gibt eine Treppe nach vorn hinaus, auf der Seite ist eine Garage. Sofort jemand hin! Außerdem brauchen wir ein Sturmkommando...«

Hinter ihm sprang der Captain in seinen Wagen. »Ich schicke ein paar Kollegen«, rief er ihm zu.

Wieder bekam Stadic über Funk den plötzlichen Einsatz mit. »Alles in die Eleventh.«

Sofort wußte er, worum es ging. Er nahm sein Handy und wählte Harps Nummer. Besetzt. Herrgott im Himmel. Daß sie sie einkesselten, durfte er nicht zulassen. Es würde Überlebende geben.

Sie würden die Wohnung umzingeln und zusätzlich von oben Hubschrauber schicken... Wenn es dann für sie der reine Selbstmord wäre, würden LaChaise und dieser andere verrückte Hund es sich vielleicht anders überlegen. Und wenn sie erst einmal raus wären und hinter Gittern, würden sie ihn ans Messer liefern.

Ihm saß die Angst im Nacken. Sie trieb ihn aus dem Wagen auf die Straße. Er lief durch die Seitenstraße, die an der Garage vorbeiführte, ging um die Ecke, schlug die Scheibe zur Eingangstür ein und rannte die Treppe hoch. Auf dem Absatz oben sah er die Kartontürme und schrie: »LaChaise, sie wissen, daß ihr hier seid. Sie kommen. Sie kommen in diesem Augenblick. Ihr habt nur noch weniger als eine Minute. Sie wissen von Harps Wagen, sie kennen ihn. Hört ihr? Harps Wagen, sie wissen es.«

Dann rannte er wieder nach unten und sah praktisch schon von gegenüber den ersten Streifenwagen kommen und darin einen Cop, der seine Schrotflinte auf ihn richtete und ihm Fragen stellte...

Aber die Straße war leer. Gott im Himmel, der Funkverkehr hatte vor nicht mehr als einer Minute eingesetzt. Er rannte um die Ecke, sprang in seinen Wagen und fuhr los.

Im Fahren merkte er, wie still es in den verschneiten nächtlichen Straßen war. In der ganzen Stadt war keine Sirene zu hören. Doch alle Polizeiautos in dieser Stadt rollten jetzt auf ihn zu.

Er raste einen Block weiter und noch einen. Dann hielt er an. Wenn die ersten Polizeiwagen einträfen, würde er dabeisein.

In dem Moment kam der erste an. Er glitt leise auf den Waschsalon an der Ecke zu.

Kapitel 26

LaChaise rannte in Richtung Hintertür, sah Sandy in der Küche und packte sie. Sie schrie: »Laß mich meine Jacke holen, meine Jacke...«

LaChaise rannte zurück ins Wohnzimmer und griff nach seiner und Sandys Jacke. Martin hatte den Bogen in der Hand, sechs Pfeile im Köcher und in der anderen Hand ein weiteres Bündel. Seine Jacke stand offen. LaChaise lief zur Treppe, zog Sandy an der Jacke hinter sich her, und Martin humpelte ihnen nach.

Als Martin unten ankam, stand das Garagentor halb offen, und er hörte LaChaise schreien: »So eine Scheiße …« LaChaise hob die Rifle und ließ sie losrattern. Man sah das Mündungsfeuer aufblitzen. Dann waren LaChaise und Sandy draußen im Schnee.

Martin war drei Meter zurückgeblieben. Seitlich links sah er in der Straße einen Streifenwagen mit zerschossenen Scheiben. LaChaise war schon nach rechts unterwegs.

»Hier lang, hier lang …«, rief LaChaise. Martin holte sie ein. Sie liefen um die Ecke, und Martin sagte: »Gib mir die Rifle.«

»Was?« LaChaises Gesicht war blaß und verzerrt, die Haut um die Augen zum Zerreißen gespannt. Sandy rannte los, die Straße hinunter. *Soll sie doch abhauen …*

»Ich schaffe es nicht. Ich kann nicht laufen, mein Bein ist im Arsch. Mir ist wieder was aufgegangen«, sagte Martin. Er riß an seinem Hosenbund. »Nimm meine Pistole«, sagte er und gab sie LaChaise. »Deine hast du auch noch. Das sollte reichen. Schnapp dir einen Wagen und sieh zu, daß du wegkommst …«

»Mein Gott«, sagte LaChaise. Er warf Martin die Rifle zu, zog zwei Reservemagazine aus der Tasche, gab sie ihm, faßte Martin um den Hals und umarmte ihn, hielt ihn kurz an sich gedrückt und sagte: »Ich hole mir Davenports Frau. Vielleicht sehen wir uns bald wieder.« Er drehte sich um und lief hinter Sandy her.

Martin ging wieder zur Ecke zurück und spähte. Fünfzig Meter weiter hockte ein Cop hinter seiner Wagentür und sah ihn an. Er feuerte eine Salve auf ihn ab, zog sich wieder zurück und überquerte humpelnd die Straße. Er hinterließ eine dünne rote Spur.

Jetzt hörte er die Sirenen von allen Seiten.

Lucas und ein Streifenpolizist ohne Uniform namens Bunne saßen in Lucas' Explorer und waren auf dem Weg in die Eleventh. Bunne hatte eine Baseball-Jacke an. Sie war ihm im Umkleideraum als erste in die Hände gefallen, als er sich zu Fuß zum Krankenhaus aufmachen wollte. Sechs Blocks weiter war Harps Wohnung. Eine Minute. Eine halbe Minute nach ihrer Abfahrt vom Krankenhaus kam über Funk die kaum verständliche, in Panik ins Mikrophon gekeuchte Durchsage: »Sie haben das Feuer auf uns eröffnet, sie schießen auf uns, Dick ist getroffen, mein Gott, holt Hilfe.«

»Gott im Himmel«, sagte Bunne. Lucas war hinter dem Streifen-Captain hergefahren. Jetzt zog er den Explorer hinüber auf die vereiste Gegenfahrbahn, und sie rauschten nebeneinander her, überall von Sirenen begleitet. Gleichzeitig schrie er: »Wohin fliehen sie, du Vollidiot?«

Der Cop meldete sich über Funk, als hätte er ihn gehört: »Sie sind auf der Eleventh, sie sind zu Fuß auf der Eleventh Richtung Metrodome.«

»Noch zehn Sekunden«, sagte Lucas.

Bunne war blaß geworden. Er zog seine Pistole, gab sich einen Ruck und grinste Lucas schief an: »Bei Sachen wie diesen hat man schnell volle Hosen.«

Lucas war ganz aufs Fahren konzentriert. »Der Schnee ist nicht mal das Schlimmste. Die verdammte Nacht ist es, die uns umbringt.«

»Nein, es ist der verdammte Schnee«, sagte Bunne.

Aus einer Seitenstraße bog ein kleiner roter Ford ein. Lucas hätte ihn beinahe erfaßt. Der Ford wurde herumgerissen, rammte ein Straßenschild. Als sie auf gleicher Höhe waren, starrte ein junges leichenblasses Gesicht unter roten Haaren durch die Scheibe. »Das wird mehr als ein Bußgeld«, meinte Bunne. Sie fuhren um die nächste Ecke und waren auf der Eleventh, direkt vor Harps Haus. Fünfzehn Meter hinter ihnen fuhr der Streifen-Captain. An der Kreuzung stand ein Einsatzfahrzeug. Lucas und der Streifen-Captain stoppten. Ein Cop lief auf sie zu. Er zeigte in die Gegenrichtung. »Sie sind zu Fuß«, rief er. »Wir haben sie eingekreist. Sie sind noch keine Minute weg. Ihr müßt an ihnen vorbeigefahren sein …«

Lucas stieg aus. Ein anderer Polizist in Zivil, Stadic, kam dazu. Er hatte eine Schrotflinte in der Hand. Lucas holte seine eigene aus dem Wagen, gab sie Bunne weiter und sagte: »Los.«

Die drei liefen los, gefolgt von einem weiteren Cop in Uniform mit einer Schrotflinte. Zu viert nahmen sie die Verfolgung durch den Schnee auf. Der dazugekommene Cop sagte: »Charly hat gesagt, sie sind über die Straße …«

Lucas ging voraus und sagte: »Nicht so nah zusammen.« Die anderen schwärmten vorsichtig aus. »Habt ihr alle Westen an?« fragte Lucas. Stadic und der Cop in Uniform bejahten. Bunne schüttelte den Kopf. Er hatte nicht einmal eine Mütze auf oder Handschuhe an und trug nur dünne Slipper an den Füßen. »Gehen Sie nach hinten und holen Sie sich eine Weste«, sagte Lucas.

»Scheiß drauf, ich komme so mit«, sagte Bunne. Lucas machte schon den Mund auf, um zu widersprechen, da zeigte Bunne auf den Boden. »Da, eine Blutspur.«

Sie blieben stehen, und Stadic sagte: »Stimmt.« Weiter die Straße hinunter sahen sie eine Reihe alter brauner Backsteinwohnhäuser. »Das sind sie«, sagte Bunne und zeigte auf die frischen Spuren im Schnee. »Man sieht es an den verschiedenen Fußabdrücken ... Das ist die Frau, das der Mann. Er zieht einen Fuß nach, und das ist die Blutspur.«

»Ich sehe überhaupt nichts. In einer Stunde ist es hell«, sagte der Cop in Uniform und sah sich um. Er war nervös und zupfte an seinem schwarzen Bürstenschnurrbart. »Habe Schnee auf der Brille ...«

Sie kämpften sich weiter durch das Schneetreiben, vorbei an den Wohnhäusern und einigen kleineren Geschäften, einem Dairy Queen, ein paar Parkbuchten und Zäunen, hin und wieder auch einer Hecke. Hinter den Gebäuden standen große Müllcontainer, jeder eine gute Deckung. Sie folgten weiterhin der Blutspur, so sporadisch sie im Dämmerlicht auch oft nur an einzelnen Tropfen auszumachen war, schwarze Sprenkel im Schnee. Als sie unter einer Straßenlaterne hergingen, sagte Lucas in sein Funkgerät: »Wir haben ihre Spur.« Er gab seine Position durch.

Sie kommen nicht raus aus dieser Gegend, dachte er. Aber er konnte sich sehr gut vorstellen, daß sie hier in ein Haus eindringen würden und es zu einer Belagerung käme. »Am besten schickt ihr uns ein Team für den Fall, daß sie Geiseln nehmen«, gab er durch. »Sie könnten sich einigeln ...«

In dem Augenblick hörten sie etwas aufschlagen, und Bunne sagte: »O mein Gott.« Er stürzte zu Boden. Lucas schrie: »Da wird geschossen.« Sie zerstreuten sich. Doch sehen konnten sie nichts, und sie hörten nur die Sirenen, den Verkehr auf dem Highway und das leise Rieseln des Schnees.

Der uniformierte Cop rief: »Woher kam das? Wo ist er?«

Lucas schrie ins Funkgerät: »Ein Mann wurde niedergeschossen. Schickt eine verdammte Ambulanz her.« Er schob sich zentimeterweise an Bunne heran und fragte: »Wie schlimm ist es?« Gleichzeitg rief Stadic: »Da drüben links ...«

Bunne antwortete: »Tut weh, Mann ... Kriege keine Luft ...«

Lucas zog den Reißverschluß der Baseball-Jacke auf. Blut schoß Bunne aus einer Brustwunde. Auch hinten war reichlich Blut. Das Loch in der Jacke glich eher einem Schnitt als dem Einschußloch einer Kugel. Lucas drückte die Hand gegen Bunnes Brustwunde und sah zurück zur Straße. Da sah er ihn vor einem Wagen liegen. Ein verdammter Pfeil? Kein Knall, kein Mündungsblitz ...

»Der schießt mit einem Bogen«, rief Lucas den anderen zu. »Er benutzt einen Bogen, und den hört und seht ihr nicht. Bleibt weg von den Laternen.«

»Was, zum Teufel, hat das zu bedeuten?« rief ein Cop. »Was soll das?«

Eine Ambulanz kam mit blinkenden Warnlichtern um die Ecke. Lucas winkte sie herbei. Der Sanitäterin sagte er: »Treffer von einem Pfeil. Er blutet stark.« Er überließ ihr Bunne und lief hinter den beiden anderen Polizisten her.

Sie rückten im Zickzack vorwärts und folgten immer noch der Blutspur. »Drei Meter, dann schlägt er den nächsten Haken«, sagte der Uniformierte. Er schwitzte vor Angst, und sein Gesicht war naß vom geschmolzenen Schnee. Die Augen wirkten zu groß hinter seiner verschneiten Brille. Er schnappte nach Luft, aber er blieb auf den Beinen, lief nach links, duckte sich und zeigte mit dem Lauf seiner Flinte auf die Spur. Stadic lief nach rechts und duckte sich. Lucas folgte ihnen durch die Mitte, sprang vor, duckte sich ebenfalls. Dann kamen Stadic und der Cop wieder vorbei.

An einer Stelle, wo lockerer Neuschnee lag, sah Lucas, daß sie nur einer Fußspur folgten.

»Was ist mit den anderen beiden Spuren?« rief er.

»Ich weiß nicht, sie müssen weiter hinten abgezweigt sein«, rief Stadic zurück. Der uniformierte Cop hüpfte geduckt an ihm vorbei. Stadic ging aus der Hocke, stöhnte auf, ging zurück in die Hocke, und Lucas sah plötzlich einen Aluminumpfeil aus seiner Brust ragen. Im selben Moment nahm er weiter vorn eine winzige Bewegung wahr. Er feuerte dreimal in die Richtung, sah wieder eine Bewegung, schoß noch zweimal. Der letzte Schuß war zu tief. Dann gab der andere Cop eine kurze Salve aus seiner Zwölfschüssigen ab.

»Schlimm?« rief Lucas Stadic zu.

»Nichts passiert. Hat die Panzerplatte in der Weste getroffen«, sagte Stadic und stand auf. »Ist ein verdammt guter Schütze.« Er brach den Pfeil ab. Sie gingen weiter und stießen auf eine Blutlache und ein paar Blutspritzer. »Sie haben ihn getroffen«, sagte der Cop.

»Oder Sie«, sagte Lucas.

»Nein, ich habe nicht das geringste gesehen, habe einfach geschossen, weil ich Angst hatte.« Er sah sich um. »Vielleicht sollten wir warten, bis es Tag wird. Er kann nicht weit sein. Er kann nicht mehr abhauen. Er hat schon geblutet, bevor Sie ihn getroffen haben.«

»Ich will ihn haben«, sagte Lucas. Er gab über Funk an die Zentrale durch, daß die drei sich getrennt hätten. Zwei seien offensichtlich zusammen, der dritte schwer verletzt. Er gab die Position durch und sagte: »Wir setzen die Verfolgung fort.«

»In dem Block sind unsere Leute schon«, gab die Zentrale zurück. »Ihr bewegt euch direkt auf sie zu. Also, immer mit der Ruhe …«

Als sie sich trennten, rannte Sandy los. LaChaise war fünfzig Meter hinter ihr. Martin humpelte hinter ihnen davon. Einen Block weiter hatte LaChaise sie eingeholt. An einer Kreuzung hielt vor ihnen ein roter Ford. Von allen Seiten hörte man Sirenen. Der Ford fuhr nicht weiter. LaChaise war mit einem Satz am Wagen, riß die Beifahrertür auf und richtete die Pistole auf den Fahrer. »Keine Bewegung, Motherfucker.«

Der Fahrer stellte instinktiv den Fuß auf die Bremse. LaChaise schwang sich auf den Beifahrersitz und hielt dem rothaarigen jungen Mann die Waffe unter die Nase. Sandy blieb ein paar Schritte zurück, als sie LaChaise auf den Wagen zulaufen sah. Als sie sah, daß er den Wagenschlag aufriß, drehte sie sich um und rannte in die entgegengesetzte Richtung. Sie war schon im Schneetreiben untergetaucht, als er sich nach ihr umsah.

»Verdammte Scheiße…« LaChaise hielt die Pistole auf den rothaarigen Fahrer gerichtet. »Fahr los. Langsam. Fahr langsam los…«

Er glitt vom Sitz auf den Wagenboden, kniete so, daß sein Kopf unterhalb des Armaturenbretts blieb. Die Pistole zeigte auf die Brust des Jungen. Sie fuhren einen Block. Plötzlich rief der Fahrer: »Nein.« Sie schleuderten, stießen irgendwo an, und LaChaise schrie: »Motherfucker.« Der Fahrer hob schützend die Hände gegen die drohende Waffe.

LaChaise hob ein wenig den Kopf, und der Fahrer stotterte: »Sie hätten uns fast angefahren…« LaChaise sah den beiden Wagen nach – einem Streifenwagen und einem mit Vierradantrieb.

»Weiter«, sagte er zu dem Jungen. »Da lang. In Richtung Metrodome.«

Sandy fand eine kleine Gasse. In der blieb sie. Sie führte an den Rückseiten der Wohnhäuser entlang. LaChaise hatte ihr mit höhnischem Unterton gesagte, sie solle nur aufpassen: Wenn sie dem falschen Cop begegne, sei sie tot. Sein Foto hatte sie ja, aber den Namen wußte sie nicht.

Und er würde nach ihr suchen. Am besten wäre es, dachte sie, sie fände ein Telefon und könnte Davenport anrufen.

Wenn nur irgendwo etwas offen wäre, ein Laden oder eine Bar. Doch wer hatte schon an einem Tag wie diesem morgens um sieben geöffnet? Die Stadt war eine einzige Schneewüste, es schneite wie aus Schneekanonen. Sie trat auf die offene Straße hinaus, zog sich aber gleich wieder in die Dunkelheit zurück, als ein Wagen vorbeibrauste, trat wieder hinaus und sah die Straße hinunter. Das Metrodome war beleuchtet. Wenn die Türen zur Mall geöffnet wären, gäbe es genug Telefone. Also lief sie in diese Richtung.

Lucas, Stadic und der andere Cop folgten weiter langsam der Blutspur, spähten in die Dunkelheit, reagierten auf jeden Schatten. Der Uniformierte schoß einmal und traf einen Schneeräumer, der neben einem Haus stand. Lucas hätte beinahe ein Gartentor durchlöchert, das im Wind zitterte. Sie verständigten sich mit Zurufen, um sicherzugehen, daß sie noch zusammen waren. Gleichzeitig wollten sie den blutenden Mann so in die Enge treiben. Er sollte laufen und nicht zum Nachdenken kommen.

Martin wußte, daß er sterben würde. Doch starke Schmerzen spürte er nicht. Auch besonders kalt war ihm nicht. Eigentlich ging es ihm nicht schlecht für einen Mann, dem eine Wunde im Oberschenkel wieder aufgerissen war und der eine Schrotladung ins Gesäß bekommen hatte. Die Schrotkugeln hatten ihn von der Seite getroffen und fast umgeworfen. Doch er hielt sich aufrecht und spürte im Laufen, wie ihm das Blut am Bein hinunterrann. Bald würde er eine Pause machen müssen, dachte er. Er verlor viel Blut. Vielleicht hatte er deswegen dieses schwebende Gefühl. Er spürte die Folgen des Schocks, und bald würde alles zusammenfallen.

Noch ein Schuß mit dem Bogen, dann würde er ihn wegwerfen. Und wenn sie ihm dann zum letztenmal gegenüberstünden, würde er die AR-15 einsetzen. Seine letzte kleine Überraschung, dachte er und grinste in sich hinein.

Lucas rutschte aus und schlug neben einer Buchsbaumhecke auf den Boden. Eine Handvoll Schnee spritzte ihm ins Gesicht. Er schnaufte und wagte mit vorgehaltener .45er einen Blick um die nächste Hausecke. Am Pistolenknauf spürte er Bunnes Blut. Es würde ein zäher, schwer wegzubekommender Belag werden. »Los«, rief er, und der Uniformierte rannte an ihm vorbei nach vorn, schrie im nächsten Moment auf und ging zu Boden. Lucas ließ sich neben ihn fallen, glaubte, eine Bewegung zu sehen, und schoß. Der Cop neben ihm schrie: »Er hat mich erwischt, er hat mich erwischt...«

Lucas zog ihn zurück in Deckung. Der Pfeil steckte im Bein des Cops, gleich über dem Knie. Die Spitze war offenbar direkt auf den Knochen geschlagen und noch ein Stück hineingedrungen. »Das wird wieder«, sagte Lucas und rief zu Stadic hinüber. »Bleiben Sie, wo Sie sind, genau dort.« Er rief über Funk die nächste Ambulanz und fragte gleichzeitg die Zentrale: »Wo bleibt die Unterstützung?«

»Sie müßten direkt vor euch sein. Sie sind über den ganzen Block verteilt.«

»Man sieht den Kerl einfach nicht«, schimpfte Lucas. »In dem Schneegestöber erkennst du nichts …«

Neben ihm tauchte Stadic auf. »Und jetzt?«

»Bleiben Sie im Augenblick hier. Winken Sie die Ambulanz her …«

Das schnappte der verletzte Cop auf. »Wo bleibt denn die verdammte Ambulanz …«

Da kam sie auch schon von hinten angerauscht. Stadic drehte sich um und hielt sie an.

»Und noch einmal«, sagte Lucas. Er sagte es zwar zu dem vor ihm liegenden Cop, meinte aber auch sich selbst. Aus der Hocke schwang er sich hoch und landete hinter einer anderen Hecke. Vorne wurde es hell. Scheinwerfer kamen aus dem nächsten Block. Und dahinter konnte man Gestalten erahnen, die vorrückten.

»Davenport«, rief er.

»Wo sind Sie?«

»Weiter geradeaus. Ich glaube, er ist zwischen uns …«

Jemand anders rief: »Wir wissen nicht, ob es wirklich Davenport ist. Also aufgepaßt!«

Dann sah Lucas Martin. Er lehnte in der Hocke an einer schäbigen Hauswand, direkt neben einer Reihe Mülleimer, sprang hoch und lief auf das gegenüberliegende Haus zu. »Da ist er«, rief Lucas und feuerte zweimal schnell hintereinander, traf aber nicht.

»Er kommt um das Haus da herum. Achtung …«

Im nächsten Augenblick knatterte die AR-15 los. Ihr Mündungsfeuer flackerte über die Rückwand des Hauses. Lucas stürzte los, achtete auf den glatten Boden unter seinen Füßen und hatte die Schrotflinte schon im Anschlag. Die halbe Distanz hatte er geschafft, als das Schnellfeuer abbrach. Nach dem Auswechseln des Magazins setzte es wieder ein. Glas splitterte. Mehrere Cops erwiderten jetzt das Feuer. Lucas war an der Ecke und spähte.

Martin hockte drei Meter entfernt auf den äußersten Kellerstufen eines Hauses. Nach rechts bot ihm das Haus Schutz. Vor ihm und zur Linken blockten an einem Parkplatz Streifenwagen alles ab. Die Cops feuerten zurück, wußten aber nicht, daß er auf den Stufen Deckung gefunden hatte. Bei dem Schneefall konnte man wahrscheinlich gar nichts anderes wahrnehmen als die Mündungsblitze.

Martin kroch ein Stück vor, kam hoch und gab die nächste Salve auf einen der Streifenwagen ab. Er hielt tief, weil die Cops sicher hinter dem Wagen Deckung gesucht hatten.

»Geben Sie weiter, sie sollen das Feuer einstellen«, sagte Lucas in sein Funkgerät. »Feuer einstellen, in drei Teufels Namen, ihr bringt mich ja um. Ich habe ihn, wenn endlich das Feuer eingestellt wird.«

Wenige Sekunden später hörte er auf der anderen Straßenseite Geschrei, und es wurde nicht mehr geschossen. Er spähte erneut um die Ecke. Martin hatte das Magazin gewechselt und wollte gerade wieder hochschnellen, um die nächste Salve auf die Wagen abzugeben.

»Keine Bewegung!« rief Lucas.

Martin drehte sich um, sein Mund öffnete sich. Einen Moment lang erstarrte er in dieser Pose, sah die auf ihn gerichtete Schrotflinte und sagte: »Leck mich.« Gleichzeitig fuhr seine AR-15 herum. Lucas wartete eine Zehntelsekunde länger, als er hätte warten müssen, und schoß Martin in den Kopf.

Kapitel 27

»Ich habe ihn«, rief Lucas, trat einen Schritt vor und winkte. Eine Gruppe von Cops stürmte auf ihn zu. Er lief durch den Schnee und die Stufen hinunter. Martins Schädeldecke war zum großen Teil weg, doch sein Gesicht zeigte einen beinahe friedlichen Ausdruck. Die Augen waren geschlossen, die Lippen zu einem halben Lächeln verzogen.

Kein Zweifel – er war tot –, aber Lucas kam gar nicht zum Nachdenken und tastete sofort den Körper ab. Er spürte den festen Schutz der gepanzerten Weste unter der Jacke. Und noch etwas. Eine Pistole, dachte Lucas, doch als er genauer hinfaßte, merkte er, daß es sich um etwas Rechteckiges handelte. Er war gerade dabei, es aus Martins Tasche zu ziehen, als Stadic soeben auf der Treppe auftauchte.

»Ist er tot?«

»Ja«, sagte Lucas und stand auf. Er hatte ein Mobiltelefon in der Hand. Wie mochten sie daran gekommen sein? Wahrscheinlich auf der Straße gekauft. Er runzelte nachdenklich die Stirn, stieg dann die Stufen zu Stadic hinauf. »Passen Sie auf Ihren Lauf auf«, sagte er. Stadic hatte den Lauf seiner Schrotflinte direkt in seine Richtung gehalten, als er zu ihm und Martin hinabsah. »Einer wäre erledigt, bleibt noch einer«, sagte Lucas.

»Einer?« fragte Stadic. »Was ist mit der Frau?«

»Sie hat sich schon mit uns in Verbindung gesetzt. Wir wissen nicht genau, welche Rolle sie spielt«, sagte Lucas.

»Okay.« Stadic nickte und dachte: *Mist. Sie werden mit ihr reden.*

Lucas eilte an ihm vorbei die Treppe hinauf und sagte: »Also suchen wir sie!«

Die Cops waren inzwischen angekommen, und Lucas rief: »Es gibt noch zwei. Sie sind die Straße in Richtung Dome gelaufen...«

Ein Lieutenant von der Streife kam auf ihn zu, und sie besprachen die weitere Fahndung und fragten sich, ob sie bis Tagesanbruch warten sollten. Lucas war dafür, sie nicht in Ruhe zu lassen. Stadic hörte ihnen zu. Lucas hielt das Mobiltelefon noch in der Hand und steckte es dann unbewußt in seine Jackentasche. Stadic starrte auf die Tasche. Er mußte das Handy haben. Er mußte es haben, mußte es haben, mußte es haben... Wie ein Mantra hämmerte er sich den Satz immer wieder in den Schädel.

»Gehn wir«, sagte Lucas zu ihm. Stadic, in die Realität zurückgerissen, sagte: »Hier.« Lucas klopfte ihm auf die Schulter, und sie gingen zurück hinter das Haus. Lucas ging nichtsahnend zwei Schritte vor ihm. Stadic hatte seine Schrotflinte in der Hand, und von überall her kamen immer mehr Cops. Doch die Versuchung war da... ein Unfall eben.

Niemand würde ihm das glauben.

Er mußte mit ihm allein sein. In der Tasche hatte er seine popelige Davis 380, die Miniaturausgabe einer Pistole. Aber sie würde ihren Zweck erfüllen. Nur mußte er dazu mit ihm allein sein. Zusammen mit LaChaise oder der Frau, das wäre das allerbeste...

Aber, Herrgott im Himmel, wer wußte schon, wie diese Verfolgungsjagd ausgehen würde?

Davenport war aufgekratzt, wie elektrisch geladen, und hätte man nicht gewußt, worum es ging, hätte man denken können, er wäre glücklich. Stadic dachte an die Pfeile, die wie scharfe Rasiermesser leise durch die Dunkelheit und das Schneetreiben gezischt waren, und an den Schlag gegen die Brust. Hätte er zwanzig Zentimeter höher gezielt, wäre der Pfeil in die Kehle gedrungen, und er läge jetzt auf der Straße mit einem Lappen Plastik über dem Gesicht. Es schüttelte ihn, und er folgte Davenport.

Die Suchaktion begann. Cops schwärmten in Gruppen durch die Straßen, Höfe und Parkplätze. Es geschah in einem Umkreis, den sie gleich nach LaChaises Flucht gezogen hatten. Jedes Haus, zu dem frische Spuren führten, wurde aufgesucht. Man klopft an die Türen, befragte die Bewohner und warnte sie. Doch so früh waren erst wenige auf den Beinen.

Lucas hielt sich auf der Eleventh, das hochgewölbte Kuppeldach des Dome vor Augen – es sah aus wie eine überdimensionale Pillsbury-Doughboy's-Dose. Ein uniformierter Cop, der Mütze und Handschuhe verloren hatte, kam mit schneebedecktem Kopf und halb erfrorenen Händen angerannt und meinte: »Wir ha-ha-haben eine Spur ge-ge-funden. Kleine Abdrücke, wie von einer Frau oder einem Kind. Und wer immer das war, sie oder es ha-hahat hinter Gebüschen und Ecken angehalten ...«

»Das ist sie«, sagte Lucas. »Zeigen Sie mir die Spur.«

Sie liefen zusammen los und Stadic gleich hinter ihnen her. Vier uniformierte Cops mit Stablampen und Schrotflinten folgten gebückt der Spur, die zwischen den alten Backsteinhäusern, kleinen Läden und Parkbuchten hindurchführte. Sie bewegten sich schnell, aber auch nervös vorwärts, weil sie von den Pfeilen gehört hatten. Sie hielten sich neben der Spur, und Lucas blieb einen kurzen Moment stehen, um sie sich anzusehen. »Sieht genauso aus«, sagte er zu Stadic.

»Ja, das muß sie sein«, sagte Stadic.

Sie liefen schneller und holten die Cops vor ihnen ein. »Hört zu, Kollegen«, sagte Lucas, »diese Frau hat sich bei uns gemeldet. Sie hat uns tatsächlich angerufen und den Hörer neben der Gabel liegenlassen, so daß wir den Anruf bis in die Wohnung zurückverfolgen konnten. Wir sollten uns ein wenig vorsehen, aber ich glaube nicht, daß sie gefährlich ist.«

»G-g-gut«, sagte der barhäuptige Cop mit klappernden Zähnen. »Mir ist verdammt k-k-kalt.«

»Mein Gott, dann ziehen Sie sich was an«, sagte Lucas. Und die anderen forderte er auf: »Weiter…«

Sie liefen der Spur nach. An einer Kreuzung sahen sie ein paar Cops. Ein Suchscheinwerfer wurde auf sie gerichtet, und die Cops winkten mit ihren Stablampen.

»Sie war schon über den Kreis hinaus, bevor wir ihn geschlossen haben«, sagte Lucas. »Das bedeutet, daß LaChaise das wahrscheinlich auch gelungen ist.«

Er wühlte in seiner Jackentasche, zog zuerst das Handy und dann ein Funkgerät heraus und sagte hinein: »Die Frau ist außerhalb des gezogenen Kreises… Wir müssen ihn ausweiten. Die Frau ist ganz sicher außerhalb, LaChaise wahrscheinlich.«

Er stopfte Handy und Funkgerät wieder in die Tasche zurück, und sie liefen weiter. Die Streifenwagen hinter ihnen drehten und wendeten und suchten sich neue Positionen. Je weiter der Zirkel würde, desto dünner würde auch der Riegel, den die Cops zögen. Doch aus dem Hennepin County und aus St. Paul stießen immer neue Cops dazu. Keine gewöhnliche Verbrecherjagd.

Während sie der Spur weiter folgten, sagte Lucas: »Wißt ihr was? Sie will zum Dome.«

»Meinen Sie?« fragte Stadic.

»Sie sucht ein Telefon«, sagte Lucas. Er zog das Funkgerät wieder heraus und gab seine Idee an die Zentrale weiter. »Stellen Sie sie zu mir durch, wenn sie anruft.«

Die Straßen wurden immer breiter. Und dann verloren sie ihre Spur. Sie war in eine geräumte Straße eingebogen.

»Ich bleibe dabei, sie will zum Dome«, sagte Lucas. »Hört mal«, sagte er zu Stadic und den beiden Uniformierten, »ihr beide geht da lang, wir hier. So kontrollieren wir das Wohnhaus da vorne von beiden Seiten. Aber ich wette, sie ist weiter in Richtung Dome. Wir sehen uns auf der anderen Seite und machen dann weiter.«

»In Ordnung.«

Sie trennten sich, und Lucas und der andere Uniformierte schwenkten nach links. Als sie das Haus erreichten, fiel Lucas das Mobiltelefon ein. Er zog es aus der Tasche, als nächstes das Funkgerät und meldete sich bei der Zentrale. »Jemand soll sich mit der Telefongesellschaft in Verbindung setzen. Ich brauche eine Nummer, bei der ich dort anrufen kann und von wo aus sie eine Mobiltelefonnummer zurückverfolgen können. Ich rufe sie über das entsprechende Handy an. Dann können sie dessen Nummer feststellen und mir eine Liste der Gespräche geben, die über dieses Handy geführt wurden… Und mit wem. Verstanden?«

»Verstanden.«

Sie umrundeten das Haus. Aber der Schnee war überall unberührt. Stadic wartete schon auf der anderen Seite, und alle sahen jetzt in Richtung Dome.

»Na dann«, sagte Lucas. Doch gerade, als er vom Bordstein auf die Straße treten wollte, meldete sich die Zentrale. »Das ging ja schnell«, sagte er.

»Lucas, Lucas…«

»Ja?«

»LaChaise…« Die Stimme der Kollegin in der Zentrale überschlug sich fast. »LaChaise ist im Universitätskrankenhaus.«

»Verdammte Scheiße.«

Lucas sah sich aufgeregt nach einem Streifenwagen um, winkte einen herbei, rannte auf ihn zu und hörte kaum noch, was die Zentrale weiter meldete: »Hat Ihre Frau in seiner Gewalt…«

»Was?« brüllte er in das Funkgerät. Und dann rief er Stadic zu: »Sie kümmern sich um sie, um Sandy Darling.«

Er lief auf den Streifenwagen zu, der vor ihm stoppte. Die Scheibe ging runter, und Lucas rief: »Macht hinten auf, schnell.«

Der Fahrer tat es, Lucas sprang auf den Rücksitz und rief: »Zum Universitätskrankenhaus, los, schnell…« Ins Funkgerät sagte er: »Was ist mit Weather? Was ist mit Weather?«

»Sie glauben, er könnte… er könnte sie in seiner Gewalt haben.«

Kapitel 28

Der Junge fing an zu heulen, als sie am Metrodome vorbeifuhren, und als LaChaise ihn anbrüllte, er solle damit aufhören, heulte er noch mehr, hielt das Lenkrad mit beiden Händen, und die Tränen liefen ihm über das Gesicht.

Schließlich rutschte LaChaise auf den Beifahrersitz hoch und zeigte ihm den Weg: die Washington hinunter, rechts ab, um eine Kurve direkt auf eine Leuchtschrift zu, die gerade »Jesus ist der Erlöser« verkündete, dann über eine Auffahrt auf eine Brücke.

»Hör auf, um Gottes willen. Mach das hier ordentlich, und ich tue dir nichts.«

»Ich kenne Sie«, sagte der Junge. »Sie bringen mich bestimmt um.«

»Wenn du ordentlich fährst, tue ich einen Scheißdreck. Ich will nur nicht mit dir streiten.«

Aber der Junge legte erneut los, und LaChaise sagte angewidert: »Herrgott im Himmel.« Sie verließen die Brücke, fuhren an der großen Bierabfüllanlage vorbei und bergauf zur Harvard Street.

»Abbiegen«, sagte LaChaise. Der Junge hörte auf zu weinen, bis er um die Ecke war; bevor er erneut anfangen konnte, sagte LaChaise: »Geradeaus bis zum Wendeplatz da hinten und dann anhalten.«

»Da töten Sie mich dann?«

»Einen Dreck werde ich tun, es sei denn, du willst den Oberschlauen spielen«, sagte LaChaise. »Halt einfach an und laß mich raus, und dann fährst du weiter.«

Auf der Straße waren nur wenige Leute. Sie gingen ins Krankenhaus oder kamen heraus, rutschten und schlitterten über die Gehsteige. Operationen fanden immer früh morgens statt. LaChaise war selber zweimal operiert worden, einmal am Blinddarm, einmal mußte ihm nach einem bösen Straßenunfall ein Stück Haut transplantiert werden, und beide Male hatten sie ihn in der Morgendämmerung geweckt und in den OP geschafft.

»Genau da«, sagte er. »Hinter dem roten Chevy.«

Der Junge stoppte hinter dem Chevy, und LaChaise schwenkte

die Beine hinaus. Sie brannten hinten wie Feuer. Der Junge starrte auf seine Waffe. LaChaise grinste ihn an und grub in seinen Jeans nach den Resten des Bargelds, das sie Harp weggenommen hatten, zog das Bündel Scheine heraus und warf es auf den Beifahrersitz. Ein paar tausend Dollar, aber was sollte es? »Danke für den Transport«, sagte er, trat einen Schritt zurück, schlug die Tür zu und ging zum Krankenhaus.

Er kam sich vor wie ein Cowboy.

In der rechten Hand hielt er seine eigene Pistole, die Dog .44, und aus der linken Tasche zog er jetzt Martins Pistole. Mit den Ellbogen drückte er die Türen auf.

Rechter Hand war ein Informationsstand. Dahinter saß ein Wachmann und verfolgte das Programm in einem TV-Portable. In der Lobby saßen verstreut zwei Frauen und ein Mann in weißem Arztkittel. Die Frauen lasen, und der Mann starrte mit leerem Blick an die Wand, als hätte er irgendwo einen unverzeihlichen Fehler begangen.

LaChaise trat auf den Wachmann zu, der erst im letzten Moment aufblickte. Das Lächeln auf seinen Lippen erstarb schlagartig. LaChaise zielte mit beiden Pistolen auf die Brust des Wachmanns und sagte: »Führ mich zu den Operationsräumen, oder du bist tot.«

Der Wachmann sah die Pistolen, dann LaChaise an, warf einen langsamen, etwas blöden Blick auf den Fernseher und sagte: »Sie suchen Sie.«

»Scheiß drauf. Komm raus da und führ mich zu den Operationsräumen. Du hast fünf Sekunden, dann bist du tot.«

»Hier entlang«, sagte der Wachmann. Er kam hinter dem Tisch hervor und hielt die Hände in Schulterhöhe. Er war unbewaffnet. Die drei Wartenden in der Lobby sahen ihnen zu, aber keiner stand von seinem Sitz auf. »In einer Sekunde kommt noch einer rein«, sagte LaChaise in den Raum. »Wer sich bewegt oder aufsteht, den tötet er. Bleibt sitzen, und es passiert euch nichts. Ich bin Dick LaChaise. Ihr habt mich im Fernsehen gesehen. Ich habe hier zu tun.«

Ihm gefiel, wie er das sagte. Es *klang* nach Cowboy. Sie gingen ein paar Schritte den breiten Gang hinunter und dann rechts um die Ecke zu den Fahrstühlen. Der Wachmann drückte den Aufwärts-Knopf, und die Tür glitt auf. »Dritte Etage«, sagte er, als sie einstiegen. »Sie werden mich töten?«

»Nicht, wenn du tust, was ich dir sage«, sagte LaChaise. »Wenn wir in der dritten sind, bleibst du im Aufzug und fährst ganz nach oben.« LaChaise drückte alle Knöpfe über der Drei, dann klingelte es, und die Tür ging auf. LaChaise hielt dem Wachmann die Pistole vors Gesicht und sagte: »Ich bleibe hier stehen, bis die Tür zu ist. Wenn du aussteigst, bevor du oben bist, schießt dir jemand den Arsch weg. Verstanden?«

»Ja, Sir«, sagte der Wachmann, als die Tür zuging.

Am Ende des Gangs führte eine Schwingtür in den OP-Bereich. Rechts davon saß ein älterer Mann und las *Modern Maturity*. Er sah auf, biß sich auf die Lippen und schaute wieder in sein Magazin. LaChaise hatte den merkwürdigen Eindruck, daß er die Waffen gar nicht zur Kenntnis genommen hatte.

Sonst war kein Mensch zu sehen. LaChaise ging zur Schwingtür, stieß sie auf und befand sich in einer Krankenstation. Zwei Schwestern studierten die Eintragungen auf einem Klemmbrett, und die eine sagte: »… muß wieder sterile Handschuhe gestohlen haben. Alles seine Größe, und nur neue …«

Beide sahen gleichzeitig auf. LaChaise stand vor ihnen in seinem schweren dunklen Mantel, von dem der schmelzende Schnee tropfte, und sah sie an, die Pistolen in beiden Händen. »Meine Damen, ich muß Dr. Weather Karkinnen sprechen.«

»Ach, du Scheiße«, sagte die jüngere und größere Schwester, und die ältere, kleinere schüttelte den Kopf und sagte: »Das können Sie nicht. Sie operiert gerade.«

»Dann gehen wir mal in den OP und begrüßen sie.«

»Dazu sind Sie nicht befugt«, sagte die Ältere.

»Wenn ihr mich nicht hinbringt, lege ich eine von euch um, und ich wette, die andere macht es dann. Wen soll ich umlegen? Er zog den Hahn seiner Dog, und man hörte es in der Stille klicken. Die beiden sahen einander an, und die ältere fing an zu schniefen, wie es der Junge in dem Wagen schon getan hatte. Schließlich sagte die Jüngere: »Ich bringe Sie hin.«

Sie ging voraus, führte ihn durch mehrere Türen, blieb vor einer breiten Einzeltür stehen, hob sich auf die Zehenspitzen, um durch ein Fenster zu sehen, trat zurück und sagte bedrückt: »Da drinnen.«

»Wenn nicht, komme ich zurück«, sagte LaChaise und sah ihr in die Augen. Die Frau wich seinem Blick aus, und LaChaise stieß die Tür auf.

Weather kontrollierte durch das Operationsmikroskop, wie ihre Hände in feinen Schlingen gleichmäßige Knoten in den fast unsichtbaren Nähfaden machten. Gerade sagte sie: »Wenn du dir wirklich anhörst, was die Doors da eigentlich singen, mußt du lachen. Hör dir mal an, wenn sie ›L. A. Woman‹ singen, und dann sag mir, daß sie nicht...«

Da wurde die Tür aufgerissen, daß sie fast hochgesprungen wäre. Alle drehten sich um, nur sie sah nicht auf und sagte: »Wer kommt da, verdammt noch mal?«

»Ich«, sagte LaChaise.

Weather zog den Knoten zu, sah auf, blinzelte und sah LaChaise mit den beiden Pistolen in den Händen.

»Wer ist Weather Karkinnen?«

»Das bin ich«, sagte Weather. Er richtete eine Pistole auf sie, und sie schloß die Augen.

»Raus hier.«

Sie öffnete die Augen wieder und sagte: »Ich kann damit jetzt nicht aufhören. Wenn ich es tue, verliert dieses kleine Mädchen hier seinen Daumen und muß dann so durch ihr ganzes Leben gehen.«

LaChaise zuckte innerlich ein Stück zurück: »Wie bitte?«

»Ich sagte, wenn ich jetzt aufhöre...«

»Das habe ich verstanden«, blaffte er. »Was machen Sie da?«

»Ich nähe eine Arterie zusammen. Das Kind hatte einen gutartigen Tumor. Wir haben ihn beseitigt und verbinden nun die beiden Enden der Arterie, damit das Blut wieder fließen kann.«

»Gut, und wie lange dauert das noch?«

Weather sah wieder durch das Mikroskop. »Zwanzig Minuten.«

»Sie haben fünf«, sagte er. »Für eine Ärztin sind Sie wirklich klein«, fügte er dann noch hinzu.

Weather sah an ihm vorbei und fragte: »Haben Sie vor, alle hier zu töten?«

»Kommt drauf an«, sagte LaChaise.

»Wenn ich einen Kollegen rufen kann, dann könnte er es für mich fertigmachen.«

»Rufen Sie ihn.«

»Nur, wenn Sie ihm und den anderen nichts tun.«

»Ich tue ihm nichts, wenn er keine Zicken macht.«

Weather sah die Schwester an, die für die Laufarbeiten zuständig war, und sagte: »Betty, geh zu Dr. Feldman und sag ihm, er soll herkommen, wenn er kann.«

LaChaise sah die Schwester an und sagte: »Geh. Und wenn du Zicken machst...«

Weather beugte sich wieder über die Hand der kleinen Patientin, und alle warteten stumm und fast bewegungslos, bis nach zwei oder drei Minuten ein Mann mit der Hüfte die Tür zum OP aufstieß. Die Hände hielt er in Brusthöhe. »Was geht hier vor?«

LaChaise richtete eine Pistole auf ihn, und Weather sagte: »Wir haben hier einen Herrn mit einer Kanone. Mit zwei Kanonen, um genau zu sein. Er möchte sich mit mir unterhalten.«

»Die Polizei kommt schon«, sagte der Arzt zu LaChaise. In dem sterilen OP-Ambiente sah LaChaise aus wie eine Ratte auf einem weißen Käsekuchen.

»Die kommt immer«, sagte LaChaise.

»Was auch passiert, wir müssen das hier zu Ende bringen«, sagte Weather mit ruhiger Stimme zu Feldman. »Können Sie es sich einmal ansehen?«

Durch das zweite Okular des Operationsmikroskops auf der anderen Seite des Operationstischs sah sich Feldman, die Hände noch immer gegen die Brust gepreßt, die Naht an. »Sie sind fast fertig.«

»Zwei Schlingen noch, und dann muß der Hautschnitt zugenäht werden...«

Sie informierte ihn kurz über den Verlauf der Operation und machte den vorletzten Stich. »Noch einer«, sagte sie.

»Ich muß runter und meinen Eingriff abbrechen«, sagte Feldman.

»Wie weit sind sie schon?« fragte Weather.

»Wir haben noch keinen Schnitt gemacht«, sagte Feldman. »Wir fingen gerade mit der Anästhesie an, als... ich bin gleich wieder da.«

Er ging mit solcher Autorität davon, daß LaChaise ihn ohne Widerrede ziehen ließ. Weather arbeitete wieder an der Trennstelle, und eine Schwester sagte: »Wenn ich noch länger hierbleibe, pinkle ich mir in die Hose.«

»Dann gehen Sie«, sagte Weather. »Sonst alle okay?«

Sie waren okay. Die Schwester, die fürchtete, sich in die Hose zu machen, beschloß, bei ihnen zu bleiben.

Feldman kam zurück. »Wie weit sind wir?«

»Fast fertig«, sagte Weather ruhig. »Sehen Sie?«

Feldman sah durch das Mikroskop und sagte: »Fein. Aber ich glaube, Sie brauchen vielleicht noch einen, damit...«

Er stockte. Weather sagte: »Ich glaube, das geht auch so.« Feldman sah sie an, und sie schüttelte leicht den Kopf. »Ganz sicher?« fragte er.

»Besser, wir kriegen ihn hier raus«, sagte Weather.

»Was läuft da ab?« wollte LaChaise wissen.

»Wir versuchen, uns klarzuwerden, was hier noch zu tun ist«, sagte Feldman energisch. »Wir sind mitten in der Arbeit.«

Weather trat vom Tisch zurück. »Aber ich bin fertig«, sagte sie. Sie sah LaChaise an. »Und jetzt?«

»Raus hier. Wir brauchen ein Telefon. Und eine Ecke, wo sie nicht an mich rankommen.«

»Am Ende des Ganges ist ein Büro.«

»Nichts wie hin«, sagte er und wedelte mit der Pistole.

Draußen war niemand zu sehen. Die Schwestern waren weg, die Cops noch nicht da. Weather zog den Mundschutz herunter und einen Handschuh aus, während sie sagte: »Was haben Sie vor?«

»Mit Ihrem Alten reden«, sagte LaChaise.

Und mich umbringen, wenn wir erst mal am Telefon sind, dachte sie. Sie kamen vor dem Büro an, und sie sagte: »Da hinein. Da ist ein Telefon.«

Sie zeigte hin, ging voraus und drehte sich zu ihm um. »Da kommt ja jetzt einiges auf Sie zu«, sagte sie.

»Halten Sie die Klappe. Was hat Ihr Alter für eine Nummer?«

»Wahrscheinlich können Sie die 911 wählen, und die stellen dann durch. Er ist draußen in seinem Wagen.«

»Wählen Sie, und geben Sie mir dann den Hörer...«

Weather tippte die 911 ein und gab den Hörer weiter. Er lauschte einen Augenblick, hielt den Lauf seiner Waffe direkt auf ihre Brust gerichtet und sagte: »Hier ist Dick LaChaise. Ich möchte mit Lucas Davenport sprechen. Ich bin im Krankenhaus und ziele mit einer Kanone auf die Brust seiner Alten, Dr. Karkinnen.«

Weather sah ihn an. »Sie haben nicht mehr viel Zeit. Sie sollten lieber anfangen, sich alles genau zu überlegen.«

»Ich habe gesagt, Sie sollen die Klappe halten.«

»Warum? Weil Sie mich umbringen, wenn ich es nicht tue? Das haben Sie doch ohnehin vor.«

»Beschwören Sie es nicht schneller herauf, als es sein muß...« Ins Telefon sagte er dann: »Gut, holen Sie ihn her. Ja, wenn er soweit... Bitte? Sagen Sie ihm, er soll anrufen...« Er sah auf den Apparat, aber da stand keine Nummer. Er sah Weather an.

»Die Chirurgische Abteilung«, sagte Weather. Lucas wollte offenbar nicht verbunden werden. Er wußte, was LaChaise im Sinn hatte.

»Die Chirurgische Abteilung«, wiederholte LaChaise und hängte ein. »Er ist irgendwo zu Fuß unterwegs. Sie holen ihn.«

»Ich muß mich setzen«, sagte Weather und ließ sich in den Sessel hinter dem Schreibtisch fallen.»Hören Sie, Sie müssen mich jetzt entweder erschießen oder mir zuhören, und ich glaube, Sie hören mir besser zu. Mein Freund Davenport wird in wenigen Minuten hier sein, und wenn Sie mich umbringen, bringt er Sie auch um. Vergessen Sie alle Gesetze und Vorschriften: Er wird Sie töten.«

»Wie er meine Altc und meine Schwester getötet hat.«

Sie nickte. »Ja. Er hat ihnen die Falle gestellt. Ich habe mit ihm darüber geredet, weil ich es nicht glauben konnte. Es hat uns eine Menge Probleme gemacht. Aber wenn er glaubt, er ist im Recht, dann gibt es für ihn kein Zurück. Und wenn Sie mich töten...« Sie zuckte mit den Schultern. »Das ist dann das Ende für uns beide. Sie kommen hier nicht mehr auf den eigenen Füßen heraus.«

Er sah sie an, und sie merkte, daß sie noch immer den anderen Handschuh anhatte. Sie zog ihn langsam von den Fingern und beobachtete seinen Blick.

»Weder in Wisconsin noch in Minnesota gibt es die Todesstrafe. Ihnen ist schon mal ein Ausbruch gelungen. Wahrscheinlich müßten Sie eine Weile warten, aber es gibt die Chance, wieder freizukommen. Auf die eine oder andere Weise.«

»Blödsinn. Sie legen mich um.«

»Nein, das werden sie nicht. Nicht, wenn Sie eine Weile abwarten. Sie haben alle möglichen Vorschriften. Und wenn man Ihre Verhaftung erst einmal im Fernsehen gezeigt hat, können sie Sie nicht einfach wegschleppen und irgendwo erschießen. Wenn Sie erst einmal ordnungsgemäß verhaftet sind, sind Sie in Sicherheit. Mein Mann, mein Freund...«

»Ist er Ihr Mann oder Ihr Freund?«

»Wir wollen in ein paar Monaten heiraten. Wir leben zusammen... Wenn Sie einen Deal mit ihm machen, wird er Sie nicht töten. Aber wenn Sie mich erschießen, können Sie jeden Handel abschließen, den Sie wollen – und wenn Sie ihn mit dem Präsidenten machen –, er wird sie auf jeden Fall töten.«

Er grinste und sagte: »Ja, ein harter Bursche.« Aber er dachte an Martin, der jetzt vielleicht schon tot war und irgendwo draußen im Schnee immer kälter wurde, und er sagte: »Sie würden mich in das schwärzeste Loch stecken, das sie finden.«

»Eine Zeitlang vielleicht«, gab sie zu. »Aber dann bekommen sie mit einem noch größeren und schmutzigeren Fall zu tun, und sie fangen an, Sie zu vergessen, und Sie kriegen ein bißchen mehr Luft. Dann haben Sie Ihre Chance. Wenn Sie jetzt sterben... das war's dann. Keine Gerichtsverhandlung, kein Fernsehen, keine Interviews, nichts.«

»Ach, scheiß drauf«, sagte LaChaise. »Hören wir uns mal an, was Ihr Alter zu sagen hat.«

Weather holte tief Luft. Ein Anfang war gemacht. »Sie bluten«, sagte sie. »Wir könnten uns eine Erste-Hilfe-Ausrüstung besorgen.«

Kapitel 29

Der Fahrer des Streifenwagens hatte den Gashebel voll durchgedrückt. Sein Partner neben ihm sah den Zusammenstoß schon kommen und brüllte: »Langsamer!« Sie schlitterten um die erste Ecke, kamen fast von der Straße ab, waren dann aber auf der Washington und rasten in Richtung Universitätskrankenhaus.

Die Zentrale meldete sich wieder: »Wir wissen nichts Genaues, aber sie ist noch am Leben. Er ist mit ihr oben in der dritten Etage, in der Chirurgie. Moment mal, Moment, er meldet sich über die 911, er will mit Ihnen sprechen...«

»Nein«, schrie Lucas. »Ich will nicht mit ihm reden. Er will, daß ich mir anhöre, wie er sie erschießt. Sagen Sie, Sie versuchen noch, mich zu erreichen.«

»Verstanden.«

Er umklammerte sein Funkgerät, während sie weiterrasten. Wieder die Zentrale: »Sie haben nach einer Nummer bei der U.S.-West-Telefongesellschaft gefragt.«

»Ja, stimmt.« Das hatte er fast vergessen. Er zog schnell das Handy aus der Tasche und wählte die Nummer, die ihm die Zentrale durchgab.

Am anderen Ende meldete sich sofort jemand. »Johnson.«

»Hier ist Lucas Davenport. Man sagte mir, ich soll Sie anrufen. Sie können mir sagen, welche Nummern über dieses Telefon angewählt wurden?«

»Ja. Wir haben die Mobiltelefonnummer schon notiert, gehen jetzt die Aufzeichnungen durch, checken die Eintragungen und melden uns dann wieder. Sie können auflegen.«

»Machen Sie schnell«, sagte Lucas. »So schnell wie möglich.«

»Es dauert ein paar Minuten.«

»Egal. Rufen sie mich auf der Nummer zurück«, sagte Lucas. Er schaltete ab, griff nach dem Funkgerät und sagte: »Was ist inzwischen passiert?« Der Cop auf dem Beifahrersitz hob zum Schutz vor einem entgegenkommenden Fahrzeug die Hände vor sein Gesicht, aber der Fahrer schleuderte nach links und nahm die Abfahrt zur Brücke.

Die Zentrale: »Er ist noch im Operationssaal. Ein anderer Arzt ist rein und wieder raus. Zwei Streifenwagen sind schon da, ein Überfallkommando kommt in der nächsten Minute. Hören Sie, die Chefin möchte mit Ihnen reden...«

»Der Empfang ist so schlecht...«, sagte Lucas. »Ich melde mich wieder.«

Er schaltete sein Funkgerät aus und sagte nach vorne: »Laßt die Finger vom Funkgerät, Kollegen.«

»Wieso?« fragte der blasse Cop auf dem Beifahrersitz.

»Weil die Roux mich von der Geschichte hier abziehen will, und das geht nicht.«

Sie rasten auf der anderen Seite des Flusses mit Blaulicht den Hügel hinauf, bogen ab, und dann ging es die Harvard hinunter zum Haupteingang des Krankenhauses. Sie hielten an, und Lucas sagte: »Entriegelt die Tür.« Sie taten es, und er kletterte zusammen mit den Cops hinaus und sagte zum Fahrer: »Ich stehe mächtig in Ihrer Schuld.« Sie rannten in das Gebäude.

In der Lobby erwartete sie ein halbes Dutzend Wachleute. Lucas hielt ihnen seinen Ausweis hin und sagte: »Wie sieht's aus?«

»Sie haben den Operationssaal verlassen und sind jetzt in einem Büro.«

»Sind Cops oben?«

»Ja, aber sie können nicht durch die Tür sehen.«

»Gehen wir hinauf«, sagte Lucas. Er hatte Weather ein paarmal beim Operieren zugesehen, weil er etwas von ihrem Leben erfahren wollte. Er kannte den OP-Bereich und die meisten dazugehörenden Büros und Umkleideräume. Sie fuhren mit dem Aufzug nach oben. Als sie ausstiegen, nahmen zwei uniformierte Cops sie in Empfang. Sie waren erleichtert, als sie Lucas sahen.

»Er ist da hinten, Chief. Er hat sie mit in ein Büro am Ende des Ganges genommen und fragt nach Ihnen«, sagte einer der Cops.

»Haben Sie Telefonverbindung mit ihm?«

»Ja, aber er sagt, wir sollen nicht anrufen, bis Sie dran sind.«

»In Ordnung.« Er wandte sich an den Wachmann. »Ich brauche einen genauen Grundrißplan und alle Ärzte und Schwestern, die hier arbeiten.«

»Wollen Sie ihn anrufen?« fragte einer der Cops.

»Noch nicht«, sagte Lucas. »Und ich möchte nicht, daß ihm einer einen Hinweis auf meine Anwesenheit gibt. Wir müssen strategisch vorgehen.«

Weather nahm erneut den Kampf mit LaChaise auf. Sie war in ihrem Sessel hinter dem Schreibtisch vorgerollt und sagte jetzt: »Ich hoffe, mit Betty geht alles gut. Ich wünschte, Sie wären eine halbe Stunde später gekommen.«

LaChaise stand an der Tür, hielt sie einen Spalt geöffnet und spähte den Gang hinunter zur Schwingtür. Wenn Davenport käme, würde er direkt an der Tür um die Ecke kommen – Schußentfernung zehn, zwölf Meter. Doch mit einem Ohr hörte er Weather zu und sagte: »So?«

»Sie ist ein Bauernkind«, sagte Weather. »Wenn sie diesen Daumen verliert, steht ihr einiges bevor. Ich kann mir nicht vorstellen, wie man auf einer Farm arbeiten kann ohne den rechten Daumen. Ich weiß nur, ich könnte es nicht.«

»Was wissen Sie denn über Farmarbeit?« höhnte LaChaise und sah ihr jetzt direkt ins Gesicht.

»Ich bin im Norden von Wisconsin aufgewachsen – ich bin ein Mädchen vom Land«, sagte Weather. *Wie Ihre Frau und Ihre Schwester,* sagte sie nicht. »Andere Ärzte fangen damit an, daß sie Frösche oder ähnliches aufschneiden. Bei mir war es so, daß ich 25er Johnson-Motoren auseinandergenommen und wieder zusammengesetzt habe.«

»Ich hatte auch einmal einen 25er Johnson-Außenborder«, sagte LaChaise. »Teufel auch, ich glaube, jeder, der da oben im Norden ein Boot hatte, hatte einen.«

»So ungefähr«, stimmte sie zu. »Mein alter Herr...«

Sie machte weiter, redete von ihrer Familie. Sie brachte LaChaise soweit, daß er über Colfax redete und den Tainter Lake, und sie erzählte ihm von ihren Skiausflügen in die Berge. Es stellte sich heraus, daß sie beide die gleichen Bars in Hurley kannten. »Aus Hayward über Hurley in die Hölle«, sagte sie.

Er lachte auf. Mit zuckenden Mundwinkeln sagte er: »Wie wahr.«

»Sind Sie schwer verletzt?« fragte sie.

»Meine Beine haben was abgekriegt: In dem anderen Krankenhaus hat mich ein Cop mit der Schrotflinte erwischt.«

»Soll ich mal nachsehen?«

»Nein.«

Sie wollte nachhaken, da klingelte das Telefon. »Das ist er«, sagte LaChaise. Sein Blick schoß zu ihr herüber.

Noch nicht, dachte sie. *Bitte, noch nicht. Sie hatte ihn fast soweit...*

»Denken Sie dran, es dreht sich um Martin«, sagte Lucas zu dem Cop.

»Ja, sicher.«

Er wählte, und LaChaise hob ab.

»Chief Davenport ist auf dem Weg hierher. Er hat Ihren Freund Martin in der Ambulanz begleitet.«

»Martin ist am Leben?«

»Ja, aber er ist verletzt«, sagte der Cop. »Er wurde am Bein getroffen und hat sich ergeben. Er kommt durch.«

»Martin?« LaChaises Stimme klang fragend. »Sie wollen mich linken.«

»Haben Sie ein Radio oder einen Fernseher? Sie bringen ihn ins Krankenhaus.«

»Ich habe hier keinen Fernseher«, sagte LaChaise und sah sich im Büro um. »Was ist mit Sandy?«

»Mit wem?«

»Sandy Darling. Sie war bei uns.«

»Ach, ja. Ich nehme an, sie haben sie noch nicht gefunden«, sagte der Cop. »Wie dem auch sei, Chief Davenport möchte, daß Sie wissen, er kommt her. In fünf Minuten ist er da.«

»Rufen Sie erst wieder an, wenn er eingetroffen ist«, sagte LaChaise.

LaChaise wandte sich an Weather. »Sie sagen, Martin hat aufgegeben.«

»Gut.«

»Ich glaube ihnen nicht.«

»Man kann nicht voraussagen, wie ein Mensch sich verhält, wenn er schwer verletzt ist. Ich habe die seltsamsten Geständnisse gehört, als ich in der Notaufnahme Dienst tat. Ein Mensch denkt, er stirbt in den nächsten Minuten…, und etwas verändert sich in ihm«, sagte Weather. Sie sah auf seine Waffe. »Es wäre schön, wenn Sie nicht dauernd auf mich zielen würden. Ich habe nicht vor, Sie zusammenzuschlagen.«

Er schwenkte den Lauf der Waffe, aber nur ein bißchen. »Das ist nett von Ihnen«, sagte sie und dachte: *Vielleicht.*

Zum Sturmkommando gehörte ein junger blonder Mann aus Iowa mit einem Sako-Classic-Gewehr, Kaliber .243, mit einem großen schwarzen Leupold-Zielfernrohr. Lucas ließ die Mediziner stehen, die an einem Grundriß zeichneten, und ging zu ihm. »Wie gut sind Sie?« fragte er.

»Sehr gut«, sagte der andere.

»Schon mal jemanden erschossen?«

»Das nicht, aber ich habe kein Problem damit«, sagte der Cop aus Iowa, und der ausdruckslose Blick seiner blauen Augen signalisierte, daß er die Wahrheit sagte.

»Sie werden aus nicht mal zwanzig Metern Entfernung schießen, nah genug.«

»Bei zwanzig Metern komme ich auf weniger als sechs Millimeter Abweichung.«

»Ganz sicher?«

Der junge Mann nickte. »Absolut.«

»Wir müssen ihn ablenken. Wahrscheinlich richtet er eine Waffe auf Weather oder mich.«

»Ich habe ein lichtstarkes Weitwinkelobjektiv. Damit kann ich seine Bewegungen verfolgen. Wenn er ihr die Waffe direkt an den Kopf hält und den Hahn noch nicht gespannt hat, kriege ich ihn, und Ihre Frau ist okay. Hat er ihn schon gespannt, sieht es weniger gut aus und die Sache steht vielleicht fifty-fifty. Wenn er ihr die Waffe an den Kopf hält und Sie ihn dazu bringen, sie wegzuziehen, dann kann ich das verfolgen, und ich habe ihn. Sie müssen ihn nur dazu bringen, sie für gerade mal eine Sekunde und bloß zwei Zentimeter wegzuziehen.«

»Er darf keinen Moment Zeit bekommen, wieder die Initiative zu ergreifen – nicht eine Tausendstel Sekunde.«

Der junge Mann schüttelte den Kopf. »Ich verwende Nosler-Patronen, die besonders stark aufpilzen – ich will vermeiden, daß so ein Geschoß gleich durchschlägt und als Querschläger durch die Gegend fliegt. Es gibt seine gesamte Energie also in seinem Schädelinneren ab. Treffe ich ihn irgendwo im Gesicht – und das werde ich –, ist er weg, wie ausgeknipst. Ganz schnell.«

Lucas sah ihn noch einmal mit einem intensiven Blick an und sagte: »Ich hoffe, es gelingt Ihnen.«

»Kein Problem«, sagte der junge Mann und streichelte sein Gewehr, als wäre es die Wange seiner Freundin.

Lucas nickte und wandte sich wieder den Medizinern und ihrer Grundrißskizze zu. Im Grunde bestand die Chirurgische Abteilung aus einem langen Flur mit einer Doppelschwingtür in der Mitte, die den Operationsbereich von der Station trennte. Er würde den Scharfschützen am Ende des Flurs Position beziehen lassen, selbst die Tür aufmachen und mit LaChaise reden, der sich am anderen Ende des Flurs in einem der Büros festgesetzt hatte.

»Das Gewehr kommt auf ein Rolltischchen«, sagte Lucas. »Wir brauchen auch einen Bürostuhl... Und dann rufe ich ihn an und gehe durch die Tür... Bleibt sie dann offenstehen?«

»Sie müssen sie weit aufstoßen und einrasten lassen«, sagte einer der Ärzte.

»Lucas, die Chefin...«, sagte ein Cop.

»Sagen Sie ihr, sie soll später noch einmal anrufen«, sagte Lucas. Er sah sich nach dem Scharfschützen um und sagte: »Auf geht's.«

»... Die Leute verstehen das nicht«, sagte LaChaise. »Sie verstehen nicht, wie die Landbevölkerung von den Regierungen ausgenutzt und ausgenommen wird. Mein Gott, dabei will man doch nur ganz normal weiterkommen...«

Weather amüsierte sich insgeheim über ihre Reaktion auf den Kerl: Irgendwie gefiel er ihr. Er gab sich so wie ein halbes Dutzend ehemaliger Schulkameraden damals in Wisconsin auch, junge Leute, die nicht viel Beschäftigung fanden, wenn sie zu Hause blieben. Man erlebte mit, wie sie versuchten, sich mit Teilzeitjobs in den Ferienzentren durchzuschlagen, draußen in den Wäldern, als Fremdenführer und so weiter... Arbeiten wollten sie, aber ohne viel Hoffnung und voller Furcht vor den Städten.

So einer war auch LaChaise, aber er hatte einen dunkleren und schmutzigeren Weg genommen. Er hatte seinen Vater gehaßt und die Mutter nicht besonders gemocht. Seine jüngere Schwester hatte er dafür in den Himmel gehoben und sogar seine Frau.

»Aber was Sie von Candy sagen, hört sich auch nach großer Unruhe an«, sagte Weather. »Manchmal wollen die Menschen einfach zuviel.«

»Ja, das glaube ich auch. Aber sie war so verdammt voller Leben...«

Lucas ließ sich drei Stapel OP-Kittel und -Hosen kommen, alle grün und frisch gewaschen. Der Scharfschütze zog seine Jacke aus, einen Kittel über und wickelte sich eine Hose um den Kopf. Einen Stapel plazierten sie auf dem stählernen Instrumententisch. Der Scharfschütze nahm hinter dem Tisch in einem Bürostuhl Platz, legte sein Gewehr auf den Stapel und deckte es zu. Die beiden anderen Stapel legten sie rechts und links davon auf den Tisch.

Lucas ging durch den Gang zur Schwingtür und sah sich um. Er konnte zwar das Glas des Zielfernrohrs und den Gewehrlauf erkennen, aber nicht, was sie wirklich bedeuteten. Worum es sich dabei handelte, konnte er nicht genau sagen, und LaChaise würde noch einmal so weit weg sein. Der Scharfschütze mit seinem grünen Turban um den Kopf war von dem, was auf dem Tisch lag, nicht zu unterscheiden.

»Gut«, sagte Lucas und eilte zurück. »Wenn wir da noch etwas drauflegen könnten...« Er nahm einen Kittel und legte ihn über den Gewehrlauf.

Lucas ging zusammen mit einem Mann vom Sturmkommando noch einmal den Gang bis zur Tür hinunter. Sie sahen sich um. Der andere Cop sagte: »Da macht man sich ja fast in die Hose.«

»Mir geht's genauso«, sagte Lucas. Er nickte in Richtung des Scharfschützen. »Können Sie ihn sehen?«

»Ich sehe ihn nur, weil ich weiß, daß er da ist. LaChaise... nein, der hat keine Chance.«

Lucas ging zurück. »In Ordnung«, sagte er zu dem Mann aus Iowa. »Ich hoffe bei Gott, daß Sie mir keinen Bären aufgebunden haben.«

»Wollen Sie eine verdammte Probe von der Show?« sagte der junge Mann. »Dann gehen Sie da rechts an die Wand. Und die Kugel zischt direkt an Ihrem Ohr vorbei.«

Wieder läutete das Telefon, und LaChaise stand auf und beugte sich vor, um abzuheben. Der Schmerz fuhr ihm durch sein Bein, und er stöhnte. Fast wäre er gestolpert, aber er fing sich und nahm den Hörer ab.

»Ich bin hier auf dem Flur«, sagte Lucas. »Schauen Sie hinaus, dann drücke ich die Schwingtür auf, und Sie sehen mich.«

So nah war er? LaChaise hielt sein Auge an den Türspalt und sah zur Schwingtür. »Lassen Sie sich sehen.«

Der eine Türflügel ging auf, erst langsam, dann mit einem Ruck, damit er an der Wand einschnappte. Er blieb offenstehen. Lucas spähte nach LaChaise.

»In Ordnung, da bin ich«, sagte Lucas. »Wir haben eine Menge zu bereden.«

»Sie haben meine gottverdammte Frau und meine Schwester umgebracht«, sagte LaChaise. »Und ich sage dazu: Auge um Auge.«

»Als man ihre Schwester tötete, feuerte sie mit einer Waffe auf uns«, sagte Lucas. »Sie ist schießend zu Boden gegangen. Wir haben sie nicht einfach abgeknallt. Wir haben ihr noch die Chance gelassen aufzugeben.«

»Quatsch. Alle sagen, es war in einer Sekunde erledigt. Ich habe es im Fernsehen gesehen ...«

»Für eine Schießerei braucht man nicht lange«, sagte Lucas. »Egal. Und was geschieht jetzt hier?«

»Na ja, wir haben schon darüber geredet, Ihre Alte und ich«, sagte LaChaise.

Der Scharfschütze spürte, wie ihm der Schweiß auf die Stirn trat. Durch das Zielfernrohr sah er den Spalt in der Tür und sogar von Zeit zu Zeit LaChaises Auge. Er überlegte, ob er gleich schießen sollte, aber er wußte nichts über Weathers Lage. Er hatte Lehrfilme gesehen, wo die Waffe des Verbrechers mit Klebstreifen am Kopf der Geisel festgemacht war und der Verbrecher den Hahn mit dem Daumen gespannt hielt. Traf man den Verbrecher, löste sich der Daumen, der Hahn schlug auf, und die Geisel war tot.

Noch war es nicht soweit. Noch nicht. Er zog das Auge ein Stückchen vom Zielfernrohr zurück. Es sollte nicht beschlagen.

»Ich habe keine Lust mehr, per Telefon mit Ihnen zu reden«, sagte Lucas. »Reden wir Auge in Auge. Ich will sehen, ob Weather okay ist und was Sie mit ihr gemacht haben...«

»Ich habe noch gar nichts mit ihr gemacht«, knurrte LaChaise.

»Ich mache jetzt den anderen Flügel auf. Ich habe keinerlei Deckung. Meine Waffe behalte ich in der Hand. Wenn Sie auf sie schießen, sind Sie ein toter Mann. Aber kommen Sie raus – und reden Sie mit mir.«

Lucas stieß den anderen Flügel auf und stand mitten im Flur: Die Waffe hielt er seitlich, das Telefon hatte er noch am Ohr.

»Das ist doch irgendein Trick«, rief LaChaise durch den Flur.

»Nein. Wir versuchen nur, alle lebend hier rauszubringen«, sagte Lucas. »Ihr Freund Martin würde Ihnen wahrscheinlich raten aufzugeben. Er hat noch im Liegen auf uns geschossen, aber er schien reichlich froh zu sein, daß er auf dem Weg ins Krankenhaus noch lebte.«

»Sie schwören, daß das wahr ist – von Mann zu Mann?« sagte LaChaise.

»Ja, das tue ich«, sagte Lucas. »Jetzt zeigen Sie mir Ihr Gesicht.«

LaChaise schwieg einen Augenblick und sagte dann: »Wir kommen raus, um zu reden. Ihre Alte geht vor mir, und die Pistole habe ich direkt an ihrem Kopf. Wenn irgendwer mich zu bescheißen versucht...«

»Niemand versucht das«, sagte Lucas.

LaChaise sah Weather an. »Er ist tatsächlich ein zäher Bursche«, sagte er. »Gehen wir vor die Tür. Sie bleiben direkt vor mir.«

»Tun Sie mir nicht weh«, sagte Weather.

»Schaun wir mal, was passiert. Vielleicht kommen wir ja klar.«

Sie berührte seinen Arm mit den Fingerspitzen. »Sie sollten sich selbst eine Chance geben. Sie sind ein kluger Mensch. Greifen Sie nach ihrer Chance.«

Dann trat sie vor ihn und spürte den kalten Stahl von LaChaises Pistolenlauf auf ihrer Kopfhaut direkt hinter dem Ohr. Hintereinander schoben sie sich durch die Tür. LaChaise sah nervös nach hinten – nur die nackte Wand – und dann nach vorn auf Davenport. Der stand breitbeinig und als dunkler Umriß in der Schwingtür. Seine Waffe hielt er seitlich, und LaChaise dachte wieder: *Cowboys.*

Wenn er hier herauskam – und er dachte jetzt in diese Richtung–, wenn er hier herauskam, würde es lange dauern, bis er mal wieder Cowboy spielen würde.

»Ich bin hier ganz auf mich gestellt«, sagte Davenport. »Und ich flehe Sie an. Weather kümmert sich um kleine Kinder... das ist ihr Beruf. Um Gottes willen, wenn Sie schon jemanden erschießen müssen, nehmen Sie mich. Lassen Sie sie laufen.«

»Sie haben meine Georgie umgebracht...« Doch jetzt war Georgie nur noch ein Handelsobjekt.

»Das wollten wir nicht. Hören Sie zu, um Himmels willen, erschießen Sie sie nicht aus Versehen, ja? Sehen Sie, da ist meine Waffe.«

Weather spürte den Lauf direkt auf dem Knochen hinter ihrem Ohr. Doch daran dachte sie gar nicht. Sie horchte auf den Ton in Lucas' Stimme und dachte: *O nein, irgend etwas geht da vor.* Sie öffnete den Mund und wollte etwas sagen, doch LaChaise meinte hinter ihr: »Dieses eine Mal nehme ich Ihr Wort für bare Münze...«

Ein flehender Ton war jetzt in LaChaises Stimme, und Weather spürte, wie der Druck des Pistolenlaufs hinter ihrem Ohr nachließ. Der Scharfschütze konnte Weather von der Schulter an aufwärts sehen, dazu LaChaises ganzen Kopf und den Pistolenlauf. Er hörte zwar, was LaChaise sagte, schob es aber beiseite. Er konzentrierte sich nur auf den Lauf der Pistole. Er sah, wie er sich bewegte, registrierte die Worte *nehme ich Ihr Wort für bare Münze*, merkte, daß der Lauf sich von Weathers Kopf entfernte, aus ihrem Haar zurückgezogen wurde, und dann gab der Scharfschütze einen winzigen Atemstoß von sich und zog den Abzug...

Die Entfernung betrug genau achtzehneinhalb Meter. Nach zwei Hundertstel Sekunden verließ die Kugel den Lauf mit einem Knall und bohrte sich in LaChaises Kopf, der aufplatzte wie ein mit Blut gefüllter Kürbis.

LaChaise spürte nicht einmal, daß der Tod kam. Da hatte er gestanden, die Pistole zurückgezogen und sogar an ein Leben im Gefängnis gedacht. Und im nächsten Augenblick war er tot, ausgeschaltet, fiel zu Boden.

Weather spürte, wie der Lauf sich bewegte, und lag im nächsten Moment wie besinnungslos auf dem Boden. Irgend etwas breitete sich über ihr aus – Blut, Fleisch, Gehirnmasse. Sie versuchte, auf die Füße zu kommen, glitt aus und versuchte es wieder. Dann war Lucas bei ihr, hob sie auf, und sie fing an zu schreien...

Und stieß ihn weg.

Kapitel 30

Drei Ärzte, Kollegen und Freunde, beugten sich über Weather und versuchten, mit ihr zu reden. Ihr Körper gehorchte ihr nicht mehr, und auch geistig war sie weggetreten. Das Blut, die Knochen und die Gehirnmasse, die über sie hereingeplatzt waren, hatten sie aus der Bahn geworfen. Die Ärzte berieten, ob sie ihr ein Beruhigungsmittel geben sollten.

»Schock«, sagte ein Cop zu Lucas. Die Ärzte hatten Lucas weggestoßen – seine Anwesenheit schien alles noch schlimmer zu machen. »Wir werden sie sauber machen, beruhigen, und dann können Sie wieder nach ihr sehen«, sagten sie.

Er ging zögernd, sah aus der Ferne zu. Rose Marie Roux traf ein, betrachtete die Leiche, unterhielt sich mit dem jungen Mann aus Iowa und ging dann zu Lucas.

»Das wär's also«, sagte sie. »Ist mit Weather alles in Ordnung?«

»Sie hat einen Schock«, sagte Lucas. »Sie ist durchgedreht, als wir LaChaise erschossen haben.«

»Klar, schauen Sie sie sich an«, sagte Roux ruhig. »Sie sieht aus, als hätte sie buchstäblich in Blut gebadet. Ein Blutbad.«

»Ja, nur… ich weiß nicht. Ich glaube, ich habe es richtig gemacht.«

Roux nickte. »Das haben Sie. Haben Sie mit Dewey gesprochen?«

Dewey war der Scharfschütze. Lucas sah zu dem jungen Mann aus Iowa hinüber, der sein Gewehr im linken Arm wiegte wie ein Fasanenjäger seine Schrotflinte. Er unterhielt sich friedlich mit dem Leiter der Sturmtrupps. »Hatte nicht die geringste Chance«, sagte Lucas. »Ich muß mich bei ihm bedanken.«

»Er macht mir richtig angst«, sagte Roux. »Er scheint zu glauben, die ganze Sache war vor allem interessant. Kann es kaum abwarten, bis er es seinen Leuten erzählt hat. Daß er da tatsächlich jemanden getötet hat, scheint ihn überhaupt nicht zu berühren.«

Lucas nickte, zuckte mit den Schultern und drehte sich wieder nach Weather um. »Mein Gott, ich hoffe…« Er schüttelte den Kopf. »Sie reagiert auf mich, als würde sie mich hassen.«

Das Handy in seiner Tasche läutete, und Lucas tastete danach. »Was ist mit der Darling?« fragte Roux.

»Wir haben ein paar Kollegen draußen, die sie im Dome suchen sollen.« Lucas hatte das Telefon herausgekramt – es war sein eigenes. Das andere klingelte noch immer in der Tasche. »O je«, sagte er, als er es hervorwühlte. »Das könnten schlechte Nachrichten sein.«

Er schaltete es ein und meldete sich. »Ja?«

»Hier ist Johnson von der U.S. West.«

»Was haben Sie herausbekommen?«

»Das Telefon ist auf eine Sybil Guhl eingetragen, eine Immobilienmaklerin in den Arden Hills. In den letzten paar Tagen wurden zweiundvierzig Anrufe registriert. Verbindungen mit geschäftlichen und privaten Anschlüssen…«

»Die privaten«, sagte Lucas.

»Einige davon mit einem Daymon Harp in Minneapolis«, sagte Johnson in seinem hektischen Geschäftstonfall. »Dann mit einem Andrew Stadic…«

»O Scheiße«, sagte Lucas.

»Wie bitte?«

»Wie viele Anrufe bei Stadic?«

»Äh... neun. Das ist die am häufigsten angerufene Privatnummer – übrigens auch ein Mobiltelefon.«

»Und sonst?«

Es gab noch ein paar Anrufe, aber die konnten unberücksichtigt bleiben.

Lucas sagte: »Danke«, legte auf und sah Roux an. »Andy Stadic ist es.«

»Verdammt.« Sie fuhr sich mit der Hand über die Augen, als könnte sie die Erkenntnis so wegwischen. »Gleich ein Einsatzkommando zu seinem Haus.«

»Da ist er nicht«, sagte Lucas und war schon auf dem Weg zum Aufzug. Er warf einen letzten Blick auf Weather, die mit gesenktem Kopf auf der Bahre saß. Die Ärzte steckten über ihr die Köpfe zusammen. Er sollte jetzt eigentlich dableiben, aber er mußte gehen. »Stadic leitet die Fahndung nach Sandy Darling.«

Sandy hörte den Trupp Cops hinter sich. Aber sie mußte erst einmal mit jemandem am Telefon sprechen, bevor sie sich stellte. Irgendein Cop – vielleicht einer von denen hinter ihr, vielleicht auch nicht – würde ein Gesicht haben, das zu den Fotos in ihrer Tasche gehörte.

Wenn er hinter ihr war, hatte sie womöglich keine Chance mehr, sich am Telefon zu melden. Sie hörte die Cops und ihre Zurufe und überlegte, ob sie losrennen sollte, um in den Dome zu kommen. Doch die Straße war zu breit und offen, und sie waren zu nah. Sie hatte Spuren hinterlassen, aber das war nicht zu vermeiden gewesen. Jetzt lief sie durch den frischen Schnee auf der Straße in Richtung Dome. Als sie auf dem von den Autos festgefahrenen Schnee war, schwenkte sie nach links.

Nur wenige Meter entfernt stand ein altes Wohnhaus mit vier oder fünf Briefkästen an der Tür, dahinter war eine baufällige Garage. Die Fenster im Haus waren dunkel, doch vor kurzer Zeit mußte jemand weggefahren sein. Von der Garage führten Reifenspuren zur Straße.

Sandy lief eilig zur Auffahrt und auf Zehenspitzen durch die Reifenspur, duckte sich, sah sich um und zog das Garagentor hoch.

Es ließ sich leicht bewegen. Die Garage war leer bis auf drei Mülltonnen und einen Stapel abgefahrener Reifen an der Wand. Sie ließ das Tor wieder herunter, tastete sich durch die Finsternis zu dem Reifenstapel vor und setzte sich.

Sie fühlte sich wie erschlagen, aber jetzt war wieder ein Funken Hoffnung da. Wenn sie nur an ein Telefon käme...

Durch die Wände hörte sie wie aus der Ferne das Rufen der Cops und dann noch mehr Sirenen. Sie saß da und wartete.

Stadic und zwei Cops in Uniform überquerten die Straße zum Metrodome. Eine Rampe führte von der Straße zur Einkaufsebene. Sie stiegen hinauf und bildeten eine Schützenlinie. Auf dem kleinen Parkplatz oben standen vier Wagen. Von der Rampe führten Fußspuren zu den Eingängen im Erdgeschoß des Dome. Ob aber jemand auch die Rampe hinaufgegangen war, ließ sich nicht feststellen.

»Paßt auf euch auf, Jungs«, sagte Stadic zu den anderen. »Davenport könnte recht haben, wenn er sagt, sie sucht Hilfe. Aber er weiß nicht alles. Wenn ihr ihr also begegnet, nehmt euch in acht.«

Die beiden nickten. Sie kamen zur Eingangstür und sahen, daß ein Flügel von einem Plastik-Abfallkorb aufgehalten wurde. »Wetten, daß sie hier rein ist?« grummelte einer der Cops. Sie gingen hinein und traten durch die Drehtür in den kreisförmigen Einkaufsbereich.

Zu sehen war niemand. Gang und Läden waren noch mit Sparbeleuchtung erhellt. Aber irgendwo arbeitete jemand mit einem dem Geräusch nach überdimensionalen Staubsauger. »Ihr geht da lang«, sagte Stadic. »Ruft, wenn ihr was seht. Sie kann überall sein.«

In dem Augenblick sah ein Cop hinter Stadics Schulter eine Bewegung. »Stehenbleiben«, rief er. »Sie da!... Stehenbleiben.«

Stadic wirbelte herum und sah im dämmrigen Licht eine Gestalt. Sie blieb mitten im Gehbereich stehen, und der andere Cop rief laut: »Polizei, stehenbleiben.« Alle drei gingen auf die Gestalt zu. Es war ein Mann, jemand von der Hausaufsicht.

»Was ist passiert?« fragte der Mann. Er hielt ein warmes Schnellgericht in der einen und eine Plastikgabel in der anderen Hand.

»Entschuldigung«, sagte der erste Cop. Er steckte die Pistole wieder ein. »Arbeiten Sie hier?«

»Äh ... ja.«

»Haben Sie hier eine Frau durchlaufen sehen? Die sich versteckt hat?«

»Hab keinen gesehen außer den Leuten da, die den Teppich reinigen«, sagte der Mann.

»Den Teppich?«

»Ja, also, den Astroturf.«

»In Ordnung. Wir suchen nach einer Frau. Wenn Sie eine sehen, lassen Sie es uns wissen. Wir gehen hier alles ab.«

»Was hat sie verbrochen?« fragte der Hausmeister.

»Sie gehört zu den Kerlen, die die Cops umgebracht haben«, sagte Stadic.

»Tatsächlich?« Das war etwas anderes. »Ist sie vielleicht ... bewaffnet?«

»Das wissen wir nicht«, sagte Stadic. »Riskieren Sie nichts. Wenn Sie oder einer Ihrer Leute sie sehen, gehen Sie ans Telefon.« Er zeigte über seine Schulter. An den Wänden waren überall Telefone. Er kritzelte eine Nummer auf eine Visitenkarte. »Rufen Sie diese Nummer an. Sie erreichen mich dann direkt hier drinnen, und wir kommen sofort.«

Der Hausmeister nahm die Karte. »Ich sag es den anderen Jungs. Wir sollen sie nicht festhalten?«

»Nein, kommt ihr nicht nahe«, sagte Stadic. »Wir wissen, daß ihre Schwester einfach aus Spaß Menschen erschossen hat.«

»Eines kann ich machen – ich gehe nach oben und sehe von dort nach unten«, sagte der Hausmeister. »Man kann da raufsteigen und von oben fast alles beobachten.«

»Gut. Rufen Sie dann an«, sagte Stadic. Zu den beiden anderen Cops sagte er: »Ihr geht da entlang und seht euch alle Treppen an, die nach oben und die nach unten. Schaut auch in die Damentoiletten. Auf der anderen Seite treffen wir uns dann wieder.«

»Verstanden.«

»Und ich gehe hinauf«, sagte der Hausmeister.

Alle paar Minuten fuhr ein Auto vorbei, mal schnell, mal langsam. Sonst hörte Sandy nichts, bis auf das leise Rieseln des Schnees. Schließlich stand sie auf und tastete sich wieder zum Tor vor, zog es einen halben Meter hoch, hockte sich hin und spähte hinaus. Niemand. Sie schob es noch etwas höher und ging geduckt hinaus in den Schnee. Sie sah zum Haus hinüber. Die Fenster waren noch dunkel. Dann schaute sie über die Straße zum Dome. Sie könnte an die Haustür klopfen, vielleicht war schon jemand auf und ließ sie telefonieren.

Aber da drüben war ganz bestimmt ein Telefon. Autos fuhren im Moment nicht vorbei.

Sie lief über die Straße und die Rampe hoch. Eine Anzahl Fuß- und Reifenspuren führte hinauf. Sie folgte ihnen und huschte an einer grünen Ausbuchtung in der Mauer vorbei. Es war eine moderne Telefonzelle mit einem an der Seite hängenden Telefonhörer und dem Schild »Notruf 911 kostenlos« – aber sie sah es nicht.

Statt dessen ging sie zum Eingang, öffnete die Tür, ging die paar Schritte weiter zur Drehtür und war im Einkaufsbereich. Zu sehen war niemand, nur am Boden waren einige nasse Fußspuren. Von irgendwoher hörte sie Rockmusik. *Tom Petty*, dachte sie.

Weiter hinten im Gang entdeckte sie ein Schild, das den Weg zu den Toiletten und Telefonen wies. Sie folgte ihm und fand eine ganze Reihe Telefonboxen an der Wand, hob einen Hörer von der Gabel, hörte das Freizeichen und wählte die 911. Die Zentrale meldete sich sofort.

»Hier ist Sandy Darling ...«

»Ms. Darling, wo sind Sie?«

»Ich bin im Metrodome.«

»Okay, wir stellen Sie durch zu Chief Davenport. Er ist schon zu Ihnen unterwegs.«

Kurz darauf waren sie verbunden. »Ms. Darling? Hier ist Lucas Davenport. Der Polizist, der mit LaChaise zusammengearbeitet hat – hieß der nicht Andy Stadic?«

»Ich weiß nicht«, sagte Sandy. »Sie haben es mir nicht gesagt. Sie haben gesagt, wenn ich sie reinreite, hat der Cop schon sein Geld dafür in der Tasche, daß er mich tötet. Ich habe ein paar Fotos von ihm. Die habe ich Dick aus der Tasche gezogen.«

»Okay. In zwei Minuten bin ich bei Ihnen. Wir haben …«

»Moment, ich glaube, Dick ist unterwegs zu dem Krankenhaus, wo Ihre Frau arbeitet. Sie müssen zuerst da hin.«

»Dick LaChaise ist in dem Krankenhaus erschossen worden«, sagte Lucas.

»Er ist tot?«

»Ja.«

»Gott sei Dank …« Das sagte sie eher zu sich selbst, aber Lucas bekam es mit.

»Ich bin gleich da, und noch mehr Polizei ist unterwegs zum Dome«, sagte Lucas. »Stadic ist schon bei Ihnen im Dome. Sorgen Sie also dafür, daß niemand Sie sieht.«

»Er ist im Dome?« Sie hörte Schritte und Stimmen.

»Ja.«

»O Gott«, flüsterte sie. »Da kommt jemand.«

»Laufen Sie«, sagte Lucas. »Laufen Sie und verstecken Sie sich.«

Sandy ließ den Hörer fallen und rannte durch den Gang. Zwei Türen, dann eine Treppe nach unten zum Football-Feld. Vorne sah sie schon eine Sitzreihe der Zuschauertribüne. Sie zog an der ersten Tür, erwartete aber nicht, daß sie offen war. Sie ging auf. Sandy lief die Stufen zu den blauen Plastiksitzen hinunter und dann nach links. Weiter unten bearbeitete ein halbes Dutzend Leute den dunkelgrünen Spannteppich auf dem Spielfeld. Zogen sie ihn stramm? Sie konnte es nicht sagen.

Sie lief sechs Sitzreihen nach unten. Die Leute auf dem Spielfeld bemerkten sie offenbar nicht. Sie schlüpfte in eine Reihe und legte sich auf den Rücken. Um sie zu finden, mußten sie alle Reihen absuchen, und sie selbst mußte nur zwei Minuten gewinnen. Zwei Minuten, hatte Davenport gesagt. Sie hatte den Eindruck, daß sich ganz oben unter dem Dach etwas bewegte. Aber als sie hinaufschaute, war nichts zu sehen.

Keine zwei Minuten mehr, dachte sie.

Stadics Telefon klingelte.

»Hier ist der Aufseher. Wir haben gerade miteinander gesprochen …«

»Ja, ja.«

»Sie versteckt sich unten in der dritten Reihe, linker Block, auf Höhe der Torstangen.«

Er hatte sie. »Welche Seite?«

»Links, habe ich gesagt.«

»Und wo ist links?« knurrte Stadic. Rechts, links, von wo aus sah er denn hin?

»Äh, ja, ich verstehe. Also, das ist nicht da, wo sie gerade an dem Teppich arbeiten, sondern gegenüber.«

»Gehen Sie noch mal nach unten und sehen Sie nach, ob sie sich bewegt«, sagte Stadic, schaltete sein Telefon ab und rannte los Wenn er sie nur kriegte. Wenn er Davenport nur das Handy abnehmen könnte. Mein Gott, wenn LaChaise Davenports Alte in seiner Gewalt hatte, könnte es sein, daß sie den ganzen Tag dort festsaßen. Wenn er das Mädchen kriegte, war es noch nicht zu spät für ihn.

Stadic war jetzt am Ende des Einkaufsbereichs und sah einige Leute ziellos herumrennen. Einer rief: »Sandra Darling, Sandra Darling, wo sind Sie?«

Wer war das? Davenport konnte das nicht sein...

Er sprang auf der linken Seite die Stufen zu den Sitzreihen hinunter. Bei der Hälfte hielt er an, schwenkte in die dritte und lief los. Die Dreißig-Yard-Linie, die Zwanzig-, die Zehn-, aber noch immer ein Stück.

Auf einer Treppe tauchte ein uniformierter Cop auf, sah ihn und schrie: »Andy Stadic. Stadic. Stehenbleiben, Andy.«

Sie hatten ihn.

Kein Zweifel. Aber er lief weiter, war jetzt fast bei der Frau angekommen. Er konnte es trotzdem noch tun. Er könnte sagen, sie hätte nicht gehört, er hätte sie festnehmen wollen. Er hatte die .380er in der Tasche, mußte sie nur neben ihr fallen lassen. Wenn sie sie mit der Pistole fänden...

Sandy hörte die Cops rufen und jemanden zu den Sitzreihen heruntertrampeln. Sie spähte in die Richtung: Der Mann von den Fotos war noch dreißig Meter von ihr entfernt und kam auf sie zugerannt. Er *wußte*, wo sie war. Sie kroch zur Treppe, kletterte auf Händen und Füßen nach oben, schürfte sich die Haut auf.

»Sandy Darling, halt«, schrie Stadic. Er hob die Schrotflinte, zielte auf ihren Kopf und zog den Abzug. Der Schuß hallte durch das Stadion, und er sah sie niedersinken. War sie schon vorher weggetaucht, bevor er geschossen hatte? Hatte er sie getroffen?

Jemand rief etwas, und er drehte sich benommen um. Ein Cop feuerte aus seiner Pistole auf ihn. Der Sitz hinter ihm splitterte.

Dann sah er die Frau. Sie krabbelte auf allen vieren und verschwand in einem Treppenschacht. Er lief ihr nach, und jemand gab wieder einen Schuß auf ihn ab. Aber Stadic war das jetzt egal.

Die Frau, dachte er. Wenn er nur die Frau kriegte. An das Telefon dachte er nicht mehr. Er dachte nur an die schmale Gestalt, die da im Schacht verschwand.

Dort war sein Problem. *Die Frau*.

Davenport tauchte hinter ihm auf, drohend, mit zerwühltem Haar, als hätte jemand es absichtlich in Unordnung gebracht. Der lange Mantel schlug ihm um die Beine. Er hatte das Stadion noch nicht halb umrundet. Mit der Pistole in der Hand rief er: »Stadic, gottverdammt ...«

Doch Andy Stadic, der zu viele Tage ohne Schlaf gewesen war und jetzt nur noch zwei Zentimeter von seinem Ziel entfernt – Stadic war wie weggetreten. Er mußte die Frau finden. Er riß die Schrotflinte gegen Davenport hoch, zog den Abzug einmal, zweimal, drei-, viermal, und dann war sie leergeschossen. Lucas ließ sich fallen, und die Ladungen schlugen harmlos gegen die Sitze zwanzig Meter hinter ihm. Nicht einmal knapp verfehlt. Die Cops weiter oben feuerten noch dreimal, trafen aber nicht

Stadic ignorierte sie, warf die Flinte weg, zog seine Pistole, eine Glock Neunmillimeter, und lief die Treppe hinauf und hinter der Frau her.

Er stieß auf Blut.

Erst eine Schmierspur an der Betonwand, dann ein Tropfen am Boden. Er hatte sie getroffen. Er folgte der Blutspur um die Ecke und weiter hinauf. Dort war sie in die nächste Reihe gekrochen. Jemand schrie ihm nach: »Stadic, Stadic ...«

Das war nicht Davenport, sondern ein anderer Cop.

Er war jetzt so nah dran.

Sandy war verletzt. Woher die Verletzungen stammten, wußte sie nicht genau. Es konnten Schrotkugeln sein, aber auch Splitter von den Plastikstühlen. Jedenfalls blutete sie rechts an Hüfte, Oberschenkel und Wade. Vielleicht hatte auch die Rückseite etwas abbekommen, es tat weh, ein Schmerz wie bei einer Schnittwunde.

Sie kam auf die zweite Ebene, sah links eine Reporterkabine. *Versteck dich*. Sie lief zur Kabine. Die Tür war verschlossen. Sie stieg die Stufen wieder hinunter. Vielleicht sollte sie sich noch einmal zwischen den Sitzreihen verstecken – da sah sie, daß das Fenster zur Kabine offenstand. Sie stieg auf eine Sitzlehne und zog sich hinauf.

Es war keine Reporterkabine, sondern ein Kameraunterstand. Bis auf den Fuß für die Kamera war sie leer. Sie kroch unter das Fenster und hörte die Cops draußen im Stadion rufen.

Stadics Gedanken kreisten nur um eines: *Krieg die Frau. Verdammter Davenport. Krieg die Frau so schnell wie möglich...*

Er rannte die Stufen hinauf, hielt an, sah nach der Blutspur, hörte die Cops hinter sich rufen: »Wo ist er hin? Rauf zur verdammten Einkaufsebene... Ich glaube, er ist oben.«

Da war mehr Blut. Führte nach oben.

Er folgte, steckte den Kopf aus dem Treppenschacht, und ein Cop rief: »Da ist er. Er ist oben.«

Lucas rannte eine Treppe hinauf, blieb oben stehen, sah sich um. Stadic war im nächsten Schacht mit einer Pistole in der Hand. Lucas schob den Kopf um die Ecke und schrie: »Andy. Geben Sie auf, Mann.«

»Leck mich, Davenport«, fuhr Stadic herum und schoß. »Du hast diesen Scheiß angerichtet.«

»Er ist weg«, rief jemand. »Wieder nach unten.«

Stadic sprang zurück auf die Treppe, blieb einen Moment in Deckung, tauchte dann wieder auf: Und jetzt hatte er ihn. Lucas hatte die anderen Cops gehört, war aus seinem Schacht ins Freie gestiegen und rannte jetzt in seiner Richtung durch die Sitzreihen. Stadic hatte die Pistole im Anschlag. Lucas hielt seine Waffe seitlich, balancierte so seinen Lauf durch die zu enge Reihe aus. Stadic feuerte, und Davenport fiel nach vorn zwischen die Sitze.

Als Sandy Lucas' Stimme hörte, steckte sie den Kopf aus dem Fenster und spähte. Stadic war sechs Meter entfernt, Davenport hinter ihm. Sie erkannte ihn, weil sie ihn im Fernsehen gesehen hatte – dieser seltsame Effekt, wenn man sah, daß hinter dem Bild im Fernsehen ein lebendiger Mensch steckte. Dann schoß Stadic, und Davenport stürzte über die Sitze zu Boden.

Sandy blickte in Panik um sich, sah den Kameraunterbau. Der Aufsatz für die Kamera war an einem Metallzylinder befestigt, der aus einem schweren eisernen Fuß ragte. Fixiert war er mit zwei Rohrschellen und Flügelschrauben. Sie lockerte die Schrauben und zog das Zylinderrohr aus dem Fuß. Das Rohr war aus Chrom, Durchmesser etwa vier Zentimeter, und einen Meter zwanzig lang. Sie packte es wie einen Baseballschläger und wog es in der Hand.

Stadic erstarrte nach seinem Schuß auf Davenport. Er war wie betäubt. Mein Gott, er hatte gerade einen Polizisten erschossen. Eine Sekunde lang starrte er auf seine Pistole... Vielleicht konnte er sagen, Davenport sei es gewesen, er habe ihn reingelegt.

Mit glasigem Blick wandte er sich wieder der Spur zu, die die Frau hinterlassen hatte. Eine Blutspur...

Lucas' Kopf schlug gegen einen der blauen Plastiksitze, als er seitlich über die Lehne flog. Die Kugel hatte ihn verfehlt – er hatte keine Zeit, darüber nachzudenken, aber er war heil geblieben, etwas schwindlig, wußte nicht genau, wo er war, versuchte, auf die Füße zu kommen...

Die Blutspur führte zur Tür einer TV-Kabine, dann seitlich zum Fenster.

»Andy, Andy...« Die uniformierten Cops waren noch die halbe Stadionlänge von ihm entfernt und schossen. Stadic sah zum Fenster hinauf, stieg auf eine Sitzlehne, zog sie hoch. Eine Kugel streifte seine Jacke, eine andere seinen Hals. Er fiel wieder hinunter.

»Andy...«

War das Davenport? Er fuhr hoch, die Pistole in der Hand, sah Lucas, feuerte schnell, sah Lucas sich ducken und zu Boden gehen.

Er sah nach oben. Himmel, das Fenster war direkt über ihm. Da, Blut an seiner Hand, seinem Hals, überall Blut, feucht und glitschig...

Er sprang direkt an der Kabine hoch, griff nach der Fensterkante, zog sich hoch und hörte die Cops rufen: »Andy, Andy.« Das klang geradezu wie Anfeuerungsrufe von Footballfans, und Andy Stadic war ihr Star.

Er zog sich mit glitschigen Händen hoch...

Über ihm stand Sandy und schaute auf ihn herab.

Sandy hörte ihn die Kabinenwand heraufklettern, sah seine Hand auf der Fensterkante und wie er wieder hinunterfiel. Noch ein paar Schüsse waren zu hören, und dann war er wieder oben, ein runder Kopf, wie ein Gorilla kam er angeklettert, King Kong.

Zu Hause war es immer Sandy gewesen, die das Holz für den Ofen gehackt hatte, und sie hatte es gern getan, hatte gern ihre Muskeln betätigt.

Und jetzt war hier dieser blutverschmierte Mann, der kam, um sie zu töten. Ein Mann, den sie nicht kannte und der mit einer Pistole in der Hand die Kabinenwand hochkletterte...

Sie holte mit voller Wucht aus, schlug zu und dachte an alles, was sie erlitten hatte, von Elmores Tod über die Schläge, die sie von Martin und LaChaise bekommen hatte, und an die Angst, die sie auf dem Fenstersims überkommen hatte, bis hin zu all dem Blut, das geflossen war. Sie schlug zu, als hätte sie eine Axt in der Hand, um Holz zu spalten. Stadic sah hoch. Sah den Schlag kommen. *Er brauchte nur loszulassen,* dachte er. Dazu war Zeit genug.

Lucas war wieder auf den Knien, zielte und dachte: *Die Weste. Er trägt eine Weste...*

Kimme und Korn zeigten genau auf Stadics Nacken, genau in dem Augenblick, als Stadics Kopf über der Unterkante des Fensters war und Sandy drohend über ihm stand. Mit einem Ruck riß Lucas den Lauf seiner Waffe nach oben, weil er fürchtete, sie könnte losgehen und die Falsche treffen...

Er sah das Metallrohr herabsausen.
Hörte das Krachen.
Sah Stadic fallen wie einen nassen Lumpen.

Im Stadion war kein Ton mehr zu hören. Alles war wie erstarrt: die Arbeiter, die herumrennenden Cops. Lucas. Sandy. Stadic lag mit dem Gesicht nach unten zwischen den blauen Sitzen.

Es dauerte lange, bis der nächste Herzschlag wieder ein- und die Welt sich in Bewegung setzte. »Sie können herunterkommen«, sagte Lucas zu Sandy, während die übrigen Cops von allen Seiten angelaufen kamen. »Ihnen kann nichts mehr passieren.«

Kapitel 31

Sandy Darling lag in einem Krankenhausbett. Sie war müde, erschöpft, aber nicht ernstlich verletzt. Ihr größtes Problem war der linke Fuß, der an das Bettgestell gefesselt war. Sie konnte sich aufsetzen und bewegen, aber sie konnte sich nicht auf die andere Seite rollen. Das schlichte Vorhandensein der Fußfessel löste in ihr den fast unkontrollierbaren Wunsch aus, sich umzudrehen, und dazu ein ziemlich ausgeprägtes Gefühl von Klaustrophobie, wenn sich dies dann nicht bewerkstelligen ließ.

Sie hatte mit einem Anwalt geredet. Seiner Ansicht nach könnte der Bezirksstaatsanwalt von Hennepin County vielleicht Anklage gegen sie erheben, aber es gab keinen Grund, an der Echtheit ihrer Aussage zu zweifeln. Sie war ein Opfer, keine Täterin.

Sandy hatte grundsätzlich die Wahrheit gesagt, nur an ein paar kritischen Stellen nicht. Sie habe die beiden nicht gekannt, sagte sie, bis Butters gekommen sei, um sie zu holen, damit sie LaChaise Erste Hilfe leistete. Nachdem Butters erschienen sei, habe sie nicht mehr weg können. Sie habe alles mögliche versucht, um sich zu befreien.

Was blieb, war das Problem mit LaChaises Fingerabdrücken und anderen Spuren in dem Airstream-Wohnwagen. Aber außer Sandy wußte niemand, daß er dort gewesen war – jedenfalls niemand, der noch lebte –, und wahrscheinlich wußten insgesamt nicht mehr als fünf Menschen überhaupt von der Existenz des Airstream. Würden sie aber tatsächlich den Wohnwagen finden und sich die Mühe machen, nach Fingerabdrücken zu suchen, dann könnte sie alles Elmore in die Schuhe schieben. Sonst würde sie, wenn man sie freiließe, ein paar Tage warten und sich dann mit Lappen, einem Eimer und Putzmitteln auf den Weg zum Wohnwagen machen.

Und sie würde freikommen – in ein paar Tagen. Sonst müßte es schon mit dem Teufel zugehen, sagte ihr Anwalt.

Sie drehte sich auf die eine Seite, spürte den Druck der Fußfessel und sah aus dem Fenster. Ihr Blick ging über schneebedeckte Dächer und ihr unbekannte Straßen.

Elmore. Elmore würde das Problem sein, dachte sie. Das Schuldgefühl gegenüber Elmore war tiefer und hartnäckiger, als sie es sich vorgestellt hatte. Er verfolgte sie in ihren Gedanken als Toter mehr, als er es als Lebender je getan hatte.

Das hatte sie auch gegenüber einem Arzt bekannt. Er hatte ihr gesagt, Trauer sei etwas ganz Natürliches. Sie würde eine Zeitlang anhalten, sei aber etwas Erträgliches und werde schließlich verschwinden.

Vielleicht, vielleicht auch nicht.

Gott, wenn ich hier nur herauskomme…

Sie mußte draußen sein, mit den Pferden arbeiten. Es war jetzt eine schöne Jahreszeit, wenn man die Wälder des Norden liebte, die weißen Zäune der Reitkoppeln und die dunkel aus dem Schnee ragenden Bäume.

Im Moment würden die Pferde draußen sein, über die Hügel galoppieren, mit flatternden Decken auf dem Rücken und dampfenden Nüstern.

Sandy Darling schloß die Augen und fing an, Pferde zu zählen.

Die Zivilfahnder versammelten sich in den Räumen der Mordkommission. Sie fanden kaum Platz, standen zusammen wie Trauergäste beim Leichenschmaus und unterhielten sich murmelnd. Zum großen Teil ging es um den jungen Mann aus Iowa und sein Präzisionsgewehr.

Und natürlich um Stadic.

Ein toter Stadic war besser als ein lebender, darüber waren sich alle einig. Doch die Amateuranwälte wußten schon: Vor einem Gericht wäre er niemals für schuldig befunden worden. Was würde mit seiner Rente und seinen Versicherungen geschehen? Er hinterließ eine von ihm geschiedene Frau und ein Kind. Würden sie bedacht werden?

»Andy war ein schmieriger Hund. Er jammerte den ganzen Tag, daß er nicht genug hatte, nicht genug Geld bekam«, sagte Loring. »Der Kerl hatte nichts anderes im Kopf als Geld. Darum hat sich seine Alte auch von ihm scheiden lassen. Aber ich hätte nie gedacht, daß er…«

Lester gesellte sich zu ihnen, räusperte sich und sagte: »Hört mal zu. Wir sind alle fertig. Wer nicht auf dem Einsatzplan steht oder eine Aussage zu machen hat, kann jetzt heimgehen. Macht eure letzten Weihnachtseinkäufe. Und schreibt eure verdammten Überstunden auf, reicht die Formblätter ein, und wer freie Tage statt Geld dafür haben will, soll zu mir kommen, und ich werde jedem persönlich den Hintern küssen und die Hand schütteln…«

»Gleichzeitig?«

Gelächter.

Ein Detective von der Sitte sagte: »Was ist mit Stadic?«

»Was wollen Sie wissen?« fragte Lester zurück.

»Ich meine… Wir haben uns über ihn unterhalten… Was ist passierte?«

»Ach, Scheiße«, sagte Lester. »Nicht das jetzt. Wir hatten eine lange Sitzung mit der Staatsanwaltschaft.«

»Und was ist mit Harp?« fragte einer von der Drogenfahndung.

»Nach Harp suchen wir noch«, sagte Lester. »Und merkt euch eines: Wenn einer außer der Chefin oder dem Bürgermeister mit der Presse über Andy Stadic redet, ohne sich vorher mit uns in Verbindung zu setzen – gut, es ist euer verfassungsmäßiges Recht–, dem *werden* wir die Eier abschneiden, und zwar mit einem scharfgeschliffenen Schraubenzieher.«

»Hey, geht's jetzt gegen die *Cops*…?«

Sloan und Sherrill fanden Lucas im Warteraum des Universitätskrankenhauses. Er sah Papiere in einem Schnellhefter durch.

Sherrill steckte den Kopf herein und sagte: »Was ist, alter Freund?«

Lucas klappte den Aktendeckel zu und sagte: »Ich sitze hier nur herum.«

Sie nahmen das als Erlaubnis hereinzukommen, setzten sich ihm gegenüber hin, und Sloan fragte: »Hast du Weather gesehen?«

»Sie ist noch nicht aufgewacht«, sagte Lucas. »Ich warte darauf, dann gehe ich zu ihr.«

»Hat sie mit jemandem geredet?« fragte Sloan.

»Schon, aber sie ist noch durcheinander«, sagte Lucas. »Sie scheint wirklich... verletzt zu sein. Ich glaube, ich habe sie wirklich verletzt.«

Sloan schüttelte den Kopf. »Das hast du nicht getan. Du hast getan, was du tun mußtest.«

»Hör auf, Sloan«, sagte Sherrill wütend, »das bringt doch nichts.«

»Wieso?«

»Das sind doch nur Sprüche«, sagte Sherrill. Sie sah Lucas an. »Vielleicht hast du sie wirklich verletzt. Darüber solltest du nachdenken.«

»Ach, Gott«, seufzte Sloan.

»Was am schwersten wiegt: Es war mein Fehler«, sagte Lucas. »Ich habe Stadic nicht durchschaut. Hätte ich es getan, dann hätten wir sie alle gehabt.«

»Ach was, Lucas«, sagte Sloan gereizt, »wie hättest du es denn merken können? Bei Butters hat er dir das Leben gerettet.«

Lucas winkte ab. »Erinnerst du dich, wie wir uns den armen alten Arne Palin vorknöpfen wollten? Wie wir, du, Franklin und ich, an der Tür standen und drüber redeten? Und Lester und Roux? Da kam Stadic rein, und Franklin sagte so etwas wie, er wolle mal nach Hause schleichen und ein paar Sachen für seine Frau holen. Eine Stunde später fuhr er in einen Hinterhalt.«

»Lucas...«

»Hör mir zu. Nach diesem Anschlag bin ich zum Krankenhaus gefahren und dachte die ganze Zeit, woher konnten sie wissen, daß er nach Hause kam? Woher nur? Sie konnten sich nicht täglich vierundzwanzig Stunden lang in der Nähe des Hauses verstecken und warten, bis er kam. Warum sollten sie auch? Wir haben über das Fernsehen verbreitet, daß alle in dem Hotel in Sicherheit waren ...«

Lucas zeigte mit dem Finger auf Sloan. »Die Antwort war doch sonnenklar: Stadic hatte es ihnen gesagt. Er war der einzige, der es hatte tun können.«

Sherrill schüttelte den Kopf. »Jetzt, von hinten aufgerollt, mag das so scheinen. Doch zu dem Zeitpunkt wäre niemand darauf gekommen.«

»Ich hätte es müssen«, sagte Lucas.

»Du tust dir selber leid«, sagte Sloan. »Nun laß dich nicht hängen.«

»Ich habe es nicht gemerkt ... Also, ich weiß nicht, wie ich es sonst in dem Krankenhaus hätte anpacken sollen«, sagte Lucas. Er breitete die Arme aus, schaute sich im Warteraum um, als könnte er die Antwort an den Wänden finden, und sah dann wieder zu Sherrill und Sloan. »Ich sitze hier und denke darüber nach, was ich sonst hätte tun können, und mir fällt nichts Beseres ein. Nicht, daß ich nicht das Beste getan hätte, um ihr das Leben zu retten – nach damaligem Ermessen. Was immer wir über LaChaise wußten, eines war klar: Er war irre.«

»Das ist gar keine Frage«, sagte Sloan.

»Nach dem, was sie den Ärzten gesagt hat, hat sie die ganze Zeit LaChaise bearbeitet und ihn zu überreden versucht, daß er von sich aus am Leben bleiben solle ... Und daß er auch sie leben lassen solle. Und das hat geklappt. Sie waren gerade soweit, da machte es Bumm! Er wird weggeblasen, und sie dreht durch«, sagte Lucas.

»Das sollte dir zu denken geben«, sagte Sherrill.

»Und mit welchem Ergebnis?« sagte Sloan. »Er war ein Riesen-Arschloch vor dem Herrn. Einfach erschossen zu werden, war eigentlich viel zu gut für ihn.«

»Vielleicht sieht sie das anders«, sagte Sherrill.

»Na ja«, sagte Sloan und sah weg. »Sag mal, was hättest du denn sonst tun sollen?«

»Ich weiß nicht«, sagte Lucas. Er wollte nicht mehr darüber reden. »Habt ihr Del gesehen?«

»Ja, er wird für eine Weile große Schmerzen haben«, sagte Sloan. »Weißt du, er ist gar nicht so *schwer* verletzt, aber es tut höllisch *weh*.«

»Seine Frau ist sauer«, sagte Sherrill. »Sie meint, wir hätten außer Del noch viel mehr Leute hinaufschicken sollen.«

»Da hat sie recht«, sagte Lucas.

»Was ist mit Sandy Darling?« fragte Sloan und sah Lucas an. »Wie ich höre, sagt sie aus.«

»Ja.« Lucas nickte. Er hatte fast eine Stunde lang am Verhör teilgenommen, ehe er vom Hennepin General zum Universitätskrankenhaus gefahren war. »Sie wurde im Grunde gekidnappt.«

»Wer hat ihren Alten umgebracht?«

»Sie weiß es nicht. Sie sagt, LaChaise war es nicht, auch nicht Butters oder Martin.«

»Stadic?« fragte Sherrill mit gedämpfter Stimme.

»Ich glaube, ja«, sagte Lucas. »Er wollte alle beseitigen. Irgendwie hat er ihre Nummernschilder herausgekriegt und dann, wo sie wohnten. Wahrscheinlich dachte er, sie würden sich da oben verstecken, und fuhr hin, um sie fertigzumachen. Für ihn mußten alle Beteiligten tot sein, damit er in Freiheit blieb – und alle *wären* auch tot, wenn Sandy Darling nicht in dem Stadion über ihre verdammten Cowboystiefel gestolpert und auf ihr Gesicht gefallen wäre.«

»Eine unglaubliche Geschichte«, sagte Sloan. »Die Frage ist nur, wieviel davon ist erfunden?«

»Vielleicht das eine oder andere«, sagte Lucas. »Vielleicht auch nicht. Es gibt da ein paar Dinge: Sie sagt, als sie den Angriff auf das Krankenhaus machten, hätten sie sie in Harps Garage angekettet. Es gibt dort tatsächlich einen Pfosten und eine Kette mit zwei Vorhängeschlössern, genau, wie sie gesagt hat. An dem Pfosten ist etwas Farbe abgekratzt, und die Farbe haftet an der Kette, als hätte jemand daran gezerrt und sich loszureißen versucht. Die Kette ist voller Griffflecken. Wir können also feststellen, ob sie sie angefaßt hat. Ich glaube, das hat sie. Dann sagte sie, sie habe versucht, in Harps Haus aus einem Fenster zu klettern, sei über ein Sims und die Feuerleiter gestiegen, aber die Leiter habe geklemmt. Am Fenster gibt es Fingerabdrücke, und die Feuerleiter klemmt tatsächlich – der Grund ist ein gar nicht erlaubter Schnappriegel, aber man kann ihn nicht sehen. Das stimmt also auch. Und wenn jemand mit nackten Füßen über so ein Sims durch den Schnee steigt, dann muß er schon ganz schön verzweifelt gewesen sein. Als sie dann aus dem Dome anrief, wußte sie noch gar nicht, daß alles schon vorbei war, und sie wollte mich warnen, daß LaChaise hinter Weather her war...«

»In Ordnung, dann ist sie so gut wie auf freiem Fuß«, sagte Sloan. Er stand auf, gähnte und sagte: »Worauf es jetzt ankommt, ist, daß du dich um dich selbst kümmerst.«

»Ich muß mich um Weather kümmern, darauf kommt es an», sagte Lucas.

Sloan schüttelte den Kopf. »Nichts da. Niemand kann sich um Weather kümmern als Weather selbst. Und du kümmerst dich um dich.«

»Mein Gott, Sloan«, sagte Sherrill. Sie wurde wütend. »Du weißt, was er meint...«

Sloan klappte den Mund auf und wieder zu. Vor einigen Jahren hatte Lucas einmal eine depressive Phase gehabt, während der er sogar klinisch behandelt werden mußte, und seitdem hielt Sloan seinen Freund für irgendwie... nein, *empfindlich* war nicht der richtige Begriff, vielleicht *gefährdet*. »Na ja«, sagte er nur und beließ es dabei.

Eine Schwester steckte den Kopf zur Tür herein, sah Lucas und sagte: »Weather ist wach.«

Lucas erhob sich aus seinem Sitz und sagte: »Bis später.« Dann folgte er eilig der Schwester durch den Flur.

Weather hatte ein Privatzimmer. Als Lucas hereinkam, war sie auf, stand in einem Krankenhaushemd vor einem Schrank, so schmal wie ein Spind, und wühlte nach ihren Kleidern. Ihr Gesicht wirkte gehetzt und angespannt.

»Weather...«

Sie schoß hoch, drehte sich um, sah ihn, und ihr Gesichtsausdruck wurde weich. »O Gott, Lucas.« Sie streckte die Arme aus.

»Wie geht es dir?« Er schlang seine Arme um sie und hob sie vom Boden.

»Falls du mich nicht erstickst, bin ich wahrscheinlich okay«, japste sie.

Er ließ sie wieder herunter. »Wahrscheinlich?«

»Also, als sie mir die Beruhigungsmittel gaben, haben sie mich in dieses lächerliche Krankenhemd gesteckt.« Sie zog ein Stück zur Seite, als wolle sie einen Knicks machen. »Kein Arzt, den ich kenne, ließ es sich nehmen, nach mir zu sehen, und alle haben sie dabei einen Blick auf mein Hinterteil werfen können.«

»So bist du eben: Bringst Licht in aller Leute Leben.«

»Ich muß jetzt raus aus diesem Fetzen«, sagte sie und grub wieder in ihrem Schrank. »Mach die Tür zu.«

Lucas tat es, und als sie das zusammengeknüllte Hemd auf ihr Bett warf, fragte er: »Jetzt im Ernst – und sei bitte ehrlich. Wie geht es dir?«

Sie zog gerade eine Bluse über und hielt plötzlich inne, während ihre Hände durch die Manschetten schlüpften. »Ich glaube, ich bin... irgendwie durcheinander. Es ist das Unheimlichste, was ich je erlebt habe.« Sie rieb sich die Schläfen und sah zu ihm auf. Dann wanderte ihr Blick zur Seite und in die Ferne, blieb irgendwo hinter seiner Schulter stehen. »Ich bin hier, denke an etwas ganz anderes, und plötzlich bin ich wieder mit diesem Mann da im Flur, und du stehst da, und dann...«

Sie schauderte.

»Denk nicht mehr daran«, sagte Lucas.

»Ich denke nicht daran. Ich weigere mich, daran zu denken. Aber es ist... als ob jemand mir ein Bild davon direkt vor die Augen hielte. Es kommt einfach, mit einem Schlag«, sagte sie.

»Posttraumatischer Streß«, sagte er.

»Das denke ich auch«, sagte sie. »Aber irgendwie habe ich nicht daran geglaubt, bis heute. Menschen, die so etwas hatten, waren für mich irgendwie... Schwächlinge oder so.«

»Es geht vorbei«, wiederholte er. »In dem Flur da wußte ich nicht, was mit dir und LaChaise vor sich ging, und ich konnte keinerlei Risiko eingehen. Ich konnte einfach nicht wissen, was wirklich los war.«

»Das habe ich mir mehr als einmal klargemacht«, sagte sie. »Und, mein Gott, es war alles meine Schuld. Was hatte ich hier denn zu suchen? Als er in den OP kam, dachte ich, jetzt bin ich tot. Ich dachte, er bringt mich auf der Stelle um und auch alle meine Freunde und Kollegen. Ich war so *benommen*...«

»Man kann nicht vorausahnen, was Irre tun«, sagte Lucas. »Was er auch tat, es ergab keinen Sinn.«

Weather redete unzusammenhängend weiter. »Dann beging er den fatalen Irrtum. Ich hab ihn nicht bemerkt, weil wir so... normal miteinander redeten. Aber jetzt erkenne ich ihn. Er hatte sich selbst mit allem, was er tat, und so, wie er vorging, an einen Punkt manövriert, an dem jedes Ende drastisch ausfallen mußte – es stand immer auf der Kippe. Wenn ich jetzt darüber nachdenke, bin ich nicht sicher, ob er sich ergeben hätte. Im Augenblick dachte ich, er würde. Nein, ich war *sicher*. Aber jetzt bin ich es nicht mehr. Als wir miteinander redeten, hat er dauernd seine Ansichten gewechselt wie... wie...«

»Ein Kind«, sagte Lucas.

»Ja... Also, nicht ganz. Wie ein verrücktes Kind«, sagte sie.

Während sie das sagte, starrte sie aus dem Fenster und auf die Bäume, die den Mississippi säumten. Dann hatte sie sich wieder im Griff, sah ihn an und fragte: »Und du? Wir haben hier von dem Polizisten gehört, der getötet wurde. Du warst dabei... ist mit dir alles in Ordnung?«

»O, ja, mir geht es gut.« Er stand hinter ihr, legte ihr mit ausgestreckten Armen die Hände auf die Schultern und sah über sie hinweg nach draußen. Sie wirkte so klug, konzentriert, normal, so *bei sich*, daß er plötzlich lachen mußte.

»Was ist?« fragte sie und versuchte zu lächeln.

»Nichts«, sagte er. Er umarmte sie erneut, und wieder verlor sie den Boden unter den Füßen. »Ich lache über alles. Vor allem darüber, wie dein Hintern aus dem Hemd geschaut hat.«

»Lucas...«